SÉRIE A REBELDE DO DESERTO

vol. 1: *A rebelde do deserto*
vol. 2: *A traidora do trono*

A TRAIDORA DO TRONO

✦ ALWYN ✦
HAMILTON

Tradução
ERIC NOVELLO

7ª reimpressão

O selo jovem da Companhia das Letras

Copyright © 2017 by Blue Eyed Books Ltd
Publicado mediante acordo com Lennart Sane Agency AB.

O selo Seguinte pertence à Editora Schwarcz S.A.

*Grafia atualizada segundo o Acordo Ortográfico da Língua Portuguesa de 1990,
que entrou em vigor no Brasil em 2009.*

TÍTULO ORIGINAL Traitor to the Throne
CAPA Faber and Faber
ILUSTRAÇÕES DE CAPA Shutterstock
PREPARAÇÃO Lígia Azevedo
REVISÃO Renato Potenza Rodrigues e Giovanna Serra

Dados Internacionais de Catalogação na Publicação (CIP)
(Câmara Brasileira do Livro, SP, Brasil)

Hamilton, Alwyn
   A traidora do trono: a rebelde do deserto : volume 2 / Alwyn
Hamilton ; tradução Eric Novello. — 1ª ed. — São Paulo :
Seguinte, 2017.

   Título original: Traitor to the Throne.
   ISBN 978-85-5534-029-1

   1. Ficção 2. Ficção juvenil I. Título.

17-00818   CDD-028.5

Índice para catálogo sistemático:
1. Ficção : Literatura juvenil 028.5

[2022]
Todos os direitos desta edição reservados à
EDITORA SCHWARCZ S.A.
Rua Bandeira Paulista, 702, cj. 32
04532-002 — São Paulo — SP
Telefone: (11) 3707-3500
www.seguinte.com.br
contato@seguinte.com.br

 /editoraseguinte
 @editoraseguinte
 Editora Seguinte
 editoraseguinteoficial

Para Rachel Rose Smith,
que sempre me apoiou.

JARPOOR ↑

Malal

Iliaz

IZMAN

Simar

Cavernas de Derra

FERROVIA

Massil

Bashib

Juniper

XICHA →

Azhar

LISTA DE PERSONAGENS

A REBELIÃO

Amani — Atiradora, demdji marcada pelos olhos azuis, capaz de controlar a areia do deserto, apelidada de Bandida dos Olhos Azuis.

Príncipe Ahmed Al-Oman Bin Izman — Príncipe rebelde, líder da rebelião.

Jin — Príncipe de Miraji, irmão de Ahmed, nome completo Ajinahd Al-Oman Bin Izman.

Shazad Al-Hamad — Filha de um general mirajin, uma das integrantes originais da rebelião, combatente bem treinada, estrategista.

Delila — Demdji marcada pelo cabelo roxo, capaz de criar ilusões a partir do ar. Irmã de sangue de Ahmed, irmã adotiva de Jin.

Hala — Demdji marcada pela pele dourada, capaz de distorcer a mente das pessoas com alucinações. Irmã de Imin.

Imin — Demdji marcada pelos olhos dourados, metamorfa capaz de se transformar em qualquer pessoa. Irmã de Hala.

Izz e Maz — Irmãos gêmeos demdjis, marcados respectivamente pela pele e pelo cabelo azuis, metamorfos capazes de se transformar em qualquer animal.

Bahi [falecido] — Amigo de infância de Shazad, pai sagrado desonrado, morto por Noorsham.

IZMAN

Sultão Oman — Governante de Miraji, pai de Ahmed e Jin.

Príncipe Kadir — Filho mais velho do sultão, sultim, herdeiro do trono de Miraji.

Príncipe Naguib [falecido] — Um dos filhos do sultão, comandante do Exército, morto por rebeldes na batalha de Fahali.

Lien [falecida] — Natural de Xicha, esposa do sultão. Mãe de Jin, mãe adotiva de Ahmed e Delila. Morreu por causa de uma doença.

Nadira [falecida] — Mãe de Ahmed e Delila. Morta pelo sultão por engravidar de um djinni.

O ÚLTIMO CONDADO

Tamid — Melhor amigo de Amani, pai sagrado em treinamento, anda mancando devido a uma deformação de nascimento. Presumido morto.

Farrah — Tia de Amani, irmã mais velha de sua mãe.

Asid — Marido de Farrah, comerciante de cavalos na Vila da Poeira.

Safiyah — Tia de Amani, irmã do meio, deixou a Vila da Poeira antes de Amani nascer para tentar a vida em Izman.

Zahia [falecida] — Mãe de Amani, enforcada pelo assassinato do marido.

Hiza [falecido] — Marido da mãe de Amani. Não era pai de Amani. Morto pela esposa.

Shira — Prima de Amani, única filha de Farrah. Paradeiro desconhecido.

Fazim — Namorado de Shira.

Noorsham — Demdji marcado pelos olhos azuis, capaz de produzir fogo djinni que pode aniquilar uma cidade inteira. Natural da cidade mineradora de Sazi. Paradeiro desconhecido.

MITOS E LENDAS

Seres primordiais — Seres imortais criados por Deus, como djinnis, buraqis e rocs.

Destruidora de Mundos — Ser das profundezas da terra que veio à superfície para trazer morte e escuridão. Derrotada pela humanidade.

Carniçais — Servos da Destruidora de Mundos, como pesadelos, andarilhos, entre outros.

Primeiro herói — O primeiro mortal criado pelos djinnis para enfrentar a Destruidora de Mundos. Feito de terra, água e vento, trazido à vida com fogo djinni. Também chamado de primeiro mortal.

Princesa Hawa — Princesa lendária que cantava para trazer o sol ao céu.

Herói Attallah — Amante da princesa Hawa.

1

O príncipe estrangeiro

Tempos atrás, no reino desértico de Miraji, havia um príncipe que desejava assumir o trono do pai. O jovem era movido pela crença de que o pai era um governante fraco e de que ele mesmo desempenharia melhor o papel de sultão. Não demorou e o jovem tomou o trono à força. Em uma noite sanguinária, seu pai e seus irmãos caíram diante de sua espada e do exército estrangeiro que liderava. Quando amanheceu, ele não era mais príncipe. Havia se tornado sultão.

O jovem governante ficou conhecido por tomar esposas do mesmo modo que havia tomado o país: à força.

No primeiro ano de reinado, duas dessas esposas deram à luz sob as mesmas estrelas. Uma esposa havia nascido nas areias. Seu filho pertencia ao deserto. A outra esposa havia nascido do outro lado das águas, em um reino chamado Xicha, e fora criada no convés de um navio. Seu filho não pertencia a lugar nenhum.

Apesar disso, os garotos cresceram como irmãos, protegidos pelas mães de tudo o que os muros do palácio não eram capazes de conter. E, por um tempo, tudo correu bem no harém.

Então a primeira esposa deu à luz novamente, mas dessa vez a criança não era do sultão. Era de um djinni, com cabelo atípico e fogo sobrenatural no sangue. Por ter traído o sultão, a esposa foi alvo de sua ira, morrendo sob a força de seus golpes.

Em meio à fúria, o governante nem prestou atenção na segunda esposa, que fugiu com os dois garotos e a filha do djinni, atravessando o mar até o reino de Xicha, de onde havia sido roubada. Lá, seu filho, o príncipe estrangeiro, podia fingir que pertencia a algum lugar. Mas o príncipe do deserto não podia fingir: ele era estranho àquela terra, assim como seu irmão o fora na terra do sultão. Nenhum dos príncipes estava destinado a permanecer ali por muito tempo, no entanto. Logo os dois partiram de Xicha, em direção ao mar aberto.

Por um tempo, em navios indo para qualquer lugar e vindos de lugar nenhum, as coisas correram bem para os irmãos. Eles navegavam à deriva entre uma costa estrangeira e outra, sem se fixar em parte alguma.

Até que um dia avistaram Miraji da proa do navio.

O príncipe do deserto se lembrou do lugar a que realmente pertencia. Naquela enseada familiar, deixou o navio. Antes disso, no entanto, pediu que o irmão o acompanhasse, mas o príncipe estrangeiro se recusou. As terras de seu pai lhe pareciam vazias e estéreis, e ele não entendia a atração que exerciam em seu irmão. Então seus caminhos se separaram. O príncipe estrangeiro permaneceu no mar por um tempo, numa fúria silenciosa por seu irmão ter preferido o deserto às águas.

Enfim chegou o dia em que o príncipe estrangeiro não aguentava mais ficar separado do irmão. Quando voltou ao deserto de Miraji, descobriu que o príncipe do deserto tinha começado uma rebelião. Ele falava de feitos e ideias grandiosos, igualdade e prosperidade. Estava cercado de novos irmãos que amavam o deserto assim como ele. Agora era conhecido como príncipe rebelde. Mesmo assim, recebeu-o de braços abertos.

E por um tempo tudo correu bem.

Até que surgiu uma garota, conhecida como a Bandida de Olhos Azuis. Criada nas areias e lapidada pelo deserto, ela ardia em chamas. Pela primeira vez, o príncipe estrangeiro entendeu o que seu irmão amava naquele deserto.

O príncipe estrangeiro e a Bandida de Olhos Azuis atravessaram as areias juntos, em direção a uma grande batalha na cidade de Fahali, onde aliados do sultão haviam se estabelecido.

Os rebeldes tiveram ali sua primeira grande vitória. Defenderam o deserto contra o sultão, que teria queimado todos vivos. Libertaram o demdji que, contra sua vontade, seria transformado em arma pelo sultão. Mataram o filho do sultão que teria derramado sangue até conquistar a aprovação de seu pai. Romperam a aliança do governante com os estrangeiros que vinham maltratando o deserto havia décadas. E reivindicaram parte da terra para si.

A história da batalha de Fahali se espalhou rapidamente e, com ela, a notícia de que o deserto estava aberto a novas conquistas. Miraji era o único lugar onde a magia antiga e as máquinas coexistiam; o único país com uma indústria rápida o suficiente para produzir armas para a grande guerra travada entre as nações do norte.

Olhos vorazes se voltaram para lá. Rapidamente, outros exércitos chegaram ao deserto, vindos de todos os lados, tentando forjar novas alianças ou conquistar o país. Enquanto os inimigos de fora investiam contra as fronteiras do sultão e mantinham seu Exército ocupado, os rebeldes se apoderavam de cidade após cidade, tirando-as das mãos do sultão e ganhando apoio popular.

E por um tempo as coisas correram bem para a rebelião, para a Bandida de Olhos Azuis e para o príncipe estrangeiro.

Até que a balança começou a pender contra seu irmão. Duas dúzias de rebeldes caíram em uma armadilha, cercados por um exército mais numeroso e bem armado. Uma cidade se ergueu contra o sultão, clamando à noite pelo nome do príncipe rebelde, mas acordou com os olhos vazios dos mortos. E a Bandida de Olhos Azuis foi atingida por uma bala em uma batalha nas montanhas, ficando gravemente ferida. Ali, pela primeira vez desde que seus caminhos se cruzaram, a Bandida de Olhos Azuis e o príncipe estrangeiro se separaram.

Enquanto ela lutava pela vida, ele foi enviado para a fronteira ocidental do deserto, onde um exército de Xicha estava acampado. O príncipe estrangeiro roubou um uniforme e entrou no acampamento xichan como se fosse um deles. Foi fácil permanecer ali, onde nem parecia estrangeiro. O príncipe estrangeiro ficou ao lado deles enquanto lutavam contra as forças do sultão, espionando em segredo para o irmão.

E por um tempo tudo correu bem para ele, escondido em meio ao exército xichan.

Até que um mensageiro usando o branco e dourado do sultão e carregando uma bandeira de paz trouxe uma carta.

O príncipe estrangeiro teria matado para saber o que dizia e poder contar tudo a seus aliados, mas não foi preciso. Todos sabiam que ele falava a língua do deserto, por isso foi convocado à tenda do general xichan para ser intérprete da conversa com o mensageiro do sultão, nenhum deles ciente de que se tratava de um inimigo. Na mensagem, o sultão pedia um cessar-fogo. Ele dizia estar cansado do derramamento de sangue e se mostrava pronto para negociar. O príncipe estrangeiro descobriu que o sultão estava convocando todos os governantes estrangeiros para tratar de uma nova aliança — qualquer rei, imperador ou príncipe interessado em seu deserto poderia ir até o palácio apresentar seus argumentos.

A carta foi enviada ao imperador xichan na manhã seguinte. O combate cessou. Em seguida, viriam as negociações. Então a paz. Sem a necessidade de proteger suas fronteiras, os olhos do sultão se voltariam para seu território novamente.

O príncipe estrangeiro entendeu que havia chegado a hora de voltar para o lado de seu irmão. A rebelião estava prestes a se transformar numa guerra.

2

Eu gostava daquela camisa. Era uma pena que estivesse encharcada de sangue.

A maior parte do sangue não era minha, pelo menos. Tampouco era a camisa, que eu havia pego emprestada de Shazad e nunca me dera ao trabalho de devolver. Agora ela dificilmente ia querer de volta.

— Pare!

Obedeci de imediato. Minhas mãos estavam atadas, e a corda arranhava a pele em carne viva dos meus punhos. Xinguei baixinho enquanto inclinava a cabeça para trás, enfim desviando o olhar das botas empoeiradas para encarar o brilho do sol do deserto.

As muralhas de Saramotai produziam uma sombra longa e imponente com a última luz do dia.

Esses muros eram lendários. Haviam permanecido indiferentes a uma das maiores batalhas da Primeira Guerra, entre o herói Attallah e a Destruidora de Mundos. Eram tão antigos que pareciam ter sido erguidos com os ossos do próprio deserto. Mas as palavras pintadas de forma descuidada em tinta branca sobre os portões eram novas.

Bem-vindos à Cidade Livre.

Dava para ver que a tinta escorrera entre as rachaduras das pedras antigas antes de secar com o calor.

Eu tinha algumas coisas a dizer sobre ser arrastada à força, amarrada como uma cabra num espeto, para um lugar chamado de "Cidade Livre", mas até eu sabia que era melhor ficar quieta.

— Se apresente ou vou atirar! — alguém gritou do muro da cidade. As palavras eram bem mais impressionantes do que a voz que as pronunciara. A rouquidão da juventude era audível. Apertei os olhos atrás do sheema e avistei o garoto magricela apontando um rifle para mim do alto da muralha. Não devia ter mais do que treze anos. Era puro osso. Não parecia capaz de segurar a arma direito mesmo que sua vida dependesse disso. E provavelmente dependia, já que estávamos em Miraji.

— Somos nós, Ikar, seu idiota — gritou no meu ouvido o homem que me segurava. Fiz uma careta de dor. Não precisava gritar tão alto. — Abra os portões agora mesmo, ou juro por Deus que vou fazer seu pai te bater com mais força do que ele bate nas ferraduras, até entrar um pouco de juízo na sua cabeça.

— Hossam? — Ikar não baixou a arma de imediato. Parecia muito nervoso, um péssimo sinal para alguém com o dedo no gatilho. — Quem é essa aí com você?

Ele apontou a arma na minha direção, o cano balançando loucamente. Virei o corpo por instinto. Ikar não seria capaz de acertar nem um roc se tentasse, mas eu não podia descartar a hipótese de ser atingida por acidente. Se ele atirasse, era melhor que acertasse meu ombro do que meu peito.

— Essa aqui... — uma ponta de orgulho tremulou na voz de Hossam enquanto erguia meu rosto como se eu fosse um animal — é a Bandida de Olhos Azuis.

Aquilo soou mais impressionante do que costumava ser, deixando um rastro de silêncio. Ikar nos encarou do alto do muro. Mesmo àquela distância, vi sua boca abrir e pender por um momento, depois fechar.

— Abram os portões! — ele finalmente gritou, então desceu correndo. — Abram os portões!

As enormes portas de ferro se moveram terrivelmente devagar, lutando contra a areia que havia se acumulado durante o dia. Hossam e os homens que nos acompanhavam me empurraram com pressa enquanto as antigas dobradiças gemiam.

Os portões não se abriram por completo, apenas o suficiente para passar um de cada vez. Mesmo após milhares de anos pareciam tão fortes quanto nos primórdios da humanidade. Eram de ferro sólido, tão espessos quanto o comprimento dos braços de um homem, e funcionavam graças a algum sistema de pesos e engrenagens que nenhuma outra cidade conseguira duplicar. Não havia como derrubá-los. E não havia como escalar a muralha. Todo mundo sabia disso.

Parecia que a única forma de entrar na cidade era como uma prisioneira, arrastada pelos portões com alguém segurando seu pescoço. Que sorte a minha.

Saramotai ficava a oeste das montanhas centrais. O que significava que era nossa. Ou pelo menos deveria ser. Após a batalha de Fahali, Ahmed declarou o território como seu. A maioria das cidades tinha jurado fidelidade rapidamente, expulsando de suas ruas os invasores gallans que haviam ocupado aquela metade do deserto por tanto tempo. Conquistamos a confiança das outras sem muita dificuldade.

Ali era outra história.

Bem-vindos à Cidade Livre.

Saramotai havia criado suas próprias leis, levando a rebelião um passo além.

Ahmed falava bastante sobre igualdade. O povo local havia decidido que o único modo de alcançá-la era derrubar quem estava acima deles. O único jeito de ficar rico era tomar a riqueza alheia. Então os pobres se voltaram contra os ricos usando o discurso da igualdade de Ahmed como justificativa.

Mas Ahmed sabia reconhecer um golpe. Sabíamos pouco a respeito de Malik Al-Kizzam, o homem que tomara Saramotai, além do fato de ter sido um servo do emir. Agora, Malik vivia no palácio e o emir estava morto.

Então enviamos pessoas para descobrir mais. E fazer algo a respeito se não gostássemos das notícias.

Elas não retornaram.

Aquilo era um problema. Outro problema era como entrar lá para procurá-las.

Por isso eu estava ali, com as mãos tão fortemente atadas atrás das costas que já perdiam a sensibilidade, e com uma ferida recém-aberta na clavícula, causada por uma faca que errara por pouco meu pescoço. Era engraçado como ser bem-sucedida e ser capturada despertavam exatamente a mesma sensação.

Hossam me empurrou à sua frente pela abertura estreita dos portões. Cambaleei e me estatelei de cara na areia, o cotovelo batendo dolorosamente no ferro enquanto eu desabava.

Aquilo doía mais do que eu julgara possível.

Um gemido de dor escapou enquanto eu rolava para o lado. A areia grudou em minhas mãos onde o suor havia se acumulado sob as cordas. Então Hossam me agarrou, me botou de pé e continuou empurrando. O portão se fechou rápido atrás de nós. Era quase como se estivessem com medo.

Uma pequena multidão já havia se reunido para observar. Metade portava armas. Uma parte considerável delas estava apontada para mim.

Minha reputação realmente me precedia.

— Hossam — disse um homem mais velho do que meus captores, abrindo caminho e analisando com olhos sérios meu estado lastimável. Ele me encarou de igual para igual, diferente dos demais, sem se deixar cegar pela ansiedade. — O que aconteceu?

— Nós a capturamos nas montanhas. — Hossam se aproximou do homem. — Tentou nos emboscar quando estávamos voltando da negociação pelas armas.

Orgulhosos, dois dos homens que nos acompanhavam soltaram as bagagens cheias de armas, como se quisessem mostrar que eu não os havia impedido. Elas não tinham sido fabricadas em Miraji. Eram de Amonpour. Pareciam ridículas, ornadas e esculpidas, feitas por mãos em vez de máquinas, custando o dobro do preço porque alguém tinha se dado ao trabalho de enfeitá-las. Não importava o quanto uma arma era bonita, ela te mataria do mesmo jeito. Aprendi isso com Shazad.

— Só ela? — perguntou o homem de olhos sérios. — Sozinha? — Seu olhar se voltou para mim, como se pudesse extrair a verdade. Como se uma garota de dezessete anos realmente pensasse que poderia enfrentar e vencer meia dúzia de homens com nada além de um punhado de balas. Como se a famosa Bandida de Olhos Azuis fosse idiota.

Eu preferia "imprudente".

Mas mantive a boca fechada. Quanto mais falasse, maior era a probabilidade de dizer algo que se voltaria contra mim. *Fique em silêncio, faça cara feia e tente continuar viva.*

Se tudo der errado, se concentre na última parte.

—Você é realmente a Bandida de Olhos Azuis? — Ikar perguntou, chamando a atenção de todos. Ele havia descido de seu posto de observação para me olhar com cara de idiota junto aos demais. Inclinou a cabeça para a frente por cima do cano da arma, ansioso. Se ela disparasse, arrancaria suas mãos e parte de seu rosto junto. — É verdade o que dizem a seu respeito?

Fique em silêncio. Faça cara feia. Tente continuar viva.

— Depende do que dizem. — Droga. Não resisti muito tempo.

— E você não deveria segurar a arma desse jeito.

Ikar ajeitou a arma distraído, sem desgrudar os olhos de mim.

— Dizem que você consegue acertar a testa de um homem no escuro a quinze metros de distância. Que atravessou uma saraivada de balas em Iliaz e saiu de lá com os planos secretos de guerra do sultão.

— Minha lembrança dos eventos em Iliaz era um pouco diferente. Pra começo de conversa, eu tinha levado um tiro. — E que seduziu uma das esposas do emir de Jalaz enquanto elas visitavam Izman.

Aquilo era novidade. Já havia escutado uma versão na qual eu seduzia o próprio emir. Talvez a esposa também gostasse de mulheres. Ou talvez a história tivesse mudado no boca a boca, já que muitos boatos julgavam que eu era um homem. Eu já não me vestia como garoto, mas aparentemente precisava ganhar mais algumas curvas para convencer as pessoas de que era mulher.

— Você matou uma centena de soldados gallans em Fahali — Ikar prosseguiu. Suas palavras se atropelavam, ignorando meu silêncio. — E ouvi que escapou de Malal nas costas de um roc azul gigante depois de inundar uma casa de oração.

— Você não devia acreditar em tudo o que escuta por aí — eu disse quando ele finalmente parou para respirar, os olhos arregalados como dois louzis de tanto entusiasmo.

Ikar pareceu desapontado. Era apenas uma criança, ansioso para acreditar em todas aquelas histórias, assim como eu quando tinha sua idade — embora parecesse mais novo do que eu jamais lembrava ter sido. Ele não devia estar ali, segurando uma arma daquela maneira. Mas era isso que o deserto fazia. Transformava as pessoas em sonhadores armados. Passei a língua pelos dentes.

— E a casa de oração em Malal foi um acidente... mais ou menos.

Um burburinho percorreu a multidão. Estaria mentindo se dissesse que isso não me deixou arrepiada. E mentir era pecado.

Fazia quase seis meses que eu estivera em Fahali com Ahmed, Jin, Shazad, Hala e os gêmeos Izz e Maz. Nós sete contra dois exércitos e Noorsham, um demdji transformado em arma pelo sultão — e que por acaso era meu irmão.

Enfrentamos forças muito maiores que nós e um ser devastadoramente poderoso. Mas sobrevivemos. A história da batalha de Fahali viajou pelo deserto mais rápido do que a dos jogos do sultim. Eu a ouvi dezenas de vezes, contada por pessoas que não sabiam que a rebelião estava ali. Nossas proezas ficavam maiores e menos plausíveis cada vez que eram recontadas, mas o relato sempre terminava do mesmo jeito, com a sensação de que a história ainda não tinha acabado. De um jeito ou de outro, o deserto não seria o mesmo após aquela batalha.

A lenda da Bandida de Olhos Azuis havia crescido para além desse relato, até eu me transformar numa história que mal reconhecia. Diziam que a Bandida de Olhos Azuis era uma ladra, e não uma rebelde. Que seduzia pessoas para obter informações para o príncipe. Que havia assassinado o próprio irmão no campo de batalha. Essa era a versão que eu mais odiava. Talvez porque, por um momento, com o dedo no gatilho, ela quase tivesse se tornado realidade. Mas eu o deixara escapar. O que era tão ruim quanto matá-lo. Ele estava em algum lugar, com todo aquele poder. Mas, diferente de mim, não tinha outros demdjis para ajudá-lo.

Às vezes, tarde da noite, depois de todo mundo ir dormir, eu dizia em voz alta que ele estava vivo, só para saber se era verdade ou não. Até então, conseguira pronunciar as palavras sem pestanejar. Mas tinha medo de que chegasse o dia em que não seria assim. Isso significaria que era mentira, que meu irmão havia morrido, sozinho e assustado, em algum lugar do deserto impiedoso e devastado pela guerra.

— Se ela é tão perigosa quanto dizem, deveríamos matá-la de uma vez — alguém da multidão gritou. Era um homem com uma faixa militar amarela brilhante cruzando o peito. Parecia que tinha sido costurada a partir de farrapos. Notei que outros também a vestiam. Deviam ser os recém-nomeados guardas de Saramotai, já que a guarda real havia sido assassinada. O homem que falou segurava uma arma apontada para minha barriga. Feridas naquela região não eram nada legais. Matavam lentamente.

— Mas se ela for a Bandida de Olhos Azuis, trabalha para o príncipe rebelde — outra pessoa falou. — Isso não significa que está do nosso lado? — Essa era a pergunta de um milhão de fouzas.

— Jeito curioso de tratar um aliado — eu disse, exibindo as mãos atadas. Um burburinho percorreu a multidão. Aquilo era bom. Significava que eles não eram tão unidos quanto pareciam de fora de sua muralha impenetrável. — Então, já que somos todos amigos, que tal me desamarrar para podermos conversar?

— Bela tentativa, Bandida. — Hossam me segurou mais firme. — Não vamos te dar a chance de botar as mãos numa arma. Ouvi dizer que matou uma dúzia de homens com uma única bala. — Eu tinha certeza de que isso não era possível. Mas não precisava de uma arma para derrubar doze homens.

Era quase engraçado. Eles haviam usado uma corda para me prender, não o ferro que me tornaria tão humana quanto eles. Daquele jeito, eu poderia erguer todo o deserto contra aquelas pessoas. O que significava que era capaz de causar mais dano de mãos atadas do que com uma arma. Mas o plano não era causar estrago nenhum.

— De qualquer modo, Malik deve decidir o que fazer com a Bandida — disse o homem de olhos sérios, esfregando a mão no queixo, nervoso, ao mencionar seu autoproclamado líder.

— Eu tenho um nome, sabia? — comentei.

— Malik ainda não voltou. — O guarda que apontava a arma para mim estava impaciente. Parecia do tipo tenso. — Ela pode aprontar alguma.

— É Amani. Meu nome, quer dizer. — Ninguém me ouvia. — Caso estejam se perguntando.

Aquela discussão provavelmente seria longa. Tomar decisões em grupo nunca era rápido. E praticamente nunca funcionava.

— Então tranquem-na até Malik voltar — disse uma voz no fundo da multidão.

— Ele está certo — uma voz gritou do outro lado. Outro rosto que eu não podia ver. — Joguem-na numa cela onde não poderá causar problemas.

A multidão murmurou em aprovação. Finalmente o homem de olhos sérios assentiu decidido.

A multidão foi abrindo caminho às pressas conforme Hossam me puxava, mas não se afastaram muito. Todos queriam ver a Bandida de Olhos Azuis. Todos disputavam espaço para me encarar. Eu sabia exatamente o que estavam vendo. Uma menina mais nova do que algumas de suas filhas, com o lábio rachado e o cabelo escuro colado no rosto com sangue e suor. Lendas nunca são o que se espera delas, e eu não era exceção. A única coisa que me diferenciava das outras garotas magrelas de pele escura do deserto eram os olhos azuis, mais brilhantes do que o céu do meio-dia. Como a parte mais quente do fogo.

— Você é um deles? — Essa voz, que se sobressaía estridente ao barulho da multidão, era nova. Uma mulher com um sheema amarelo abriu caminho. As flores bordadas no tecido eram quase da mesma cor que meus olhos. A urgência desesperada em seu rosto me deixou nervosa. Havia algo no jeito como dissera "um deles". Como se quisesse dizer "demdji".

Mesmo aqueles que sabiam sobre demdjis não conseguiam me identificar como um. Nós, filhos de djinnis e mulheres mortais, parecíamos mais humanos do que as pessoas imaginavam. Bem, eu mesma havia me enganado por quase dezessete anos. Na maioria das vezes não parecia diferente, só estrangeira.

Eram meus olhos que me entregavam, mas só se você soubesse o que procurar. E pelo visto aquela mulher sabia.

— Hossam. — Ela cambaleou para nos acompanhar enquanto o homem me puxava pelas ruas. — Se for um deles, ela vale tanto quanto minha Ranaa. Poderíamos usá-la numa troca. Poderíamos...

Mas Hossam a enxotou, deixando a multidão engoli-la enquanto me arrastava mais para dentro da cidade.

As ruas de Saramotai eram tão estreitas quanto antigas, forçando a multidão a se afunilar e depois se dissipar conforme nos movíamos. As paredes ficavam cada vez mais próximas, e em alguns lugares meus ombros tocavam ambos os lados. Passamos entre duas casas de cores brilhantes com as portas escancaradas por explosões. A pólvora marcava as paredes. Entradas e janelas estavam cobertas por tábuas. Conforme avançávamos, as marcas da guerra aumentavam. Naquela cidade, a luta tinha começado dentro das muralhas. Imagino que chamassem aquilo de rebelião.

O cheiro de carne apodrecendo me alcançou antes que eu visse os corpos.

Passamos sob um arco estreito com um tapete pendurado, secando ao sol. Abaixei para passar por ele, mas franjas roçaram meu pescoço. Quando levantei o olhar, vi alguns corpos pendurados pelo pescoço ao longo da grande muralha exterior, como lanternas.

Lanternas que tiveram os olhos arrancados por abutres.

Era difícil dizer se eram novos ou velhos, bonitos ou cheios de cicatrizes. Mas tinham sido ricos. As aves não haviam destruído as camisas costuradas com linha ricamente tingida, ou as mangas delicadas de musselina dos khalats. Quase vomitei com o cheiro pútrido. A morte e o calor do deserto agiam rápido sobre os corpos.

O sol estava se pondo atrás de mim. Quando nascesse de novo, os corpos brilhariam sob a luz do amanhecer.

Uma nova alvorada. Um novo deserto.

3

A prisão tinha um cheiro quase tão ruim quanto o dos cadáveres.

Hossam me empurrou pelos degraus que levavam para o subsolo. Tive tempo de notar duas longas fileiras de celas com barras de ferro dando para o corredor estreito antes de ser enfiada em uma delas. Meu ombro bateu com força no chão. Isso ia deixar marca.

Nem tentei levantar. Apoiei a cabeça no piso frio de pedra enquanto Hossam trancava a cela. O estalido de ferro contra ferro me fez cerrar os dentes. Continuei imóvel enquanto o som dos passos desaparecia escada acima. Esperei três respirações completas antes de levantar com ajuda das mãos atadas e dos cotovelos.

Havia uma janelinha no topo da cela por onde entrava um pouco de luz, apenas o suficiente para eu não ficar tateando na escuridão. Através das barras de ferro, vi a cela em frente. Uma garota de no máximo dez anos estava encolhida no canto, tremendo em um khalat verde-claro imundo, me observando com olhos arregalados.

Encostei o rosto nas grades. O ferro frio machucava minha parte demdji.

— Imin? — chamei na prisão. — Mahdi? — Prendi a respiração enquanto esperava, mas recebi apenas silêncio em resposta. Então, no outro extremo do corredor, vi um rosto aparecer, pressionado contras as grades, os dedos agarrando o ferro em desespero.

— Amani? — A voz soou áspera de sede, mas o tom irritantemente nasalado e imperioso permanecia, o tom que eu conhecera meses antes, quando Mahdi e outros do círculo intelectual de Izman se juntaram ao nosso acampamento. — É você? O que está fazendo aqui?

— Sou eu. — Meus ombros relaxaram. Eles ainda estavam vivos. Não era tarde demais. — Vim salvar vocês.

— Hum. Que pena que acabou capturada também.

Mordi a língua. É claro que Mahdi continuava sendo rude comigo mesmo preso. Eu não tinha muita consideração por ele ou por qualquer outro garoto magricela da cidade que havia chegado atrasado ao núcleo da rebelião. Depois de termos derramado tanto sangue para conquistar metade do deserto. Mas eram eles que haviam apoiado Ahmed quando fora a Izman pela primeira vez. Foram os primeiros a se encantar com sua filosofia e a espalhar a centelha da rebelião. Além disso, se deixasse todo mundo que eu achava irritante morrer, acabaria com pouquíssimos aliados.

— Bem — eu disse com minha voz mais gentil —, e de que outro jeito eu conseguiria atravessar os portões depois de você ferrar tanto sua missão a ponto de deixarem a cidade inteira em estado de alerta?

Na outra ponta do corredor, fez-se um silêncio profundo e gratificante. Seria difícil até mesmo para Mahdi argumentar que não havia falhado, considerando sua atual situação. Mas o contentamento com a desgraça alheia ia ter que ficar para depois. A luz do dia estava acabando, e eu precisava ser rápida. Me afastei das barras de ferro e esfreguei os dedos, tentando recuperar a circulação nas mãos.

A areia que havia grudado nelas quando fingi tropeçar ao passar pelos portões vibrou em expectativa. Havia um pouco nas dobras das minhas roupas, no meu cabelo e na minha pele, colada ao suor. Aquela era a beleza do deserto. Ele estava impregnado em tudo, até na alma.

Conversara com Jin sobre isso uma vez.

Afastei a memória enquanto fechava os olhos. Respirei fundo e empurrei a areia para longe da pele — cada grão, cada partícula respondendo ao meu comando e se afastando de mim até flutuar cuidadosamente no ar.

Quando abri os olhos, estava cercada por uma neblina de grãos dourados brilhando nos vestígios de sol que inundavam a prisão.

Na cela à minha frente, a garotinha de khalat verde se inclinou para olhar mais de perto.

Respirei fundo e a areia se juntou, formando algo parecido com um chicote. Afastei as mãos atadas do corpo o máximo possível, mudando a areia com o movimento. Nenhum dos outros demdjis parecia entender por que eu precisava me mexer quando usava meu poder. Hala dizia que isso me fazia parecer uma charlatã de quinta categoria de mercado izmani. Mas ela havia nascido com o poder na ponta dos dedos. De onde eu viera, as armas precisavam da mão para serem usadas.

A areia passou entre meus pulsos como uma lâmina, rompendo a corda. Meus braços estavam livres.

Agora eu podia causar dano real.

Tomei o controle da areia e lancei o braço para baixo num arco, como o golpe de uma espada. A areia acompanhou o movimento, atingindo a fechadura da cela com a força de uma tempestade do deserto reunida em um único impacto.

A fechadura se estilhaçou com um ruído satisfatório. E de repente eu estava livre.

A garotinha de verde me encarou enquanto eu chutava a porta, tomando cuidado para não tocar no ferro enquanto trazia a areia de volta ao punho.

— Então. — Percorri calmamente o corredor, soltando o que havia restado da corda que prendia meus punhos. Ela saiu com facilidade da mão direita, deixando apenas um vergão vermelho. Estava trabalhando no nó da mão esquerda quando parei do lado de fora da cela de

Mahdi. — Como está se saindo nas negociações diplomáticas? — O último pedaço de corda deslizou para o chão.

Mahdi pareceu amargo.

— Está aqui para me resgatar ou rir da minha cara?

— Posso muito bem fazer os dois. — Enfiei os cotovelos entre as barras e apoiei o queixo nos punhos. — O que foi mesmo que você disse a Shazad? Que não precisava que viéssemos junto, porque mulheres não serviam pra nada em negociações?

— Na verdade — disse uma voz nos fundos da cela —, acho que ele disse que você e Shazad seriam distrações desnecessárias.

Imin veio até a frente para que pudesse vê-la claramente. Eu nunca tinha visto aquele rosto, mas reconheceria seus olhos amarelos sardônicos em qualquer lugar. Nossa demdji metamorfa. Da última vez que a vira, deixando o acampamento, havia assumido a forma de uma garotinha em roupas masculinas enormes para aliviar o peso sobre o cavalo. Era um corpo familiar que eu a vira usar mais de uma vez. Mas era apenas uma possibilidade entre a infinidade de formas humanas que podia assumir: garoto, garota, homem, mulher. Estava acostumada a encontrar Imin sempre com um rosto diferente. Aquilo significava que alguns dias ela era uma garotinha de olhos grandes que parecia ainda menor nas costas do grande cavalo que cavalgava, mas em outros era um guerreiro com força suficiente para erguer alguém do chão com uma só mão. Outros dias era um sábio magricela, que parecia chateado porém inofensivo no fundo de uma cela em Saramotai. Mas, fosse garoto ou garota, homem ou mulher, aqueles olhos dourados marcantes nunca mudavam.

— Tem razão. — Virei para Mahdi. — Talvez eu tenha esquecido, de tão espantada que fiquei por ela não ter quebrado todos os seus dentes naquele exato momento.

— Já terminou? — Parecia que Mahdi tinha chupado um limão. — Ou vai continuar desperdiçando tempo que poderíamos usar fugindo?

— Está bem, está bem. — Recuei, estendendo uma das mãos. A areia respondeu, reunindo-se no meu punho. Puxei a mão para trás, sentindo o poder se acumular no meu peito, segurando-o por um momento antes de lançar a areia com tudo. A fechadura explodiu.

— Finalmente. — Mahdi soou irritado, como se eu fosse uma serviçal que tivesse demorado para lhe levar a comida. Ele tentou passar por mim, mas estendi o braço, impedindo-o.

— O que...? — ele começou, a indignação crescendo. Tapei sua boca com a mão, tentando prestar atenção. Vi a mudança em seu rosto quando ele ouviu também. Passos na escada. Os guardas tinham nos escutado.

— Precisava ser tão barulhenta? — Mahdi sussurrou quando tirei a mão de sua boca.

— Sabe, dá próxima vez talvez não me dê ao trabalho de vir te salvar. — Empurrei-o de volta para a cela, pensando em uma maneira de nos tirar dali vivos. Imin passou por Mahdi e saiu da cela. Não a impedi. Não poderia nem se quisesse. Ela já estava se transformando enquanto saía, moldando o corpo do sábio inofensivo até ficar dois palmos mais alto que eu e com o dobro da minha largura. Eu não ia querer esbarrar com aquela pessoa num beco escuro. Imin ajeitou os ombros de maneira desconfortável dentro da camisa, agora apertada em seu corpo. Uma costura se abriu no ombro.

A noite já havia caído quase por completo. Apenas uma penumbra cobria a prisão. Dava para ver o balanço da lamparina na escada. Ótimo, isso seria uma vantagem. Espremi o corpo no ponto cego na base da escada. Imin me seguiu, fazendo o mesmo do outro lado.

Esperamos, ouvindo os passos ficarem mais altos. Contei quatro pares de botas, pelo menos. Talvez cinco. Estavam em maior número e armados, mas precisavam descer um por um, o que significava que não faria diferença. A luz da lamparina dançava nas paredes enquanto desciam. Eu tinha a surpresa a meu favor. E, como Shazad sempre dizia, quando se está lutando contra alguém com o dobro do seu tamanho, o primeiro golpe, que ninguém está esperando, tem que ser para valer. Melhor ainda se puder ser o último golpe também.

A garotinha de verde tinha se movido e estava grudada nas grades, nos observando fascinada. Pressionei o dedo contra os lábios, pedindo silêncio. Ela assentiu para indicar que tinha entendido. Ótimo. Podia ser jovem, mas também era uma garota do deserto. Sabia o que tinha que fazer para sobreviver.

Avancei no momento que a cabeça do primeiro guarda entrou no meu campo de visão.

Uma explosão violenta de areia acertou em cheio sua têmpora, derrubando-o na direção da cela da garotinha. Ela recuou enquanto o crânio dele estalava contra o ferro. Imin agarrou o soldado que vinha atrás, erguendo-o e atirando-o contra a parede. A cara assustada dele foi a última coisa que vi quando o lampião caiu no chão e se espatifou. Não dava para enxergar nada, era como se eu estivesse cega.

Um tiro foi disparado, causando uma onda de gritos dentro e fora das celas. Ouvi uma voz rezando. Sussurrei um xingamento enquanto me espremia contra a parede. A chance de ser atingida por uma bala perdida seria menor se eu não estivesse exposta. Precisava pensar.

Eles enxergavam tanto quanto eu. Mas estavam armados, e provavelmente não se importariam em matar um prisioneiro com uma bala perdida. Outro tiro foi disparado, seguido por um grito mais de dor que de medo. Minha mente se esforçava para pensar em meio ao pânico crescente, enquanto eu tentava acompanhar os sons. Fazia muito tempo que não encarava uma luta sozinha. Se Shazad estivesse ali, saberia como escapar. Eu poderia revidar no escuro, mas a chance de acertar Imin, a garotinha de verde ou um inimigo seria a mesma. Eu precisava de luz. Urgentemente.

E então, como se respondendo a uma oração, o sol nasceu na prisão.

Raios luminosos encheram meus olhos. Eu continuava cega, mas por causa do brilho repentino. Pisquei freneticamente, tentando enxergar através das manchas reluzentes.

Minha visão voltava perigosamente devagar e meu coração batia disparado. Eu estava cercada por inimigos armados, não conseguia enxergar nada e não tinha um plano. Meu entorno entrou em foco um pedacinho de cada vez. Havia dois guardas no chão, imóveis. Outros três esfregavam os olhos, com as armas frouxas na mão. Imin estava apoiada na parede, com o ombro sangrando. Dentro da cela, a garotinha de verde segurava um pequeno sol, do tamanho de um punho. Seu rosto brilhava. Sombras estranhas, projetadas de baixo para cima, a faziam parecer muito mais velha. E eu entendia agora que aqueles olhos enormes com os quais ela me observara eram tão atípicos quanto os meus ou os de Imin. Tinham a cor de uma brasa se apagando.

Ela era uma demdji.

4

Haveria tempo para me preocupar com minha nova aliada demdji depois. Naquele momento precisava usar o presente que ela nos oferecia. Os guardas já estavam erguendo suas armas na minha direção, mas uma explosão de areia as derrubou. Um homem cambaleou para trás. Imin o agarrou e, com um movimento rápido e violento, quebrou seu pescoço.

Outro guarda sacou uma faca e veio para cima de mim. Dividi a areia, usando metade para afastar sua mão antes que pudesse se aproximar e solidificando a outra metade na mão, na forma de uma lâmina curva. O corte em sua garganta foi certeiro e arrancou sangue. Imin pegou a arma dele do chão. Ela podia não ser tão boa atiradora quanto eu, mas num espaço tão apertado seria difícil errar. Abaixei enquanto Imin disparava a arma. Ouvi mais gritos de dentro das celas, abafados pelos tiros ricocheteando nas paredes de pedra.

E então veio o silêncio. Me endireitei. Tinha acabado. Imin e eu havíamos sobrevivido. Os guardas não.

Mahdi saiu da cela com uma expressão de leve reprovação diante dos cadáveres. Esse é o problema dos intelectuais. Eles querem transformar o mundo, mas acham que dá para fazer isso sem derramar uma gota de sangue. Eu o ignorei e virei para a cela da garotinha demdji de khalat verde. Ela ainda segurava o pequeno sol, olhando fixamente para mim com olhos vermelhos sérios com um brilho inquietante.

Despedacei a fechadura com um golpe de areia.

—Você é... — comecei a falar enquanto abria a porta, mas ela já estava de pé, correndo para fora e atravessando o corredor.

— Samira! — a menina chamou. Ela se aproximou das barras sem tocá-las. Sabia que devia ficar longe do ferro. Era mais informada do que eu na idade dela. Me apoiei na parede de pedra. Começava a sentir a exaustão agora que a luta havia terminado.

— Ranaa! — Outra menina abriu caminho até a frente da cela, ajoelhando para ficar da altura da jovem demdji. Talvez tivesse sido bonita antes da prisão. Agora só parecia cansada. Olhos escuros e fundos em um rosto exaurido. Procurei alguma marca demdji, mas ela parecia tão humana quanto possível. Devia ter mais ou menos a minha idade. Não era velha o bastante para ser mãe da menina. Talvez irmã? Ela enfiou os braços entre as barras, pousando a mão no rosto de Ranaa.

— Você está bem?

A jovem demdji virou para mim, fazendo bico.

— Solta ela. — Foi uma ordem, não um pedido. E vinda de alguém que estava acostumada a dá-las, pelo visto.

— Ninguém te ensinou a dizer "por favor"? — A frase escapou, embora aquele não fosse o lugar mais adequado para ensinar bons modos. Não que *eu* fosse a pessoa mais adequada para isso também.

Ranaa me encarou. Isso devia funcionar com a maioria das pessoas. Até eu, que estava acostumada com demdjis, achava aqueles olhos vermelhos perturbadores. Lembrei de algumas histórias que diziam que Adil, o Conquistador, era tão cruel que seus olhos vermelhos flamejavam. Ela normalmente conseguia o que queria só com aquele olhar. Mas eu normalmente não fazia as coisas só porque alguém tinha mandado. Esperei, brincando com a areia entre os dedos.

— Solte Samira, *por favor* — ela disse antes de bater um dos pés descalços. — Agora.

Me afastei da parede com um suspiro. Pelo menos eu havia tentado.

— Afaste-se. — Eu também podia dar ordens.

No segundo em que a fechadura quebrou, Ranaa se jogou para a frente, passando os pequenos braços em torno do pescoço de Samira, ainda segurando com cuidado a bola de luz em uma mão enquanto a outra agarrava o tecido sujo do khalat de Samira. Graças àquele brilho, eu podia ver o restante da cela. O espaço estreito estava abarrotado de prisioneiras. Mal tinham espaço para se deitar, empilhando-se umas sobre as outras. Elas já estavam levantando e saindo da cela aliviadas, ansiando pela liberdade. Imin e Mahdi tentavam organizá-las de alguma forma.

Havia mulheres adultas e meninas. As celas restantes eram parecidas. Vi rostos ansiosos e cautelosos pressionados contra as barras na escuridão, desconfiados mas esperançosos. Mahdi e Imin encontraram um molho de chaves com um dos homens mortos e agora se ocupavam em libertar o restante das prisioneiras. Imagino que era mais fácil do que explodir fechaduras. Mulheres transbordavam de uma cela após a outra, às vezes correndo para abraçar alguém, às vezes apenas cambaleando, parecendo animais assustados.

— E os homens? — perguntei a Samira, ainda abraçada com Ranaa, já imaginando qual seria a resposta.

— Eles eram mais perigosos — ela disse. — Pelo menos foi isso que Malik disse quando... — Samira se interrompeu, fechando os olhos como se isso pudesse impedi-la de vê-los morrendo pelas mãos do homem que havia tomado o poder na cidade. — E tinham menos valor.

A princípio não entendi por que ela me olhava daquela maneira por cima da cabeça de Ranaa. Então juntei as peças. As mulheres que cambaleavam para fora das celas eram jovens. Havia rumores sobre traficantes de escravos se aproveitando da guerra, sequestrando garotas na nossa metade do deserto para vendê-las a soldados acampados longe das esposas ou para homens ricos de Izman.

— Ranaa. — Repassei o nome mentalmente. Não era a primeira vez que o escutava naquele dia. Lembrei da mulher vestindo o sheema com flores azuis. Aquela que queria saber se eu era uma demdji. Agora entendia por que ela havia me reconhecido. — Sua mãe está preocupada com você.

A garotinha me lançou um olhar profundo de desdém, seu rosto ainda pressionado contra o peito de Samira.

— Então por que ela não veio me tirar daqui?

— Ranaa — Samira sussurrou num tom de censura. Acho que eu não era a única tentando ensinar boas maneiras à pequena demdji. Samira se apoiou na porta da cela. Estendi a mão para ela, ajudando-a a levantar. Ranaa ainda agarrava a ponta de seu khalat sujo, dificultando ainda mais os movimentos de Samira, fraca como estava. — Perdão — Samira disse. Ela tinha um sotaque refinado que me lembrava Shazad, embora seu tom fosse muito mais gentil. — Ranaa não está acostumada a falar com estranhos. — Essa última palavra foi acompanhada por um olhar de censura para a garotinha.

— Ela é sua irmã? — perguntei.

— De certo modo. — Samira apoiou a mão na cabeça da outra. — Meu pai é... — ela hesitou. — Ele *era* o emir de Saramotai. Está morto agora. — Sua voz saiu fria e calculada, escondendo a dor que sentia. Eu sabia como era ver um parente morrer. — A mãe de Ranaa era uma criada na casa do meu pai. Quando ela nasceu com uma aparência... diferente, a mãe implorou ao meu pai que a escondesse dos gallans. — Samira analisou meu rosto. Geralmente eu conseguia me passar por humana, mesmo com os olhos azuis. Mas algumas pessoas mais familiarizadas com demdjis conseguiam me identificar, como Jin havia feito. — Você entende o motivo, imagino.

Eu tivera sorte. Havia sobrevivido aos gallans por dezesseis anos sem ser reconhecida. Ranaa jamais conseguiria. E para os gallans, se você não era humano, então era um monstro. Para eles, um demdji era igual a um andarilho ou pesadelo. Ranaa, com seus olhos vermelhos, seria morta assim que a vissem.

Samira passou os dedos gentilmente pelo cabelo da garotinha, um carinho que parecia familiar, provavelmente de muitas noites persuadindo uma garotinha assustada a dormir.

— Nós a acolhemos e a escondemos depois que ela começou a fazer... isso. — Os dedos de Samira dançaram ao redor da luz na mão de Ranaa. — Meu pai achava que ela podia ser a reencarnação da princesa Hawa.

A história da princesa Hawa era uma das minhas favoritas quando mais nova. Remetia aos primórdios da humanidade, quando a Destruidora de Mundos ainda caminhava sobre a terra. Hawa era filha do primeiro sultão de Izman. Sua voz era tão bonita que fazia quem a ouvisse cair de joelhos. Seu canto atraiu um andarilho. Disfarçado de serviçal, ele arrancou seus olhos sem dó. A princesa gritou e o herói Attallah a salvou antes que o andarilho arrancasse sua língua. Ele enganou o carniçal e recuperou os olhos de Hawa. Quando sua visão foi restaurada e ela viu Attallah pela primeira vez, seu coração parou dentro do peito. O que Hawa sentiu foi tão novo e estranho que ela pensou que estava morrendo. A princesa enviou seu salvador para longe, porque doía olhar para ele. Mas depois que Attallah se foi, o coração dela começou a doer ainda mais. Hawa e Attallah foram os primeiros mortais a se apaixonar.

Um dia, a princesa recebeu notícias de que uma grande cidade do outro lado do deserto havia sido sitiada por carniçais, e que Attallah estava lá lutando. A cidade tentava construir novas defesas todos os dias, mas a cada noite os carniçais as derrubavam, forçando a cidade a recomeçar ao amanhecer, quando os carniçais se recolhiam. Ao ouvir que Attallah estava fadado a morrer, Hawa caminhou pelo deserto e chorou com tanta agonia que um buraqi, cavalo imortal feito de areia e vento, ficou com pena e foi ajudá-la. Ela cavalgou pelo deserto, cantando tão alegre que o sol apareceu no céu enquanto ela corria para perto de Attallah. Quando chegou à cidade, a princesa manteve o astro no céu por cem dias, afastando os carniçais. Nesse período, os locais puderam trabalhar dia e noite para construir sua grande e impenetrável muralha, que manteria todos seguros. Quando foi concluída, Hawa libertou o sol e casou com seu amado, protegida pelos muros.

Hawa ficava de guarda nas muralhas enquanto Attallah cavalgava para a batalha toda noite e voltava ao amanhecer. Por mais cem noites, ele atravessou os portões para defender a cidade. Seu amado parecia intocável. As garras dos carniçais não conseguiam nem arranhá-lo. A princesa seguiu vigiando até que, na centésima primeira noite, uma flecha perdida alcançou os muros e a atingiu.

Quando Attallah viu-a caindo, seu coração parou. Toda a sua proteção desapareceu, e os carniçais o dominaram, arrancando seu coração. No momento em que os dois morriam, o sol brilhou na noite escura uma última vez. Incapazes de lutar sob a luz, os carniçais queimaram, e a cidade foi salva com o último suspiro de Hawa e Attallah. O povo batizou a cidade em sua homenagem: Saramotai, que significa "a morte da princesa" no idioma primordial.

Fiquei me perguntando se um djinni tinha achado engraçado dar à filha nascida na cidade de Hawa o mesmo dom da princesa.

Mas Hawa era humana. Ou pelo menos era o que a história dizia. Eu nunca havia pensado a respeito. Nas histórias, as pessoas às vezes descobriam que tinham poderes do nada. Ou talvez Hawa fosse uma de nós, mas os séculos tivessem enterrado o fato de que era uma demdji, não uma princesa de verdade. Afinal, quando as pessoas recontavam os jogos do sultim, transformavam a bela e gentil Delila em uma fera medonha com chifres. E algumas histórias falavam em um Bandido de Olhos Azuis, deixando de lado o detalhe de que eu era uma garota.

— Depois de Fahali, achamos que seria mais seguro para ela — disse Samira, puxando Ranaa para perto. — Percebemos que mesmo quem não quer matar Ranaa a quer para outras coisas. — Havia uma superstição idiota de que um pedaço de demdji podia curar todas as enfermidades. Hala, nossa demdji de pele dourada, irmã de Imin, carregava um lembrete disso todos os dias: dois dedos seus haviam sido cortados e vendidos, provavelmente para curar o enjoo de algum homem rico. — Há um rumor de que até o sultão está atrás de um demdji.

— Ouvi isso também — eu a interrompi, de forma mais abrupta do que pretendia. Desde que ouvimos o rumor, minha maior preocupação era o sultão reencontrar Noorsham. Imaginei que eram mínimas as chances de haver outro demdji por ali com os poderes incrivelmente destrutivos do meu irmão. Nem eu podia arrasar uma cidade como ele. Ainda assim, estávamos tomando cuidado nos últimos meses para não deixar se espalhar a notícia de que a Bandida de Olhos Azuis e a demdji que evocava tempestades de areia eram a mesma pessoa. Não que isso importasse. Jamais deixaria o sultão me capturar viva. Mas agora estudava o pequeno sol nas mãos de Ranaa. Parecia inofensivo acomodado em suas palmas, mas poderia não ser tão inofensivo assim multiplicado por cem. As chances do sultão pareciam melhores agora.

— Por enquanto, sua rebelião o manteve longe dessa parte do deserto. Quanto tempo acha que vai conseguir manter o sultão fora daqui?

Quanto fosse necessário. Jamais deixaria o sultão fazer com outro demdji o que fizera com Noorsham. Ranaa podia ser uma pirralha mimada que ouvira a vida inteira que era a reencarnação de uma princesa lendária. Mas era uma demdji. E nós cuidávamos uns dos outros.

— Posso levar Ranaa a um lugar seguro. — Eu não podia deixá-la ali, não quando havia uma chance de a encontrarem e apontarem uma arma em sua direção. — Fora da cidade.

— Não quero ir a lugar nenhum com você — Ranaa argumentou. Eu e Samira a ignoramos.

— O príncipe Ahmed quer tornar o país seguro para demdjis, mas até lá eu sei onde ela pode ficar protegida.

Samira hesitou um momento.

— Posso ir junto?

Meus ombros relaxaram.

— Depende. Você consegue andar?

Imin ajudou Samira, mantendo-a de pé enquanto mancava em direção à escada, com Ranaa ainda pendurada nela. Estava prestes a segui-las quando a luz de Ranaa iluminou o canto da parede. A cela ainda não estava totalmente vazia. Uma mulher com um khalat amarelo-claro permanecia curvada, sem se mexer.

Por um segundo, pensei que estivesse morta, depois de dias na prisão escura e apertada. Então suas costas subiram e desceram de leve. Ela ainda respirava. Agachei e pousei a mão na pele exposta de seu braço. Parecia mais quente do que o esperado ali embaixo, longe do sol. Ela estava com febre. Meu toque a acordou, e seus olhos se arregalaram. Ela me encarou boquiaberta e em pânico através de uma cortina suja de cabelo. Havia uma crosta de sangue e sujeira em sua bochecha, e seus lábios estavam rachados.

— Consegue ficar de pé? — perguntei. A mulher não respondeu, apenas me fitou com seus enormes olhos escuros. Mas dava para adivinhar a resposta. Ela parecia pior que todas as outras. Mal conseguia permanecer acordada, muito menos tentar fugir.

— Imin! — chamei. — Preciso de ajuda aqui. Você pode...

— Zahia? — O nome foi sussurrado quase como uma oração, escapando áspero de uma garganta que parecia terrivelmente seca, um segundo antes da cabeça cair para trás e a mulher voltar a seu sonho febril.

Cada pedaço de mim congelou. Me perguntei se foi assim que Hawa se sentiu quando seu coração parou de bater.

De repente eu não era mais a Bandida de Olhos Azuis. Não era uma rebelde dando ordens. Não era nem mesmo uma demdji. Havia voltado a ser uma garota da Vila da Poeira. Porque aquele tinha sido o último lugar onde ouvi o nome da minha mãe.

5

— O que foi? — Imin apareceu atrás de mim.

— Eu... — Engasguei com as palavras, tentando forçar minha mente a sair do passado. Havia outras mulheres no deserto chamadas Zahia. Era um nome bem comum. Mas a mulher tinha me olhado como se me conhecesse antes de dizer o nome da minha mãe. E isso não era nem um pouco comum.

Não. Eu não era mais uma garota imprudente e inquieta nos confins do deserto. Era a Bandida de Olhos Azuis, e estava no meio de um resgate. Indiquei com a cabeça o corpo inconsciente no chão.

— Consegue carregar essa mulher? — Minha voz soou mais firme do que eu realmente me sentia.

Ainda usando a forma com a qual havia lutado, Imin ergueu a mulher inconsciente do chão como se fosse uma boneca de pano.

— Isso é ridículo, Amani — Mahdi sussurrou entre os dentes, forçando caminho pela multidão de mulheres libertadas enquanto eu seguia Imin para fora da cela. Elas não pareciam muito bem, mas estavam vivas e conseguiam ficar de pé. — Libertar pessoas é uma coisa, mas como espera que a gente escape carregando alguém?

— Não vamos deixar ninguém para trás. — Eu já havia cometido o erro de abandonar alguém que precisava de ajuda para me salvar: meu amigo Tamid, na noite em que eu fugira com Jin da Vila da Poeira. Estava assustada, desesperada e nervosa. Peguei a mão de Jin sem pensar, enquanto Tamid ficou sangrando na areia. Abandonei-o para morrer. Não podia desfazer aquilo. Mas não era mais uma garota da Vila da Poeira. Podia levar todos comigo agora.

— Quem sabe usar uma arma? — perguntei ao grupo de mulheres. Ninguém se mexeu. — Ah, parem com isso, não é tão difícil. Você aponta e atira. — Samira levantou a mão primeiro. Algumas outras a seguiram, nervosas. — Peguem as armas dos guardas — ordenei, tomando uma para mim. Abri o tambor e, assim que toquei no ferro, meu poder sumiu. Estava com todas as balas. Sacudi a mão para fechá-lo novamente e guardei a arma na cintura, com cuidado para que nenhuma parte dela encostasse na minha pele. Estritamente falando, eu não precisava de uma arma. Tinha o deserto inteiro a meu dispor. Mas era sempre bom ter opções. — Vamos embora.

Já havia escurecido e as ruas de Saramotai estavam vazias. Muito mais do que o normal logo depois do anoitecer.

— Toque de recolher — Mahdi explicou num sussurro enquanto caminhávamos. — É assim que o usurpador camponês mantém a população sob controle. — Ele não precisava dizer "camponês" com tanto desdém, mas eu não pretendia sair em defesa de Malik depois de ele ter tomado Saramotai à força e manchado o nome de Ahmed.

O toque de recolher tornaria as coisas muito mais simples ou muito mais complicadas. Bem em frente à prisão, a rua se bifurcava. Hesitei. Não conseguia lembrar por onde tinha vindo.

— Qual é o caminho até os portões? — perguntei em voz baixa. As mulheres me encararam de olhos arregalados, apavoradas. Por fim, Samira libertou o braço do aperto firme de Ranaa e apontou para a direita. Quase conseguiu esconder o fato de estar tremendo. Mantive o dedo no gatilho e seguimos adiante.

Odiava admitir que Mahdi estava certo, mas não passaríamos exatamente despercebidos nos esgueirando da prisão seguidos de dezenas de mulheres de aparência rica vestindo khalats rasgados. Isso sem falar naquelas que seguravam armas como se fossem cestos de compras. Eu suspeitava que Mahdi podia matar alguém de tédio quando falava, mas fora isso era inútil. E Imin teria dificuldade para lutar se fosse preciso, já que carregava a mulher que me chamou pelo nome da minha mãe.

Pelo visto, eu teria que nos manter longe de problemas. E essa não era exatamente minha especialidade.

Ainda assim, não encontramos nenhuma resistência ao passar tranquilamente pelas ruas desertas de Saramotai, refazendo o caminho trilhado mais cedo. Estava começando a achar que conseguiríamos fugir quando viramos uma esquina e mais de vinte homens com rifles olharam para nós.

Droga.

Estavam aglomerados ao redor dos portões da cidade em uniformes brancos e dourados, não os trajes improvisados dos guardas que tinham cometido o erro de entrar na prisão para morrer. Aqueles eram uniformes mirajins de verdade. O que significava que se tratava de homens do sultão. Pela primeira vez do nosso lado do deserto desde Fahali.

Deixei escapar o melhor xingamento em xichan que Jin havia me ensinado e saquei a arma por instinto, mesmo sabendo que era tarde demais. Havíamos sido pegos. Uma das mulheres atrás de mim entrou em pânico e disparou pelo labirinto de ruas da cidade antes que eu pudesse impedi-la, como um coelho assustado procurando abrigo.

Eu já havia visto aves de rapina caçando. Os coelhos nunca escapavam.

Alguém disparou. Um coro de pânico soou atrás de mim. E um grito de dor, encerrado por uma segunda bala.

A mulher estava esparramada na rua, o sangue se misturando ao pó. A bala atingira o coração. Ninguém mais se mexeu.

Mantive o dedo firme no gatilho. Havia mais de vinte armas apontadas para nós. Eu só tinha uma. Não importava o que as pessoas ouvissem a respeito da Bandida de Olhos Azuis, não era realmente possível derrubar duas dúzias de homens com uma única bala. Ou mesmo com meu dom de demdji. Não sem mais alguém tomar um tiro.

— Então você é a lendária Bandida de Olhos Azuis. — O homem que falou não vestia uniforme, mas um khalat azul espalhafatoso e um sheema roxo que não combinavam. Ele era o único que não estava apontando um rifle para a minha cabeça.

Então Malik, o usurpador, havia retornado.

Eu estava vagamente ciente da posição de Ikar, empoleirado em seu posto de guarda acima do portão, as pernas balançando enquanto se esticava para acompanhar a cena.

—Acabaram de me informar que a senhorita havia agraciado nossa cidade com sua ilustre presença.

Malik não pareceu nem um pouco confortável ao dizer aquelas palavras empoladas. Seu rosto parecia esquelético no brilho untuoso da lamparina. Eu havia crescido em meio ao desespero, e conhecia o olhar de alguém que havia sido maltratado pela vida. Só que, em vez de se resignar e aceitar seu destino, Malik decidira roubar o de outra pessoa. O khalat nas suas costas devia ser do emir. Ele tinha a silhueta de alguém que havia trabalhado, lutado, desejado e sofrido, mas vestia roupas de quem nunca havia passado por necessidades. Meu dedo tremeu no gatilho. Estava me coçando para atirar em alguma coisa, mas isso não nos tiraria vivos de lá.

O pequeno contingente de homens do sultão se movia irrequieto, olhando para mim como se tentassem decidir se eu realmente era a Bandida de Olhos Azuis. Acho que as histórias a meu respeito haviam chegado a Izman.

— E você é Malik — eu disse. — Sabe, ouvi dizer que enforcou aquele monte de gente em nome do meu príncipe. Mas está claro que sua lealdade pertence a outra pessoa. — Cumprimentei os soldados de maneira debochada com a mão livre. — Ao que tudo indica, você é mais um oportunista que um revolucionário.

— Ah, não diga isso. Acredito do fundo do coração na causa do seu príncipe rebelde. — Parecia que Malik estava arreganhando os dentes quando sorriu à luz das lamparinas sustentadas pelos soldados mais próximos. — Seu príncipe luta pela liberdade e pela igualdade em nosso deserto. Passei a vida inteira me curvando diante de homens que pensavam ser superiores a mim. Igualdade significa que eu jamais terei que me curvar novamente. Nem diante do sultão, nem do príncipe — ele virou e apontou para Samira, fazendo-a tremer com a súbita atenção — e nem do seu pai. — O movimento salpicou de luz e sombras as ruas de Saramotai. Duas figuras enormes talhadas em pedra flanqueavam os portões: Hawa e Attallah, de mãos dadas sobre a curva do arco.

Eu não havia percebido aquilo ao entrar, porque passara de costas para eles. Me perguntei o que pensariam se soubessem que a cidade que por tanto tempo haviam tentado salvar das ameaças externas apodrecera por dentro.

A tinta sumira da pedra havia muito, mas dava para notar o vermelho do sheema de Attallah. E eu podia jurar que os olhos de Hawa continuavam azuis.

— Estou criando minha própria igualdade — disse Malik, retomando minha atenção. — Não importa se estou levantando os que estão por baixo ou derrubando os que estão por cima, contanto que todos terminem de pé sobre a mesma areia. E ela — ele apontou para Ranaa — comprará nossa liberdade.

— Seus pés não estão tocando a areia. — Samira empurrou Ranaa para trás, protegendo-a. Ela estava escondendo o medo muito bem. Não parecia haver nada além de ódio quando ficou entre o homem que havia matado a maior parte de sua família e o pouco que havia restado. —Você pisa nas costas dos homens que matou.

— O príncipe rebelde vai perder essa guerra — disse um dos soldados do sultão, dando um passo à frente. — Malik é um homem sábio por perceber isso. — As palavras soaram forçadas e falsas, como se fosse doloroso bajular Malik. — O sultão concordou em ceder Saramotai a lorde Malik quando retomar esta parte do deserto, em troca da garota demdji. — O sultão até podia querer outro demdji para substituir Noorsham, mas eu não apostaria um único louzi na ideia de que estava disposto a ceder parte do deserto por isso. Malik, no entanto, era tolo o suficiente para acreditar que o sultão cumpriria sua promessa.

—Vocês estão em desvantagem. — Eu nunca havia me importado com isso antes. — Solte a arma, Bandida — Malik disse, com uma expressão de escárnio e desdém no rosto.

— Só existe um homem que pode me chamar assim — eu disse. — E você está bem longe de ter a beleza dele.

Malik se descontrolou mais rápido do que eu esperava. A arma que vinha mantendo de maneira tão arrogante na cintura foi sacada num instante, e logo pressionava minha testa. Senti Imin avançar atrás de mim, como se estivesse pensando em fazer alguma coisa. Ergui a mão na esperança de que entendesse a dica e não acabasse nos matando. De canto de olho, eu a vi congelar. As mulheres da prisão observavam assustadas o desenrolar dos eventos. Uma delas havia começado a chorar.

Seria ótimo se a sensação de um cano de ferro encostado na minha pele não fosse tão familiar. Mas estava longe de ser a primeira vez que me ameaçavam daquele jeito.

—Você é muito metida a engraçadinha, alguém já disse isso? — Era óbvio que sim, mas confirmar não me parecia muito inteligente.

— Malik. — O soldado que havia falado antes deu um passo à frente, como se sua paciência estivesse se esgotando. — O sultão a quer viva.

— O sultão não manda em mim — disse Malik, furioso. Ele pressionou a arma com mais força entre meus olhos. Meu coração acelerou por instinto, mas lutei para controlar o medo. Não ia morrer naquele dia.

— Você acabou de me custar vinte fouzas — suspirei. — Apostei que conseguiríamos sair da cidade sem ninguém ameaçar me matar, mas graças a você acabei de perder.

Malik não era esperto o bastante para se preocupar que alguém com uma pistola na cabeça fizesse piada em vez de chorar e se acovardar. Ele puxou o cão da pistola. — Bem, sorte sua que não estará viva para pagar a aposta.

— Malik! — O soldado avançou de novo, a irritação evidente agora. Parecia que os mirajins não haviam se dado conta de que estavam lidando com um homem instável. Seguindo algum sinal imperceptível do capitão, as armas mudaram de direção, indo das mulheres atrás de mim para Malik.

— Últimas palavras, Bandida? Quer implorar por sua vida?

— Bem... — uma voz pareceu flutuar até o ouvido de Malik. — Talvez *você* devesse implorar.

Ele ficou visivelmente tenso ao se ver em perigo. Eu havia me familiarizado com aquela reação nos últimos seis meses. Um filete fino de sangue escorria pelo pescoço de Malik, embora parecesse não haver nada ao seu redor além de ar.

A tensão em meus ombros finalmente passou. O problema de ter um reforço invisível é que você nunca sabe onde ele está.

O ar tremeluziu enquanto a ilusão lançada por Delila se desfazia, revelando Shazad onde não havia ninguém um instante antes. Seu cabelo escuro estava trançado firme em volta da cabeça como uma coroa, um sheema branco pendia frouxo ao redor do pescoço e suas roupas do deserto pareciam caras. Ela era tudo o que Malik odiava e o havia deixado indefeso. Parecia perigosa, não só porque uma de suas lâminas estava pressionada contra a garganta dele, mas porque seu maior desejo era usá-la.

Por fim, um tanto tarde demais, o medo surgiu lentamente em seu rosto.

— Agora é uma boa hora para largar essa arma e erguer os braços — eu disse.

6

Eu estava tão perto de Malik que vi o desespero em seu rosto um momento antes de se transformar em ação. Mas eu era mais rápida do que seu cérebro estúpido podia acompanhar. Caí de joelhos um segundo antes da arma disparar. A bala atingiu o muro atrás de mim sem causar dano a ninguém. Malik caiu no chão em seguida, com um novo colar vermelho desenhado pela espada de Shazad.

Mas ainda não havia terminado.

— Finalmente, hein? — eu disse a Shazad, ficando de pé enquanto levantava as mãos. Do outro lado das muralhas de Saramotai, o deserto levantou em resposta. Após usar apenas um punhado de areia dentro da prisão, ter tudo aquilo ao meu alcance era quase intoxicante.

— Que bom que conseguiu não tomar um tiro dessa vez. — Shazad girou comigo para encarar o restante dos soldados. — Mas ainda me deve os vinte fouzas.

— O dobro ou nada? — ofereci por cima do ombro enquanto nos posicionávamos de costas uma para a outra.

O capitão já estava dando ordens aos soldados confusos, recuperando-se bem rápido, considerando que um novo inimigo tinha acabado de aparecer do nada.

— Delila! — Shazad gritou, dando suas próprias ordens. — Pode parar agora.

A ilusão foi suspensa como uma cortina se abrindo antes de um show. De repente, metade dos homens do sultão que estavam ali de pé apareceram caídos no chão, com nossos rebeldes ocupando seus lugares, de armas em punho. Atrás deles estava Delila, o rosto todo inocente, o cabelo roxo cobrindo os olhos arregalados e assustados. Ela baixou as mãos, tremendo com o esforço. Estava assustada, mas o medo não a impedia de agir.

— Navid! — Atrás de mim, Imin o identificou imediatamente na multidão de rebeldes.

Alto e moldado pelo deserto, Navid era um dos nossos novatos de Fahali. Não tínhamos planejado recrutar pessoas lá, mas após a batalha muitos quiseram se juntar a nós. Ele era um dos melhores, forte e resistente o bastante para sobreviver à guerra que estávamos travando. E parecia convicto de que tínhamos uma chance. Era difícil não gostar dele. Mas ainda me surpreendia que Imin tivesse se apaixonado.

Navid suspirou de alívio quando a identificou, reconhecendo-a independente da aparência. Ele baixou a guarda ao ver que Imin estava viva. Eu notei isso, e o soldado à sua direita também.

O deserto se derramou por cima dos muros de Saramotai, cascateando ao redor da escultura da princesa Hawa e derrubando os soldados no chão. Lancei um golpe de areia na direção do soldado que teria matado Navid, derrubando-o, e trazendo a atenção de Navid de volta para o combate.

— Cuidado, Navid!

Eu já virava para o outro lado. A areia se transformou num furacão ao meu redor. Desci o braço, jogando areia no rosto de um soldado que atacava Delila. Ouvi um grito atrás de mim. Girei a tempo de ver um soldado vindo na minha direção com a espada em punho. Comecei a reunir areia para formar uma lâmina, mas ia demorar muito, e não era preciso. Aço zuniu contra aço. A espada de Shazad passou a um centímetro de distância da minha garganta, bloqueando a arma do soldado.

O sangue que estaria na espada inimiga pulsou alto nos meus ouvidos. Com um movimento, rápido demais para que eu pudesse acompanhar, o guarda estava no chão.

—Você deveria seguir seu próprio conselho — Shazad disse, e me passou uma arma.

— Por que eu precisaria tomar cuidado se tenho você? — Peguei a pistola, mas era tarde demais para atirar. Em vez disso, acertei o rosto do soldado mais próximo com o cabo, a pancada reverberando pelo meu braço, o sangue do nariz dele espirrando na minha mão.

A luta seria curta e sangrenta. Já havia mais soldados no chão do que de pé. Atirei. Mais um caído. Virei para procurar o próximo alvo.

Não vi direito o que aconteceu em seguida. Apenas fragmentos.

Notei outra arma no canto do meu campo de visão e ergui a minha. A exaustão me deixava lenta. Minha mente não entendia o que via.

A arma não estava apontada para mim.

O alvo era Samira. E o soldado já estava com o dedo no gatilho.

Tudo aconteceu numa fração de segundo.

Ranaa se moveu.

Ele atirou.

A bala impiedosa atravessou seu khalat verde e sua pele.

Uma fração de segundo e pronto. A luta havia terminado tão rápido quanto começara. No silêncio, eu só ouvia Samira gritando por Ranaa enquanto o sangue da pequena demdji escorria, o pequeno sol em sua mão morrendo com ela.

7

Ahmed esperava por nós na entrada do acampamento.

Não era um bom sinal.

Nosso príncipe rebelde podia não ter a altivez da realeza, mas tampouco costumava nos esperar como uma esposa cujo marido não voltava do bar.

— Delila. — Ele avançou na direção da irmã, deixando a cobertura do arco. Instintivamente, Shazad olhou em volta, procurando algum perigo que pudesse estar espreitando nas encostas do desfiladeiro. Até onde sabíamos, o local do acampamento ainda era seguro, mas se nossos inimigos descobrissem que estávamos ali, os desfiladeiros que nos cercavam permitiriam que qualquer atirador com um rifle o atingisse lá do alto. Alguém precisava cuidar da segurança de Ahmed, mesmo que ele não se preocupasse com isso. Ahmed nem pareceu notar a preocupação de Shazad. Toda a sua atenção estava voltada para a irmã.
—Você está bem?

Uma parte de mim queria dizer a Ahmed que ele deveria ter mais fé na gente para saber que devolveríamos sua irmã inteira. Mas minha camisa estava mais vermelha do que branca, o que não indicava exatamente que estava tudo bem. Era melhor não chamar atenção para mim mesma naquele momento.

O sangue era meu. E do meu agressor. E de Ranaa.

Tentamos salvá-la. Mas todo mundo sabia que era impossível. Ela morreu rápido nos braços de Samira.

Pessoas morrem, procurei lembrar. Era o que acontecia nas missões. Ela não fora a primeira e, a menos que conseguíssemos matar o sultão no dia seguinte e Ahmed assumisse o trono, não seria a última. *Esse é o custo da guerra*, disse uma voz desagradável na minha cabeça, que soava parecida demais com a de Malik.

Só que eu nunca havia perdido uma demdji em batalha antes. Ou uma criança.

A culpa era do sultão. Não nossa. Ele que havia deixado os gallans cruzarem nossas fronteiras e permitido que matassem demdjis. Ele vinha nos caçando para nos usar como arma. Ele era culpado por Ranaa estar morta. Mas nós ainda estávamos vivos — eu, Imin, Delila — e não seguiríamos o caminho de Noorsham. Íamos derrubar o sultão antes que ele pudesse encontrar outro demdji. Eu precisava garantir isso.

— Estou bem. — Delila se contorceu enquanto o irmão a analisava em busca de ferimentos. — Sério, Ahmed.

Shazad me lançou um olhar expressivo, que disfarçou coçando o nariz. Depois de seis meses, ela era um livro aberto para mim. Aquele olhar significava que logo estaríamos em apuros.

Não tínhamos exatamente recebido permissão de levar Delila conosco. Mas sabíamos que precisaríamos de ajuda se quiséssemos atravessar os muros impenetráveis de Saramotai. Também sabíamos que Ahmed negaria se pedíssemos para levá-la em uma missão. Então não pedimos. Tecnicamente não era desobediência, porque não tínhamos sido proibidas de fazer isso. Mas sabíamos que essa desculpa era tão esfarrapada quanto nós duas.

Eu torcera para que Ahmed simplesmente não notasse que Delila não estava lá. Ele estava ocupado comandando a rebelião e só ficaríamos fora alguns dias. Mas, diferente de mim, a maioria das pessoas parecia saber o paradeiro dos irmãos.

— Delila se saiu bem, Ahmed — eu falei. — Muita gente teria morrido se não fosse por ela.

Muito mais *gente*, mas não disse isso em voz alta. Sabia que Shazad lera aquilo nas entrelinhas, entretanto. Delila apenas fitou os próprios pés enquanto Ahmed finalmente encarava o grupo e a multidão logo atrás. Alguns cavalgavam, mas os que eram fortes o bastante haviam caminhado. Mahdi estava entre os que disseram precisar de um cavalo. Imin tinha assumido a forma de uma garota e cavalgava com Navid, que a abraçava de maneira protetora. Ahmed sorriu.

—Vi que conseguiu resgatar Imin, Mahdi e mais algumas pessoas. — Havia um tom irônico apesar de seu sorriso indulgente.

Algumas ex-prisioneiras permaneceram em Saramotai, mas muitas partiram conosco. Mulheres que não tinham motivo nenhum para ficar, cujos maridos e filhos estavam entre os corpos pendurados nos muros. Aquela que havia me chamado de Zahia era uma delas. O pai sagrado em Saramotai a havia examinado e dito que não morreria na viagem até o acampamento. Mahdi foi contra trazê-la, mas Shazad não me questionou quando eu disse que parecia errado deixá-la indefesa na cidade que havia tentado matá-la. Shazad sabia que eu estava escondendo alguma coisa. A mulher ficou oscilando entre a consciência e o sono desde que deixamos a cidade, cavalgando a maior parte do tempo atada com um sheema à mulher na frente dela, para que não escorregasse.

Não era exatamente incomum voltar de missões com desgarrados. Eu sabia bem disso, já que, seis meses antes, havia acontecido comigo. Jin viajara com o objetivo de obter informações sobre uma possível arma do sultão. Mas voltara comigo, e pouco tempo depois eu já não era a mais novata do acampamento.

Simpatizantes dos rebeldes como Navid haviam se juntado a nós, impulsionados pela batalha de Fahali. Órfãos vieram de Malal, segurando a barra da camisa de Jin por todo o caminho até o acampamento. Um soldado desertor tinha sido orientado a nos procurar pelo pai de

Shazad, o general Hamad. Às vezes, Shazad se distraía e os chamava de "tropas". Ahmed preferia considerá-los "refugiados". Após algumas semanas, todos se tornavam simplesmente "rebeldes".

— Precisamos conversar sobre a missão. — As palavras vieram com um olhar expressivo para mim e Shazad. Ahmed não daria bronca na frente de todo mundo. Mas isso não significava que deixaria para lá.

Shazad começou a falar enquanto ele nos conduzia pelo portão que levava ao acampamento. Ela deu detalhes de como tinha planejado que eu fosse capturada e então pulou para a parte de como ela e Delila, invisíveis graças à ilusão da menina, tinham entrado atrás de mim no momento em que fingi tropeçar e esperado o anoitecer para abrir a porta para os outros. Quanto menos lembrasse Ahmed de que havíamos colocado a irmã dele em perigo, melhor. Do modo como contara, mal dava para perceber que houve um combate sangrento. Shazad explicou que havíamos deixado Samira no comando da cidade.

— Precisamos enviar reforços — ela disse enquanto trilhávamos nosso caminho pelo interior do penhasco. — Deixamos o máximo de gente possível para ajudar. — Isso significava meia dúzia de homens que tinham ido conosco para Saramotai. Navid sozinho valeria por sete deles, mas sabíamos que não pretendia se separar de Imin de novo. Não era exatamente um exército capaz de manter uma fortaleza, mas era o que tínhamos. — Não é o bastante para garantir a paz. Devíamos mandar cinquenta soldados bem treinados antes que alguém ambicioso siga os passos de Malik. E precisamos reforçar a cidade contra o sultão. Ahmed... — Shazad baixou a voz, olhando para trás, onde a multidão recém-recrutada caminhava nervosa pela escuridão. — As tropas do seu pai estavam na nossa metade do deserto.

O príncipe não a respondeu de imediato, mas conforme nos aproximávamos do fim do túnel, pude notar que entendia o significado daquilo ainda melhor do que eu. Boa parte do poder que mantínhamos dependia de aparências. Não conseguiríamos manter nossa metade do deserto à força, mas podíamos parecer mais fortes do que éramos de fato. Contanto que o sultão não perambulasse pelo nosso território.

Conforme caminhávamos, a outra face do penhasco surgiu. Pisquei com o brilho repentino. A luz do verão fazia o acampamento rebelde parecer uma das ilusões de Delila, bonito e vivo demais para um deserto cheio de poeira e morte. Um mundo à parte.

O acampamento tinha dobrado em tamanho desde a primeira vez que o vira. Não pude evitar olhar por cima do ombro para ver a reação das mulheres de Saramotai que nos acompanhavam. Eu tinha adquirido o hábito de observar o rosto dos refugiados quando viam aquilo pela primeira vez. Não fiquei desapontada. Uma a uma, elas saíram do túnel e tiveram um vislumbre do novo lar. Por apenas um momento, o medo, o pesar e a exaustão foram embora, dando lugar ao maravilhamento diante do oásis que se estendia embaixo delas. Ao observá-las, senti por um breve segundo como se estivesse redescobrindo aquele lugar.

Mesmo que nos seis meses anteriores eu tivesse me acostumado a voltar para casa. Conhecia cada detalhe do acampamento; os rostos que me esperavam aqui, as cicatrizes que exibiam. Tanto as marcas que os trouxeram para nosso lado quanto aquelas que ganharam lutando por nós. Sabia quais tendas estavam ligeiramente tortas, e como os pássaros soavam no fim da tarde nas piscinas, e que o cheiro de pão significava que era dia de Lubna na cozinha.

Eu meio que esperava ver Jin caminhando na minha direção, como havia feito da última vez que voltei de uma missão sem ele. Com um sorriso no rosto, a gola aberta revelando a ponta da tatuagem, as mangas dobradas até os cotovelos de modo que, quando me puxasse para si, fazendo minha própria camisa subir, a pele fria de seus braços encostasse na minha pele quente do calor do deserto.

Mas pelo visto ele ainda não havia voltado para casa.

Shazad discutia com Ahmed os detalhes de quem e quantos enviar para Saramotai, me deixando no comando das nossas novas refugiadas.

Dei a Imin e Navid instruções para acomodá-las. Levar as doentes e feridas para o pai sagrado. Colocar o restante para trabalhar. Mas Navid não precisava de instruções, porque ele mesmo já havia passado por isso. Ainda assim, sorriu cordialmente. Imin o ajudou a guiar as mulheres para o outro lado do acampamento.

Meu olhar encontrou o de Ahmed por cima do ombro de Shazad enquanto eles discutiam, com Mahdi se metendo de vez em quando. Ele indicou Delila rapidamente com os olhos. Eu entendi que não a queria mais envolvida do que já estava.

— Delila — chamei —, se importa de acompanhar Navid e Imin para garantir que não comecem a se agarrar antes de acomodar todo mundo?

Ela podia ser inocente, mas não tinha nada de burra. Sabia o que eu estava fazendo. Pensei que fosse insistir em testemunhar a nosso favor, mas apenas baixou a cabeça e ajeitou o cabelo roxo atrás das orelhas com falsa empolgação antes de seguir Imin, Navid e as mulheres de Saramotai.

Ahmed esperou até que ela tivesse se afastado para começar.

— O que vocês estavam pensando? — Ele não tirou os olhos das costas da irmã. — Delila é uma criança e não foi treinada para lutar.

— Sem falar que o plano quase terminou com Amani tomando um tiro na cabeça — Mahdi se intrometeu.

— Foi justamente a *falta* de um plano que te fez terminar preso numa cela, então eu não sairia fazendo acusações se fosse você. Sabe o que dizem por aí: se você aponta o dedo para os outros, acaba com eles tão quebrados que apontam de volta pra você. — Shazad tinha ainda menos paciência com Mahdi do que eu. Ela o conhecia havia mais tempo. De uma época anterior aos jogos do sultim em Izman.

—Tenho quase certeza de que esse ditado não existe — eu disse.

—Você quase *morreu* — Mahdi repetiu, como se fôssemos burras demais para entender.

— Do jeito que você fala, parece que foi a primeira vez que apontaram uma arma para mim — retruquei enquanto Shazad revirava os olhos. — Não foi a primeira vez nem *esse mês*.

— Minha irmã não está acostumada a encarar a morte como vocês duas. — Ahmed começou a andar, deixando implícito que deveríamos acompanhá-lo.

— Você sabe que não deixaríamos nada acontecer a ela, Ahmed — disse Shazad enquanto ficávamos cada uma de um lado dele, com Mahdi tentando se enfiar no meio a cotoveladas.

— Além disso, Delila é tão demdji quanto eu. — Passamos pelo sol brilhante na ponta do acampamento e seguimos sob a sombra das árvores do oásis. Estávamos indo para o pavilhão de Ahmed. Eu tentava lembrar quando havia ficado tão confortável em discutir com a realeza.
— Ela quer ajudar, como todo mundo aqui.

— Mas não foi por isso que você a levou, não é? — Ahmed não olhou para mim ao dizer isso. — Você só queria provar um ponto.

Ele estava falando de Jin.

Dois meses tinham se passado desde que eu havia tomado um tiro e quase morrido em uma missão com ele em Iliaz. Eu tivera sorte de sobreviver. Quando acordei no acampamento, suturada e enfaixada, Jin havia partido. Ahmed o enviara para a fronteira enquanto eu estava inconsciente. Para se infiltrar no exército xichan, que vinha corroendo Miraji pela borda oriental, tentando firmar uma posição no nosso deserto desde que a aliança entre o sultão e os gallans havia se esfacelado.

Eu não era mesquinha a ponto de expor sua irmã ao perigo só porque ele havia feito o mesmo com o irmão enquanto minha vida corria risco.

Por outro lado, não sabia se conseguiria dizer isso em voz alta.

— Podemos precisar dela e provar um ponto ao mesmo tempo. — Shazad se intrometeu, ficando ao meu lado. Tínhamos quase chegado ao pavilhão de Ahmed quando ele parou e virou para nos encarar. Interrompi a passada abruptamente e por um momento tudo o que podia ver era o príncipe rebelde de frente para mim, delineado pelo sol dourado que marcava a entrada de seu pavilhão, meio passo à frente, como se pudesse fazer a justiça cair sobre nossas cabeças a qualquer instante. Como se fosse nosso governante, e não nosso amigo.

Foi então que notei que a entrada para o pavilhão estava fechada. Era por isso que eu podia ver o sol costurado nas abas da tenda radiando de Ahmed. Eu só a tinha visto fechada quando um conselho de guerra fora convocado. Algo estava acontecendo. Shazad percebeu no mesmo instante que eu.

— Hala voltou — explicou Ahmed. Pelo modo como abandonara a conversa sobre sua irmã tão rápido, havia algo errado. — Ela chegou de Izman pouco antes de vocês. Maz viu vocês lá do alto, então pensamos que seria melhor esperar para... conversar. — Seus olhos passaram por Mahdi e se afastaram tão rápido que eu não teria notado se não estivesse observando tão de perto.

— O que aconteceu? — Shazad perguntou. — Por que não contou a Imin sobre Hala? — As duas eram irmãs, filhas do mesmo djinni. Se Hala estivesse no acampamento quando Imin foi capturada, nós a teríamos levado no lugar de Delila. Ela teria invadido a mente de cada habitante de Saramotai para tirar a irmã de lá.

— Sayyida está com ela? — perguntou Mahdi, interrompendo.

Sayyida. O motivo pelo qual Hala tinha sido enviada a Izman para começo de conversa.

Eu não a conhecia, mas já tinha ouvido falar um bocado dela. Tínhamos a mesma idade. Ela havia casado aos quinze anos com um dos soldados do general Hamad. Foi Shazad quem notou que Sayyida tinha mais ossos quebrados do que seu marido soldado. Foi ela quem arquitetou sua fuga para um abrigo da rebelião em Izman. A partir daí, Sayyida se envolveu com a causa. E com Mahdi, pelo visto.

No começo, logo após os jogos do sultim, Sayyida conseguira uma posição no palácio, onde atuaria como espiã para a rebelião. Fazia um mês que ela havia deixado de enviar seu relatório costumeiro. Ahmed esperara uma semana. Podia ser só um atraso, e a última coisa que queríamos era estragar seu disfarce. Mahdi ficou enchendo a paciência de Ahmed todo dia e finalmente Hala fora mandada para descobrir o que estava acontecendo.

— Sayyida está bem? — Mahdi pressionou. Ele soava esperançoso, embora eu pudesse ver a apreensão em seus olhos enquanto observava o pavilhão fechado por cima do ombro do príncipe.

O silêncio de Ahmed foi a resposta.

Dentro do pavilhão, Hala estava de joelhos, curvada sobre uma bela mirajin, com as mãos douradas repousando na cabeça da menina. Seus olhos permaneceram totalmente fechados quando entramos. Ela parecia cansada. Tanto que não estava usando uma ilusão para completar os dedos faltantes, como de costume. Sua pele demdji se movia como ouro fundido, com cada respiração estremecida mudando o reflexo da luz sobre ela. Uma camada fina de suor cobria seu corpo, não de calor, percebi, mas de esforço. Ela estava usando seus poderes demdji, só que não em si mesma, mas na menina.

Os olhos daquela que supus ser Sayyida estavam arregalados, fixos em algo muito longe que nenhum de nós podia saber o que era. Hala estava dentro da mente dela.

Mahdi se ajoelhou do lado da menina, em frente a Hala.

— Sayyida! — Ele a pegou em seus braços. — Consegue me ouvir?

— Eu agradeceria se não fizesse isso. — A voz rápida e familiar de Hala soava cansada. Ela mantinha os olhos fechados. — É meio insultante tentar me arrancar para fora da cabeça dela como se eu fosse um sonho ruim, considerando que venho mantendo uma ilusão por boa parte da semana para tentar ajudar a garota. — *Uma semana?* Aquilo explicava por que Hala parecia estar desmoronando. Era difícil para qualquer um de nós, exceto os metamorfos, usar nossos poderes ininterruptamente por mais de algumas horas.

— Foi fácil encontrar Sayyida numa cela. — Hala desabou no chão. Ela tremia. Mal conseguia aguentar. — Entrar em sua mente foi o único jeito que encontrei de trazer a garota para cá discretamente. — Hala olhou desesperada para Ahmed. — Você trouxe algo para a dopagem?

Ahmed assentiu, tirando uma pequena garrafa com um líquido claro do bolso.

— O que aconteceu com ela? — Mahdi mudou de posição para embalar Sayyida. Sempre o tomei como um covarde, mas percebia agora que nunca o vira realmente assustado antes. Nem mesmo trancafiado na prisão. E esse medo não era por si próprio. Talvez Mahdi pertencesse de fato à nossa rebelião, no fim das contas.

Hala olhou para Ahmed como se pedisse permissão. Ele hesitou um segundo antes de assentir. O único sinal de que Hala estava deixando de usar seu poder foi o pequeno suspiro que escapou de seus lábios antes de sentar sobre os calcanhares. Já a mudança em Sayyida foi como se a noite caísse ao meio-dia. Sua paz vazia se transformou em gritos, a cabeça arqueando para trás enquanto se contorcia nos braços de Mahdi. Ela se debatia cegamente, como um animal numa armadilha, cravando as unhas nas roupas de Mahdi, no solo e em qualquer coisa ao alcance.

Shazad pegou a garrafa da mão de Ahmed e o sheema do seu pescoço, derramando o conteúdo no tecido. Só o cheiro daquilo já fez minha cabeça girar. Ela passou o braço ao redor do corpo de Sayyida, que ainda gritava, e prendeu os braços da garota na lateral do corpo, pressionando o tecido molhado sobre seu nariz e sua boca. Shazad apertou levemente o abdome de Sayyida, forçando-a a inalar os vapores com força total.

Mahdi não se mexeu. Apenas observou com os olhos vazios a luta de Sayyida ficando mais fraca até que caísse inconsciente e mole nos braços de Shazad.

— Mahdi. — Ahmed finalmente quebrou o silêncio. — Leve Sayyida à tenda do pai sagrado. Ela pode descansar lá.

Mahdi assentiu, grato por poder sair dali. Ele não era um homem forte; era um estudioso, não um guerreiro, e seus braços tremeram com o esforço. Mas nenhum de nós ia insultá-lo oferecendo ajuda.

— Descansar não vai ajudar — falei quando a aba da tenda se fechou atrás dele. — Ela está morrendo. — A verdade veio fácil. Nós demdjis não podíamos mentir. Independente do que tivessem feito a ela, aquilo a estava matando.

— Eu sei — disse Ahmed. — Mas acredite em mim: não faz nenhum bem dizer a alguém que a pessoa que ama está morrendo. — Ele olhou diretamente para mim quando disse isso. Me perguntei o que havia acontecido entre Ahmed e Jin enquanto eu estava à beira da morte.

— O que fizeram com ela? — A voz de Shazad estava apreensiva.

— Será que ela contou alguma coisa sobre nós? — De todos no acampamento, era ela quem tinha mais a perder. Pertencia a uma família importante de Izman, e se a notícia de que estava do lado do príncipe rebelde se espalhasse, o sultão poderia facilmente pôr as mãos em muitas pessoas próximas a ela.

—Ah, desculpe, não perguntei detalhes da tortura enquanto a resgatava sozinha e tentava não me entregar de bandeja para o sultão — Hala rebateu. — Talvez você prefira que eu volte lá e me ofereça em troca de alguma informação inútil.

Hala geralmente tinha o pavio curto, mas nunca com Shazad. Ninguém se dava bem bancando o espertinho pra cima de Shazad. Hala devia estar num estado pior do que eu imaginara.

— Se o sultão soubesse a seu respeito, nós já estaríamos cientes disso — falou Ahmed.

— Precisamos de um novo espião no palácio. — Os dedos de Shazad tamborilaram no cabo da espada. — Talvez seja hora de eu voltar da minha peregrinação. — Até onde todo mundo em Izman sabia, Shazad Al-Hamad, a bela filha do general Hamad, tinha sido acometida por um surto de santidade. Ela havia se retirado para o sítio sagrado de Azhar, onde diziam que o primeiro mortal havia sido criado, para rezar e meditar. — O Auranzeb está chegando. Seria um bom motivo para voltar.

—Você foi convidada para o Auranzeb? — Isso atraiu minha atenção. O Auranzeb era uma festa organizada todo ano no aniversário do golpe em que o sultão tomara o trono de Miraji. Uma comemoração da noite sangrenta em que ele firmou um acordo com o Exército gallan e assassinou seu próprio pai e metade dos seus irmãos.

Mesmo na Vila da Poeira, ouvíamos histórias sobre as comemorações. Fontes cheias de água polvilhada de ouro, dançarinos que saltavam através do fogo como entretenimento, esculturas de açúcar feitas com tanto capricho que os artesãos haviam ficado cegos.

— Privilégios da filha do general. — Shazad já soava entediada.

— Não — Ahmed nos interrompeu. — Não posso abrir mão de você. Talvez eu não seja tão bom estrategista, mas sei que não se envia seu melhor general como espião se for possível evitar.

— E eu sou tão dispensável assim? — Hala perguntou, ainda esparramada no chão, com uma ponta de sarcasmo. Ahmed a ignorou. Era impossível responder a cada frase sarcástica dela e fazer qualquer outra coisa no mesmo dia. Estendi a mão para ajudá-la a levantar. Hala me ignorou, preferindo se esticar para roubar meia laranja descascada de cima da mesa.

— Temos que fazer alguma coisa. — Shazad passou as mãos compulsivamente sobre o mapa desenrolado sobre a mesa. Ele costumava ser uma única folha de papel limpa e firme mostrando Miraji. Agora, era uma colcha de retalhos composta por uma dezena de pedaços diferentes mostrando as extremidades do país. Havia cidades com os nomes dos rebeldes alocados lá rabiscados e rasurados, e outros pedaços de papel colocados uns sobre os outros conforme o deserto mudava em nossas mãos. Uma anotação havia sido feita recentemente perto de Saramotai. — Não podemos nos esconder nesse deserto para sempre, Ahmed.

Reconheci o reinício de uma discussão que Shazad e Ahmed vinham tendo havia meses. Ela dizia que precisávamos levar a rebelião para a capital se quiséssemos ter uma chance de vitória. Ahmed insistia que era arriscado demais. Shazad apontava que ninguém jamais ganhara uma guerra na defensiva.

Ahmed esfregou dois dedos num ponto da testa junto ao cabelo onde havia uma pequena cicatriz, quase invisível. Notei que cada vez que enviava um de nós para uma missão potencialmente fatal ele a esfregava como se ainda doesse. Como se guardasse sua consciência ali. Eu não sabia como Ahmed tinha conseguido a marca. Era uma lembrança da vida que ele e Jin levavam antes de voltarem a Miraji.

Jin tinha me contado as histórias por trás de algumas de suas cicatrizes uma vez, numa daquelas noites sombrias no deserto entre o acampamento e uma missão. Logo após ele ganhar a ferida que se transformaria em uma nova cicatriz logo abaixo da tatuagem do sol em seu peito. Estávamos muito longe de qualquer pai sagrado que pudesse cuidar dos ferimentos, o que significava que ele só podia contar comigo. No escuro da tenda, minha mão viajou por sua pele, encontrando novos inchaços e marcas enquanto Jin me contava a origem de cada um. A faca de um marinheiro bêbado em uma briga num porto de Albis. Um osso quebrado no convés em uma tempestade. Então meus dedos encontraram aquela marca atrás de seu ombro esquerdo, perto da tatuagem de bússola que ficava oposta ao seu coração.

— Essa aí — dissera ele, tão perto de mim que sua respiração agitara o cabelo que escapava do rabo improvisado na minha cabeça — foi do tiro que tomei no ombro quando uma garota chata que fingia ser menino me abandonou no meio de uma confusão.

— Que bom que a chata pelo menos suturou você — eu brinquei, traçando a tatuagem com meu polegar.

De canto de olho, vi a boca de Jin se contorcer num sorriso muito sutil.

— Eu já sabia que estava encrencado desde aquele momento. Estava fugindo desesperado, sangrando no chão, e só conseguia pensar em te beijar, dane-se se nós dois fôssemos pegos.

Eu disse a ele que teria sido uma idiotice. E então Jin me beijou até que estivéssemos agindo como completos idiotas.

— E quanto a Jin? — De volta ao presente, a pergunta escapou sem querer, interrompendo a discussão que vinha passando por suas etapas usuais enquanto meus pensamentos estavam em uma tenda no meio do deserto.

Ahmed sacudiu a cabeça, os nós dos dedos ainda apoiados na testa.

— Nenhuma notícia.

— Não acha que devemos enviar alguém atrás dele como fizemos com Sayyida? — A frase saiu antes que eu pudesse dosar a raiva nas minhas palavras.

— Então você está brava por causa de Jin. — Ahmed parecia cansado.

— Estamos no meio de uma guerra.

Se era mesquinho da minha parte ficar com raiva de Ahmed por enviar Jin para longe enquanto eu estava entre a vida e a morte, então eu era uma pessoa mesquinha.

— Estamos. — De algum modo, sua calma tornava aquilo ainda pior. De canto de olho, peguei um olhar de Shazad. Só que daquela vez ela o dirigia a Hala, e não a mim, e foi rápido demais para que eu pudesse entender. Hala enfiou o último pedaço de laranja na boca, finalmente se levantando e se afastando de mim.

— Isso não é uma resposta — Ahmed me disse. — Acha que cometi um erro ao enviar Jin para espionar os xichans? Quando os estrangeiros enfrentando meu pai são a única coisa que o mantém longe do nosso encalço?

— Acho que isso não importa mais. O sultão já voltou para o nosso território, a julgar pelos soldados que matamos em Saramotai. — Eu não deveria ter dito isso. — Acho que poderíamos ter agido de outra maneira. — Tampouco isso. Mesmo que pensasse a respeito havia meses.

Ahmed juntou as mãos no alto da cabeça. O gesto lembrava tanto Jin que fiquei com mais raiva ainda.

—Você acha que só por sua causa eu não deveria ter enviado meu irmão em uma missão para o bem do país?

— Acho que podia ter esperado um pouco. — Eu me descontrolei. De repente, estava gritando. Shazad avançou como se fosse me impedir de dizer algo de que eu pudesse me arrepender depois. — Pelo menos até eu me recuperar do tiro que havia tomado por causa da sua rebelião.

Eu nunca tinha visto o temperamento de Ahmed se alterar. Soube que tinha forçado a barra antes mesmo de ele elevar o tom de voz.

— Ele pediu pra ir, Amani.

As palavras eram bastante simples, mas levei um segundo para entendê-las. Shazad e Hala permaneciam quietas, observando a discussão.

— Eu não o mandei embora. — Ahmed não levantou mais a voz, mas nem por isso ela perdeu a força. — Jin me pediu para fazer alguma coisa que o levasse para longe daqui e de você. Tentei convencer meu irmão do contrário, mas eu o amo o suficiente para não tentar obrigá-lo a ver você morrer. Passei os últimos dois meses mentindo para te proteger, mas não tenho tempo de ficar me preocupando que você faça alguma bobagem para me desafiar só porque pensa que sou o culpado pela partida dele.

Mágoa e raiva lutavam dentro de mim, e eu não sabia em qual das duas prestar atenção primeiro. Queria chamar Ahmed de mentiroso, mas sabia que não era capaz. Tudo o que ele falava soava verdadeiro. Fazia mais sentido do que ter enviado Jin em uma missão sem se preocupar comigo ou com ele. Mais sentido do que Jin ter partido contra a própria vontade. Eu estivera à beira da morte, e Jin ia me deixar morrer sozinha.

— Amani... — Ahmed me conhecia tão bem quanto qualquer um e sabia que meu instinto era correr. E eu também sabia. Podia sentir a inquietação nas pernas. Ele abandonou a postura de príncipe e voltou a ser meu amigo. Tentando se aproximar. Tentando me impedir. Mas eu já estava fora de alcance, deixando para trás a escuridão sufocante do pavilhão e entrando na luz do sol irritantemente brilhante do oásis.

8

Vi Jin pela última vez momentos antes de tomar um tiro na barriga.

Estávamos em Iliaz, um ponto-chave nas montanhas centrais. Enquanto estivesse nas mãos do sultão, não haveria um jeito fácil de chegar à parte oriental de Miraji. O que significava que não havia como tomar Izman e, por consequência, o trono.

Era para ser uma simples missão de reconhecimento.

Mas não fomos os únicos inimigos do sultão a perceber que Iliaz ajudaria bastante na conquista de Miraji. O lugar estava sob o cerco dos exércitos de Albis e Gamanix. Não sabia onde ficava nenhum desses dois países, mas Jin mostrou as bandeiras em suas tendas quando nos esgueiramos no topo da montanha para observar os acampamentos. E acabou que o jovem príncipe que liderava o exército em Iliaz era um comandante muito melhor do que seu irmão Naguib tinha sido.

Ele estava aguentando firme na fortaleza da montanha, lutando contra dois exércitos de uma vez só, com perdas mínimas. Até Shazad ficara impressionada. Mas ela achava que poderia dar um jeito de passar pelo cerco mesmo assim.

Foi mais ou menos desse jeito que nos vimos em meio a uma batalha entre o Primeiro Comando do emir de Iliaz e dois exércitos estrangeiros. E o Primeiro Comando era muito maior do que qualquer um de nós havia imaginado.

Eu não lembrava muito da luta. Explosões de pólvora rasgando o ar noturno de ambos os lados, gritos em línguas que eu não conhecia, sangue escorrendo sobre pedras poeirentas. Shazad abrindo caminho com sua espada como um furacão; eu mantendo o deserto sob meu controle; Jin apontando a arma para mirajins e estrangeiros na mesma proporção. Uma bala atingiu de raspão meu braço, neutralizando meu poder com apenas um beijo de ferro. Vi a faca que ia atingir as costas de Jin um segundo antes dele. O suficiente para mantê-lo vivo. Para sacar a pistola.

Saí do meu esconderijo e entrei na linha de fogo. Bastou um aperto no gatilho e o homem com a faca caiu. O problema era que havia outra arma atrás dele, apontada para mim, na mão firme de um soldado mirajin de cabelo escuro. A bala me atravessou como se eu não fosse areia do deserto e fogo djinni, apenas carne e sangue.

Tudo o que sei sobre o que aconteceu depois são coisas que me contaram quando acordei. Jin derrubou três homens na corrida até mim. Eu sangrava tão feio que parecia que metade da minha vida já estava nas minhas roupas quando ele me alcançou e me segurou. Shazad abriu caminho pelo que restava da batalha com alguns golpes de espada. Eles me colocaram nas costas de Izz, que tinha vindo nos salvar na forma de um roc gigante. Só que não havia tempo para me levar por todo caminho de volta até o acampamento. Eu morreria antes de chegar. Eles pararam na primeira cidade com uma casa de oração. Ficava do lado do país sob domínio do sultão. Território inimigo. Izz, de volta à forma humana, fez o pai sagrado jurar que me curaria, depois repetiu aquilo para garantir que era verdade antes de me entregarem a ele. Shazad arrastou Jin para longe quando ele tentou obrigar o pai sagrado a trabalhar com uma arma apontada para a cabeça.

O pai sagrado não tentou me matar, embora tenham me dito depois que eu quase morri uma ou duas vezes por conta própria. A bala tinha perdido por pouco três oportunidades de me matar. Eu mal parara de sangrar quando chegou o momento de me deslocarem novamente. O pai sagrado os alertou sobre os perigos de fazer isso, mas Izz tinha sido avistado. Me levaram de volta para o acampamento tão rápido quanto possível e me deixaram nas mãos do nosso próprio pai sagrado.

Ser uma demdji foi o que me salvou. Eu havia evitado sozinha qualquer chance de infecção, cauterizando tudo rapidamente. O pai sagrado só precisou se preocupar com o sangramento.

Quase uma semana havia se passado quando abri os olhos outra vez, lutando para escapar do torpor dos medicamentos que tinham me forçado goela abaixo com água. Shazad estava cochilando ao meu lado. Foi assim que eu soube que quase havia morrido. A tenda dos doentes tinha sido território de Bahi. Shazad não havia botado os pés ali desde a morte dele. Nem quando ela mesma se feriu, na única vez que vi um golpe de espada ser mais rápido que seus reflexos. Daquela vez, eu mesma havia suturado o corte fino em seu braço.

Shazad acordou assim que me mexi. Seus olhos se arregalaram, procurando uma arma que não estava lá, antes de se concentrar em mim.

—Veja só quem voltou dos mortos.

Shazad me encontrou em uma das piscinas para banho. Tecidos escuros pendiam entre as árvores de todos os lados para isolar o local. A piscina era rasa o bastante para eu conseguir sentar e ficar com os ombros cobertos, e transparente o bastante para enxergar os dedos do pé. O chão era de pedrinhas brancas e pretas, cuja superfície havia sido alisada pela água. Empurrei-as com os dedos dos pés. Estava ali dentro fazia bastante tempo. Havia tirado a sujeira do cabelo, que secara em estranhas ondas selvagens, cacheando desde a raiz, como de costume.

Estava esfregando areia para retirar com cuidado as crostas de sangue que ainda pendiam do ferimento na minha clavícula ganhado em

Saramotai. Pensei em ir ao pai sagrado para que desse alguns pontos, mas imaginei que estivesse ocupado demais lidando com as refugiadas. Incluindo aquela que havia me chamado pelo nome da minha mãe. Não sabia se ela já havia acordado, mas esse era outro motivo para ficar longe da tenda.

Shazad também havia tirado a poeira do corpo. Vestia um khalat branco e amarelo que lembrava o uniforme de Miraji. Sua pele do deserto parecia ainda mais escura contra a palidez do linho. Ela trazia um pacote embaixo do braço.

— Os instintos de fugir e lutar competem em pé de igualdade dentro de Jin, sabia? — disse. — Foi assim que Ahmed acabou sozinho em Izman para começo de conversa. — Eu conhecia a história. Ahmed escolhera permanecer no país onde havia nascido, mas Jin decidira continuar no navio onde estavam trabalhando. Ele voltaria alguns meses depois com Delila, após a morte de sua mãe. — Jin também fez isso nos jogos do sultim. — Shazad sacudiu os sapatos até saírem do pé. — Desapareceu na noite anterior e voltou com um olho roxo e uma costela quebrada, sem nunca nos dar nenhuma explicação.

— Jin brigou num bar com um soldado por causa de uma garota.

— Hum. — Shazad pensou naquilo enquanto arregaçava seu shalvar. Sentou na borda da piscina e enfiou o pé na água para refrescá-lo. Ao nosso redor, o som do acampamento flutuava na brisa delicada, o canto dos pássaros se misturando a vozes indistintas. — Temos pouco tempo, então vou acelerar as coisas. Você vai me perguntar se eu sabia que ele tinha pedido para ir embora. Eu vou dizer que não sabia. Você vai acreditar em mim porque nunca menti para você. O que é um dos dois motivos de gostar tanto de mim.

Ela tinha certa razão.

— Já que é tão esperta, qual é o outro motivo?

— Você estaria constantemente pelada se não fosse por mim. — O pacote que carregava se desenrolou em um khalat que eu tinha visto antes no fundo do seu baú. Era da cor do céu nos últimos instantes antes de chegar a noite plena do deserto, pontilhado com o que pareciam ser pequenas estrelas. Quando ele tiniu em suas mãos, notei que não eram feitas de linha. Eram pedrinhas de ouro. Eu não tinha roupas suficientes para lutar uma guerra quando cheguei à rebelião, mas Shazad possuía o bastante para nós duas. Mesmo que nada dela servisse perfeitamente em mim. Aquela era de longe a peça mais bonita que eu a vira tirar do baú.

— Qual é a ocasião especial? — perguntei, me arrastando pela água para me apoiar perto dela na borda da piscina.

— Navid de alguma forma conseguiu convencer Imin a casar com ele.

Engoli um pouco de água com o susto e comecei a tossir. Shazad deu algumas batidas nas minhas costas.

Navid tinha se apaixonado por Imin no momento em que chegara ao acampamento. Independente da forma que assumisse, Navid identificava de imediato o objeto de seu afeto onde quer que estivesse. Ele havia declarado seu amor no equinócio, alguns meses antes, completamente bêbado e na frente do acampamento inteiro. Lembro de ter segurado o braço de Shazad, me preparando para a inevitável zombaria e rejeição de Imin. Mas por algum motivo inesperado isso não aconteceu. Era inesperado porque Imin tratava todo mundo, exceto Hala, com o tipo de desdém que só podia vir de uma dor profunda, o tipo de dor da qual a rebelião havia salvado os demdjis.

Imin olhou em volta com seus olhos amarelos irônicos para todos que a encaravam antes de nos perguntar se não tínhamos nada mais interessante para ver. Então deu a mão para Navid e o levou para longe da luz da fogueira e de nosso silêncio estupefato.

— Você tem que ir — Shazad disse enquanto eu me recuperava. — E precisa estar vestida de acordo. Imin já me roubou três khalats, porque nenhuma de suas roupas serve direito, de acordo com ela.

Ergui as sobrancelhas.

— Você argumentou que Imin pode fazer qualquer coisa ficar bem nela, já que é metamorfa?

— Claro. — Shazad parecia irritada. — Funcionou tão bem quanto você deve imaginar. E agora tenho três khalats a menos.

— Vai acabar sem roupas se continuar assim.

— Quando esse dia chegar, vou liderar uma missão até a tenda de Imin para reclamar os espólios. Por enquanto, consegui salvar este aqui. — Ela apontou para o linho branco que vestia com perfeição. — E este outro, que posso recuperar depois, considerando que você dorme a um metro de mim.

Passei o indicador e o dedão pela bainha do khalat que ela segurava, minha mão já seca com o sol impiedoso. Lembrei de algo que Shazad me dissera uma vez, numa daquelas noites escuras em que nenhuma de nós conseguia dormir e ficávamos conversando até acabarem as palavras ou as horas. Quando ela contou aos pais que ia aderir à luta de Ahmed, o general lhe dera as espadas para lutar. E a mãe lhe dera aquele khalat.

— É o khalat que você deveria usar para entrar em Izman. Quando vencermos essa guerra.

Se vencermos.

— Ainda estamos longe — disse Shazad, como se tivesse escutado o "se" em meus pensamentos. — Não vou deixar que apodreça no fundo do baú. Você pode usar se jurar que não vai derramar sangue nele.

— É perigoso pedir a uma demdji que faça uma promessa — eu disse. Promessas eram como contar a verdade. Assim, elas viravam profecias, que acabariam se concretizando. Só que não da forma como se esperava.

— É um casamento, Amani. — Shazad estendeu a mão para me ajudar a sair da água. — Nem mesmo você vai conseguir se meter em encrenca.

★

Na Vila da Poeira, casamentos aconteciam depressa. A maioria das garotas simplesmente desenterrava seu melhor khalat, gasto depois de anos de mães e irmãs passando-o adiante, e jogava um sheema sobre a cabeça para esconder o rosto naquela época incerta entre o compromisso e o casamento, para que um carniçal ou um djinni não notasse uma mulher que não pertencia a ninguém, uma jovem que não era mais filha e ainda não era esposa, e tentasse reivindicá-la como sua.

Não tínhamos uma casa de oração no acampamento, mas sempre dávamos um jeito. O pai sagrado preparara a cerimônia em uma clareira onde o solo se inclinava apenas o suficiente para permitir uma visão clara de todo o acampamento lá embaixo sob a última luz do dia. A cerimônia começou ao entardecer, com o sol se pondo no desfiladeiro. Era sempre assim. Um momento de mudança no dia para um momento de mudança na vida de duas pessoas.

Imin não vestia um sheema reaproveitado. Era um verdadeiro manto de casamento, feito de tecido fino costurado com fio brilhante. Quando o sol batia nele, dava para ver o contorno do rosto desconhecido que ela havia escolhido através da musselina amarela. Imin era nossa melhor espiã e permanecia viva justamente pelas mudanças constantes na aparência. O rosto que havia escolhido aquele dia era impressionante, e ela sorria radiante como eu nunca tinha visto.

Hala e eu nos entreolhamos quando os dois se ajoelharam na areia lado a lado. Nós duas, demdjis, havíamos feito um pacto não declarado de manter um olho em Imin após a noite em que Navid declarara seu amor por ela. Nunca a tínhamos visto baixar a guarda antes.

Imin e Hala podiam compartilhar um pai djinni, mas ao que tudo indicava suas mães eram completamente diferentes. Rumores diziam que Hala odiava tanto a sua que havia bagunçado a mente dela, deixando-a louca. A rebelião encontrara Imin em uma prisão, esperando para ser executada pelas mãos dos gallans. Ela havia passado dezesseis anos escondida na casa dos avós, que haviam ocultado a criança demdji da própria mãe. Ela vivera sozinha e solitária, mas segura. Até o dia em que sua avó desmaiara de calor na porta de casa. Imin estava sozinha e esperou, aflita, na esperança de que um vizinho notasse o que havia acontecido. Por fim, movida pelo desespero, ela correu para ajudá-la, na forma da garota esguia que adotara para enfrentar o calor daquela manhã. Contudo, o corpo era fraco demais para arrastar uma mulher adulta. Assim, Imin se transformou em homem à vista de todos.

A informação chegou aos gallans. Eles mataram todos os seus parentes, que tentavam bloquear a entrada dos soldados na casa.

Até Navid, ela tinha tratado com desconfiança qualquer um que não fosse demdji. Até mesmo eu, que pensava ser humana até os dezesseis anos.

Bastaria um deslize mínimo dele para Imin reerguer suas muralhas. Mas nem Hala tinha sido capaz de descobrir algo errado com Navid, embora houvesse se esforçado bastante. Qualquer um podia notar o modo como ele olhava para Imin. E aquilo não mudava, independente do corpo que a metamorfa assumisse, fosse de homem ou mulher, mirajin ou estrangeiro.

O pai sagrado estava de pé entre os dois, virados em nossa direção, sentados na areia de pernas cruzadas. Ele recitou as bênçãos costumeiras enquanto enchia duas grandes tigelas de barro com fogo. Passou uma a Imin e outra a Navid. Falou de como a humanidade havia sido criada pelos seres primordiais a partir de água e terra, esculpidos pelo vento e acesos com a centelha do fogo de um djinni. Lembrou-nos de que quando a princesa Hawa e Attallah se tornaram os primeiros mortais a se casar, suas chamas se uniram e brilharam ainda mais forte. Tantos séculos depois, pronunciávamos as mesmas palavras que eles.

Enquanto o pai sagrado falava, as mulheres do acampamento se juntavam a Imin; os homens, a Navid. Cada um de nós deixou algo no fogo para abençoar a união. Na Vila da Poeira, eu sempre dava uma cápsula de bala vazia ou uma mecha de cabelo. Não tinha outra coisa a oferecer.

Mas aquilo tinha mudado, e tive que pensar no que dar enquanto Shazad e eu nos aprontávamos. Por um breve segundo, meus dedos passearam pelo sheema vermelho. Aquele que Jin me dera em Sazi, a cidade mineradora destruída na montanha. Enquanto fechava os olhos para Shazad passar o khol nas minhas pálpebras, podia me imaginar jogando-o no fogo, vendo o tecido vermelho se incendiar. Ele seria devorado em segundos. Mas eu ainda não estava irritada com Jin a esse ponto. Em vez disso, enrolei-o em volta da cintura como uma faixa, como sempre fazia quando usava as roupas de Shazad.

Fiquei atrás de Hala, que ergueu a mão sobre o fogo, picando com uma agulha os três dedos restantes da mão esquerda, numa sucessão rápida de movimentos. Sangue era a oferta tradicional de parentes, mesmo que o pai das duas não sangrasse. Pontos vermelhos brilhantes brotaram da ponta de seus dedos dourados. As gotas chiaram ao atingir o fogo.

Enquanto Hala saía, segurei meu presente acima do fogo e um punhado de areia do deserto deslizou por entre meus dedos, indo para dentro das chamas. Percebi um sorriso sutil de Imin enquanto me afastava, deixando espaço para Shazad jogar uma pequena escova. Perto dela, Ahmed soltou uma moeda xichan na tigela de Navid. Ele vestia um kurta preto limpo, bordado em vermelho, que fazia parecer que pertencia a um palácio, não a uma rebelião. Ahmed e Shazad formavam um belo par, lado a lado diante do fogo do casamento.

Atrás de Ahmed, os gêmeos Izz e Maz seguravam uma pena azul, arrancando-a da mão um do outro alternadamente e se empurrando em uma guerra silenciosa para decidir quem a jogaria no fogo. O olhar de "comportem-se" que Shazad lançou ao virar foi claro o bastante para que entrassem na linha. Quando me viram, acenaram freneticamente.

Eu não via os gêmeos desde o dia em que fora ferida. Eles deviam ter voltado enquanto eu estava em Saramotai.

Quando o acampamento inteiro já tinha passado, Imin e Navid se voltaram um para o outro para declarar seus votos.

— Eu me entrego a você. — Imin derrubou cuidadosamente seu fogo sobre a terceira tigela que o pai sagrado segurava entre eles, as cinzas de nossos presentes se misturando às brasas vivas de carvão e produzindo faíscas enquanto iam de uma tigela para a outra. — Tudo o que sou, entrego a você, e tudo o que tenho é seu. Compartilho minha vida com você. Até o dia da nossa morte.

Navid repetiu essas palavras enquanto despejava o conteúdo de sua tigela junto ao dela, até que uma única chama, maior e mais brilhante do que a que seguravam sozinhos, queimou entre eles. O pai sagrado abençoou-a, passando as mãos tatuadas sobre ela.

Houve um momento de silêncio enquanto o sol desaparecia totalmente atrás de nós, deixando o acampamento em uma escuridão rompida apenas pelo fogo. Então Navid ficou de pé, abraçando Imin pela cintura e a erguendo antes de lhe dar um beijo. Todo o acampamento comemorou. A cerimônia havia acabado. Era hora da festa.

— Amani! — Nem tive chance de virar para ver quem gritava meu nome. Um par de braços azul-claros me agarrou pela cintura, me girando alegremente. Eu ri, me soltando de Izz quando meus pés tocaram o chão outra vez, cambaleantes. Maz ainda estava completamente vestido, mas Izz mantinha apenas as calças. Os gêmeos tinham uma verdadeira aversão a roupas. Não precisavam delas em sua forma animal, e o fato de terem que usá-las em sua forma humana parecia confundi-los.

Izz apontou para a pele azul de seu peito e para meu khalat.

— Estamos combinando. — Ele sorriu para mim como um bobo.

— Que sorte que só um de nós precisou tirar a camisa para isso. Vejo que sobreviveram a Amonpour. — Os albish fizeram uma aliança com nossos vizinhos a oeste após perder Miraji para os gallans. De acordo com Shazad, não passava de assinaturas num papel. Até que Albis soube que os gallans tinham sido expulsos do deserto. Então, de repente, aquele pedaço de papel foi usado para convencer Amonpour a deixá-los acampar em suas fronteiras, esperando um momento oportuno de reivindicar Miraji como prêmio novamente. Eles estavam perto demais de nós, então os gêmeos foram enviados para espionar as tropas acampadas ao longo da fronteira oeste, só para o caso de terem um desejo súbito de marchar pela nossa metade do deserto. A última coisa de que precisávamos era combater em duas frentes.

— Elefantes! — Izz jogou os braços para cima tão animado que cambaleei pra trás, quase tropeçando no fogo com aquela estranha palavra estrangeira. — Amonpour tem elefantes. Já ouviu falar deles?

— Estava escondendo isso da gente? — Maz passou um braço nos ombros nus do irmão, apontando para mim de um jeito acusador. Era fácil esquecer que um deles era azul e o outro apenas tinha o cabelo dessa cor quando agiam dessa maneira, se movendo e conversando como se fossem uma só pessoa. O braço escuro de Maz quase parecia uma extensão do corpo do irmão.

Izz deu uma piscadela.

— Confesse, demdji.

Revirei os olhos para eles.

— Mesmo se tivesse ouvido falar em elefantes, provavelmente não contaria para vocês, a julgar pelo brilho maluco em seus olhos.

— Quer ver um? — Maz já estava tirando os sapatos.

— Acho que precisaríamos de mais espaço. — Izz começou a gesticular numa tentativa de tirar as pessoas do caminho.

Não tinha como terminar bem.

— Vai ser igual àquela vez em que descobriram o que era um rinoceronte?

Os gêmeos congelaram, trocando olhares ligeiramente envergonhados.

— É que...

— Elefantes são...

— Um pouco maiores...

— Então o que acham de me mostrar quando não houver tanta gente ou bebida por perto? — sugeri.

Os gêmeos trocaram um olhar, parecendo ponderar em silêncio entre o bom senso e sua vontade de me mostrar o novo truque. Por fim, assentiram e se contentaram em me dar uma explicação muito detalhada sobre a aparência dos elefantes, e em não me contar nada além disso sobre o que havia acontecido em Amonpour. Com isso, concluí que ainda não tínhamos sido invadidos.

Tochas foram acesas. A música começou e com ela as danças e os comes e bebes. Fiquei feliz de saber que por algumas horas não estaríamos em guerra. Era em noites assim no acampamento rebelde que eu acreditava mais do que nunca no que poderíamos conseguir. Noites em que todo mundo parava de brigar e apenas aproveitava a vida, como havíamos prometido ao restante de Miraji.

Havia escurecido fazia algumas horas quando o vi no meio da multidão.

Com o tanto que havia bebido, não confiei em meus olhos a princípio. Tive apenas um vislumbre enquanto girava. A cabeça inclinada pra trás, rindo, à vontade, como o tinha visto milhares de vezes. Perdi o rumo, tropeçando perto demais do fogo. Alguém me segurou, me puxando de volta antes que acabasse tacando fogo nas roupas de Shazad. Saí correndo da dança e observei ao redor, procurando por ele na confusão nebulosa de rostos na escuridão. Mas ele havia partido, tão rápido quanto eu o imaginara. Então a multidão se abriu.

Jin.

Ele tinha mesmo voltado.

Estava de pé do outro lado da fogueira, ainda vestindo as roupas da viagem, a poeira cobrindo seu cabelo escuro. Parecia que não se barbeava havia um tempo. Lembrei imediatamente a última vez que ele havia me beijado com a barba por fazer. Meu coração queria que eu cambaleasse em sua direção, mas aguentei firme, lutando para me segurar.

Virei rápido, antes que pudesse me ver. Eu não estava em condições de encará-lo. Me sentia tonta com o álcool e a exaustão. Procurei Shazad. Ela estava a alguns passos de distância, envolvida numa conversa com Ahmed, as mãos se movendo tão rápido quanto a dança de insetos ao redor do fogo enquanto discutiam algo apaixonadamente. Parecia um pouquinho bêbada. Shazad não era muito de movimentos desnecessários quando sóbria. Quando nossos olhares se encontraram, ela me leu como um livro. Apontei discretamente com a cabeça para trás. Seu olhar entrou em foco, como fazia quando estava tentando rastrear um inimigo numa batalha. Vi a surpresa transparecer em seu rosto no momento em que o identificou. Ótimo. Isso significava que era realmente ele, não alguma ilusão conjurada por Hala para me torturar.

Eu esperava que, quando o visse outra vez, estivesse pronta para encará-lo de cabeça erguida. Mas agora me sentia exposta. Como se ao falar com Jin os sentimentos fossem sair descontrolados na forma de palavras. Limpei o suor no pescoço. Minha mão voltou vermelha.

Por um momento, pensei que ver Jin tinha realmente me partido em pedaços. Mas era apenas o ferimento na clavícula abrindo outra vez. O reparo apressado feito em Saramotai não aguentara toda a dança e bebida. Shazad dissera que não passava de um arranhão, mas agora parecia um bom motivo para fugir.

Como Jin havia feito. Tudo bem. Era justo fazer o mesmo.

O calor e o barulho ficaram para trás enquanto achava meu caminho em direção à tenda do pai sagrado, erguida em uma das pontas do acampamento. Ela havia mudado um pouco desde que fora domínio de Bahi, onde acordei pela primeira vez no acampamento, sob um dossel de estrelas. Mas aquilo não facilitava nem um pouco a minha entrada. Seis meses haviam se passado desde que meu irmão matara Bahi, e eu ainda podia sentir o cheiro de carne queimando quando me aproximava demais do lugar onde ele havia trabalhado. Não era de admirar que Shazad evitasse a tenda, considerando que eu tinha convivido com ele apenas por algumas semanas. Ela o conhecera metade da vida. O novo pai sagrado havia mantido a colcha de retalhos de estrelas. Foi a primeira coisa que vi quando entrei.

Uma mulher que estava deitada ergueu a cabeça. Eu não esperava que houvesse alguém ali. Pelo menos não acordado. Na cama perto da entrada, Sayyida dormia imóvel como um cadáver. Na frente dela estava um jovem rebelde cujo nome me escapava, com ataduras do cotovelo ao pulso, onde costumava haver uma mão. Pelo visto, ele havia sido dopado com algo que o faria sonhar que ainda possuía dez dedos. E na terceira cama... quase havia me esquecido da mulher inconsciente que carregáramos desde Saramotai. A que havia me chamado pelo nome da minha mãe.

Aparentemente ela tinha acordado.

— Desculpe — eu disse ali parada, mantendo uma das abas da tenda aberta, pensando numa desculpa. Só que eu não precisava de uma. Pertencia àquele lugar. Muito mais do que ela. Então por que estava passando o peso de uma perna para a outra como se voltasse a ser uma criança na Vila da Poeira? — Não queria te acordar. É que estou sangrando. — Ergui a mão, como se precisasse provar algo àquela estranha.

— O pai sagrado não está aqui. — A mulher levantou um pouco, apoiada nos cotovelos. Seus olhos se moviam freneticamente à luz fraca da lamparina, como se procurasse algum jeito de escapar.

— Ele ainda está nas comemorações. — Finalmente atravessei o limiar da tenda e fechei a aba da entrada. Tentei não olhar para Sayyida enquanto caminhava. — Só vim buscar suprimentos.

Eu havia ficado naquela tenda por um longo tempo antes de acordar da minha quase morte. Poderia desenhar cada canto dela de cabeça. Fui direto para o baú de ferro e madeira com palavras sagradas grafadas, onde os suprimentos eram guardados.

— Está trancado — a mulher disse enquanto eu me abaixava.

— Eu sei. — Peguei a pequena lamparina de óleo azul que o pai sagrado sempre mantinha acesa durante a noite quando havia alguém na tenda. Ninguém deveria ser deixado para sofrer ou morrer no escuro. Tateei pela base até meus dedos encontrarem a pequena chave que ele guardava ali. O baú se abriu com um clique satisfatório.

Dentro dele, havia fileiras e fileiras de garrafas, agulhas, pós e pequenas facas, tudo bem arrumado. Era tão diferente da bagunça das ferramentas e materiais de Bahi espalhados pelo chão que quase chegava a doer. Como se não houvesse restado nada dele no acampamento após a morte.

— Acredite ou não, essa não é minha primeira visita — eu disse sem virar a cabeça completamente, enquanto retirava uma garrafa de um líquido claro com a qual vira o pai sagrado limpar feridas e a colocava de lado. Segurei o conjunto de agulhas contra a luz, analisando-as. Até então, nunca havia notado como eram grandes, mas precisava descobrir se havia alguma menor.

—Vai dar os pontos sozinha? — ela perguntou, como se indecisa entre ficar chocada ou impressionada.

— De novo, não seria a primeira vez. — Escolhi uma agulha aleatoriamente antes de encarar a mulher. Ela parecia bem melhor do que quando a encontramos naquela cela em Saramotai e mal conseguia me enxergar claramente. A febre parecia ter baixado e ela estava alerta, o rosto quase de uma cor normal.

— Eu... — Ela hesitou, passando a língua nos lábios ressecados. — Entendo um pouco disso. Se não se importar.

Não precisava da ajuda dela. Poderia pegar os materiais e partir. Poderia esquecer que já tinha sido uma garota da Vila da Poeira com a mãe chamada Zahia. Mas, se saísse dali, teria que conversar com Jin. Não lembrava de uma única vez em que fugir dos meus problemas realmente tinha funcionado. Além disso, não era como se estivesse animada com a ideia de enfiar um objeto pontiagudo na própria pele.

Sentei na frente dela, passando a garrafa, a linha e a agulha. A mulher parecia nervosa enquanto afastava a gola do khalat. Passou os dedos de leve sobre a ferida, limpando com o líquido onde o sangue havia endurecido, o que produziu uma série de pequenas alfinetadas de dor. Mas eu não estava prestando muita atenção. Apenas observava o rosto dela sob o brilho suave da lamparina. Tentando enxergar algo ali que talvez pudesse reconhecer.

—Você andou bebendo — ela disse enfim. — Posso sentir o cheiro. Acho que foi por isso que a ferida reabriu. O álcool afina o sangue. Não vai precisar de pontos, só de um curativo. E menos bebida.

Foi o jeito que ela falou sobre bebida que me fez ter certeza. O sotaque dela havia sido amenizado por anos em outros lugares, lugares que não engoliam aquela palavra como se estivessem sempre com sede, mas não havia dúvida. Não com a entonação do restante das palavras, descendo e subindo. Eu poderia reconhecer aquele sotaque no meio da cacofonia de um bazar. Era igual ao meu.

— Você me chamou de Zahia — eu disse, decidindo esclarecer de uma vez antes que mudasse de ideia. — Esse era o nome da minha mãe. Zahia Al-Hiza. — Observei atenta a reação dela. — Mas ela nasceu Zahia Al-Fadi.

O rosto da mulher fechou como os céus do deserto antes de uma tempestade. Ela se afastou de mim, soltando a gola do meu khalat, e pressionou o dorso das mãos nos lábios, abafando o que soou como um soluço.

Eu a encarei, sem saber o que fazer. O certo seria lhe dar alguma privacidade ou conforto. Mas não conseguia tirar os olhos dela.

— Isso significa que você é Amani. — Sua voz soou espantada quando finalmente voltou a falar. Ela balançou a cabeça com raiva, como se quisesse afastar as lágrimas. Mulheres do deserto não choram. — Você é igual a Zahia quando tinha sua idade. — Já havia escutado aquilo antes. Ela estendeu a mão como se fosse me tocar. Havia lágrimas em seus olhos. — É como rever minha irmã no dia em que deixei a Vila da Poeira.

— Sua irmã? — Me afastei antes que os dedos dela pudessem tocar minha bochecha. — Você é a Safiyah Al-Fadi? — Tive certeza assim que disse aquilo. Eu podia ser a imagem esculpida da minha mãe, mas também via algo dela nessa mulher. Era a mítica irmã do meio da minha mãe e da tia Farrah. Aquela que havia ficado famosa por desaparecer da Vila da Poeira para seguir a própria vida. Aquela que minha mãe sempre dizia que queria fugir para encontrar. A pessoa que eu estava procurando quando saí pela primeira vez da Vila da Poeira. Antes de escolher Jin e a rebelião. — Você devia estar em Izman.

— E estava. — Ela decidiu se ocupar repentinamente, tirando garrafas do baú do pai sagrado e verificando-as com um olhar rápido e hábil. — Fui para lá trilhar meu próprio destino. Fiquei cerca de dezessete anos. — Ela tirou a rolha de uma garrafa sem etiqueta para cheirar o conteúdo, evitando olhar para mim.

Eu não gostava que ela estivesse ali. Não parecia certo que na imensidão do deserto pudéssemos nos encontrar onde nenhuma das duas deveria estar. Parecia que o mundo havia se dobrado no meio tentando nos empurrar uma para perto da outra. Seria possível que eu fosse a responsável por isso? Vasculhei minha mente repassando o que dissera nos dias em que Jin e eu perambulamos pelo deserto, quando ainda pensava que acabaria parando em Izman. Será que tinha dito alguma coisa por acidente? Antes de saber que era uma demdji e não podia mentir, antes de entender o quanto era perigoso fazer afirmações sobre o futuro, já que o universo poderia se distorcer para torná-las realidade? Tudo o que eu precisaria ter feito era dizer a Jin que ia encontrar minha tia, e as estrelas se realinhariam para tornar aquilo real, me entregando alguma versão corrompida da verdade.

Ou era pura coincidência?

Seus dedos nervosos finalmente se firmaram numa garrafa. Ela os molhou com algo espesso e fedido e passou na minha ferida.

— E por que você foi embora de Izman?

— Porque o destino é uma coisa engraçada. — Esperei, mas parecia que essa era toda a explicação que eu receberia sobre como ela havia parado em Saramotai. — Embora deva admitir que não imaginava que acabaria sendo presa por um revolucionário que queria alterar a ordem mundial.

— Malik não era um dos nossos — retruquei, estremecendo com a pressão de seus dedos na minha clavícula.

— Vocês escolhem todos os seus seguidores a dedo? — Ela pressionou a ferida com mais força do que o necessário. — Ele fez coisas horríveis em nome do seu príncipe, e isso basta para mim. Quase me matou no processo. Alguns de nós não pedimos por uma rebelião que pode acabar nos matando, sabia? — Ela se afastou de mim, limpando os dedos num tecido. — Mas imagino que é tudo sorte e destino, como diria o pai sagrado da Vila da Poeira.

Duas palavras e eu estava de volta à casa de orações na Vila da Poeira, ouvindo o sermão. Aquela era uma velha expressão que o pai sagrado usava em épocas difíceis. Sorte e destino. O que implicava que ambos nem sempre eram a mesma coisa.

Eu entendia aquilo melhor do que ninguém.

— Aqui. — Tia Safiyah limpou as mãos rapidamente, tirando outra das garrafas do pai sagrado do baú. — Leve isto para a dor. Vai te ajudar a dormir.

Seu sotaque, misturado com aquelas palavras e a conversa sobre remédios e sono, trouxe à tona uma memória no fundo da minha mente. Tamid.

Aquilo me acertou como um soco no peito.

Eu vinha reprimindo havia meses todos os pensamentos sobre ele. Mas foi como se ela o houvesse conjurado ali, com o sotaque da Vila da Poeira, a pequena garrafa de remédio na luz difusa, a saudade dolorosa de gente que um dia eu conheci. Ele tinha sido meu único amigo antes de eu conhecer aquele lugar e a rebelião. Era Tamid quem costumava me dar pontos e remédios escondido até a dor ir embora.

Foi ele que eu abandonei para morrer na areia.

Será que era isso que aconteceria comigo por ter feito afirmações sobre encontrar minha tia? Eu seria lembrada de quem era antes de me unir à rebelião? Ou das pessoas que haviam sofrido e morrido por minha causa?

De repente, tomar alguma coisa que me faria dormir e me afastar daquela memória pareceu tentador.

Mas, antes que pudesse pegar a garrafa, alguém abriu a aba da tenda violentamente. Virei a cabeça. De início, pensei que Jin havia me seguido. Mas através da névoa persistente da bebida vi a silhueta de duas pessoas à luz da lamparina. Jin estaria sozinho. Os dois estavam enroscados como foliões bêbados à procura de um pouco de privacidade, tropeçando na tenda errada.

Então eles viraram e a luz iluminou uma faca.

Fiquei de pé num segundo enquanto uma voz que eu conhecia muito bem chamou meu nome.

Era Delila.

9

Os dois cambalearam para fora da tenda. Mas era tarde demais para fugir. Eu já estava de pé.

— Fique aqui — ordenei a Safiyah, sacando uma faca enquanto saía.

— Pare! — A ordem veio enquanto eu corria para fora da tenda atrás deles. Antes que pudesse ver claramente. Antes mesmo de reconhecer a pessoa mantendo Delila refém. O cabelo escuro dele caía sobre a sobrancelha altiva, os olhos em pânico como eu nunca tinha visto. A surpresa fez minha voz vacilar. — Mahdi?

Ele a segurava pelo pulso. Uma faca estava pressionada contra a garganta dela com tanta força que um filete de sangue fresco escorria por sua pele e seu khalat, manchando-o.

— Nem mais um passo! — Mahdi tremia muito.

— Mahdi. — Mantive a voz baixa, embora minha mente gritasse loucamente por uma explicação. — O que pensa que está fazendo?!

— Estou salvando Sayyida. — A voz dele saiu estridente. Tentei medir mentalmente a que distância estávamos do casamento. Longe demais para alguém escutá-lo, por mais que gritasse. — Erga as mãos onde eu possa ver!

Mantive contato visual com Delila enquanto fazia o que ele pedia, tentando desesperadamente dizer a ela que ia ficar tudo bem. Eu não a deixaria morrer ali.

— O que é isso na sua mão? — Mahdi gritou desesperado.

A faca.

— Vou largar — eu disse, mantendo a voz calma. Abri a mão e a deixei cair. A lâmina ficou cravada na areia. — Estou desarmada agora.

— Não está, não. — Mahdi puxou Delila, que choramingou. Ele agia como um maníaco, frenético, mantendo a faca preocupantemente perto da garganta dela. — Você tem o deserto inteiro a seu redor.

Ele tinha razão. Eu poderia derrubá-lo em poucos segundos se quisesse. Mas não podia garantir que não ia ferir Delila no processo.

— Mahdi... — falei de um jeito sereno, com a mesma voz que usava para acalmar um cavalo arisco. — Como exatamente cortar a garganta de Delila vai ajudar Sayyida?

— Ela é uma demdji! — ele gritou, como se a conclusão fosse óbvia. — Algumas pessoas acham que partes deles curam doenças, mas isso é mentira. Superstição de camponeses. Alguns chumaços de cabelo roxo não vão trazer Sayyida de volta. — Ele estava instável e desesperado. Nunca desejei tanto que pudesse mover o deserto sem precisar mover meu corpo. Tentei fazer isso, levantar a areia apenas com a mente. A areia se arrastou relutante antes de se acomodar de volta. Eu precisava de ajuda. — Conheço os livros. *Quem tira a vida de um demdji ganha uma vida em troca.* — Ele recitou como se fosse um texto sagrado, embora eu nunca tivesse ouvido nada daquilo num sermão.

— E o que isso quer dizer? — Eu precisava ganhar tempo, criar uma distração.

— Significa que Sayyida pode sobreviver se matar Delila. E eu trocaria a vida de qualquer demdji pela dela. Sem pensar duas vezes.

Lá. Atrás dele. Um relance de movimento à luz da lua. Disparando silenciosamente de uma sombra para a outra entre as árvores. Consegui vê-lo com clareza por um momento.

Jin.

Me recompus rápido o bastante e voltei a prestar atenção em Mahdi antes que ele notasse para onde eu olhava. Jin havia me seguido, no fim das contas. E tinha uma boa chance de salvar todo mundo sem derramamento de sangue se eu pudesse prender a atenção de Mahdi por mais tempo. Eu não precisava de uma distração. Eu *era* a distração.

— E depois? Vai fazer o quê? — Tinha que dar a Jin tempo para se aproximar. — Qual é seu plano? Ahmed jamais te perdoaria por matar a irmã dele, deve saber disso.

— Não estou nem aí para Ahmed. — Quanto mais frenético Mahdi ficava, mais irritante seu sotaque se tornava. — Esta rebelião está indo para o buraco, de qualquer forma.

—Tenho certeza de que não seremos nós indo para o buraco — eu disse. Jin estava a apenas dez passos agora. Tão perto que vi o canto de sua boca formar um sorriso diante do meu sarcasmo, embora mantivesse os olhos na irmã.

— Até você é capaz de ver isso. — Mahdi não parecia me ouvir. Estava se inclinando para a frente, desesperado, como se pudesse me convencer também. Como se eu fosse deixá-lo passar. — Ahmed deu um passo maior que as pernas. Saramotai foi só o começo. Haverá outras revoltas, e a guerra com os estrangeiros vai terminar, então o sultão destruirá vocês. Ahmed é fraco demais para controlar esse país inteiro. Não podemos salvar todo mundo. Então vou salvar quem está ao meu alcance.

Jin estava muito perto agora. A luz da lua o iluminou quando saiu da cobertura das árvores, projetando uma sombra no caminho de Mahdi. Seus olhos se arregalaram quando ele virou para encarar a nova ameaça. Sua faca feriu a pele macia da garganta de Delila com o movimento repentino, derramando sangue.

Ela gritou.

A hora da distração havia acabado. Arremessei o braço em um arco, dando um golpe de areia direto no rosto de Mahdi, cegando-o enquanto Jin disparava para cima dele. A mão de Jin agarrou a de Mahdi, afastando a faca do pescoço de Delila e aproximando-a de seu peito. Sacudi a mão aberta e a areia se moveu sob os pés de Mahdi, desequilibrando-o. A faca passou perto do ombro de Jin sem atingi-lo.

Mahdi caiu, os dedos estalando como gravetos secos sob a força de Jin, a faca caindo de sua mão. Ele atingiu a areia com um grito de agonia. Jin segurou Delila.

E então estava tudo terminado. Delila desabou sobre o irmão, soluçando, a mancha de sangue em seu pescoço escurecendo a camisa branca de Jin. Os olhos dele encontraram os meus sobre a cabeça da irmã.

Eu não tinha mais como evitá-lo.

10

O sol costurado no topo do pavilhão brilhava pálido à luz da lamparina. A luminosidade não era suficiente para preencher todo o espaço, e a escuridão parecia nos sufocar.

Eu, Shazad, Hala, Jin e Ahmed estávamos reunidos.

Deveria haver mais gente conosco. Se Bahi estivesse vivo. Se Delila não estivesse sob os cuidados da minha tia. Se Mahdi não houvesse se revelado um traidor e estivesse trancafiado. Se não tivéssemos concordado que Imin merecia pelo menos uma noite longe da rebelião depois do casamento.

— Você deveria ter matado Mahdi de uma vez, se quer minha opinião. — Os olhos de Hala estavam distantes, mas eu sabia que ela falava comigo.

— Não quero — respondi. Só conseguia pensar no medo nos olhos dele enquanto segurava Delila tremendo. Discutindo comigo pela vida de Sayyida porque era orgulhoso demais para implorar. — Se fosse Imin morrendo naquela tenda, você não teria feito o mesmo por ela?

— Não. — Hala falou baixo, daquele modo ameaçador que usava vez ou outra quando o assunto era a irmã. — Aliás, poderia muito bem ter sido Imin. Ou você, ou eu, ou os gêmeos. Todos nós arriscamos a vida todos os dias por pessoas egoístas como ele, e é assim que retribuem. — Egoísmo era o que o deserto mais produzia. Eu sabia disso melhor do que ninguém.

— O amor torna as pessoas egoístas — disse Jin, tão baixinho que quase acreditei que não era para eu ter escutado aquilo. Uma raiva fervente e repentina cresceu dentro de mim. Antes que pudesse retrucar, Hala falou outra vez.

— Não acho que nem metade do que fizeram comigo foi por amor. A menos que esteja se referindo ao amor pelo dinheiro. — Ela ergueu a mão esquerda sob a luz para mostrar os dois dedos faltando. — O restante de nós deve sofrer só porque Amani parece escolher quem vive e quem morre de acordo com seu estado de espírito?

— Chega — Shazad alertou.

Mas Hala a ignorou.

— Você é sempre muito boa em colocar todo mundo em perigo. Hoje foi Mahdi. Da outra vez agiu como se a vida do seu irmão valesse mais do que a de todo mundo no deserto. Quanto tempo vai levar até outra cidade se reduzir a uma cratera queimada? Ou até ele nos encontrar e transformar mais um em pó, como fez com Bahi? Ou talvez alguém consiga caçar seu irmão, como fizeram com Imin, e aí ele terá os olhos arrancados para que morra lentamente, quando você teve a chance de ter sido misericordiosa.

Disparei contra ela como uma bala.

Shazad se enfiou entre nós num segundo. Antes que pudesse alcançar Hala, antes que Hala pudesse conjurar algum terror na minha mente em retaliação.

— Eu disse chega! — Ela me puxou para trás, os braços nos meus ombros, me segurando enquanto Hala fazia cara de escárnio e desprezo. Forcei o corpo na direção dela, mas mãos familiares me seguraram, me arrastando para longe da briga. Jin. Não me dei ao trabalho de lutar enquanto ele me puxava com facilidade para perto dele. Senti o calor familiar de seu corpo quando minhas costas encontraram seu peito.

— Pare. Você sabe que não quer brigar com ela pra valer, Amani — Jin falou no meu ouvido, para que só eu pudesse escutar. Sua respiração fez os pelos na minha nuca arrepiarem. Tudo o que eu mais queria era me apoiar nele, a batida do seu coração junto às minhas costas, e relaxar. Mas recuperei o controle antes que fizesse isso, me obrigando a me afastar. A deixar algum espaço entre nós dois.

— Me solta. — Ele afrouxou o aperto quando sentiu meu corpo travar sob seu toque. Me sacudi, e Jin afastou as mãos. Ainda podia sentir o calor se prolongando nos meus braços. Como uma queimadura. Só que uma demdji não deveria queimar tão fácil.

—Todo mundo nessa tenda tem alguém por quem viraria o mundo de cabeça para baixo. — Shazad virou para Hala. — O que está em jogo aqui não é sangue ou amor, e sim traição. Mahdi cometeu um crime contra nós e precisa ser julgado por isso.

Ahmed ainda não havia se pronunciado. Mas agora todos pareciam olhar para ele.

Finalmente falou:

— Meu pai o executaria.

— Seu irmão também — Jin falou atrás de mim. Estava a uma distância segura de mim agora. Mesmo sem olhar para ele, sentia a sua presença.

— Está defendendo a vingança? — disse Ahmed. — Olho por olho?

— Não — disse Jin. — Delila ainda está viva. Graças a Amani. Só uma pessoa precisa perder o olho nesse caso.

Ahmed tamborilou os dedos no mapa.

— Não me parece que um sultão deva dar ordens por rancor.

As palavras de Mahdi voltaram à minha mente. *Fraco demais para controlar esse país inteiro.*

Jin deu um passo na direção de Ahmed.

— Nossa irmã...

— Ela não é sua irmã. — Ele socou a mesa, silenciando a todos instantaneamente. Nenhum de nós tinha ouvido Ahmed atacar Jin daquele jeito. Até Shazad recuou, seus olhos alternando de um irmão para o outro. Como se fosse acabar tendo que segurar um deles. Jin e Delila podiam não ser irmãos de sangue como Delila e Ahmed eram, por parte de mãe, ou como Jin e Ahmed eram, por parte de pai. Mas haviam sido criados juntos. Jin nunca tinha chamado Delila de algo que não fosse irmã, e ela também o considerava assim. Mas o único ponto de ligação entre eles era Ahmed. — Essa decisão cabe a mim, não a você.

Jin cerrou os dentes.

— Ótimo. Enquanto toma a sua decisão, vou tomar conta da *sua* irmã, como aconteceu depois que minha mãe morreu. Mãe que inclusive salvou sua vida, se você já esqueceu. E que morreu enquanto você estava aqui bancando o salvador do país que a escravizou e que tentou matar *sua* irmã.

— Todo mundo fora. — Ahmed deu o comando sem tirar os olhos de Jin. — Essa conversa é entre nós dois.

— Nem se incomode. — Jin abriu a aba da tenda com um movimento violento. — Já terminamos aqui. — O ar da noite entrou no pavilhão conforme ele saía, e a luz da barraca de Ahmed se derramou pela areia como um farol.

Foi então que o tiroteio começou.

O mundo inteiro pareceu desacelerar ao nosso redor enquanto permanecíamos congelados, a mente lutando para acompanhar o ritmo. Uma bala acertou a mesa, a um fio de cabelo da mão esquerda de Ahmed. Logo acima surgiu um buraco no toldo, bem na parte amarela do sol de tecido.

Shazad foi a primeira a reagir. Pegou Ahmed pela camisa e o puxou com força para baixo da mesa, um segundo antes de ouvirmos o próximo tiro. E mais outro.

Jin me agarrou e me empurrou no mesmo momento. Eu me estatelei, perdendo o ar. Acertei o chão com força, e uma pontada violenta de dor percorreu meu ombro direito. Gritei, mas não tinha sido atingida. Conhecia bem a sensação. Ele me protegeu com o corpo enquanto as balas rasgavam o frágil tecido da tenda.

Sayyida.

A dedução veio firme e repentina como um tiro na cabeça. Não podia ser coincidência. Ela não havia "escapado" com Hala. Era uma isca. Uma armadilha. Eles a haviam seguido até nós.

Ouvi mais tiros lá fora. Outra bala passou por nós, espirrando areia a uma distância perigosamente próxima de onde eu e Jin estávamos. Os soldados atiravam às cegas, o que não queria dizer que não acabariam nos acertando.

Clamei meu poder, mas ele pairava frustrantemente fora de alcance. Senti algo frio no quadril e virei para ver melhor. Minha camisa havia sido puxada para cima, e o ferro da fivela do cinto de Jin pressionava minha pele, neutralizando minha metade djinni. Nós dois estremecemos quando outra bala acertou a mesa logo acima da cabeça de Ahmed e Shazad.

— Jin. — A queda havia me deixado sem ar, e uma dor irradiava do meu braço direito, como se ele tivesse quebrado. Era difícil falar com o peso sólido de Jin em cima de mim. — A fivela do cinto — finalmente falei, sentindo o pulmão queimar.

Ele entendeu e se afastou rápido de mim. Senti o ferro deixar minha pele. De repente o pânico não era mais uma sensação rugindo aprisionada no meu peito. Ele extravasava. Para o deserto. Para a areia.

Chamei o deserto na forma de uma tempestade.

Podia senti-la crescendo do lado de fora, ganhando cada vez mais força. Empurrei-a para os limites do acampamento, tentando mantê-la o mais afastada de nós possível, mas a areia chicoteou as paredes furadas da tenda mesmo assim. Fechei os olhos e deixei o deserto se agitar em frenesi. O tiroteio parou, vacilante sob a força da tempestade, mesmo quando a ventania atingiu a lateral do pavilhão, erguendo-o do chão, carregando-o para longe como se não fosse nada.

Do lado de fora, a tempestade de areia havia transformado o medo em caos. Os rebeldes corriam para amarrar sheemas em volta do rosto enquanto outros pegavam suprimentos ou tentavam acalmar os cavalos. Todo mundo conhecia o plano de retirada. Mas executá-lo no breu com balas cortando o ar era bem diferente.

Lutei para me controlar melhor. Ajoelhei e tentei respirar fundo. Os tiros vinham de cima, o que significava que os inimigos estavam nas paredes do desfiladeiro. Mudei de posição, abrindo os braços e empurrando meu poder na direção deles, criando um escudo contra os tiros da melhor forma que conseguia.

Enquanto a areia se movia, vi o primeiro corpo de um rebelde. Sangue fresco vermelho escorrendo da ferida de bala em seu peito. Senti meu controle escapar, mas o puxei de volta.

Shazad estava de pé, dando ordens enquanto eu mantinha o ar furioso ao nosso redor, colocando o caos em ordem.

— Amani! Temos que ir! — ela gritou acima do rugido da areia, tentando me alcançar.

— Vou dar cobertura! — gritei de volta. — Tire todo mundo daqui.

— Não sem você. — Ela sacudiu a cabeça. A trança já havia se soltado e o cabelo escuro chicoteava seu rosto freneticamente. Atrás dela, eu podia ver as pessoas desesperadas selando cavalos, algumas escalando as costas dos gêmeos em forma de rocs gigantes.

— Sim, sem mim! — gritei de volta. Queria dizer a ela que eu ficaria bem. Mas era perigoso para uma demdji fazer promessas. — Tire todo mundo daqui. Deixe Ahmed em segurança. Eles precisam de você, e você precisa de mim aqui.

Shazad hesitou por um momento. Minha amiga não estava convencida, mas a general sabia que eu tinha razão. Metade do acampamento morreria sem algum tipo de cobertura. E naquele instante eu era a única que havia.

Shazad se virou e olhou por cima do ombro para onde Ahmed tentava controlar os ânimos, depois olhou de volta para mim.

— Se não vier atrás da gente — ela se abaixou na minha frente, segurando meu ombro por um breve instante —, pode ter certeza de que vou atrás de você.

E então partiu. Botei para fora todo o poder que havia dentro de mim. Me esvaziei no deserto, criando um ciclone perfeito para proteger as fronteiras do acampamento, blindando a fuga.

Não sei por quanto tempo aguentei. O máximo que pude antes de meus braços começarem a tremer. Estava vagamente consciente do caos ao meu redor. Dos suprimentos sendo carregados, dos cavalos levados para a saída, de Izz e Maz disparando pelo ar sob uma saraivada de tiros. Dos gritos ao longe.

Mas o deserto era a única coisa que eu realmente entendia. Eu era parte integral da tempestade de areia, até que me veio o pensamento de que poderia me desfazer em poeira e ir embora junto com ela. Estava perdendo o controle. Não eram apenas os braços. Meu corpo inteiro tremia devido ao esforço. A areia chicoteava meu cabelo em vez de avançar na direção do inimigo. Precisava soltar o controle da areia. E se queria ter alguma chance de escapar, precisava fazer isso imediatamente.

Me obriguei a ficar de pé. Minhas pernas dobraram e cederam, sem forças. Alguém passou os braços em volta da minha cintura antes que eu tombasse no chão.

— Peguei você — Jin falou no meu ouvido. — Pode deixar, peguei você.

Um cavalo relinchava e dava coices, assustado com a tempestade que começava a se fechar ao nosso redor enquanto meu controle vacilava.

— Por que… ainda… está… aqui? — murmurei. — Shazad…

Minha cabeça girava com o esforço de controlar a areia. Se eu a soltasse naquele momento, todo mundo que ainda não tivesse ido embora seria soterrado.

— Shazad já tirou quase todo mundo. — A solidez do corpo de Jin era a única coisa me mantendo de pé.

— Mas não você.

— Jamais te deixaria para trás. — Sua voz soou baixa e assertiva no meu ouvido enquanto seu corpo se curvava ao redor do meu, me protegendo. Jin me colocou na sela e subiu atrás. Uma arma disparou perturbadoramente perto de nós. — Amani. Libere a tempestade. Estou com você, prometo. Confie em mim.

Então eu a libertei.

11

Cavalgamos como se tentássemos vencer uma corrida contra o pôr do sol rumo ao horizonte. O exército estava atrás de nós. Tínhamos que entrar fundo o suficiente nas montanhas para despistá-lo.

Desmaiei pouco depois de deixarmos o acampamento e dormi durante as horas de escuridão que ainda restavam. Quando acordei, recostada em Jin, uma nova manhã se anunciava sobre nós e o exército continuava nos perseguindo. Usei o que restava do meu poder para erguer o deserto atrás de nós, criando o melhor escudo possível entre os soldados e nosso pequeno agrupamento.

Cerca de uma dúzia de retardatários que não haviam conseguido fugir com os gêmeos ou com a primeira leva de Shazad estavam conosco. Alguns cavalgavam juntos em nossos últimos cavalos. Não conseguia distinguir os rostos enquanto acelerávamos pelas areias escaldantes. Não sabia quem havia fugido com Ahmed e Shazad, ou se quem estava conosco cavalgaria bem o suficiente para acompanhar o ritmo. De qualquer forma, não era como se tivessem escolha.

Sentia uma dor constante na lateral do corpo que piorava cada vez que olhava para trás. Precisei dar o melhor de mim para impedir que a dor dispersasse minha concentração.

Chegou uma hora em que não pude mais aguentar, tampouco os cavalos. Se não tivéssemos despistado o exército, o jeito seria lutar.

Deixei o escudo cair. Jin pareceu sentir a tensão abandonar meu corpo. Ele virou um animal ofegante, de arma na mão, verificando se alguém estava em nosso encalço. Minha visão turvou de puro alívio por não estar mais usando meu poder. Protegi os olhos contra o que restava do sol do deserto. Ficamos completamente imóveis enquanto observávamos o horizonte procurando algum sinal de movimento. Mas não havia nada atrás de nós além de um amplo deserto. Tínhamos conseguido.

— Vamos montar acampamento aqui — Jin ordenou, sua voz reverberando por seu peito e minhas costas. Ele estava rouco de sede.

— Não estamos seguros — argumentei.

— Nunca estaremos — ele disse, mas somente eu o ouvi.

— Não temos como nos proteger, e os cavalos...

— Os cavalos precisam descansar, e não conseguiremos escapar a pé — Jin disse no meu ouvido. — Também não temos chance sem você. Vamos ficar de guarda e retomamos o caminho se virmos alguma nuvem de poeira no horizonte.

Ele desmontou e começou a dar ordens para armar tendas e fazer o inventário dos suprimentos que haviam agarrado na fuga. Abriu um cantil e deu um gole antes de me passar.

Levei a água à boca e bebi devagar, com as mãos trêmulas, mantendo o ombro machucado próximo ao corpo. Se éramos cerca de uma dúzia, devia haver um monte de corpos na areia caso os outros não tivessem fugido com Ahmed e Shazad. Eu era a única demdji entre nós. Com alguma sorte, isso significava que Hala e Delila estavam juntas, e as duas eram capazes de ocultar até um grande grupo de rebeldes em movimento. Shazad levaria todos eles para um lugar seguro. Eu precisava acreditar que estariam esperando por nós.

Minha tia estava entre os que haviam escapado conosco, assim como duas outras mulheres de Saramotai. Imaginei que fosse difícil seguir um plano de fuga totalmente desconhecido. Tia Safiyah ajudava a distribuir os alimentos. Reconheci alguns rostos à nossa volta. Isso aliviou um pouco meu coração.

Não haveria fogueira à noite. Isso nos deixaria vulneráveis a pesadelos ou carniçais, mas ficaríamos muito mais vulneráveis se acendêssemos um aviso luminoso para o exército do sultão. Só podíamos cercar o acampamento com o ferro que tínhamos e torcer pelo melhor.

Todo mundo estava destruído pela fuga. Alguns já enfiavam pão na boca e desabavam enquanto o sol se punha. Precisávamos definir uma vigília, dividir os suprimentos entre os cavalos e armar as tendas. E havia mais algumas centenas de coisas para pensar. Minha cabeça girava e eu não conseguia raciocinar.

Bebi água até a tontura passar. Não precisaríamos economizar tanto assim. Àquela altura eu já conhecia nossa parte do deserto. Estávamos a três dias de cavalgada da cidade portuária de Ghasab. Cavalgando dia e noite, chegaríamos no próximo anoitecer. Lá, poderíamos nos reabastecer e depois nos reunir com os outros no ponto de encontro nas montanhas. Bem, pelo menos com aqueles que haviam escapado.

Guardei a água e tentei descer do cavalo devagar, apoiando o peso no braço direito enquanto me segurava na sela. Ele fraquejou imediatamente, e caí na areia num amontoado confuso.

— Você está machucada. — Jin estendeu a mão para mim. Ignorei e me pus de pé usando o braço bom e o estribo. O cavalo estava tão cansado que mal protestou.

— Vou sobreviver. — Tentei manter o braço o mais normal possível enquanto me afastava dele. — Sempre sobrevivo.

— Amani! — Jin gritou alto a ponto de alguns rebeldes olharem na nossa direção antes de decidirem voltar ao trabalho. Todo mundo ali sabia o suficiente da nossa história para não se meter. — Já te vi atravessar um deserto inteiro. Memorizei o jeito como se move. Parece que deslocou o ombro. Me deixa dar uma olhada.

— Posso dar alguma coisa para aliviar a dor — Safiyah interrompeu, limpando areia dos dedos. *Quase* todo mundo sabia o suficiente para não se meter.

— Ela não precisa de algo para a dor — Jin disse calmamente para Safiyah, sem tirar os olhos de mim. — Precisa que alguém coloque o braço de volta no lugar antes que a gente tenha que amputar.

Aquilo me fez parar.

Virei para encará-lo. Jin havia desenrolado seu sheema e o envolvido no pescoço. Eu podia ver sua expressão claramente. Ele sempre fora bom em blefar. Um sorriso discreto reapareceu, como se pudesse ler meus pensamentos mais fácil do que eu conseguia ler os dele. Aquele sorriso sempre significava problema.

— Vai arriscar a sorte, Bandida?

Tinha quase certeza de que ele estava mentindo. Mas meu desejo de ter dois braços funcionais era maior que minha certeza.

— Tudo bem. — Estendi o braço para ele o tanto quanto possível, como uma criança segurando um animal ferido que encontrou no deserto. Jin não o segurou. Em vez disso, colocou uma mão nas minhas costas. Um arrepio familiar percorreu minha coluna. Meu corpo parecia não saber que eu estava com raiva dele. Jin me levou para a pequena tenda azul que alguém havia armado para mim. Ele deixou a aba se fechar atrás de nós, nos dando privacidade.

O teto era baixo demais para ficarmos de pé. Agachei relutante até Jin me puxar para o chão e me sentar à sua frente. A noite caía rapidamente ao nosso redor, mas ainda havia luz o bastante para enxergar. Do lado de fora, dava para ouvir os ruídos do acampamento enquanto se preparava para a noite no deserto.

— Preciso dar uma olhada nisso. — Sua voz soava gentil agora que estávamos a sós. Levei um segundo para entender o que ele queria.

— Tudo bem — eu disse novamente, evitando seu olhar.

Com muito cuidado, Jin colocou uma mão no alto do meu braço e passou a outra pela minha gola, por dentro da camisa. Seus dedos eram quentes e familiares. Um tempo atrás ele teria feito alguma piada sobre enfiar as mãos por baixo da minha roupa. Mas agora havia uma tensão silenciosa entre nós.

— Tem certeza de que sabe o que está fazendo? — perguntei, sem poder aguentar mais.

— Confie em mim. — Jin não me encarava, embora estivesse tão perto que eu era praticamente o único lugar para onde podia olhar. — Aprendi no *Gaivota Negra* antes disso começar. — *Isso*. Eu sabia que ele se referia à rebelião. Quase ri. Uma palavra tão pequena para abranger todos nós e tudo o que havíamos feito, além de tudo o que ainda precisávamos fazer. — Muitos marinheiros se machucam ao se enroscar nas cordas.

Ele fez alguma coisa que levou uma pontada de dor percorrer meu tronco. Soltei um gemido.

— Desculpe.

— Você devia mesmo se desculpar. — A dor afiava minha língua. — Isso aconteceu quando você me derrubou, sabia?

— Tem razão — Jin brincou, os dedos ainda me cutucando gentilmente. — Devia ter deixado você tomar um tiro. A recuperação seria muito mais fácil.

— E o que você sabe sobre isso? — Estávamos fugindo da morte certa. Aquele não era o momento de brigar, não no meio de uma guerra. Mas não tinha sido eu quem trouxera o assunto à tona. — Você não estava por perto da última vez.

— Preferia que eu tivesse ficado para te ver morrer? — Ele pareceu tenso.

— Eu não morri.

— Mas podia ter morrido.

— E você podia ter morrido espionando os xichan! — Ficamos em silêncio, mas ninguém se mexeu. Nenhum de nós se afastou ou avançou. Os dedos de Jin continuaram a explorar meu ombro sensível.

Ele quebrou o silêncio:

— Está deslocado, mas não quebrado. — Estava bem acima de mim, então eu podia ver sua boca e a sombra de barba no seu maxilar. Jin apertou meu ombro entre as duas mãos. — Agora vai doer pra valer. Está preparada?

— Bem, com você falando assim, como poderia não estar? — Aquela curva sutil em sua boca que sempre me fazia sentir que estávamos juntos para o que der e vier reapareceu. — Pronta.

—Vamos lá. — Ele se virou para ficarmos frente a frente. —Vou colocar seu ombro de volta no três, está bem? — Cerrei os dentes e me preparei. — Um...

Respirei fundo.

— Dois...

Antes que eu pudesse deixar o corpo tenso para o "três", Jin puxou meu braço para o lado e para cima.

A dor foi como uma punhalada do cotovelo ao ombro, e reagi violentamente.

— Puta que pariu! — Outro xingamento saiu, agora em xichan, depois um em jarpoorian que Jin havia me ensinado enquanto atravessávamos o deserto, a dor fazendo brotar um insulto em cada língua que eu conhecia. Estava quase pronunciando um xingamento memorável em gallan quando Jin me beijou.

As palavras que me restavam morreram catastroficamente no segundo em que sua boca encontrou a minha. Meus pensamentos se desfizeram em seguida.

Eu quase havia esquecido a sensação daquele beijo.

Deus, ele sabia fazer aquilo muito bem.

Jin me beijou como se fosse a primeira e a última vez. Como se nós dois fôssemos acabar queimados vivos por causa disso. E eu me desmanchei como se não me importasse com mais nada. A rebelião podia estar se despedaçando ao nosso redor, talvez até o deserto inteiro estivesse em perigo, mas por enquanto ainda estávamos vivos e juntos, e a raiva havia se transformado em um fogo diferente que nos engolira até eu não saber mais quem estava consumindo o outro.

Jin se afastou com uma velocidade súbita e arrasadora, tão rápido quanto havia se aproximado. Minha respiração irregular preencheu o silêncio que se seguiu. Estava totalmente escuro. Tudo o que eu conseguia ver eram seus ombros subindo e descendo e a palidez de sua camisa branca.

— Por que fez isso? — A pergunta saiu com uma respiração baixa. Eu estava tão perto que vi sua garganta se mexer quando ele engoliu em seco. Tive a súbita vontade de encostar minha boca ali e descobrir se sua respiração estava tão instável e incerta quanto a minha.

Quando Jin falou, sua voz saiu firme como uma rocha.

— Para te distrair. Como está se sentindo?

Percebi que a dor alucinante tinha se acalmado enquanto o restante do meu corpo ganhava vida com o beijo de Jin. Ele estava certo; não doía mais nem metade do que doera quando colocou meu braço de volta no lugar.

Jin pegou algo do chão: meu sheema vermelho. Devia ter escorregado. Ele tocou meu braço de novo, mas dessa vez sua mão era carne e osso no meu cotovelo, não fogo invadindo minha pele. Atou meu sheema em volta do braço e o passou pelo meu pescoço como uma tipoia, dando um nó firme atrás do meu pescoço antes de ficar de pé.

— Além disso... — Sua voz soou calma, como se tudo não passasse de uma piada e fôssemos dois estranhos flertando antes de cada um seguir seu caminho. Não duas pessoas tão conectadas como nós. Que haviam cruzado o deserto juntas. Que haviam enfrentado a morte repetidas vezes. — Quem resistiria a uma boca como a sua?

Ele foi tão rápido ao roubar outro beijo que já havia ido embora antes de eu senti-lo por completo.

Fiquei sentada no escuro por um longo período depois que ele se foi, sem levantar nem ao ouvir os sons de uma refeição preparada às pressas sendo servida do lado de fora. Não tinha fome. Me sentia em carne viva. Queimada. Terra arrasada. Lembrei vagamente dessa expressão, que Shazad havia me ensinado. Tinha algo a ver com táticas de guerra. Não sabia ao certo se Jin e eu estávamos em guerra.

Ouvi o acampamento se acomodar ao meu redor enquanto repassava tudo na cabeça. Tudo por que havíamos passado. Tudo o que teríamos à nossa frente. Tudo o que ele não diria. Quanto mais o silêncio caía sobre o acampamento, mais ruidosa minha raiva se tornava.

Nós dois éramos incrivelmente teimosos, mas alguém teria que ceder mais cedo ou mais tarde.

Levantei antes que pudesse pensar muito a respeito e saí. O acampamento estava completamente silencioso, todos acomodados em suas tendas exceto os que estavam de guarda. Atravessei-o a passos largos. Conhecia a tenda de Jin de vista, vermelha e remendada em um dos lados, armada bem diante da minha. Não sabia o que faria: se gritaria com ele, se o beijaria, ou algo completamente diferente.

Decidiria quando o visse.

Estava quase lá — a dois passos — quando alguém tampou minha boca com força, me impedindo de respirar. O pânico tomou conta de mim quando um tecido de cheiro adocicado e enjoativo, como se bebida tivesse sido derramada, cobriu meu rosto.

O instinto falou mais alto. Joguei o cotovelo para trás. Uma dor lancinante brotou do ombro ferido. Um erro. Minha boca se abriu para buscar ar. Inspirei fundo e o vapor me invadiu, prendendo-se à minha língua, à minha garganta, a todo caminho até os pulmões.

Alguém estava me envenenando.

Senti os efeitos instantaneamente. Minhas pernas fraquejaram e o mundo saiu de órbita.

O exército do sultão havia nos encontrado.

Por que ninguém havia nos alertado? Eu poderia ter feito alguma coisa. Poderia ter erguido o deserto. Poderia ter impedido. Agora mal conseguia lutar. Golpeei impotente, cravando as unhas na mão que cobria minha boca. Me revirei, lutando para me soltar. Mas sabia que era tarde demais. Enquanto caía vi dois corpos tombados na areia, sem se mexer.

A guarda, já morta.

Eu precisava alertar os outros. O mundo estava desaparecendo. Eu ia desmaiar. Ia morrer. Jin. Precisava dar a ele uma chance de escapar. Salvar os outros.

Abri a boca para gritar e alertá-los, mas a escuridão me engoliu junto com as palavras.

12

Acordei muito enjoada e acabei vomitando no chão de madeira. Consegui pegar um balde antes da segunda onda de náusea chegar e terminei de esvaziar o estômago.

Apertei os olhos e abracei forte o balde de metal. Ignorei o cheiro repugnante que vinha do fundo. Minha cabeça ainda girava e meu estômago continuava se revirando. Tive a certeza de que não havia mais nada para vomitar além do meu próprio fígado, mas mesmo assim demorei para me mexer.

Aparentemente, eu continuava viva. Isso era uma surpresa. Poderia ficar aliviada assim que me recuperasse de ter colocado as tripas pra fora. O que significava que eu tinha sido drogada, não envenenada. O exército deveria ter me matado. Deveria ter matado todos nós.

Talvez eles tivessem me mantido viva pelo meu valor como demdji. Ou talvez porque eu fosse garota e parecesse indefesa. Mas não tinham qualquer motivo para deixar o resto do acampamento vivo. Eles provavelmente tinham dado uma olhada em Jin, ainda dormindo, e atirado nele para mantê-lo fora do caminho, já que tinha cara de encrenca.

Só havia uma forma de ter certeza. Eu não podia dizer algo que não fosse verdade. Se não conseguisse dizer aquilo em voz alta, já era.

Engoli a bile que subia pela garganta.

— Jin está vivo.

A verdade saiu como uma prece para a escuridão, tão enorme e certeira que finalmente entendi como a princesa Hawa foi capaz de invocar a alvorada. As palavras pareceram tão importantes quanto o sol nascente, aliviando o pânico no meu peito.

Jin estava vivo. Provavelmente era um prisioneiro naquele lugar, assim como eu.

Comecei a listar nomes rapidamente. Shazad, Ahmed, Delila, Hala, Imin, um depois do outro. Não hesitei nenhuma vez. Estavam todos vivos. Mas tentar dizer que estavam bem em voz alta provavelmente seria abusar da sorte, já que tínhamos acabado de perder nosso lar. Mas vivos pelo menos estavam. Eu também. E não pretendia estragar isso.

Viveria o bastante para conseguir reencontrá-los.

Percebi então que o cômodo se movimentava. Será que estava em um trem? O chão sacudiu, fazendo meu estômago se revirar. Não, aquilo era diferente. Não havia uma sensação de vibração constante. Era mais como se eu estivesse em um berço balançado por um gigante bêbado.

Quando minha cabeça parou de rodar, dei uma olhada em volta. Com cuidado, coloquei o balde de volta no chão e me endireitei. Consegui sentar. Já era alguma coisa. E, graças à luz que entrava por uma pequena janela acima de mim, podia enxergar.

Estava em uma cama em um quarto apertado com as paredes de madeira e o chão úmidos. Pela luz, parecia ser final da tarde. Céu rubro depois de um longo dia no deserto. Eu havia sido capturada de noite, o que significava que tinha dormido quase um dia inteiro. Pelo menos um dia inteiro.

Tentei levantar, mas minha mão direita não deixou. Eu estava amarrada à armação da cama.

Não. Acorrentada.

O ferro machucava minha pele. Pude senti-lo assim que tentei usar meu poder. Arregacei a manga para dar uma olhada. A algema parecia a mão de um adulto irritado em volta do punho de uma criança. Só que não estava totalmente apertada. Havia um fiapo de luz entre minha pele e o ferro.

Eu podia fazer algo com isso.

Sem pensar, estiquei a mão para pegar meu sheema, mas meus dedos roçaram apenas meu pescoço. Foi como um soco no estômago.

Ele havia desaparecido. A lembrança retornou. Jin o havia amarrado como uma tipoia. Eu estava lutando contra o tecido que envolvia meu nariz e minha boca quando o sheema caiu, perdendo-se na areia.

Era bobagem. Só um lenço. Um pedaço idiota de tecido vermelho para proteger do sol do deserto. Só que Jin tinha me dado aquilo de presente, arrancado de um varal em Sazi, no dia em que escapamos da Vila da Poeira. E eu o usei desde então. Mesmo quando estava irritada com ele. Era meu. E agora não estava mais comigo.

Mas havia outros jeitos de sair daquela enrascada.

Forcei a costura da camisa até se romper. Arranquei uma tira de tecido e comecei a introduzi-la entre a minha pele e o ferro. Não era exatamente fácil — a algema estava bem apertada e o pano era grosso e difícil de manusear. Mas persisti, deslizando um pedaço por vez.

Pronto. Senti quando o ferro não estava mais tocando minha pele. Meu poder voltou numa onda.

Estava cansada e com sede, sentia gosto de vômito e de alguma droga desconhecida que permanecia nos meus pulmões, mas sabia que conseguiria fazer isso. Com toda a minha força, busquei uma conexão com o deserto lá fora. Eu o senti responder, mas então ele escorreu entre meus dedos. Puxei-o novamente, mas não veio nada. Era como estender a mão tentando pegar algo que estava ligeiramente fora do alcance.

Lutei contra o pânico. Havia outras maneiras. Como em Saramotai. Respirei fundo e fechei os olhos. Agora que havia me acalmado, podia sentir. Mesmo com as guinadas estranhas do quarto e a tontura. A areia colada na minha pele.

Levantei a mão livre em um gesto rápido e violento, arrancando todos os grãos que podia sentir em mim, levando pele junto. Fiz a areia descer num golpe em direção ao meu braço, com um movimento rápido.

A tranca da algema rachou como madeira sob um machado. Eu estava livre.

Corri para a porta, lutando contra a névoa que persistia na minha cabeça como uma exaustão constante do deserto. O chão deu uma sacudida, me jogando em direção ao longo corredor escuro. No outro extremo, havia luz entrando de cima. O chão sacudiu de novo.

De repente, juntei pedaços de histórias e compreendi. Algumas delas eu havia escutado perto de fogueiras, outras Jin havia me contado.

Aquilo não era um trem.

Eu estava em um navio.

Degraus de madeira surgiram no feixe de luz à minha frente, e bati a canela em um deles subindo desajeitada por causa do balanço. De repente me vi sob a luz do sol, respirando ar fresco.

Por um instante, fiquei cega com o brilho súbito depois de passar tanto tempo no escuro. Mas nunca fui do tipo que para de correr só porque não pode ver aonde está indo. Enquanto minha visão voltava, corri adiante, me concentrando no lugar onde o navio parecia terminar.

Ouvi gritos atrás de mim, mas não parei. Dei um último impulso violento para a frente. Colidi com toda a força contra a balaustrada na ponta do navio. Minha fuga.

Só que não havia para onde ir.

Uma vez perguntei a Jin se o Mar de Areia era como o mar de verdade. Ele tinha sorrido daquele jeito que sorria quando sabia de algo que eu não sabia. Antes de eu arrancar todos os seus segredos e tornar aquele sorriso meu.

Mas agora eu sabia.

Havia água até onde meu olhar alcançava. Mais água do que tinha visto a vida inteira, mais água do que imaginava existir no mundo. Tinha visto rios e piscinas, e até algumas cidades no deserto que podiam se dar ao luxo de ter fontes. Mas nunca vira algo assim.

Era tão vasto quanto o deserto. E me prendia como os quilômetros de areia ardente haviam me prendido na Vila da Poeira.

Alguém me pegou por trás, me arrancando da balaustrada como se pensasse que eu pudesse me atirar dali e cair nos braços do mar.

A névoa mental parecia estar se dissipando, e aos poucos eu me conscientizava do meu entorno. O cheiro estranho só podia ser da extensão infinita de mar. Ouvi gritos e berros, alguém perguntando como eu tinha escapado.

Uma turba de homens me cercou. Mirajins, com certeza. Sua pele era escura como o deserto, e mais escura ainda em alguns deles. Sheemas vibrantes cobriam seus rostos e as mãos eram calejadas e cobertas de marcas. Segurei firme meu punhado de areia, apesar de saber que não conseguiria derrubar nem metade deles antes que atirassem. Não quando já havia três pistolas apontadas para mim.

Ali, no meio da multidão, vestindo um khalat branco tão brilhante que fazia meus olhos doerem, estava o motivo de Jin continuar vivo. Não foi o exército do sultão quem me capturou, afinal de contas.

Foi minha tia Safiyah.

—Você me drogou. — Minha voz estava falhando. Minha tia, cujas mãos passeavam com facilidade pelos remédios da caixa de suprimentos do pai sagrado. Ela tinha preparado a refeição. Ela podia ter colocado qualquer coisa na comida para derrubar os rebeldes e fugir. Teria sido fácil para ela me pegar enquanto eu seguia irritada para a tenda de Jin, e me botar pra dormir com alguma substância roubada do baú que deixei destrancado. Duas vezes ela tentou me dar algo para dormir. *Para aliviar a dor.*

Shazad sempre dizia que eu não sabia cuidar da minha retaguarda.

Então fazia isso por mim. Ela também teria dito que essa era uma bela oportunidade de ficar de boca fechada. Mas Shazad não estava ali. E aquela mulher tinha me sequestrado.

— Sabe, a última vez que droguei alguém que confiava em mim — eu disse —, pelo menos tive a decência de deixar a pessoa onde estava.

— Deus, queria que você não parecesse tanto com ela — minha tia falou, tão baixo que tive certeza de ser a única a ouvir. Safiyah deu a volta a meu redor, caminhando até onde o marujo segurava meus braços. Senti seu toque na tira de pano que eu havia enfiado entre minha pele e a algema. — Esperta. — Ela quase pareceu orgulhosa. — Para conseguir usar seus truques de demdji.

Tentei me soltar, mas o marujo me segurava bem firme.

—Você sabe o que eu sou. — Não era uma pergunta, mas esperava respostas.

— Eu vendia remédios em Izman desde antes de você nascer. — Ela tirou o tecido do meu pulso quase delicadamente. — Acha mesmo que é a primeira demdji que encontro na vida? Cada um vale uma pequena fortuna. E você ainda é de um tipo raro. Na minha profissão, aprendemos a reconhecer os sinais. Eu já imaginava por causa dos seus olhos, mas tive certeza quando aquela tempestade de areia nos salvou no deserto. E sua mãe era sempre tão reservada sobre você nas cartas.

Ela não tinha bons motivos para estar em Saramotai. O único motivo era o fato de o emir ter começado a se vangloriar aos quatro ventos de que tinha uma criança com olhos de brasas que controlava o sol com as mãos. Ranaa era bem valiosa. Mas minha tia perdera a chance de levar a garotinha demdji. Então me levara no lugar.

— Não é verdade, sabia? — Lembrei o que Mahdi me contara, com a faca na garganta de Delila. — O que dizem sobre nossos poderes curativos.

— O importante — ela disse, sem me encarar enquanto torcia o pedaço de pano em volta da própria mão — é que tem gente que acredita nessas histórias. — Ela estava certa. Histórias e crenças eram mais importantes do que a verdade. Eu sabia disso, afinal, era a Bandida de Olhos Azuis. Mas já não seria a Bandida de Olhos Azuis depois que arrancassem meus olhos.

Então minha tia disse para o homem que me segurava:

— Coloque-a junto com as outras garotas.

Fomos para um lugar ainda mais fundo do que aquele de onde eu havia fugido. Bem mais. Até lá embaixo, na escuridão profunda do estômago sacolejante de madeira, e então um pouco mais para baixo. Não sabia para onde íamos, mas tínhamos que estar chegando perto. Ouvi o choro bem antes de vê-las.

O quarto onde as outras garotas eram mantidas fazia a minúscula cela onde acordei parecer luxuosa. Elas tinham os dois braços acorrentados às paredes de madeira, e uma poça rasa de água escorria de um lado a outro, molhando os corpos, que tremiam de frio no escuro.

Tinha cerca de uma dúzia delas. Enquanto era conduzida, registrei vislumbres de rostos, iluminados pela luz da lâmpada oscilante. Uma garota pálida com cabelo cacheado e loiro bem claro, vestindo trapos de um vestido azul estrangeiro que parecia ter tido o formato de um sino um dia; uma garota de pele escura com os olhos fechados e a cabeça inclinada para trás, cujo único sinal de vida eram os lábios murmurando uma prece; uma garota xichan com cabelo preto liso e um olhar de pura fúria acompanhando o homem que me segurava; outra garota mirajin em um khalat simples tendo calafrios. Elas pareciam tão diferentes umas das outras quanto dia e noite, areia e céu, mas eram todas lindas. E isso me assustava mais do que qualquer outra coisa.

Delila havia me contado como a mãe de Jin tinha sido levada para o harém. Ela era filha de um mercador xichan e passara a vida no convés de um navio — convés que foi encharcado com o sangue de sua família quando foi invadido por piratas. Lien, que tinha dezesseis anos e era linda, foi a única sobrevivente, levada em correntes e trapos de seda para o novo sultão de Miraji, que tinha acabado de assassinar o pai e os irmãos para tomar o trono para si. Ele estava montando um harém para garantir sua sucessão.

Lien foi vendida por cem louzis e se mudou para aquela prisão, onde daria um filho para o homem que odiava. Apenas a morte de uma amiga que amava como se fosse uma irmã dera a ela a oportunidade de escapar para o mar, carregando uma recém-nascida e dois jovens príncipes.

Às vezes eu ficava em dúvida se Jin sabia daquilo. Não era o tipo de coisa que mulheres contavam aos filhos. Era o tipo de coisa que contavam a outras mulheres. *Cuidado*, elas diziam para as filhas. *As pessoas vão te machucar por causa de sua beleza.*

Eu não era bonita. Não estava ali por esse motivo. Estava ali porque era poderosa.

Dessa vez não deixaram nenhum espaço entre as algemas de ferro e minha pele. Safiyah e o marujo viraram para ir embora, levando a luz com eles. Eu não podia deixar que fossem e me largassem ali acorrentada sem dizer nada. Seria admitir a derrota.

— Você sabe o que dizem, não? Trair seu próprio sangue amaldiçoa alguém para sempre aos olhos de Deus — falei para Safiyah. A água já estava lambendo minhas roupas. Percebi que ainda vestia o khalat de Shazad. A água chegava até minha pele. — O pai sagrado pregava bastante sobre isso na Vila da Poeira.

Eu não esperava que Safiyah parasse, mas ela parou. Permaneceu na porta por um bom tempo, de costas para mim, enquanto seu capanga ia embora.

— E como pregava. — Safiyah virou para me encarar e, pela primeira vez, me assustou. Foi a calma em sua expressão, demonstrando que não havia hesitado em fazer aquilo comigo. Nem por um instante.

— Sua mãe e eu sempre íamos às preces. Todos os dias. Não só nos dias santos. Estendíamos nossos tapetes um do lado do outro e apertávamos os olhos com força, como diziam que devíamos fazer. Rezávamos pelas nossas vidas. Por uma chance de escapar da Vila da Poeira. — Eu não tinha percebido a frieza de Safiyah até então. Mas estava tão clara quanto a luz do dia quando ela se agachou na minha frente. — Eu amava minha irmã como o sol ama o céu. Teria feito qualquer coisa por ela. E então Zahia morreu, e deixou você no lugar dela. E vocês são tão parecidas. É como ver um andarilho vestindo o rosto dela. Tem alguma ideia da sensação? Olhar para o monstro que matou quem você amava, que não é nem mesmo humana, mas pensa que é?

Observei a luz da lâmpada oscilando em sua expressão feroz, iluminando seu rosto subitamente e então o devolvendo à escuridão.

— A Vila da Poeira matou minha mãe.

— Porque ela tentou proteger *você*. Do homem que se intitulava seu pai. Quer saber o que dizia a última carta dela para mim?

Eu queria dizer não. Mas seria mentira.

— Ela disse que você não era filha daquele homem, e que ele sabia disso. Sempre soubera. Que ela temia cada vez mais por sua segurança conforme você crescia. Que tinha chegado a hora de fugir. Que morreria para te proteger se precisasse, mas que o mataria primeiro se conseguisse.

Minha cabeça voltou para aquele dia no deserto. Quando ouvi os tiros. Disseram que minha mãe tinha enlouquecido. Mas era mentira. Ela matara o marido em plena consciência. E tinha feito isso por mim.

— Ela ia fugir para ficar comigo, sabia? Antes de você. Te odiei no momento em que Zahia me disse que precisava adiar a partida, porque não podia cruzar o deserto grávida. Depois, porque você era pequena demais. Ainda assim, planejei minha vida pensando que um dia reencontraria minha irmã mais nova. Fiz coisas terríveis para construir uma vida para nós duas. A Vila da Poeira matou Zahia. Mas ela morreu por ser sua mãe. Agora vou conquistar a vida que sempre mereci, e você vai pagar o preço por isso.

— Se me odeia tanto assim, por que não arranca meus olhos aqui e agora? — perguntei com raiva. Queria que ela provasse que realmente me odiava tanto quanto achava. — Acaba logo com isso.

— Acredite em mim, se eu pudesse ter me poupado de te arrastar pelo deserto, teria feito isso. — Minha tia sorriu lentamente. — Mas você vale seu peso em ouro, sabia?

Eu já tinha ouvido aquilo antes. Em Saramotai, sobre Ranaa. De Hala, depois de salvar Sayyida de Izman.

Ela não ia simplesmente arrancar meus olhos para vender a algum ricaço em Izman com problemas de coração. Estava me levando para o sultão.

13

Eu estava cega. Não enxergava nada além das imagens na minha cabeça, enquanto lá fora só havia uma escuridão infinita, às vezes perturbada por vozes.

Nos meus melhores momentos eu sabia que era efeito dos remédios. Estava presa em pesadelos de fogo e areia. Areia em chamas. Um deserto cheio de pessoas queimando. Pessoas que conhecia, mas que não tinham nome no sonho. E um par de olhos azuis como os meus observando tudo. Porque eu ainda tinha olhos. Só não conseguia abri-los.

Em algum momento, me dei conta de que alguma coisa havia mudado. Estava sendo transportada. Podia ouvir vozes. Como se estivesse no fundo de um poço.

— Você sabe que o sultim gosta de garotas mirajins.

O sultim. Eu conhecia aquela palavra. Em algum lugar distante, sabia o que significava.

— Esta não é para o harém. — Outra voz. Uma mulher. Eu a conhecia. Tive vontade de usar meu poder. Fiz um esforço mental para alcançá-lo. A escuridão começou a invadir minha mente de novo. Perdi o contato com a areia e as vozes. A última coisa que ouvi antes de ser completamente engolida foi "perigosa".

Um fiapo de consciência despertou no fundo da minha cabeça.

Perigosa.

Eles podiam apostar que sim.

Acordei de repente, com várias sensações competindo pela minha atenção. O frio da mesa embaixo de mim, a dor aguda irradiando pelo meu corpo. O brilho branco cristalino da luz do sol nas minhas pálpebras, uma cacofonia de pássaros e alguma outra coisa, um gosto não natural. Mais remédios, concluí.

Finalmente consegui abrir os olhos. A sala era arejada e bem clara, graças à luz que refletia forte no teto de mármore. A pedra era da cor de todos os céus que eu já tinha visto de uma só vez. Tinha o rosa e o vermelho da alvorada sangrenta, o violeta de um crepúsculo tranquilo, e era tão brilhantemente perturbadora quanto o azul-claro do meio-dia.

Nunca vira algo tão refinado antes. Nem mesmo na casa do emir em Saramotai.

O palácio. Eu estava no palácio do Sultão.

Tínhamos passado longas horas tentando encontrar maneiras de posicionar mais espiões ali dentro. Meses infiltrando gente na cozinha. E eu tinha acabado de ser carregada inconsciente porta adentro sem qualquer problema.

Só que agora precisava fugir dali.

Teria rido da ironia se não doesse tanto.

O mundo estava voltando aos eixos enquanto eu avaliava a situação. Me sentia mais fraca do que deveria estar. Minhas pálpebras pesavam, e eu só queria dormir. Precisava sentar. Pressionei os cotovelos contra a laje fria do mármore e tentei me empurrar para cima. A dor cortou meu corpo inteiro como facas. Expeli o ar entre os dentes trincados, e o lençol que me cobria deslizou.

Tentei pegá-lo, mas pontadas de dor irradiaram pelos meus braços.

Então olhei para mim mesma pela primeira vez. Embaixo do lençol branco e macio, eu estava cheia de ataduras. Elas cobriam praticamente todo o meu corpo. Dos pulsos até os ombros. Passavam em volta do meu peito e desciam pelas minhas costas. Hesitante, estiquei a mão e passei os dedos nas pernas. Minha mão roçou tecido em vez de pele. Eu parecia uma boneca de pano. Só que bonecas não costumam estar manchadas de sangue fresco daquele jeito.

E eu que achava que nada poderia ser pior do que acordar acorrentada em um navio.

Não foi exatamente agradável descobrir que estava errada.

Quando a dor causada pelo que quer que estivesse por baixo das ataduras começou a diminuir, percebi que estava sozinha. Foi uma boa surpresa. Notei um khalat azul familiar pendurado em uma cadeira próxima. Aquele que Shazad me dera antes do casamento de Imin. Eu não sabia quanto tempo já havia se passado desde então.

Movendo desajeitadamente meus músculos doloridos e braços e pernas atados, peguei o tecido manchado e o vesti, me atrapalhando com os minúsculos botões da frente. Pelo menos minhas mãos pareciam intactas. Agora eu só precisava de um punhado de areia ou de uma pistola. Àquela altura até uma faca serviria. Mas não parecia haver nenhuma arma no aposento.

Cortinas translúcidas cor-de-rosa flutuavam em um enorme arco. Me aproximei com cuidado delas. Um vento carregando o aroma familiar do calor do deserto balançou o tecido quando passei para a sacada.

Izman se estendia diante de mim.

Era diferente de tudo o que já tinha visto. Um telhado achatado de azulejos azuis com uma fonte parecia próximo o suficiente de seu vizinho para sussurrar segredos urbanos. Para além deles, flores amarelas desciam por paredes ensolaradas que competiam por espaço. Toldos roxos coroavam outra casa, e um domo dourado se apertava contra minaretes que se esticavam como lanças em direção ao céu.

Jin tinha dito uma vez que eu não conseguiria entender como Izman era grande. Se o encontrasse de novo, talvez ficasse tão feliz que admitiria que ele tinha razão.

Parecia uma selva de telhados que se estendia até o fim do mundo. Só que eu sabia que não era bem assim. Em algum lugar lá fora estava o deserto de onde eu viera. Tentei alcançá-lo com a mente. Tentei me conectar com a areia e o saibro. Mas não sentia nada. O deserto tinha sido varrido impiedosamente dali. Teria que sair do palácio para isso.

Medi a distância entre a sacada e o telhado vizinho.

Provavelmente conseguiria saltar a distância num dia bom, mas a dor latejante no meu corpo me lembrou que aquele não era um dia bom. Eu só precisaria de um salto certeiro e estaria na cidade. Se errasse, não passaria de um corpo espatifado nos jardins. O que talvez fosse melhor do que ficar presa ali.

Não. Eu sobreviveria para reencontrar Shazad, como ela me fizera prometer. Viveria o suficiente para ver Ahmed no trono. E ainda queria que Jin explicasse por que pensava que podia me beijar depois de ter me abandonado.

Teria de sair pela porta. Só que não ia tentar fazer isso como se fosse uma convidada em vez de uma prisioneira. Com certeza haveria um guarda do lado de fora.

Encontrei uma jarra de vidro cheia de flores secas no quarto. Tirei-a da prateleira e me posicionei com as costas encostadas na porta. Então a deixei cair. Ela se estilhaçou nos azulejos coloridos.

Aquilo deveria chamar a atenção de alguém.

Ajoelhei, ignorando a dor lancinante no corpo, procurando pelo maior caco. Tinha funcionado. Eu podia ouvir passos do outro lado da porta, alguém vindo investigar. Fechei a mão em torno de um pedaço de vidro do tamanho do meu dedão com a ponta afiada. Segurei-o com força, mas não o suficiente para minha mão sangrar, e permaneci agachada, com as costas na parede próxima da porta — pronta para quem entrasse. Tinha funcionado em Saramotai, e eu não acreditava que os guardas do sultão fossem mais espertos do que os de Malik.

A porta se abriu. Fiquei abaixada, com o coração acelerado. Tudo o que vi foi um relance de tecido cinza, então agi. Dei um golpe mirando atrás dos joelhos. O vidro rasgou o linho fino, perfurando em busca da carne macia sob ele.

Mas, em vez disso, o vidro raspou em algo duro.

A abertura no tecido da calça, onde minha arma improvisada acertara, revelou juntas reluzentes de metal.

Por um instante tudo o que me veio à cabeça foi Noorsham em sua armadura de bronze, desenhada para controlá-lo. Palavras pesadas com seu sotaque do Último Condado ecoando na casca vazia. Mas a voz que ouvia agora era diferente.

— Cuidado! — Aquilo soou familiar, embora não estivessem falando comigo. Inclinei a cabeça para trás lentamente, observando o homem que me olhava de cima a baixo com uma expressão neutra. — Ela está armada.

Pensei que estava pronta para o que quer que estivesse enfrentando, mas tinha me enganado completamente. De pé ali na porta, com um corte na roupa, cabelo cuidadosamente partido e colado na testa, estava Tamid.

Meu mundo girava quando um guarda de uniforme passou por ele com a arma em punho. O homem me agarrou, arrancando o mísero caco de vidro da minha mão. Ela já estava manchada de vermelho de um corte na palma, feito pelo choque com o metal.

Nem senti. Nem lutei quando o guarda me arrastou de volta para o meio da sala, me pressionando contra a laje fria onde eu havia acordado.

Me contorci em seus braços. Não para escapar, mas para não perder Tamid de vista.

Tamid, com quem eu havia crescido. Tamid, que depois da morte da minha mãe era a única pessoa na Vila da Poeira com quem eu me importava. Tamid, que foi meu único amigo por anos. A pessoa que vi pela última vez sangrando até a morte na areia enquanto eu ia embora em um buraqi com Jin.

Você está morto. As palavras foram disparadas do meu cérebro para a boca, mas pararam ali. A inverdade não podia ir além disso. Tamid não estava morto. Estava vivo e coletando obstinadamente o vidro quebrado do chão. Como se nem me conhecesse. Apenas a testa levemente franzida acusava concentração demais para uma tarefa tão simples. Ele evitava me encarar a qualquer custo.

Tamid não estava usando muleta, percebi. Na última vez que o vira, o príncipe Naguib tinha dado um tiro que atravessara seu joelho quando meu amigo se recusara a dar as respostas que ele queria. Tamid caíra de lado, gritando. Minha culpa. Já tinha visto homens com ferimentos menos sérios perderem uma perna, mas ali estava Tamid, com as duas. Ouvi um pequeno clique quando ele se moveu, metal contra metal, como o sistema de repetição em um revólver. Através das calças rasgadas podia ver o que parecia uma junta metálica. Meu coração saltou no peito. Uma perna de carne e osso e uma perna de metal.

— O que devemos fazer com ela? — o soldado perguntou.

— Amarre essa coisa na mesa. — Tamid pegou o último pedaço de vidro. Ele tinha me chamado de *coisa.* Como se eu fosse menos que uma amiga que tinha escolhido transformar em inimiga. Como se fosse menos que humana.

As mãos do soldado me pressionavam com força, machucando minha pele atada. Soltei um grito sem querer. O barulho assustou Tamid e o fez olhar para mim.

— Não… — ele começou a dizer, desviando a atenção do guarda. Aquela era minha oportunidade.

Faça o primeiro golpe valer.

Cabeceei com força. Meu crânio atingiu o dele, irradiando uma dor lancinante pela minha cabeça.

— Puta que pariu! — praguejei, conforme o soldado cambaleava para trás, segurando a testa. Rolei para fora da mesa e corri para a porta. Mas fui lenta demais. O soldado já estava segurando meu khalat, erguendo o punho, mirando meu rosto. Me virei como Shazad tinha ensinado, tentando absorver o soco com o ombro.

O golpe nunca veio.

Um silêncio pesado caiu sobre a sala.

Olhei para cima. Um homem segurava o punho do soldado. Por um brevíssimo instante, pensei que fosse Ahmed. A luz do sol ainda dançava lentamente pelo meu campo de visão depois de dias na escuridão, criando uma borda dourada em seu perfil. Cabelos escuros com um toque encaracolado caíam sobre a fronte orgulhosa e escura do deserto. Olhos inteligentes e determinados manchados por uma noite sem sono. Apenas a boca era diferente. Com uma expressão firme e confiante, não tinha o tom suave de incerteza que às vezes aparecia na de Ahmed.

Mas ele fora feito com o mesmo molde. Ou melhor, Ahmed saíra do molde dele. Eu não deveria estar surpresa. Tal pai, tal filho.

— É preciso reconhecer quando alguém leva a melhor sobre você, soldado — o sultão disse, mantendo controle sobre seu punho.

O soldado soltou rapidamente minha camisa. Recuei, saindo de seu alcance. De repente, toda a atenção do sultão estava em mim.

Nunca tinha imaginado que ele seria tão parecido com o príncipe. Pensara no sultão como um daqueles desenhos em cores desbotadas em livros de histórias sobre governantes cruéis derrubados por heróis espertos. Gordo, velho e ganancioso, com roupas que custavam o mesmo que alimentar uma família inteira por um ano. Deveria saber que não seria assim. Se tinha aprendido alguma coisa como a Bandida de Olhos Azuis, era que as histórias e a verdade raramente coincidiam.

Quando tomou o trono, o sultão tinha a mesma idade que Ahmed tinha agora. Ele e Jin haviam nascido pouco mais de um ano depois. Eu era boa o suficiente em matemática para saber que isso significava que o homem diante de mim tinha menos de quarenta anos.

— Você me trouxe uma guerreira. — Ele não estava se dirigindo a mim. Notei uma quarta pessoa próxima da porta. Minha tia. A fúria sobrepujou todo o bom senso. Eu me movi novamente, me arremessando em sua direção por instinto. Sabia que não chegaria longe, mas o sultão me pegou antes que desse um mísero passo, segurando meus ombros. — Pare — ele ordenou. — Você vai causar mais dano a si mesma do que a ela. — Ele tinha razão. O movimento súbito me deixou tonta. Minha força estava se esvaindo, mesmo que a disposição de lutar continuasse. Relaxei o corpo em suas mãos.

— Ótimo — o sultão disse gentilmente, como se eu fosse um animal que tivesse conseguido realizar um truque. — Agora vamos dar uma olhada em você. — Ele estendeu as mãos na direção do meu rosto. Recuei instintivamente, mas não tinha para onde ir. Já estivera naquela situação antes, em uma noite escura na Vila da Poeira com o comandante Naguib, outro filho do sultão. Ele deixou meu rosto machucado por semanas.

Mas o sultão segurou meu queixo com gentileza. Conquistou o trono como um guerreiro e diziam que ele mesmo havia sido responsável por metade das mortes. Quase duas décadas não pareciam tê-lo deixado mais fraco. Seus dedos estavam calejados. Pela caça. Pela guerra. Por matar a mãe de Ahmed e Delila. Mas pareciam muito gentis retirando meu cabelo embaraçado do rosto para que pudesse me enxergar com mais clareza.

— Olhos azuis — ele disse, sem tirar as mãos. — Incomuns em uma mirajin.

Meu coração pulou no peito. O que minha tia e Tamid haviam dito para o sultão? Que eu era da rebelião? Ele teria acreditado? As histórias da Bandida de Olhos Azuis já tinham chegado aos seus ouvidos?

— Sua tia contou tudo sobre você, Amani.

— Ela é uma mentirosa. — A resposta saiu de repente, rápida e furiosa. — O que quer que tenha dito, não é confiável.

— Então está dizendo que não é uma demdji, como sua tia me informou? Ou só a está acusando de trair a própria família?

— Não se dê ao trabalho, Amani — minha tia interveio. — Você pode ter enganado todo mundo na Vila da Poeira, mas sua mãe confiava em mim. — Ela me olhava pesadamente por cima do ombro do sultão. Entendi que tinha dito ao sultão que viéramos direto de Vila da Poeira. Ela era mesmo uma mentirosa. Não havia mentido por minha causa, claro, mas não contara a ele sobre a rebelião. E minha tia estava me alertando sobre isso com suas palavras veladas. Seria ruim para ambas se o sultão descobrisse de onde realmente tínhamos vindo. Ele teria perguntas para ela, sem dúvida. Além disso, eu era valiosa como demdji, não como rebelde.

— Sua tia não seria a primeira, sabia? — o sultão me disse. — A me trazer um falso demdji. Muitos parentes já vieram de cidadezinhas nos confins do país, como a sua, trazendo filhas com cabelos tingidos de açafrão ou a pele pintada de azul achando que eu não notaria a diferença.

Ele passou a mão pela maçã do meu rosto. Havia uma ferida ali; eu podia senti-la pulsando entorpecida embaixo do dedão dele. Não conseguia lembrar como tinha surgido. Seus olhos viajavam entre mim e minha tia.

— Você despreza essa mulher. Não a culpo. Você vai às preces? — Mantive os olhos nele, embora pudesse sentir Tamid me observando, grudado na parede, como se pudesse se tornar parte dela. Da última vez que realmente participei das preces estava na Vila da Poeira, com Tamid ao meu lado, tentando me fazer ficar parada enquanto me remexia inquieta. — Os Livros Sagrados dizem que aqueles que traem sua própria família são piores do que traidores. Tias que vendem sobrinhas.

Filhos que se rebelam contra os pais. — Fiquei tensa. — Vou fazer um acordo com você. O mesmo que ofereci a todos os falsos demdjis que vieram antes. Se puder me dizer que não é filha de um djinni, eu a libertarei, com a quantidade de ouro que puder carregar, e sua tia será punida da forma que você escolher. Se precisar de alguma inspiração, a garota que teve a pele pintada quis ver o pai pendurado pelos dedões até que todo o sangue se acumulasse em seu cérebro e o matasse. — O sultão tocou minha bochecha, como se estivéssemos compartilhando uma piada. — Só precisa repetir essas sete palavras simples: *Eu não sou filha de um djinni*, e terá sua liberdade. Ou pode permanecer em silêncio e deixar sua tia ir embora com todo o ouro.

Era uma oferta e tanto. Liberdade e vingança. Só que eu teria de mentir.

— O que vai ser? — ele perguntou. Me concentrei em sua boca enquanto pronunciava as palavras, aquela parte dele que não parecia com Ahmed.

Não era capaz de mentir, mas podia ser evasiva. Já tinha escapado de muitas situações sem dizer uma única palavra que não fosse verdade.

— Não conheci meu pai. — Tamid poderia confirmar isso, mas eu não queria envolvê-lo se pudesse evitar. O sultão não dera qualquer sinal de saber que tínhamos uma ligação. Tamid podia ter contado que me conhecia como mais do que uma demdji: eu era a garota que o fizera levar um tiro no joelho e saíra cavalgando com a rebelião. Mas se ele não tinha feito isso ainda, não seria eu a nos entregar. — Minha mãe nunca me contou nada sobre ele, e a Vila da Poeira inteira achava que se tratava de um soldado gallan...

O sultão pressionou o dedo contra meus lábios, me interrompendo abruptamente. Ele estava tão próximo de mim agora que preenchia todo o meu campo de visão. Havia algo perturbadoramente familiar naquele homem, mais do que apenas o rosto que compartilhava com Ahmed. Eu não sabia dizer exatamente o que era.

— Não quero saber de truques ou meias verdades — ele falou tão baixo que só eu consegui ouvir. — Meu pai foi um tolo e morreu nos meus braços, com uma expressão de surpresa no rosto. Claramente não sou um tolo, ou meu filho rebelde já teria feito o mesmo comigo. Agora... — o sultão retirou com cuidado um último fio de cabelo do meu rosto. —Tudo o que quero são sete palavras de você.

A Bandida de Olhos Azuis talvez fosse assunto de histórias ao redor da fogueira, mas nós, demdjis, éramos lendas. Metade de Miraji não tinha nem certeza de que realmente existíamos. Só que o sultão parecia bem informado.

Eu tinha que mentir. Não conseguia, mas precisava. Tudo dependia disso. Não só dar o fora dali, não só minha vida. A vida de todos. Se não pudesse fazer isso, o sultão arrancaria mais e mais verdades dos meus lábios, talvez até sobre a rebelião. Ele tiraria afirmações do meu silêncio. E me transformaria em uma arma, como tinha feito com Noorsham. Uma escrava.

Busquei desesperadamente a mentira que me tiraria dali. Que me tiraria da frente daquele inimigo vestindo o rosto do príncipe.

Lutei com todas as minhas forças. Mas tudo em mim era demdji.

E não podíamos mentir.

O sultão riu. Foi um som inesperadamente sincero.

— Não precisa se esforçar tanto. Eu sabia o que era desde o momento em que a vi, pequena demdji. — Ele estava brincando comigo. — Recompense essa boa mulher. — O sultão gesticulou devagar em direção à minha tia. O soldado recobrou a postura em um estalar de dedos e gesticulou para que ela o seguisse. Seus ombros pareceram cair de alívio quando deixou o quarto. Minha tia parecia absurdamente satisfeita quando virou, desaparecendo no corredor. Eu a odiava. Deus, como odiava.

Mais ao lado, notei Tamid se remexendo, como se esperasse uma dispensa também. Como se preferisse partir a ter que assistir ao que o sultão estava prestes a fazer comigo.

— Sente, Amani — o sultão ordenou.

Eu não queria sentar. Queria levantar e enfrentar o inimigo. Mas de repente, contra minha vontade, meu corpo se moveu, dobrando minhas pernas até eu estar sentada na laje de mármore onde acordei.

O pânico cresceu dentro de mim, quase entalando na garganta. Eu nunca tinha sido traída pelo meu próprio corpo daquela forma.

— O que você fez comigo?

O sultão não respondeu imediatamente.

— Seus olhos denunciaram você desde o início. — *Olhos que me traíam.* — Conheci um demdji que também tinha olhos azuis. — Noorsham. Ele estava falando do meu irmão. — É uma das grandes justiças do nosso mundo que seu tipo, apesar de todo o poder, seja tão vulnerável às palavras. — Eles sabiam o nome verdadeiro de Noorsham. Por isso o controlaram. Noorsham usava uma máscara, feita de bronze, com seu nome talhado nela. — Quais são as chances de haver dois demdjis de olhos azuis no deserto com pais diferentes? Diria que bem poucas. — O que significava que o sultão sabia o nome do meu pai. E meu nome verdadeiro. Olhei em volta desesperada, procurando uma armadura de bronze como a que usaram para prender Noorsham. Mas o quarto parecia a câmara de um pai sagrado. Tamid sempre quisera ser um.

— Perdemos nosso último demdji, infelizmente — disse o sultão. — Foi ideia do nosso jovem Tamid tomar mais precauções dessa vez. — Ele indicou meu ex-amigo com a cabeça, que ainda evitava me olhar.

Finalmente entendi o que havia por baixo das ataduras.

— Você inseriu metal sob a minha pele. — Bronze. Com meu nome nele. O verdadeiro, incluindo o do meu pai. Como fizeram para controlar Noorsham. Procurei um anel de bronze em sua mão, como aquele que Naguib usara para controlar Noorsham. Um anel que eu poderia arrancar de seu dedo, quebrando o controle que tinha sobre mim e possibilitando minha fuga. Em vez disso, vi uma pequena atadura no braço do sultão. Como as minhas. Ele estava tomando precauções. — Bronze. — O sultão tocou uma das minhas cicatrizes. — E ferro.

Ferro.

Meu estômago se revirou. Eles tinham aberto minha pele, colocado ferro embaixo e costurado tudo de novo.

Eu estava indefesa.

Só havia um porém. O sultão queria Noorsham para usar seu poder como arma. Se não era por isso que me queria, por que tinha pagado tanto à minha tia?

— Você está se perguntando o motivo — o sultão disse. Desejei não ser tão fácil de ler. — Cometi o equívoco da última vez de achar que podia controlar um demdji. Mas existem tantas brechas. Tantas pequenas lacunas nas minhas ordens pelas quais você pode se esgueirar. Como uma garota, é em grande medida inofensiva. Como demdji... Bem, a chance de utilizar seu poder não vale o preço de voltá-lo contra mim. Seria como deixar você solta no meu palácio com uma arma de fogo. — Aquilo era um mero exemplo, mas ainda assim me deixou nervosa. Ele não tinha como saber que eu era a Bandida de Olhos Azuis. Se tivesse conhecimento de que eu era parte da rebelião, não estaríamos tendo uma conversa tão civilizada. — O ferro foi mais uma ideia de Tamid. Ele tem sido bem útil desde que chegou ao palácio. É do Último Condado também, sabia? De onde mesmo, meu garoto?

— Sazi — ele respondeu. Era uma mentira descarada. Sazi ficava razoavelmente perto da Vila da Poeira, mas distante o suficiente para eu só tê-la conhecido quando fui para lá com Jin. Era de lá que Noorsham tinha vindo. Era onde Naguib tinha acampado antes de ir para a Vila da Poeira. Tamid estava escondendo do sultão sua origem. Ele me odiava o suficiente para enfiar ferro embaixo da minha pele, mas não para colocar uma corda no meu pescoço, aparentemente.

Tentei fazer com que Tamid olhasse para mim, mas ele manteve seu olhar fixo no chão. Eu tinha sido uma idiota. Tinha visto meu antigo amigo e, por um instante, pensara que nada havia mudado. Mas estava errada. Devia ter imaginado. Da última vez que estivera com ele, eu era a garota que deixava pessoas para trás. E ele era o garoto que nunca havia me traído.

— Sua região se lembra de coisas que o restante do deserto esqueceu — o sultão disse.

— Que serventia tenho para você como demdji sem poder? — Voltei cuidadosamente minha atenção para o sultão.

Ele sorriu, enigmático.

—Venha e descubra.

Contra minha vontade, senti meus pés se mexerem. Tive tempo de sobra para olhar de relance por cima do ombro antes de a porta se fechar, e vi que Tamid finalmente olhava para mim, o rosto marcado por uma expressão muito parecida com preocupação.

14

Eu tinha que segui-lo, mas não precisava fazer isso calada.

— Onde estamos indo? — O mármore liso parecia ecoar minhas palavras jocosamente enquanto caminhávamos pelo palácio. — Para onde está me levando?

O sultão não respondeu nenhuma das perguntas que gritei nas suas costas enquanto o seguia. Finalmente ele parou no meio do corredor. Fiquei a alguns passos de distância. Atrás de nós um arco com o dobro da minha altura dava para um pequeno jardim repleto de pavões. Do outro lado, emoldurado pela porta, havia um mosaico da princesa Hawa. Ela estava de pé no que imaginei ser a muralha de Saramotai, os braços abertos e o sol nascendo atrás. Seus olhos estavam voltados para a frente. Eram azuis nessa imagem também. Assim como na de Saramotai.

O sultão pressionou a mão de Hawa. Ouvi um clique, então a parte da parede entre as mãos da princesa se deslocou, como uma porta. Atrás dela havia uma longa escadaria que descia até a escuridão.

Tínhamos passado pelo último guarda fazia algum tempo. Ali, não havia nenhum. O que quer que estivesse lá embaixo realmente precisava continuar em segredo.

— O que tem lá embaixo? — Minha voz ecoou de um jeito perturbador pelos degraus de pedra.

— É melhor fazer certas coisas em lugares escondidos de Deus. — Diziam que a Destruidora de Mundos tinha vindo de um lugar onde Deus não enxergava. Das profundezas da terra. — Você primeiro.

Apoiando a mão na parede para manter o equilíbrio, contei os passos conforme descíamos. Trinta e três era um número sagrado. Era o número de djinnis que haviam se reunido para forjar o primeiro mortal em sua guerra contra a Destruidora de Mundos.

Tropecei no escuro quando cheguei lá embaixo. O sultão estava logo atrás de mim. Ele me equilibrou com a mão na minha cintura. Por um momento, me senti de volta ao acampamento, com Jin me segurando. *Peguei você*. Me afastei rapidamente.

Aquela parte do palácio não era como o restante. Em vez de mármore liso, as paredes eram de pedra talhada. O teto baixo era sustentado por pilastras atarracadas, enfileiradas nas sombras, como antigos soldados em posição de guarda. A única luz vinha de um buraco no teto, um círculo luminoso nas catacumbas sombrias. Conforme nos aproximávamos dela, pude ver que as pilastras tinham sido entalhadas com padrões agora gastos, como se os séculos tivessem apagado as marcas. Talvez mais do que séculos. Eu não sabia ao certo a idade do mundo. Mas aquele lugar parecia existir desde o início. Os anos podiam tê-lo enterrado, mas ele havia sobrevivido.

A sensação era de estar no fundo de um poço. O círculo de luz tinha a mesma extensão dos meus braços esticados. Mas o céu lá em cima tinha o tamanho de meio louzi. Meus pés descalços roçaram em algo frio. Olhando para baixo, percebi que havia um círculo de ferro perfeito no chão, com padrões esculpidos. Um círculo idêntico reluziu à minha esquerda. E outro, logo depois, coberto de poeira e pó.

— O que é isso? — Me afastei instintivamente do metal.

— Você é da fronteira do deserto — o sultão disse. — É uma descendente dos nômades que levavam histórias pelas areias. Deve saber de todas as que falam sobre os tempos antigos, da época em que os djinnis andavam livremente entre nós. Quando ainda amavam mortais. Bem... — Ele me olhou de soslaio. —Você é prova viva de que ainda fazem isso de vez em quando. Mas houve uma época em que *meus* ancestrais governavam com a ajuda dos djinnis. Os jogos do sultim eram isso, milhares de anos atrás. Tarefas definidas pelos djinnis para escolher o melhor entre os filhos do sultão, e não uma série de testes tolos planejados para voltar homens uns contra os outros. — Uma série de testes tolos que Ahmed tinha vencido por mérito. — Naquela época, príncipes escalariam montanhas e montariam em rocs para trazer de volta uma de suas penas. Eles bebiam água sob o olhar eterno do Viajante. Eram capazes de verdadeiros feitos. Mas embora ainda nos prendamos a essas tradições, os dias de príncipes valorosos ficaram para trás faz tempo. Assim como os dias em que os djinnis vinham aqui e abdicavam de boa vontade de seu poder dentro desses círculos, enquanto o sultão abria mão de suas armas, e eles trocavam conselhos.

Passei o dedão do pé pela beirada do círculo. Tinha ouvido falar disso nas histórias. Lugares onde o sultão invocava um djinni usando seu nome verdadeiro e então o soltava novamente. Era um sinal de confiança. Se eu contasse, haveria trinta e três daqueles círculos?

— Você vai conjurar um djinni aqui, Amani — o sultão falou.

Levantei subitamente a cabeça. Tinha visto muitas coisas criadas antes dos mortais. Buraqis. Pesadelos. Andarilhos. Mas djinnis eram diferentes. Eles não eram só o assunto das lendas. Eram nossos criadores. Ninguém mais via djinnis, embora algumas pessoas na Vila da Poeira dissessem encontrar um no fundo de uma garrafa de bebida forte. Minha mãe, ao que parecia, tinha conhecido um, no entanto.

— Está assim desesperado por conselhos sábios nessa época turbulenta, aclamado sultão? — Ele não mordeu a isca.

— As histórias fazem parecer fácil, não? Para invocar um ser primordial basta saber seu nome verdadeiro. — Tanto princesas quanto plebeus nas histórias imploravam por ajuda nas horas difíceis com um nome verdadeiro conquistado através de um feito virtuoso no início da história. — Mas é preciso muito mais do que isso. É preciso ser capaz de usar a língua primordial. — O sultão puxou um pedaço dobrado de papel do bolso. — E de mais uma coisa. Quer adivinhar?

Não peguei o papel.

— Se tivesse que chutar — podia sentir a bile na língua —, eu diria que o ingrediente final é um demdji.

Então era por isso que ele estava disposto a pagar o peso de um demdji em ouro. Então era por isso que ele tinha inserido ferro embaixo da minha pele. Ele não precisava dos meus poderes. Ia ordenar que eu conjurasse um djinni.

Eu conhecia as histórias das guerras em que djinnis lutaram lado a lado com a humanidade. Adil, o Conquistador, que acorrentara um djinni com ferro e deixara cidades inteiras de joelhos antes de enfrentar o príncipe cinzento. O djinni que construíra as muralhas de Izman em uma única noite como presente para sua noiva. O poder de um demdji não era nada comparado ao que um djinni podia fazer.

Pensei que ele me mandaria pegar o papel, mas o sultão apenas sorriu, indulgente.

— Um idioma verdadeiro. — Um idioma sem mentiras. — Uma língua honesta. — Uma demdji que não podia mentir. Que diria "Você virá até mim" na língua primordial e, assim, faria isso acontecer. — E um nome verdadeiro, claro. Nesse caso, o mesmo enterrado sob sua pele. Parte do seu nome verdadeiro. — Olhei rápido para o papel, involuntariamente. — O nome de seu pai.

Meu pai. Meu pai de verdade. O sultão não tinha me mandado pegar o papel, mas minha mão era atraída para ele, contrariando meu bom senso. Meu pai estava ao meu alcance.

— Pegue — ele ordenou finalmente. — Se quiser.

Meus dedos me traíram ao se fechar em torno do papel em resposta ao comando. Eu queria largar o papel. Queria lutar contra aquilo.

Mas também queria saber. Então levantei o papel para conseguir lê-lo à luz do poço.

E lá estava.

Tinta preta rabiscada em papel branco. O nome do meu pai. Bahadur.

Pela primeira vez em dezessete anos eu sabia meu nome verdadeiro. O mesmo que estava talhado em bronze e implantado embaixo da minha pele.

Eu me chamava Amani Al-Bahadur.

— Leia em voz alta. — Agora era uma ordem. E eu não podia desobedecer.

Minha boca se moveu contra minha vontade, recitando a língua antiga. As palavras praticamente se formaram sozinhas, tão fácil para uma língua que eu não falava, como se morassem ali. Como se minha metade djinni a reconhecesse melhor que qualquer outra.

Cheguei ao final rápido demais, e o nome de meu pai deslizou pela minha língua como gordura no fogo. E então eu tinha terminado. Fiquei em silêncio.

Nada aconteceu por um momento.

De repente, o círculo de ferro irrompeu em chamas.

15

Cambaleei para trás quando uma enorme coluna de chama azul se ergueu no círculo à minha frente. Mais alta do que o teto baixo arqueado, ela preenchia o poço, seguindo seu caminho até o céu. Queimava mais quente, rápida e brilhante do que qualquer chama que já tivesse visto. Lutou por uns instantes nas fronteiras do círculo de ferro contra alguma barreira invisível até que, tão subitamente quanto tinha surgido, se aglomerou no centro do círculo, assumindo uma forma.

Pisquei diante da luz. Era como se tivesse olhado direto para o sol e ficado cega por um momento.

Então minha visão clareou e vi meu pai pela primeira vez.

Bahadur parecia um homem feito de fogo.

Não. Não era isso. Eu podia não ser muito religiosa, mas conhecia as histórias sagradas. Djinnis não eram humanos feitos de fogo. Nós é que éramos djinnis feitos de poeira e água, com apenas um pouco de sua chama para nos dar vida. Uma centelha tirada do incêndio. Éramos uma versão muito mais sem graça deles.

A pele de Bahadur se movia e mudava de forma com as chamas azul-escuras. Chamas da cor dos meus olhos.

Não sentia mais calor exalando dele. Mas podia sentir outra coisa, que não sabia identificar, mas que atravessava minha pele e tocava minha alma. Ele era tão alto quanto uma das enormes pilastras. Só que não estava sustentando apenas as catacumbas de um palácio. Ele estava segurando o mundo. Era um dos seres primordiais de Deus que havia criado o primeiro mortal. Que havia criado toda a humanidade.

Que havia me criado.

Percebi que o que eu estava sentindo era poder. Poder verdadeiro e cru, do tipo que não vinha de um título ou coroa, mas da alma do próprio mundo.

Sua forma continuava a flutuar enquanto eu o observava. Percebi que ele estava diminuindo e oscilando ao mesmo tempo, alterando sua aparência. Aquilo me lembrou das metamorfoses de Imin. Até que ele deixou de ser luz e fogo azul. Tinha pele e cabelos escuros, tão carne e osso quanto qualquer habitante do deserto. Mesmo naquela versão atenuada para parecer conosco, era claramente diferente. Era bonito demais, esculpido com cuidado demais, perfeito demais para um humano verdadeiro. Mas meu pai não tinha feito seus olhos parecerem humanos. Eram feitos da mesma chama rodopiante que o restante dele, com a diferença de que queimavam mais devagar. Ardiam brancos de tão quentes nas bordas, com um azul brilhante em torno de pupilas negras perfeitas. E eu sentia como se estivessem me revirando do avesso.

— Você me chamou. — Três palavras tão mundanas, mas que carregavam um peso enorme. Sua atenção se deslocou lentamente para o sultão. — Embora eu veja que não foi para si mesma.

O sultão era um homem poderoso, mas não passava de um homem. De pé ao lado de um djinni, ele de fato parecia uma mera faísca pairando perto de um incêndio.

— Pois bem. — Bahadur parecia quase entediado quando se dirigiu ao sultão. — O que quer me pedir? Ouro? Poder? Amor? Vida eterna? Todos os quatro, talvez?

— Não sou tolo o bastante para pedir algo a você.

Bahadur o estudou sem piscar. Percebi que eu também o observava com cuidado, buscando em suas feições algo familiar, algo que compartilhássemos além dos olhos.

— Já presenciei mais dias e conheci mais mortais do que a quantidade de grãos de areia em seu deserto. Já conheci de pobres a reis e tudo o que existe no meio. Nunca vi um homem que não desejasse algo. Não importa se é uma criança com joelhos esfolados na rua ou um homem com tanto poder e ouro que não sabe o que fazer com eles. Vocês sempre querem algo.

— E vocês sempre usam nossos desejos contra nós — o sultão disse. — Pegam nossas necessidades e vontades e as distorcem até que nosso único desejo seja nunca ter pedido sua ajuda. — Ele não estava errado. Eu tinha lido aquelas histórias também. As histórias de Massil e do djinni que destruiu um mar inteiro como vingança contra um único mercador. Do funileiro que morreu no deserto procurando pelo ouro que um djinni capturado tinha prometido. — E no fim das contas — o sultão disse, passando o pé sobre a borda do círculo de forma provocadora —, nunca conseguimos o que queremos.

— Então você quer algo, afinal.

— É claro — o sultão disse. — Todo mundo quer. Mas não sou tolo de pedir a você. Você vai me dar o que quero, sem quaisquer condições.

A risada de Bahadur ecoou pelas catacumbas.

— E por que eu faria isso?

— Ela é uma de vocês, sabia? — O sultão estava falando de mim, embora seus olhos nunca desviassem de seu prêmio djinni.

— É claro que sei. — Bahadur não tirou os olhos dele. *Olhe para mim*, uma parte de mim queria gritar. Outra queria gritar comigo mesma por desejar isso. Tinha me virado muito bem até ali sem pai. Não precisava de um agora. — Por que acha que os marcamos?

O sultão puxou uma faca da cintura.

— Pequena demdji. Pegue isso e enfie na barriga. — Meu corpo gelou. Era uma ordem.

— Não — eu disse em voz alta, como se recusar tornasse a negativa real. Mas não adiantava, minhas mãos já estavam se mexendo.

— Faça isso devagar — o sultão ordenou —, para doer.

Eu não podia evitar. Minha mão estava se mexendo, esticando para pegar a faca, segurando o cabo, virando a lâmina para apontá-la ao centro do meu corpo. Lutei contra aquilo. Meus braços tremiam com o esforço. Mas não havia jeito de impedir. A faca estava sendo lentamente dirigida à minha barriga.

— Sua filha vai morrer aqui — o sultão disse para Bahadur. — A menos que eu a impeça. — Ferimentos na barriga matavam devagar.

— Entregue os nomes dos outros djinnis e ordenarei que ela largue a faca.

Bahadur não olhou nem de relance na minha direção. Ele fitou o sultão com seus olhos azuis enquanto a lâmina se aproximava do meu corpo. Meu pai era um ser primordial imortal. Abaixo apenas do próprio Deus. Para ele, o sultão, governante de todo o deserto, não era ninguém. Eu não era ninguém, embora fosse sua filha. Ele se abaixou no círculo, cruzando graciosamente as pernas.

—Todos vocês morrem um dia — disse, então sorriu daquela forma condescendente que os pais fazem com os filhos, só que não para mim. — É o que os mortais fazem de melhor.

A faca estava perto da minha barriga e ele não se importava. Ia me deixar morrer. A arma foi pressionada contra o tecido do khalat de Shazad. Eu estava sempre sujando de sangue as roupas que ela me emprestava. Dessa vez ela provavelmente não me perdoaria. Ela nunca me perdoaria por morrer e abandoná-la no meio da guerra.

— Sim — o sultão concordou. —Tudo morre um dia. — Ele deu as costas para o djinni, como se o ser primordial é que não fosse ninguém. Se estava desapontado com a recusa de Bahadur, não demonstrava. — Largue a faca. —A ordem foi cuspida na minha direção.

Puxei a arma para longe da barriga, soltando-a no chão. Meu corpo estava sob meu controle novamente. Tinha sido um blefe. Um blefe estúpido e falho contra um ser imortal. Eu estava tremendo. Muito. Mas a raiva logo expulsou o medo. Raiva do meu próprio corpo. Do sultão. Mas, principalmente, de que Bahadur pudesse simplesmente observar com uma expressão indiferente enquanto eu morria.

O sultão tinha me feito largar a faca, mas não me dissera para não pegá-la de novo.

Meus dedos se curvaram em torno do cabo e eu ataquei, golpeando com a faca na direção do pescoço dele. Um último golpe para acabar com tudo.

— Pare. — A ordem veio no último instante. Meus músculos travaram com a faca a centímetros de sua pele. Mais um segundo e eu o teria matado.

Pela primeira vez Bahadur me observava com interesse.

O olhar do sultão oscilou entre mim e a faca. Eu esperava fúria. Vingança. Mas nada disso aconteceu. Seus lábios só se curvaram um pouco.

— Você é uma pequena demdji perigosa, não é mesmo? — Então eu soube por que sua boca parecia familiar.

Seu rosto podia ser igual ao de Ahmed, mas aquele sorriso... Aquele sorriso era puro Jin.

16

Eu tinha valor.

Por isso ainda estava viva.

Por isso ele parara a faca.

Ia ser mantida no harém. Foi isso que o sultão disse. Mantida. Não como prisioneira. Estava mais para uma arma particularmente bem construída. Guardada até ser necessária de novo.

Outras ordens foram dadas enquanto eu era passada para uma criada com khalat da cor da areia clara, com o cabelo escuro preso em um sheema. Como se ela tivesse que se preocupar com o sol do deserto nos corredores sombreados do palácio.

—Você permanecerá aqui — o sultão instruiu calmamente. Eu queria lutar, mas ainda que minha mente pudesse se rebelar, meu corpo não podia. — Não ultrapassará as paredes do harém sem permissão de um membro do palácio. — Ele entendia os demdjis muito bem. Escolhia as palavras com cautela. "Não saia do harém" era mais efetivo do que "Não tente escapar". Tentar e conseguir eram coisas diferentes para um demdji.

Eu tinha olhado para trás uma última vez quando o sultão ordenou que saísse das catacumbas. Para Bahadur. Meu pai — embora aquilo soasse estranho. Ele nos observou partir, sentado dentro do pequeno círculo. A escuridão o cercou enquanto nossa lâmpada se afastava, mas eu ainda podia vê-lo bem depois do que deveria ser possível. Como se queimasse em seu próprio fogo, mesmo em forma humana. Ele era mil vezes mais poderoso do que eu. Tinha vivido incontáveis vidas antes de eu nascer. Mas estava igualmente preso ali. Que esperança eu tinha de escapar se nem ele podia?

— E você não machucará ninguém aqui. Nem você mesma. — Ele estava preocupado com a possibilidade de suicídio. Achava que eu tentaria escapar de suas garras mergulhando no esquecimento. Eu não queria saber o que tinha planejado para mim, tão ruim a ponto de tornar a morte uma opção melhor. — Mas se eu for ferido, se eu morrer, você vai caminhar até a torre mais alta deste palácio e se jogar de lá.
— Se ele morresse, eu também morreria.

Uma dúzia de outras ordens foram enraizadas nos meus ossos enquanto eu era conduzida por outros corredores de mármore polido pela mulher. Minhas pernas obedeceram às últimas palavras do sultão:
— Vá com ela. Faça o que mandar.

Passamos sob um arco baixo de pedra. Havia imagens de dançarinas talhadas na rocha. Nem tínhamos avançado muito e senti o vapor no ar, o cheiro enjoativo de flores e especiarias já começando a envolver meu corpo. Tão inebriante quanto bebida depois de passar tanto tempo no deserto ressecado.

Chegamos aos banhos mais gigantescos que eu já conhecera. A sala tinha azulejos iridescentes azuis, rosa e amarelos em padrões de mosaicos hipnóticos e fantásticos, cobrindo tudo do chão ao teto. O vapor que emanava das piscinas aquecidas deixava tudo com uma camada escorregadia, das paredes às garotas.

E havia muitas delas.

Eu já tinha escutado histórias sobre o harém do sultão, onde as mulheres eram mantidas para o prazer dele e do sultim. E para gerarem futuros príncipes para lutar pelo trono e princesas para serem vendidas por alianças políticas. Ali estavam elas, passando sabão em círculos longos e lânguidos nos ombros nus ou flutuando na beira da água, de olhos fechados enquanto serviçais passavam óleos em seus cabelos. Algumas estavam deitadas em camas ali perto, as pernas longas massageadas por mãos capazes enquanto cochilavam.

A serviçal começou a me despir sem falar nada, desfazendo os minúsculos fechos da frente do khalat de Shazad enquanto eu observava. Deixei que fizesse seu trabalho.

E então vi um homem. Ele parecia uma raposa no galinheiro. Uma raposa faminta. Estava deitado em uma cama, apoiado em uma pilha de travesseiros, com o peito descoberto. Era provavelmente um ou dois anos mais velho do que eu e parecia uma estátua esculpida em rocha, com feições pesadas e quadradas sem nenhuma sutileza ou graciosidade para compensar. Deveria ser bonito, mas o modo como sua boca formava um sorriso cruel jamais permitiria que fosse.

Três garotas mirajins lindas de morrer o emolduravam, enroladas apenas em longos lençóis de linho, os cabelos negros compridos caindo em ondas molhadas e espessas em torno dos ombros nus. Uma delas estava sentada aos seus pés, balançando lentamente as pernas na água quente, apoiada no joelho de uma garota mais magra ao lado dele. A última estava deitada com a cabeça no colo do homem, com os olhos fechados enquanto ele passava os dedos pelo cabelo dela distraidamente, e um biquinho sedutor nos lábios.

Sua atenção não estava em nenhuma delas, no entanto. Estava fixa nas duas garotas de pé à sua frente, completamente nuas, sendo inspecionadas minuciosamente por uma serviçal. Parecia que as serviçais estavam procurando qualquer falha que pudesse impedir que elas se juntassem àquele mundo de mulheres lindas e perfeitas. Enquanto a mulher que tinha retirado meu khalat me enrolava em um lençol simples de linho, me dei conta de que reconhecia aquelas duas, embora minha mente cansada demorasse um tempo para lembrar de onde. Elas haviam sido trazidas no navio comigo para serem oferecidas ao harém pelos traficantes.

O que teria acontecido com as garotas rejeitadas? Haviam sido vendidas para outros homens de casas menos prestigiosas? Ou os rumores eram verdadeiros e os traficantes as afogavam?

Como se sentisse meu olhar, a garota menor, colada ao homem, olhou na minha direção. Alguma coisa mudou em sua expressão, e ela se inclinou para sussurrar algo para a garota deitada no colo dele. Aquela com o biquinho. Seus olhos abriram subitamente, focando em mim tão rápido que ficou claro como o dia que só estava fingindo dormir. Ela entortou a boca, pensativa, torcendo o corpo para conseguir sussurrar algo para as outras. O riso resultante ecoou nos azulejos à minha volta.

Isso fez o homem voltar sua atenção para mim.

—Você é nova — ele disse, enquanto as outras tentavam ocultar seus sorrisos. Odiei sua voz imediatamente. Ele falava como se estivesse saboreando as palavras, que por sua vez me faziam sentir um gosto ruim.

—Você devia se curvar perante o sultim. — A garota de biquinho bocejou, esticando-se ao longo do corpo dele como um gato no sol. Então aquele era o sultim, o primogênito do sultão. Príncipe Kadir. Herdeiro do trono pelo qual lutávamos. O filho que tinha enfrentado Ahmed no último desafio dos jogos.

Fazia muito tempo que príncipes não me impressionavam mais. Nos últimos dias eu tinha beijado um e gritado com outro. Mas aquele era meu inimigo.

Não me curvei enquanto as serviçais desenrolavam cuidadosamente minhas ataduras, ciente dos olhos do homem em mim, apreciando minha pele sendo exposta.

Havia vergões vermelhos feios onde o ferro tinha sido inserido. As garotas caíram na risada quando eles apareceram.

—Talvez ela tenha sido feita pelo alfaiate Abdul, meu amor — a garota do biquinho disse, me estudando. As outras duas deram risadinhas.

Aquilo doeu.

"O alfaiate Abdul" era uma história sobre um homem exigente demais quanto às esposas. Ele casou com a primeira porque seu rosto era adorável. Casou com a segunda porque seu corpo era desejável. Casou com a terceira porque tinha um bom coração. Mas ele reclamava que a primeira era cruel, a segunda tinha um rosto esquisito e a terceira tinha um corpo repulsivo.

Então contratou o alfaiate Abdul para criar a esposa perfeita. O talentoso homem cumpriu a ordem sem objeção. Costurou a cabeça da primeira esposa no corpo da segunda, então costurou o coração da terceira nesse corpo com tal habilidade que nem deixou cicatrizes. O que sobrou das mulheres foi jogado fora, no deserto. No final, as esposas conseguiram sua vingança, quando o marido foi comido vivo por um andarilho vestindo os pedaços descartados das mulheres.

Interrompi o movimento instintivo da minha mão em direção às marcas nos braços. Eu era uma demdji, uma rebelde, a Bandida de Olhos Azuis. Já enfrentara coisa muito pior do que algumas garotas mimadas.

Mas Kadir apenas sorriu.

— Então ela foi feita sob medida para mim.

— Parece mais que ele a fez para ser exibida no zoológico — outra garota disse, sem entender que o sultim tirava sarro. — Ou talvez tenha confundido os braços dela com os de um macaco. — As risadinhas viraram gargalhadas. Mas as garotas tinham perdido a atenção do sultim. Ele deu um impulso para levantar e quase derrubou a garota em seu colo.

— Você parece mirajin. — O tom de interesse em sua voz soava perigoso enquanto ele cruzava a curta distância entre nós. — É tão raro me trazerem garotas mirajins. E seu tipo é o meu favorito. Você é da parte ocidental, imagino. — Não respondi. Não parecia que ele precisava de confirmação. Kadir segurou meu queixo e inclinou meu rosto para iluminá-lo melhor, me estudando como um mercador faria com um cavalo. Eu o teria golpeado, mas as ordens do sultão mantinham minhas mãos atadas ao lado do corpo. — Pelo menos a rebelião do meu irmão serve para alguma coisa. Guerras significam mais prisioneiros.

Fazia tempo que o harém era um lugar perigoso. Eu tinha ouvido falar que, nos dias do pai do sultão Oman, algumas mulheres iam até ele por livre e espontânea vontade. Mas a maior parte eram prisioneiras de guerra. Escravas trazidas de terras estrangeiras. Mulheres capturadas em navios, como a mãe de Jin. Agora tínhamos uma guerra em Miraji. Isso significava que mais traficantes aproveitariam o caos para capturar mulheres do país.

— A abençoada sultima já viu você? — a garota que estivera no colo do sultim disse, tentando chamar atenção.

—Todas as garotas novas precisam ser vistas pela sultima — a pequena consorte concordou, como se estivesse repetindo algo que outra pessoa dissera.

— Sim, ela precisa considerar você merecedora — intrometeu-se a garota que estivera aos pés dele, ansiosa para agradar.

— Ou não merecedora. — A garota do biquinho sorriu com o canto da boca.

— Calada, Ayet, não há necessidade de perturbar a sultima. — A mão do sultim deixou meu rosto e viajou pelo meu pescoço e minha clavícula, fazendo minha pele se arrepiar de repulsa.

— Ela está fora de questão — a serviçal que estava comigo disse assim que a mão de Kadir chegou à borda do lençol de linho branco que me cobria. Usara o tom abrupto de uma mãe impaciente. O sultim abriu a boca para contestar, mas foi interrompido por ela. — Ordens do seu pai.

A menção ao sultão parou a mão de Kadir. Por um instante, ele pareceu arder em rebeldia. Até que a revolta passou, e o sultim deixou o braço cair e deu de ombros, passando por mim com um leve toque, como se tivesse planejado aquilo desde o princípio. As garotas se levantaram juntas e o seguiram. Ayet olhou para baixo enquanto passava, observando o khalat de Shazad jogado no chão. Tão fino alguns dias antes, no casamento. Antes de sermos atacados. Antes de eu ser beijada, sequestrada e retalhada. Mas ainda lindo. Seu pé esquerdo fisgou o tecido e o arremessou em uma das piscinas, encharcando-o.

— Ops. — Ayet sorriu para mim com os dentes cerrados. — Desculpe. — Algumas gotas do seu cabelo respigaram em mim ao partir. Em seguida, um surto de risadinhas e sussurros ecoou pelas paredes.

Senti a nuca esquentando.

Quando Ahmed tomasse aquele palácio, eu queimaria o harém inteiro.

17

O HARÉM ARRANCOU O DESERTO DE MIM.

As serviçais despejaram água na minha cabeça e esfregaram minha pele até ela ficar em carne viva. Até me roubarem a pele incrustada de areia, sangue, suor, pólvora, fogo e do toque de Jin.

Fui tirada da água escaldante. Deixei uma das garotas me enrolar num grande lençol de linho seco e me deitar gentilmente perto da piscina. Algo quente pingou na minha pele, como óleo. Cheirava a flores que eu não conhecia. Outra garota passou um pente pelo meu cabelo, raspando gentilmente o escalpo.

Tinha passado minha vida inteira lutando. Para continuar viva na Vila da Poeira como a garota com uma arma. Para escapar da morte naquele beco sem saída. Para atravessar o deserto. A Bandida de Olhos Azuis. Lutando por Ahmed. Pela rebelião. *Uma nova alvorada. Um novo deserto.*

Mas conforme o pente passava pelo meu cabelo várias e várias vezes, não sabia se ainda restava em mim qualquer vontade de lutar.

Deixei o sono me tomar.

Amanhã. Eu lutaria amanhã.

Não levei muito tempo para descobrir que o harém era cheio de correntes e paredes feitas para parecerem invisíveis.

Era como um labirinto, projetado para me virar de um lado para o outro até eu não ter certeza de como tinha entrado ou se existia um jeito de sair. Havia dúzias de jardins, que se encaixavam como favos de mel. Alguns eram simples gramados, com uma única fonte jorrando eternamente e algumas almofadas espalhadas. Outros tinham tantas flores, vinhas e esculturas que eu nem conseguia mais ver as paredes. Mas elas estavam sempre lá.

Não dava para contar quantas pessoas viviam ali. Dezenas de esposas que pertenciam ao sultão ou ao sultim. E crianças também, filhas do sultão, que eram na verdade príncipes e princesas. Todos com menos de dezesseis anos. A idade em que finalmente eram liberados. Para passar das mãos do pai para as do marido. Ou para morrer por ele no campo de batalha, como Naguib. Todos irmãos e irmãs de Ahmed e Jin.

Finalmente encontrei uma das fronteiras: um portão trabalhado em ferro e ouro que permanecia entreaberto. Minhas pernas paralisaram quando tentei passar dali. Lutei contra a força que me prendia, mas não adiantava. Era como se uma mão invisível segurasse meu corpo. Meu sangue congelou e uma força torceu minhas entranhas, me puxando para trás.

O sultão tinha ordenado que eu não saísse dali.

Não podia atravessar aquele limiar.

Precisava entrar em contato com a rebelião. Mesmo se não soubesse exatamente onde ela se encontrava. Mas a família de Shazad era de Izman, que ficava do outro lado das paredes. A alguns metros de distância. Mas era como se houvesse um deserto inteiro entre nós.

Tinha que haver uma brecha, algum jeito de escapar. Mesmo se eu não conseguisse fugir, deveria existir uma maneira de mandar pelo menos um aviso de que o sultão tinha um djinni.

De que ele tinha meu pai.

Afastei o pensamento. Ele não era meu pai, tampouco o era o homem com quem minha mãe fora casada.

Se fosse meu pai, teria se importado com minha vida.

Minha mãe tinha me criado contando mil histórias de garotas salvas por djinnis, princesas tiradas de torres, camponesas afastadas da pobreza.

No fim das contas, eram apenas histórias.

Eu só podia contar comigo mesma.

Aquela sensação deveria ser familiar. Na Vila da Poeira, sempre pensava que estava sozinha. Mas não era verdade. Eu tinha Tamid naquela época. Agora só tinha dezenas de pequenos cortes cicatrizando por todo o corpo, uma lembrança constante de que não podia confiar no meu amigo mais antigo. Meus dedos encontraram um dos minúsculos pedaços de metal sob a pele do braço. Doeu quando pressionei o dedão contra ele. Empurrei com mais força.

Pela primeira vez na vida, estava realmente sozinha.

Foi no meu terceiro dia no harém que dei com o zoológico.

O ruído foi a primeira coisa que percebi — uma mistura de gritos vindo de gaiolas de ferro tampadas por domos de treliças intrincadas. Havia centenas de pássaros empoleirados, com cores que fariam inveja a um djinni. O amarelo dos limões. O verde da grama no vale de Dev antes da nossa fuga. O vermelho do sheema que eu havia perdido. O azul dos meus olhos. Só que não exatamente. Nada tinha o mesmo tom de azul dos meus olhos. Exceto os olhos de Noorsham. E os de Bahadur. Aqueles olhos que me observaram, ardendo lentamente, indiferentes à faca que se aproximava da minha pele. Olhos que sequer piscaram ou se dignaram a desviar. Como se observar aquilo não lhe causasse nenhuma dor.

Dei as costas para os pássaros.

Pavões enormes exibiam as caudas quando passei por outra gaiola. Em outra ainda, um par de tigres se espreguiçava em uma faixa de sol, estirados um em cima do outro, bocejando tão forte que dava para ver as presas tão grossas quanto meus dedos. Lembrei dos tigres pintados nas paredes da porta secreta que levava para o acampamento rebelde. Mas aqueles eram meros desenhos, de um milênio antes, do tamanho da minha mão. Os que estavam à minha frente eram bem maiores.

Parei abruptamente diante da gaiola mais distante.

A criatura lá dentro era quase tão grande quanto um roc. Um enorme monstro de pele cinza, patas grossas e orelhas exageradamente grandes. Pressionei o corpo contra as barras. Como se fosse capaz de atravessá-las para encostar nele.

Do outro lado da gaiola estava uma garota, sentada com o queixo apoiado nos joelhos. Ela tinha uns quinze anos no máximo. Era jovem demais para ser uma das esposas do sultim. Provavelmente era filha do sultão. Uma das princesas, nem de perto tão comentadas quanto os príncipes. Algo nela lembrava Delila, embora compartilhasse o sangue de Jin, o que não era o caso de Delila. Ainda assim, havia suavidade na curva de suas bochechas, como se não tivesse se desapegado totalmente da infância. Ela manuseava algo que parecia um brinquedo. Moldava barro vermelho em torno de um esqueleto de metal, criando um minúsculo modelo daquele animal. A garota empurrou uma das pernas da criatura, que se dobrou naturalmente, graças às pequenas juntas metálicas.

— O que é isso? — perguntei. Ela levantou a cabeça, surpresa, interrompendo seu trabalho e me fitando pelas barras. As palavras tinham escapado sem querer.

— Um elefante — ela respondeu em voz baixa.

Senti uma pontada de dor no coração quando pensei em Izz e Maz me explicando animadamente como eram esses animais.

Era isso que eles tinham visto além das nossas fronteiras. Um elefante vivo.

—Veio visitar sua família? — O tom de escárnio atrás de mim não era nem um pouco bem-vindo. Apesar disso, virei na direção da voz.

Era Ayet, a esposa que tinha chutado meu khalat na piscina no meu primeiro dia no harém. Outras duas garotas pareciam escoltá-la, como se fossem de sua guarda pessoal. Ouvindo conversas, eu havia descoberto que elas se chamavam Mouhna e Uzma.

— Imagino que os parentes de vocês estejam no canil, então. — Observei as três registrarem o insulto ao mesmo tempo. Ayet se recuperou rapidamente.

— Você parece acreditar que somos suas inimigas — ela disse. — Mas podemos te ajudar. Sabe onde estamos? — Ela não esperou uma resposta. — Este é o zoológico onde Nadira, esposa do sultão, encontrou o djinni que lhe deu uma criança-demônio. — Ela era a mãe de Ahmed e Delila. Todo mundo conhecia a história. Nadira perambulava pelos jardins do palácio quando encontrou um sapo que tinha pulado acidentalmente dentro de uma das gaiolas e não conseguia sair.

Olhei de relance para os pássaros.

Na história, as aves o haviam bicado incansavelmente. Nadira se apiedara da criatura e, abrindo a gaiola, estendera a mão para pegá-la, sem se importar com as bicadas nas mãos, que a deixaram com arranhões e sangrando. Assim que ela depositou o sapo no chão, ele assumiu sua forma verdadeira de djinni.

— Eis a questão. — Ayet e suas garotas me cercaram como uma matilha de predadores. — Garotas que não encontram seu lugar no harém não duram muito tempo. O sultim gosta de garotas mirajins. — Ayet me acertou no peito com força surpreendente, me derrubando em direção à gaiola mais próxima. Um dos tigres levantou a cabeça, curioso. — Mas ele só tem espaço para três de nós. Então, quando uma nova chega, outra tem de ir embora. E nenhuma de nós quer desaparecer. O que significa que você não tem um propósito aqui.

— Não tenho interesse nenhum no seu marido idiota. — Queria torcer a mão dela, mas não podia. O sultão tinha me dado ordens. Não havia como lutar.

Ayet não parecia convencida.

— Sabe o que mais aconteceu aqui? Foi aqui que o sultão matou Nadira depois que ela deu à luz uma abominação. — A garota deu um passo na minha direção. — Ninguém consegue ouvir os gritos aqui, por causa dos pássaros. — De fato, os pássaros nas gaiolas estavam fazendo uma algazarra enorme, abafando qualquer outro som. —Vá em frente. Grite por ajuda.

— Você deveria deixar a garota em paz. — A voz não era forte. Soou como um pio em meio ao coro de pássaros de penas selvagens. Mas era alta o suficiente para ser ouvida. Vinha da menina com o elefante de brinquedo. Ela observava tudo do outro lado da gaiola. Seus olhos estavam arregalados de medo. Mesmo assim, tinha se manifestado.

Ayet sorriu com desdém, mas não soltou nenhum insulto.

— Isso é assunto nosso, Leyla. O sultão não escolhe uma nova esposa há uma década, o que significa que ela está aqui para nosso abençoado esposo, o sultim, não seu pai.

— Tem certeza? — Leyla levantou meio hesitante, segurando o elefante de barro como uma criança pequena. — Posso simplesmente perguntar a ele.

Evocar o sultão era como pronunciar uma palavra mágica. Do tipo que conjurava espíritos poderosos e abria portas em rochedos. Bastou Leyla mencioná-lo e era como se ele estivesse lá.

Ayet foi a primeira a recuar. Ela revirou os olhos, como se quisesse que eu pensasse que não valia seu tempo, então nos deu as costas.

— Considere isso um aviso. —Ayet jogou as palavras sobre o ombro enquanto desfilava para longe. Observei-a partir, furiosa. Odiando o fato de não poder quebrar o nariz dela como gostaria.

Do outro lado do zoológico, Leyla continuou a mexer no brinquedo em suas mãos, distraída. —Você vai se acostumar com elas. — Isso não estava nos meus planos. Ia escapar de lá antes disso.

★

Desde minha chegada ao harém, permanecia nos meus aposentos quando não estava procurando um jeito de escapar. As serviçais me levavam roupas limpas, uma bacia para me lavar e comida, parecendo prever o que eu precisava sem que eu jamais precisasse dizer uma palavra. Mas, naquela noite, a refeição não veio.

Foi difícil não pensar que Ayet tinha algo a ver com isso. Só porque não podia me despedaçar como um animal selvagem não significava que não ia me fazer sofrer por conta do meu suposto desejo pelo sultim. A última coisa de que precisava era outro príncipe na minha vida. Já era difícil lidar com os dois que conhecia.

Esperei até ficar escuro do lado de fora antes de finalmente ceder ao meu estômago que roncava. Não era teimosa a ponto de morrer de fome.

As mulheres estavam espalhadas pelo jardim onde a refeição era servida, sentadas em grupos fechados em torno de pratos que dividiam. Tão fechados que seria impossível abrir caminho por um deles para chegar até a comida. Era como se estivesse subitamente de volta à minha primeira noite no acampamento rebelde, quando não sabia o nome de ninguém. Quando era uma intrusa. Só que tinha Shazad e Bahi para me guiar.

Identifiquei Leyla, a única pessoa sentada sozinha. Parecia que ela tinha quase terminado de fazer o elefante de brinquedo, o barro modelado estava tomando forma em torno das juntas articuladas de metal. Enquanto a observava, deu corda em uma pequena chave nas costas do brinquedo. Ele marchou com passos violentos e abruptos em direção a uma das crianças pequenas sentadas ao lado de um amontoado de mulheres ali perto. O garotinho tentou pegar o brinquedo todo animado, mas sua mãe o arrancou do chão, colocando-o no colo e derrubando o elefante.

A expressão de alegria que tinha surgido no rosto de Leyla desapareceu, e ela abaixou a cabeça. Uma garota como aquela seria devorada no deserto. Por outro lado, uma garota do deserto podia ser devorada no lugar a que ela pertencia.

Peguei o brinquedo, caído inútil no chão, as pernas ainda se sacudindo. Estendi a mão e o ofereci a ela. Leyla me encarou com olhos que pareciam ocupar seu rosto inteiro.

— Você me ajudou hoje no zoológico. — Ela continuou me encarando fixamente. Queria dizer que podia cuidar de mim mesma. Aquilo seria verdade se eu não estivesse presa por uma centena de minúsculos pedaços de metal enfiados sob a pele. — Obrigada.

Leyla assentiu com a cabeça e pegou o brinquedo. Sentei ao lado dela sem esperar um convite. Não tinha nenhum outro lugar aonde ir. Estava sendo gentil com ela porque precisava de aliadas no harém. Foi o que disse a mim mesma. Não porque seus olhos grandes e perdidos me lembravam Delila.

Ayet e suas duas parasitas estavam em um grupo não muito longe. Ondas de desdém emanavam delas mesmo à distância. Quando me pegaram olhando de volta, Ayet sussurrou algo para Mouhna. As duas caíram na gargalhada, como galinhas cacarejando.

— Elas têm medo de você — Leyla disse. — Acham que vai tomar o lugar delas ao lado de Kadir e que vão desaparecer.

Dei um riso de escárnio.

— Acredite, não tenho qualquer interesse no seu irmão.

Uma serviçal apareceu e me entregou um prato repleto de carnes com um cheiro bom. Meu estômago roncou de satisfação.

— Ele não é meu irmão. — Leyla trincou a mandíbula. — Bom, de certo modo é. Somos filhos do meu aclamado pai, o sultão. Mas no harém as únicas pessoas que chamamos de irmão ou irmã são aquelas com quem compartilhamos a mesma mãe. Eu só tenho um irmão, Rahim. Ele não está mais no harém. — Ela soava distante.

— E sua mãe? — perguntei.

— Era filha de um engenheiro gamanix. — Leyla revirou o pequeno brinquedo nas mãos. Jin tinha me contado sobre aquele país. Era onde as bússolas sincronizadas que ele e Ahmed sempre carregavam tinham sido feitas. Um país que aprendera a fundir mágica e máquinas. Aquilo explicava a habilidade de Leyla para fazer pequenos brinquedos mecânicos.

— Ela desapareceu quando eu tinha oito anos de idade. — A menina disse isso com tanta calma que me pegou desprevenida.

— Como assim "desapareceu"? — perguntei.

— Ah, isso acontece no harém — Leyla disse. — Mulheres desaparecem quando perdem a utilidade. É por isso que Ayet tem tanto medo de você. Ela não foi capaz de conceber um filho para o sultim. Se tomar o lugar dela, Ayet poderia desaparecer que nem as outras. Acontece todo dia.

Dei uma mordida na comida distraidamente enquanto ouvia Leyla falar. O sabor atingiu minha língua como uma brasa, incendiando minha boca. Meus olhos se encheram de lágrimas e cuspi a comida na grama, tossindo violentamente.

— Não aprecia nossa culinária refinada? — Mouhna gritou do outro lado do jardim. Ao seu lado, Ayet e Uzma estavam se dobrando de tanto rir. Ela colocou um pedaço de pão na boca e fez biquinho para mim enquanto o saboreava. — Um presente da abençoada sultima.

Leyla pescou algo vermelho do meu prato e torceu o nariz.

— Pimenta suicida — ela disse, arremessando-a na grelha mais próxima.

— O que é isso? — Eu ainda estava tossindo. Leyla colocou um copo nas minhas mãos. Engoli tudo em poucos goles, aliviando a ardência na língua.

— É uma especiaria estrangeira. Meu pai tenta manter fora do harém, mas ela é... — Leyla lambeu os próprios lábios, nervosa. —Algumas garotas aqui a usam para... Para escapar. — Levou um instante para eu me dar conta do que ela queria dizer.

Pimenta suicida.

Então algumas pessoas tinham encontrado uma forma de fugir. Não era o tipo de libertação que eu tinha planejado. Mas se a pimenta vinha de fora, tinha que haver um jeito de tirar coisas dali também. Talvez sussurros pudessem atravessar aquelas paredes.

— Quem é a abençoada sultima? — Ela já havia sido mencionada antes. Quando chegara ali. Nos banhos.

— A primeira esposa do sultim. — Leyla levantou a cabeça, surpresa. — Bem, não a primeira que ele escolheu. Kadir tomou Ayet como esposa um dia após vencer os jogos. Mas a abençoada sultima é a única que foi capaz de conceber um filho.

Elas deviam odiá-la. Minha tia Farrah odiava Nida, a esposa mais jovem do meu tio. Mas seu lugar como primeira esposa já havia sido garantido por três filhos. Era Nida quem tinha que beijar os pés dela para conseguir qualquer coisa. Podiam estar falando do sultim, e não de um comerciante de cavalos do deserto, mas ainda eram apenas esposas ciumentas. E eu entendia como aquelas coisas funcionavam. A primeira esposa era a mulher mais poderosa do lar — naquele caso, do harém.

— E onde ela está?

18

A SULTIMA ERA UMA LENDA NO HARÉM.

Escolhida por Deus para ser a mãe do próximo herdeiro de Miraji. A única boa o suficiente para conceber uma criança do sultim. Ela se mantinha trancada em seus aposentos a maior parte do tempo. As mulheres no harém sussurravam que era porque estava rezando. Mas lembrei algo que Shazad me dissera uma vez: se puder ficar fora do campo de visão do seu inimigo, ele sempre vai imaginar que você tem mais força do que realmente tem.

Pelos boatos que eu tinha ouvido, a sultima tinha uma porção de inimigas no harém.

Mas se tinha uma coisa que eu sabia sobre lendas, era que no final das contas todos eram feitos de carne e osso. E alguém de carne e osso tinha que sair do quarto mais cedo ou mais tarde.

Dois dias depois de Mouhna colocar a pimenta suicida na minha comida, Leyla me acordou com a notícia. A abençoada sultima tinha finalmente aparecido para tomar banho.

Eu a identifiquei assim que saí do corredor que dava para as piscinas. Ela estava sentada de costas para a entrada, uma perna balançando na água, a outra dobrada, virada o suficiente em minha direção para que eu pudesse ver a barriga inchada. Sua idade a destacava. Eu tinha visto outras mulheres grávidas no harém, mas elas pertenciam ao sultão. Ele tinha parado de escolher esposas fazia quase dez anos. Então elas tinham praticamente sua idade, a maioria acumulando pelo menos três décadas. Mesmo de longe dava para ver que a sultima não tinha nem dezoito anos. Ela passava as mãos pela barriga de novo e de novo em movimentos suaves, com a cabeça inclinada para a frente, pensativa.

Dali, a abençoada sultima parecia igual a qualquer outra garota do deserto nos últimos meses de gravidez. Não que eu tivesse esperado que ela frequentasse as piscinas envolta em pérolas e rubis, mas depois de todos os rumores e sussurros imaginei que veria algo mais do que alguém em um khalat branco e fino.

Ela não estava sozinha. Kadir se esparramava do outro lado, vestindo um shalvar solto e mais nada. Não imaginei que Jin compartilhasse algo com seu irmão, mas a aversão a camisas parecia ser de família.

Também havia uma meia dúzia de garotas na água que reconheci do harém. Uma coleção de esposas de Kadir chafurdava na água, dando risadinhas, os khalats longos e brancos colados ao corpo.

Eu já havia passado tempo suficiente ali para perceber que a maior parte do harém não era de Miraji. Eram mulheres pálidas do norte roubadas de navios, garotas orientais vendidas como escravas, jovens de tez escura de Amonpour pegas na fronteira. Mas dava para saber que aquela garota era do deserto, mesmo de costas. O linho grudava em seu corpo por causa do vapor que emanava das piscinas; cabelos escuros e úmidos aderiam ao seu rosto. Ela não parecia a todo-poderosa sultima, a portadora do futuro sultão de Miraji.

Então a garota levantou a cabeça, surpresa com o som dos meus passos. Olhou rápido por cima do ombro para mim e meu coração saltou na boca.

Ah, malditos sejam todos os poderes do céu e do inferno. O que eu fiz para merecer isso?

Estava cara a cara com a sultima de quem tanto tinha ouvido falar.

A única mulher pura o suficiente para conceber um filho do sultim Kadir. A garota enviada por Deus para garantir o futuro de Miraji.

Só que eu a conhecia como minha prima Shira. E a única missão dada a ela por Deus era tornar minha vida um inferno.

Jin uma vez me disse que o destino tem um senso de humor cruel. Eu estava começando a acreditar nele. Primeiro Tamid, agora Shira. Havia cruzado um deserto inteiro, mas era como se tivesse sido arrastada de volta para casa para enfrentar tudo o que deixara para trás quando fugi.

Shira parecia tão surpresa quanto eu. Seu queixo caiu mas logo se fechou com força em uma expressão de desagrado. Nos encaramos com uma pequena extensão de azulejos entre nós. O embate se repetia, assim como ocorrera uma centena de vezes de lados opostos do minúsculo quarto na casa da minha tia.

— Bem — Shira disse. Tinha perdido o sotaque. Dava para notar só naquela palavra. Talvez não perdido, mas abafado com algo que se passava por um sotaque do norte. — Podem me pintar de roxo e me chamar de djinni se não é minha prima menos querida.

A resposta ácida estava na ponta da minha língua. Parei antes que escapasse. *O sultão tem um djinni*, eu me forcei a lembrar. *Há um ser primordial à sua mercê e nada impede que o use contra os rebeldes a qualquer instante. E então estará tudo terminado. Para mim. Para Ahmed, Jin, Shazad e toda a rebelião.*

Eu não sabia como era com as outras famílias, mas imaginava que na maior parte do tempo todos se fingiam de civilizados, mesmo quando não havia tantas vidas em jogo.

— Achei que estivesse morta — eu disse. *Você e Tamid*. Da última vez que tinha visto Shira, ela estava em um trem em direção a Izman com o príncipe Naguib, capturada porque achavam que talvez soubesse para onde eu estava indo. E se me encontrassem, encontrariam Jin; e se encontrassem Jin, encontrariam a rebelião.

Depois que nós dois descemos do trem, Shira perdera a utilidade. Noorsham me dissera que havia sido largada no palácio para morrer. Mas não só estava viva como prosperando. Me perguntei se sabia que Tamid tinha sobrevivido e acabara naquele palácio também. Se sabia o que ele estava fazendo para o sultão. Se ela se importava. Nunca tinha se importado.

Irritada, afastei os pensamentos sobre Tamid. Shira era mais fácil de enfrentar. Nunca tinha sido muito complicado entender a relação entre nós duas. Nós nos odiávamos. Era mais fácil lidar com ódio antigo do que com o desdém recente de Tamid.

— Você deveria me conhecer melhor. — Minha prima me lançou seu sorriso sedutor. — Nós, garotas do deserto, somos sobreviventes. Embora eu esteja curiosa para saber como planeja sobreviver por aqui. — Passei sob as pedras iridescentes do arco, entrando na área dos banhos. Ignorei os fiapos de vapor que envolviam meu corpo como dedos pegajosos. — Da última vez que a vi, não estava cavalgando em direção ao pôr do sol com um rebelde? Traidores não duram muito por aqui. — Ela indicou com o olhar o lugar do outro lado onde Kadir estava relaxando. O salão era tão amplo quanto a Vila da Poeira inteira, e Kadir estava longe o suficiente para não ter me notado ainda. Ele pegou algo de uma pilha perto do cotovelo e o arremessou em um arco alto no meio da piscina. Quando a luz bateu no objeto, percebi que era um rubi tão grande quanto meu dedão.

A pedra atingiu a água com um respingo. Um caos de gritos e risos se seguiu quando seis garotas mergulharam em direção ao rubi, espirrando água e subindo uma em cima da outra enquanto Kadir as observava com um olhar faminto. Os gritos e o barulho da água cobriam nossas vozes.

— O que acha que meu príncipe pensaria de sua lealdade ao irmão traidor dele, se ficasse sabendo?

O medo devia estar estampado na minha cara, porque Shira sorriu como um gato que tinha engolido um canário.

Maldita. Eu estava atrás de ajuda, não de alguém que me entregasse.

— Shira. — Dei os últimos passos da entrada até a beira da água, me agachando perto dela e falando em voz baixa: — Se contar a Kadir que faço parte da... — Engoli a palavra antes de dizê-la. — Você sabe do quê — eu disse, com cuidado, olhando de relance uma garota que tinha emergido perto de nós. — Juro por Deus que, se você disser uma palavra, eu... — Pensei desesperada em como ameaçá-la, como acontecia na Vila da Poeira. Ela não contaria para a mãe que eu passara a noite fora com Tamid e eu não contaria para seu pai que ela deixara Fazim passar a mão por baixo da roupa dela nos estábulos. O problema era que não estávamos mais na Vila da Poeira, e se ela abrisse o bico eu levaria mais do que apenas uma surra. Eu e provavelmente algumas centenas de outras pessoas seríamos executadas. Então as palavras simplesmente saíram: — Vou ter que ir em frente e contar para o sultim que essa criança na sua barriga não é dele.

O rosto de Shira congelou.

— Ah, Deus. — Só então me dei conta de que era verdade. — O bebê não é do sultim.

— Quer falar baixo? — Shira disse entre os dentes. Do outro lado da piscina, uma das garotas emergiu com um grito de triunfo, segurando firme o rubi. Ela se arrastou pela água até chegar à beira da piscina, exibindo orgulhosa a pedra vermelha para Kadir, que se reclinou para lhe roubar um beijo. A garota depositou o rubi em uma pequena pilha de joias coloridas do lado da piscina, mantendo-a separada das pilhas das outras. Quando terminassem, o sultim mandaria fazer um colar com os prêmios acumulados. Era como observar crianças brincando. Só que as brincadeiras no harém podiam terminar com alguém perdendo a cabeça. O sultim puxou um diamante pequeno de sua pilha cada vez menor.

— O que você tem na cabeça? — Infidelidade era caso de sentença de morte no harém, até eu sabia disso. Tinha acontecido com a mãe de

Ahmed quando dera à luz Delila. E tinha acontecido com outras mulheres também; havia incontáveis histórias, tantas que era impossível ignorá-las. Homens que achavam um jeito de entrar no harém sem permissão. Serviçais, príncipes que não o sultim... Cada caso custava a vida de todos os envolvidos. Shira era muitas coisas, mas tola não era.

— Eu tinha que sobreviver. — Ela dedilhou os azulejos na beirada da piscina. Percebi que suas unhas tinham sido lixadas curtas. Shira sempre as mantinha longas na Vila da Poeira. — Você abandonou a mim e a Tamid para morrer na Vila da Poeira.

Ela pronunciou o nome dele de um jeito diferente. Sem o mesmo tom de desdém e desprezo. Não sabia o que tinham passado juntos, mas devia ter sido o tipo de coisa que transformava as pessoas em aliados.

— Foi Tamid quem... — comecei a perguntar, já temendo a resposta.

— Não seja ridícula — Shira retrucou, ríspida. — Eu não arriscaria dar ao sultim um filho aleijado.

— E você ainda se pergunta por que a considero tão horrível? — Cerrei os punhos, lutando contra a velha tendência de defender Tamid. Ele não lutaria por mim. Me perguntei se ela era o motivo pelo qual ele me desprezava agora. Será que o havia infectado com seu ódio durante a jornada? Ou eu havia feito ele me odiar sozinha?

— O que fiz para sobreviver foi pior do que o que você fez? — Ela moveu o pé em círculos lentos na água, fazendo ondinhas. — Naguib me abandonou aqui depois que eu já não servia mais para ele. Teria morrido se não me provasse mais interessante do que as outras garotas no harém. — Um novo coro de gritos veio do bando de garotas quando outra joia foi arremessada na água. — Mas ser a favorita do sultim só mantém alguém viva aqui por certo tempo. Então fiz a única coisa que podia para garantir minha sobrevivência. — Ela passou as mãos pela barriga. — E você pode contar para quem quiser. Ninguém vai acreditar.

Ela não estava facilitando. Fazia muito tempo desde nossa última discussão na Vila da Poeira. Eu já tinha encarado gente muito pior do que ela. Mas Shira estava me fazendo sentir de volta à casa de sua mãe, e não havia nada que eu quisesse mais do que ganhar dela pelo menos uma vez.

— Sim, eles vão acreditar, Shira. — Se ela não pretendia recuar, não seria eu a fazê-lo. Tinha certeza de que Shira seria degolada se alguém descobrisse que estava carregando o filho de outro homem fingindo que era do sultim. Tinha sua vida em minhas mãos tanto quanto ela tinha a minha. — E acho que sabe disso.

Shira me encarou. Ser sultima caía bem nela, eu tinha que admitir. Havia um peso naquele olhar que faria a maioria das pessoas abaixar os olhos primeiro. Mas eu havia crescido atirando; podia aguentar muito mais.

— Está bem, temos um trato. — De fato, Shira piscou primeiro. — Não vou contar sobre você se não contar sobre mim.

— Vai precisar fazer melhor que isso, prima.

— Quer mais alguma coisa? — ela disse em tom de zombaria, ainda passando as mãos na barriga. Shira realmente tinha muito poder ali. Mas não sobre mim. Ela apertou os lábios, como se as palavras que estava prestes a proferir tivessem um gosto amargo. — É claro que sim. Está bem. — Então inclinou a cabeça para trás e gargalhou como se eu tivesse dito a coisa mais engraçada do mundo. Por um instante, achei que estivesse louca. Sua voz ecoou pelas paredes de azulejos, atravessando a confusão na água e fazendo Kadir levantar a cabeça. Então ele me viu. Droga. Shira me dera um sorriso de canto de boca, satisfeita. — É melhor falar rápido, prima. Acho que você é o novo brinquedo do qual Kadir vive falando. O que ele não pode ter. Desembuche o que quer de mim antes de ele chegar aqui.

Eu realmente queria empurrá-la na água.

— Dizem que você tem um jeito de trazer e tirar coisas do harém.

— Quem disse isso?

— As pessoas — respondi, evasiva. — É verdade ou não? — Mantive um olho em Kadir enquanto ele levantava e caminhava lentamente em torno dos azulejos azuis iridescentes da piscina para chegar até nós. Era como ser caçada por um andarilho faminto. Precisava fugir antes que se aproximasse.

— Talvez — ela disse, cautelosa. Gastando o tempo. — O que quer assim tão desesperadamente a ponto de ameaçar minha vida? Bebida? Roupas novas? Isso certamente deve valer o preço da minha cabeça. — Aquela era uma tentativa razoável de me fazer sentir culpada por chantageá-la. Se fosse qualquer outra pessoa, talvez eu *realmente* me sentisse mal.

— Não quero que traga nada aqui para dentro. — Mantive parte da atenção em Kadir, que se aproximava. — Preciso mandar uma mensagem para fora. É possível?

— Acho que sim. — Shira passou a língua pelos dentes, refletindo lentamente. Estava tentando me manter ali. — Precisaria de algum tempo.

— Não tenho muito. Pode me ajudar ou devo contar ao seu marido que foi para a cama com outro homem, e te levar à forca? — Kadir estava na metade do caminho agora.

— Posso ajudar. — A mandíbula de Shira ficou tensa de raiva, e ela repousou a mão na barriga. — Se você…

— Veio participar do jogo? — Kadir disse, interrompendo o que quer que Shira estivesse prestes a dizer. Ele estava próximo o suficiente para ser ouvido. Seus olhos varreram meu corpo de cima a baixo. — Está um pouco vestida demais.

Levantei. Shazad tinha me ensinado muito bem que não se enfrenta um inimigo de uma posição inferior.

— São as roupas adequadas para partir, aclamado sultim.

Kadir pigarreou, como se concordasse. Mas o som parecia muito com um riso.

— Você é livre para partir, claro. — Ele rolava uma pérola branca perfeita entre o dedão e o indicador. Deu a volta para ficar na minha frente, de pé entre mim e a saída. Então arremessou a pérola na água sem nem olhar. As garotas, que estavam observando a conversa, não mergulharam atrás. — Assim que me trouxer aquela pérola.

— Não sei nadar — eu disse. Em qualquer outro lugar eu seria capaz de me defender. Seria capaz de lutar contra ele. Mas estava indefesa. Tentava me portar como se não estivesse, no entanto.

— Então não pode partir. — Ele sorriu de canto de boca. — Aquela pérola é muito preciosa para mim.

Eu não podia lutar contra ele. Só o pensamento de erguer meu punho e golpear sua cara de satisfação e superioridade fez minhas entranhas doerem. E não tinha certeza do que ele faria se eu tentasse ir embora. Do que podia fazer. Não sabia se o sultão tinha avisado que não devia me machucar, ou se não se importava que seu prêmio demdji fosse ferido. Eu nem sabia por que ainda estava viva. Ele já tinha o djinni.

O silêncio foi interrompido por um mergulho. Uma das outras garotas se jogou na água e emergiu alguns instantes depois com a pérola entre os dedos.

— Cansei de esperar — ela disse, fazendo biquinho, o cabelo claro grudado na testa enquanto exibia a pérola. Havia certo nervosismo em seu sorriso. Entendi o que ela tinha feito. Por mim. O risco que havia assumido.

A tensão foi quebrada quando Kadir perambulou até a garota. Shira ficou de pé e segurou meu cotovelo, me arrastando para fora dos banhos.

— Hoje à noite. — Ela me empurrou de volta para a segurança dos jardins. — Me encontre no Muro das Lágrimas depois que escurecer.

19

O Muro das Lágrimas ficava na parede mais ao leste do harém, uma pequena porção fechada do jardim dominada pela maior árvore que eu já tinha visto. Precisaria de umas três de mim para abraçá-la completamente, e os galhos iam tão longe que tocavam o topo das paredes dos dois lados.

De acordo com as mulheres do harém, era o lugar onde a sultima Sabriya tinha esperado pelo sultim Aziz mil anos antes. Ele havia partido para a guerra na fronteira oriental e deixado seu amor no harém. O Muro das Lágrimas foi o mais perto que ela conseguiu chegar dele enquanto estava lutando. Sabriya ficava ali todo dia esperando por ele, as lágrimas regando a árvore e fazendo com que crescesse mais a cada dia. Até que um dia ela alcançou altura suficiente para que a sultima pudesse subir e ver por cima dos muros onde o exército do seu marido estava. Naquele dia, as outras mulheres a encontraram no chão, gritando, lamentando e arranhando o muro. Ela estava inconsolável e chorou até perder a voz. A árvore cresceu ainda mais imponente.

Três dias depois veio a notícia de que Aziz tinha morrido em batalha. Era isso que Sabriya tinha visto do topo da árvore, por cima dos muros, através de desertos, cidades e mares.

O muro parecia igual a qualquer outro no harém à luz fraca da minha lamparina. Heras repletas de flores com as cores do sol poente subiam da terra perto da pedra, tentando ocultar o fato de que estávamos em uma prisão. Afastei a vegetação, tocando a pedra sólida. Meus dedos encontraram uma superfície irregular. Ao levantar a lamparina percebi que parecia uma ranhura — várias delas. Do tipo que unhas poderiam criar.

— E sua lamentação persistiu por sete dias e sete noites. — Levei um susto com a voz de Shira atrás de mim. Ela estava coberta por um khalat azul-escuro, fundindo-se às sombras. — Até que o sultão não aguentou mais seu pesar e a pendurou onde apenas as estrelas poderiam ouvir.

Deixei minhas mãos caírem.

— Quem diria que um amor assim poderia existir no harém?

Shira percebeu o sarcasmo em minha voz.

— Qualquer pessoa menos egoísta que você. — Estava prestes a retrucar que ela não amava Kadir, assim como não tinha amado Naguib, mas então percebi que suas mãos tinham deslizado para a barriga enquanto falava. As pessoas faziam coisas terríveis por quem amavam. Isso eu já havia aprendido com as histórias. Tinha até a cicatriz de um ferimento de bala conseguido em Iliaz como prova disso.

— E agora? — Ergui uma sobrancelha para ela, na expectativa, um truque que aprendera com Jin.

— Ah, agora nós esperamos, prima. — Shira se apoiou na enorme árvore, inclinando a cabeça para trás.

Eu teria que fazer seu jogo. Desabei na árvore ao lado dela.

— Por quanto tempo?

Shira inclinou mais ainda a cabeça para trás.

— Pode demorar. Não sei dizer. É difícil ver o céu na cidade.

Recostei a cabeça no tronco, o cabelo prendendo na casca grossa. Ela não estava errada. Por entre os galhos da enorme árvore era possível ver o céu escuro, mas com as luzes não dava para enxergar as estrelas.

— Então... — Shira quebrou o silêncio depois de um instante. — Você está mesmo com o príncipe rebelde? — Ela mexia em algo, e percebi que era uma corda que percorria a extensão da árvore, como uma polia. Minha prima a puxava distraidamente, para cima e para baixo. No topo, acima dos muros do harém, um pedaço de pano balançava ao vento.

— Sim. — Shira estava sinalizando para alguém. Podia ser uma armadilha, até onde eu sabia. Nesse caso, não havia muito a fazer além de encará-la quando chegasse a hora.

— Quem teria imaginado? — Shira sorriu. — Duas garotas da Vila da Poeira com a realeza. O que era mesmo que o pai sagrado costumava dizer? — Seu sotaque estava falhando. Me perguntei se ela percebia. — Homens que rezam aos pés do poder ou ascendem com ele...

— Ou são esmagados — eu disse, completando o ditado. — Ainda bem que não somos homens. — Eu não sabia por que estava fazendo o jogo dela. Mas tinha poucas pessoas com quem falar naquele lugar. Leyla era gentil, mas ainda assim era filha do sultão. E não valia a pena pensar em Tamid. Ele podia estar vivo, mas meu amigo tinha morrido nas areias da Vila da Poeira. Os olhos escuros de Shira encontraram os meus. Tivemos um momento de reconhecimento. Ambas havíamos pegado carona com gente poderosa, só que de lados diferentes. Se aquela era a escolha, ascender ou ser esmagada, provavelmente uma de nós prosperaria e a outra acabaria morta.

— Shira — comecei a falar, sem ter certeza de como ia terminar.

Mas não precisei continuar, porque um homem emergiu do Muro das Lágrimas.

Eu já tinha visto muitos demdjis fazerem coisas impossíveis, mas estaria mentindo se dissesse que esperava algo assim.

Ele era de carne e osso, e embora à primeira vista estivesse vestindo roupas do deserto, certamente não era mirajin. Seu cabelo tinha a cor da areia, preso por um sheema mal amarrado, e sua pele era pálida a ponto de brilhar à luz da lamparina. Seus olhos eram quase tão azuis quanto os meus. Por um instante, pensei que fosse um demdji.

— Abençoada sultima — ele disse com a voz baixa e um sotaque carregado. Não era um demdji, então; apenas um forasteiro.

Ele se endireitou e pude ter uma visão melhor. Botas escuras polidas, diferentes de qualquer coisa que já vira, iam até seus joelhos, as pontas da calça típica do deserto enfiadas nelas. Ele vestia uma camisa branca aberta no colarinho. Tive a estranha sensação de que estava fazendo uma pausa para efeito dramático. Depois de um instante, deu um passo teatral para a frente.

Foi então que seu braço ficou preso em uma das vinhas que pendiam do muro.

O que meio que estragou o efeito.

Ele se recuperou tão bem quanto pôde, desenroscando-se. Então puxou uma das flores da vinha e a ofereceu para Shira com uma mesura extravagante.

— Sua beleza cresce a cada dia que passa.

Seu sheema frouxo abriu sozinho, caindo do rosto, então pude ver seus traços mais claramente. Ele era pouco mais velho que nós, mas uma leve constelação de sardas sobre seu nariz pálido o fazia parecer mais novo. Era do norte, mas eu já tinha visto gallans o bastante para saber que não era um deles. Ele se aprumou e arremessou o sheema por cima do ombro como se fosse uma capa. Shira pegou a flor e a levou ao nariz.

Então era assim que Shira contrabandeava coisas para dentro do harém. E a julgar pelo jeito como o garoto olhava para ela, fora assim que engravidara.

Finalmente, o forasteiro pareceu perceber que eu estava lá.

— Essa é... — Shira começou a dizer, mas ele não a deixou terminar.

— Permita que eu me apresente. — Ele pegou minha mão direita. Resisti à tentação de puxá-la. Shazad chamaria isso de um gesto pouco diplomático. — Especialmente a uma jovem tão bela como você. — Ele levou minha mão aos lábios, em algum gesto estrangeiro, e a beijou. Então declarou, levantando dramaticamente: — Sou o Bandido de Olhos Azuis.

Soltei um riso sarcástico que ficou preso na garganta e se transformou em uma crise de tosse incontrolável. Shira deu batidinhas desajeitadas nas minhas costas enquanto eu me contorcia, apoiando a mão livre nos joelhos.

— Sim, eu sei, minha reputação me precede. — *A minha reputação é que te precede*, pensei. Mas ainda não conseguia falar em meio ao acesso de tosse. — Não se sinta intimidada. Não é verdade que derrotei mil soldados em Fahali. — Ele se inclinou para a frente, assumindo um tom conspiratório, ainda segurando minha mão, mas agora entrelaçando os dedos aos meus. — Eram apenas centenas.

—Verdade? — Eu tinha finalmente recuperado o fôlego. A memória de Fahali era um borrão na minha mente. Pólvora, sangue e areia, e eu no meio de tudo aquilo. — Então me conta: como inundou a casa de oração em Malal?

— Bem. — Havia um brilho em seus olhos. Seu sotaque vinha do topo da boca, diferente dos gallans, que usavam mais a parte de trás. — Eu poderia contar, mas prefiro não encher sua cabecinha de ideias perigosas.

Eu provavelmente deveria parar de me divertir com aquilo. Mas não conseguia lembrar a última vez que tivera um motivo para rir naquela maldita rebelião. Com certeza fora antes de fugir do vale de Dev.

— E quanto à luta em Iliaz? É verdade o que dizem? Que o Bandido de Olhos Azuis estava cercado de inimigos armados por todos os lados?

Ele não hesitou, seu peito inchando conforme me puxava para perto.

— Ah, bem, você sabe, o que os outros chamam de inferioridade numérica eu chamo de desafio.

— Ouvi falar que o Bandido de Olhos Azuis levou um tiro na barriga. — Deixei que me puxasse para perto o suficiente, nossos peitos quase se encontrando agora. — Posso ver a cicatriz?

— A dama é muito ousada. — Ele sorriu abertamente para mim. — De onde venho, é preciso conhecer uma garota por mais do que alguns minutos antes de ela tentar arrancar sua roupa. — Ele inclinou a cabeça, piscando para mim.

— Bem, que tal eu tirar a minha, então? — Antes que pudesse mudar de ideia, dei um passo para trás e puxei a lateral da camisa. Era difícil não notar a horrível cicatriz, mesmo no escuro. — Porque ouvi falar que parecia com esta aqui. — Tinha quase certeza que nada que ele tivesse levado para o harém a pedido de Shira valia tanto quanto a expressão em seu rosto naquele momento. Quase compensava o risco de revelar minha identidade. Talvez não fosse a coisa mais inteligente a fazer, mas não deixava de ser gratificante. Ele deixou minha mão cair conforme eu soltava a camisa e me afastava. — Engraçado, eu estava em Fahali e não lembro de você.

Ele coçou a nuca, envergonhado, enquanto eu continuava:

— Lembro de lutar contra soldados gallans na areia e lembro de homens sendo queimados vivos dos dois lados, mas não lembro de você. — O fingimento tinha sido abandonado, e ele me observava com interesse verdadeiro. — Mas imagino que você seja o motivo pelo qual todo mundo acha que posso estar em dois lugares ao mesmo tempo. Isso também explica por que continuo a ouvir rumores do Bandido de Olhos Azuis seduzindo tantas mulheres. — Aquela parte fazia sentido agora. Ele era bem bonito, mesmo quando parecia ridículo. E sabia disso.

— O que posso fazer? Eu entro em suas casas atrás das joias e elas me dão seu coração. — O garoto piscou para Shira, que sorriu enigmática atrás da flor que tinha ganhado. Não, ela era inteligente demais para se entregar a um homem que não podia realmente ter. Havia apenas se aproveitado dele. Usado-o para ter um filho, e continuava usando-o para outras coisas agora.

— Então essa é sua porta para o mundo lá fora? — perguntei à minha prima.

Shira estava girando a flor que tinha recebido nos dedos, com uma expressão presunçosa no rosto.

— Sam costumava entrar escondido para seduzir uma das filhas mais ingênuas do sultão, Miassa. Notei que ela vivia desaparecendo e voltando com o cabelo e as roupas bagunçados. Não levou muito tempo para pegar os dois no flagra. Ela foi muito tola de encontrar outros homens quando já estava prometida para o emir de Bashib. Prometi não entregar os dois ao sultão se Sam me ajudasse.

— No fim, deu tudo certo. — O forasteiro deu de ombros novamente, como se dissesse que não estava interessado nela de verdade.

— O emir de Bashib passa bastante tempo longe da esposa. Não é difícil para o Bandido de Olhos Azuis fazer uma visita de vez em quando.

E lá ia ele usando meu nome de novo. Aquilo me irritou.

— Acredite em mim, conheço a *Bandida* de Olhos Azuis, e você não é ela. Eu sou. Então me conte quem realmente é.

— Bem. — Ele se recostou no muro. — Não dá para culpar um cara por se aproveitar de uma ótima história. Ninguém me contou que o Bandido de Olhos Azuis era muito mais do que parecia... — Ele me olhou de cima a baixo, parecendo parar o olhar nos lugares onde eu havia ganhado corpo recentemente. Seis meses de refeições decentes com a rebelião significavam que não podia mais passar por garoto. Levantei a sobrancelha para ele em desafio. Sam pigarreou. — Muito mais mesmo. E eu sou um bandido. Bem, um ladrão, na verdade. Quando todas essas histórias começaram a se espalhar, fazia todo o sentido do mundo aproveitar a beleza que Deus me deu. — Ele piscou o olho azul maroto para mim. — Você não acredita como é fácil conseguir um bom negócio quando se é praticamente uma lenda viva. Dizem que você é muito boa. Embora obviamente não tão boa assim, se acabou trancada aqui.

Resisti à tentação de socá-lo.

— Como consegue entrar aqui? — perguntei apenas.

— Sou albish. — Ele disse isso como se explicasse tudo. Quando fiz cara de paisagem, Sam continuou: — Nosso país está cheio de magia. Minha mãe é um quarto faye, e meu pai é metade. — Faye. Essa era a palavra que o povo do norte usava para seus djinnis. Só que os deles eram criaturas de água e terra macia. — Posso atravessar qualquer coisa feita de pedra. Vê? — Ele se permitiu afundar até o cotovelo na parede de pedra do palácio.

Tinha que admitir que era tão impressionante quanto qualquer coisa que eu podia fazer.

— O que um ladrão albish está fazendo em Izman?

— Meus talentos estavam sendo desperdiçados na minha terra. — Ele se endireitou e a pedra se deslocou um pouco, voltando ao lugar. — Pensei em trazê-los para seu deserto, onde as pessoas não esperam que um homem com meus talentos esteja atrás de suas joias. O hábito de trancar pertences valiosos em uma caixa de ferro não parece ter chegado aqui ainda. — Ele não estava mentindo. Dava para notar. Mas escondia alguma coisa. Haveria lugares mais fáceis aonde ir do que Izman se só estivesse atrás de dinheiro. Países que não estavam no meio de uma guerra, por exemplo. Mas eu precisava de alguém capaz de entrar e sair do palácio à vontade. E tinha crescido na Vila da Poeira, onde a cavalo dado não se olha os dentes.

Agarrei o braço da minha prima e a puxei para longe do muro, a uma distância que o falso Bandido de Olhos Azuis não pudesse ouvir. Ela revirou os olhos, mas não havia tempo para brigar.

— Posso confiar nele? Pra valer, Shira… Posso confiar em Sam para algo importante? Muitas vidas dependem disso.

— Já pedi para ele enviar cartas até a Vila da Poeira — ela disse, depois de alguns instantes. — Para minha família. — Me perguntei se estava imaginando a dureza na forma como disse "minha". Mesmo agora minha prima não conseguia evitar me lembrar de que, apesar do laço de sangue e de ter vivido sob o mesmo teto, eu nunca faria parte da sua família. — Bem, cartas e algum dinheiro. — Eu mal tinha pensado na Vila da Poeira em meses, exceto para agradecer a Deus por não estar mais lá. Mas me forcei a lembrar agora. A Vila da Poeira sem uma fábrica, sem nada, destruída. Seria um milagre se a cidade inteira não tivesse migrado ou morrido de fome.

Shira confiava o bem-estar de sua família àquele homem. Eu poderia confiar o da minha. Virei para ele, que estava tentando desajeitadamente amarrar seu sheema de novo.

— Pode levar uma mensagem para mim?

— É claro. — Fiz uma careta quando ele dobrou a ponta do sheema errado. Era doloroso ver. Uma criança pequena faria melhor. — Quanto?

— Quanto o quê?

— Quanto vai me pagar por isso? — ele disse devagar, como se seu mirajin pudesse ser o problema.

Olhei de relance para Shira, que deu de ombros.

— O sultim acha que sou modesta demais para vestir as joias que me dá. — Agora que parara para pensar, ela realmente usava pouquíssimos adornos em comparação com o restante do harém. Havia dias em que Ayet usava braceletes de ouro do pulso até o cotovelo. Ela tilintava com cada gesto. — A verdade é que encontrei um bom uso para elas. Tudo o que acontece dentro das paredes do harém é uma troca. Quanto antes entender isso, maiores suas chances de sobreviver.

— Não tenho joias — eu disse a Sam. — Você já pegou minha reputação. Isso não é suficiente?

— Bem, você não a estava usando direito. Acho que te fiz um favor.

Além disso, histórias pertencem às pessoas — ele respondeu. — E, considerando que está literalmente sem saída, vai precisar de mais do que isso.

Passei a língua pelos dentes, pensando. Provavelmente conseguiria algo para trocar em alguns dias. Algumas garotas no harém não eram muito cuidadosas. Não seria tão difícil roubar uma pulseira enquanto dormiam. Mas eu não tinha certeza de quanto tempo tinha. E talvez houvesse outra forma.

— A mensagem que preciso que leve é para Shazad Al-Hamad, filha do general Hamad, ele...

— Eu sei quem ele é — Sam disse, e por um instante o homem sorridente e confiante desapareceu.

— Então deve saber que ele tem dinheiro. Muito. E a filha dele também. — Parei um instante e então completei: — Ela é absurdamente linda. — Shazad me degolaria se me ouvisse descrevê-la daquele jeito para um ladrãozinho estrangeiro. Eu não tinha certeza nem de que estava em Izman, mas era minha melhor chance.

— Já estou gostando dela — Sam disse. Mas havia um fundo de sarcasmo. Ele esfregou um ponto na base de um dos dedos da mão esquerda. Era um gesto instintivo, os pensamentos distantes. Tive a impressão de que nem Sam se dava conta do que estava fazendo. — A filha rica e mimada do general. Por que ela acreditaria em mim? — Shazad com certeza arrancaria um pedaço dele por chamá-la de mimada. Torci para que tivesse o bom senso de não dizer isso na cara dela.

— Só diga a ela que a Bandida de Olhos Azuis está no palácio. — Eu não ousava dar a ele mais informações. Nada sobre o sultão ter um djinni. Pelo menos ainda não. Já havia arriscado o suficiente revelando minha identidade. — A Bandida verdadeira. E que está precisando de alguém para cuidar da retaguarda dela.

20

O garoto sem nome

Em um reino além-mar, um fazendeiro e sua esposa viviam em um casebre com seis filhos. Eles eram pobres e não tinham nada para dar às crianças além de amor, aprendendo logo que aquilo não era suficiente para mantê-las alimentadas ou aquecidas. Três morreram no primeiro inverno, fracas demais para sobreviver ao frio. Então, quando o sétimo filho nasceu, no dia mais escuro e frio de um inverno implacável, nem lhe deram um nome, tão preparados que estavam para sua morte.

Mas o filho sem nome sobreviveu àquele dia escuro. E ao dia seguinte. Ele sobreviveu ao primeiro inverno até chegar a primavera. Sobreviveu ao segundo inverno. E, na segunda primavera, finalmente ganhou um nome.

O garoto era rápido, inteligente e tinha um talento natural para entrar em lugares proibidos, contanto que as paredes fossem feitas de pedra. Ele viu que sua família era pobre enquanto outras eram ricas e não achou justo. Então, quando sua mãe ficou doente, no seu sétimo inverno, ele roubou comida de cozinhas com mais prateleiras que a dele, e pegou prata de outras casas para comprar remédios. Foi assim que acabou indo parar no castelo na colina que pertencia ao lorde da região, e conheceu sua jovem filha.

A garota estava solitária no grande castelo, mas ela era rica e aprendera que podia ter qualquer coisa — bastava pedir. De fato, quando pediu a amizade do garoto, ele a deu de bom grado. Ele a ensinou brincadeiras e ela o ensinou a ler. Ela descobriu que tinha talento para fazer pedras quicarem na superfície do lago num dia claro de verão, e ele aprendeu que tinha facilidade para aprender idiomas falados nos recantos mais distantes do mundo.

Conforme cresceu, ele se tornou saudável, forte e charmoso. Tão bonito que a filha do lorde percebeu. Ela ainda era rica e sempre conseguia tudo o que queria com um simples pedido. De fato, quando pediu o coração do garoto, ele o entregou de bom grado.

Os dois se encontraram em segredo em todos os esconderijos que tinham descoberto quando criança.

Os irmãos do garoto que um dia não tivera nome o alertaram sobre a filha do lorde. Tinham todos se casado com garotas humildes que viviam à sombra do grande castelo e, embora fossem pobres, eram felizes. Mas o garoto que um dia não tivera nome havia lido histórias demais sobre filhos valorosos de fazendeiros que se casavam com princesas e bandidos de beira de estrada que roubavam o coração de damas ricas, então ignorou os avisos dos irmãos. Ele acreditava que tinha roubado o coração dela, assim como entregara o seu.

Então ficou muito surpreso quando foi anunciado para o país todo que a filha do lorde se casaria com o segundo filho do lorde de uma região vizinha.

O garoto que um dia não tivera nome deixou um recado para a filha do lorde pedindo que o encontrasse num esconderijo perto do lago. Ele esperou lá a noite inteira, mas ela não apareceu. Esperou na noite seguinte, e nada; e na outra noite foi a mesma coisa. Finalmente, na véspera do casamento da filha do lorde, o garoto que um dia não tivera nome atravessou as paredes do castelo e lá encontrou a filha do lorde, os cabelos claros espalhados no travesseiro branco de seda, linda e resplandecente à luz da lua. Ele ajoelhou perto da cama e a despertou de seu sono, pedindo que fugisse e se casasse com ele. Ele estava de joelhos, mas não implorou, porque nunca achou que precisaria. Não passava pela sua cabeça que ela recusaria. Mas a filha do lorde não pegou sua mão. Em vez disso, riu dele e chamou os guardas, devolvendo o coração dele na saída do castelo.

E assim ele aprendeu que garotas com títulos não se casavam com garotos que um dia não tiveram nome.

Prometeu a si mesmo que a partir de então teria um nome. Jurou lealdade à rainha e vestiu um uniforme, dedicando-se a conquistar sua honra lutando por sua soberana e sua terra. Viajou para um reino do outro lado do oceano, uma terra sem inverno.

Lá, em vez de um nome, encontrou sangue, armas e areia. Sabia que ninguém perdia o nome tão rápido quanto os mortos, então fugiu mais uma vez. Escondeu-se na grande cidade de Izman, um caleidoscópio de sensações como nunca havia conhecido. Quando ficou com fome, lembrou que tinha sido bom em chegar a lugares aos quais não pertencia. Roubou um pão na sua primeira noite na cidade, saboreando-o em cima de uma casa de oração, observando os telhados em volta. Na segunda noite, roubou um punhado de moedas estrangeiras e trocou por uma cama. Na terceira, roubou um colar que teria facilmente alimentado todos os seus irmãos por um ano. Enquanto aprendia a deslizar de um canto a outro nas ruas, ouviu um nome sendo sussurrado. Um que não parecia pertencer de fato a ninguém. Uma lenda. Então o pegou para si. Usou-o para pegar outras coisas. As joias de pessoas ricas e esposas de homens descuidados. Roubou até o coração de uma princesa, como os ladrões das histórias que conhecia. Mas dessa vez não foi tolo de dar o seu em troca. Havia aprendido a não entregar nada a quem pedisse.

Então ele tinha um nome. E combinava tanto com ele que quase começou a acreditar que realmente lhe pertencia. Até que conheceu a dona do nome. A garota no harém com olhos que podiam incendiar o mundo. Ela pediu sua ajuda.

Ele deveria levar uma mensagem à filha do general. Encontrou a casa dela sem dificuldades. Era uma casa grande com uma porta vermelha na área mais rica da cidade. Esperou em um canto, observando a porta, serviçais indo e vindo, assistindo às pessoas com uma pequena fortuna em joias acenando umas para as outras, enquanto esperava pela filha do general.

Finalmente ele a viu.

Soube quem era antes de tocar a porta vermelha. Sua beleza era tanta que tornava difícil olhar diretamente para ela, como acontecia com o sol. A filha do general parecia ter sido moldada a vida inteira com o único propósito de ser vista e desejada. E ela se movia com a certeza confiante de alguém que sabia que seu lugar no mundo era no alto.

Ele a reconheceu assim que a viu, embora nunca tivessem se encontrado antes.

A pele, os olhos e o cabelo dela eram escuros, enquanto os da filha do lorde eram tão claros quanto o leite. Suas roupas eram de cores roubadas dos djinnis, enquanto as da filha do lorde tinham as cores de céus chuvosos, rios e grama fresca. Mas eram as mesmas. Ela era o tipo de garota que achava que merecia ter tudo o que pedisse.

E ele sabia que se batesse na porta vermelha seria rejeitado com uma zombaria e um aceno de desprezo. Porque bandidos sem nome não eram convidados para entrar e conversar com filhas de generais.

Então ele esperou pela noite. Luzes foram acesas, uma por uma, e então apagadas enquanto o silêncio se espalhava pela cidade. Exceto pela janela que pertencia à filha do general. Ele a observou até a madrugada, quando a luz finalmente se apagou também. E o garoto que um dia não tivera nome fez o que fazia de melhor: caminhou até um lugar onde não devia poder chegar, atravessando a parede e subindo as escadas até onde ela dormia.

Ela estava esparramada sobre travesseiros coloridos, o cabelo escuro cobrindo seu rosto. Ele se agachou do lado dela, para despertá-la de seu sono. Mas antes que pudesse dizer uma palavra, sentiu uma faca na garganta.

Aconteceu tão rápido que ele nem viu a filha do general se mexer.

— Quem é você? — ela perguntou. Não parecia ter medo. Ele percebeu então que tinha se enganado completamente. Ela não era nem um pouco como a filha do lorde. Não tinha sido moldada para ser vista e cobiçada. Tinha se moldado para enganar o mundo. E a certeza tranquila de seus passos era porque sabia que estava sendo subestimada. Conseguia o que queria porque pedia com a ponta afiada de uma lâmina. — Responda rápido e com sinceridade ou nunca mais vai contar outra mentira. — Ela pressionou a lâmina contra sua garganta.

E, de súbito, ele não queria um nome roubado, maculado pelo uso. O que queria desesperadamente era um nome bom o suficiente para dar a ela. Mas, até que o conseguisse, teria que usar outro.

— Vim em nome da Bandida de Olhos Azuis.

21

Sabia que alguma coisa estava acontecendo quando fui acordada por três serviçais em vez do sol. Me colocaram sentada e tive meu kurti puxado por cima da cabeça antes mesmo de despertar de verdade.

— O que está acontecendo? — Estendi a mão para pegar minha camisa, mas já estavam pondo outra coisa em mim.

— O sultim ordenou que você o acompanhasse na corte hoje. — A serviçal que respondeu era a mesma que havia me levado para o harém. Eu não sabia seu nome.

Até então tinha pensado que era intocável. Mas imaginei que isso só valia para ser tratada como esposa, não como algo a ser polido e exibido. Puxei o braço para trás quando a mulher raspou algo áspero nas minhas unhas. Ela pegou minha mão de novo e recomeçou, com um barulho perturbador.

— É uma grande honra. — A serviçal suspendeu meu cabelo, puxando-o da base do pescoço, e prendeu alguma coisa na minha nuca. Não era um colar, percebi; era algo feito para se passar por um khalat. Era um tecido azul fino com bordados pretos, que combinava com meu cabelo. Só que deixava metade de mim exposta. Meus braços, meus ombros e metade das minhas costas. Quase ri. Aquilo nunca serviria como roupa no deserto, não onde o sol massacrava qualquer pedaço de pele exposta. Era o luxo de uma cidade. E a degeneração de um harém. A serviçal me puxou para me levantar, de modo que as roupas caíssem sobre meu shalvar solto. Pelo menos parecia que eu poderia continuar com ele.

Eu poderia tornar o processo realmente difícil para elas se quisesse. Poderia resistir e obrigar o sultão a ditar cada movimento meu. Mas a última coisa que queria era receber mais ordens.

E tinha a sensação de que o sultim poderia tornar minha vida muito mais difícil do que eu tornaria a vida delas.

Além disso, estavam me oferecendo a chance de sair do harém, mesmo que continuasse dentro do palácio. Fazia sete dias que tinha enviado Sam para Shazad. Sete dias da mesma indiferença preguiçosa que marcava todos os meus dias no harém. Não era como acordar no acampamento rebelde. Ninguém correspondia à tensão dentro de mim. O nervosismo de uma batalha iminente, o medo de não saber o que estava acontecendo — só eu sentia aquilo. Tinha visitado o jardim do Muro das Lágrimas uma ou duas vezes e pendurado o pano branco na enorme árvore, torcendo para que o sinal o trouxesse de volta. Nada.

Tudo dependia de um garoto tolo que não conseguia nem amarrar um sheema direito. Não havia mais nada que eu pudesse fazer além de esperar por notícias. Só me restava esperar, como Sabriya esperara no Muro das Lágrimas. Impotente e cega, aguardando para descobrir quem morreria na batalha. Eu ia acabar enlouquecendo.

Seria muito idiota em recusar uma chance de dar uma olhada lá fora.

As áreas do palácio pelas quais me conduziam não estavam tão vazias quanto aquelas que percorrera seguindo o sultão. Serviçais passavam rápido por nós, com a cabeça baixa, carregando pratos pesados com frutas ou roupas limpas e finas. Um pequeno bando de homens xichans vestidos com o que pareciam ser roupas de viagem estava sentado em um dos jardins. Meu pescoço virou na direção deles instintivamente quando Jin passou pelos meus pensamentos. Um homem com vestes nobres o suficiente para ser um emir, seguido de três mulheres vestidas de forma idêntica, passou por um corredor à nossa frente, desaparecendo ao subir uma escada. Um par de homens com cara estrangeira em uniformes estranhos abriu caminho para passarmos. Meu coração saltou ao vê-los. Eles pareciam gallans. Mas não, o uniforme era diferente. Albish, talvez?

Viramos em outro corredor. Reconheci na hora a delegação gallan. Dois soldados acompanhavam um homem em roupas civis comuns. Seus uniformes eram deslumbrantemente familiares e me causaram um arrepio de medo. Mas os soldados não eram o mais perturbador da cena. Havia algo estranho no gallan de roupas comuns; seus olhos pareciam me atravessar. Eu podia senti-los em minhas costas enquanto seguíamos em frente.

Duas dezenas de pares de olhos se viraram na minha direção no instante em que as portas para o jardim de recepção do sultão foram abertas. Todos pertenciam a homens, sentados de forma desorganizada em almofadas ao longo do jardim. Os conselheiros do sultão. Todos do tipo intelectual, molengas. Como Mahdi. Pálidos com a falta de sol, horas demais gastas estudando o mundo em vez de viver nele. Serviçais flutuavam ao redor deles como um enxame, portando leques e jarras de sucos.

Só havia um homem à parte do circo. Tinha mais ou menos a mesma idade de Ahmed e Jin e vestia um uniforme imaculado do Exército, branco e dourado. Ele não estava sentado. Mantinha-se de pé, ereto como uma estátua, braços fixos atrás das costas, olhando diretamente para a frente como se esperasse uma ordem. Havia algo terrivelmente familiar nele, mas eu não sabia dizer o quê.

Na cabeceira do jardim, acima da corte, estava o sultão. Ele ergueu um pouco as sobrancelhas quando me viu. Então não sabia que seu filho tinha me tirado do harém. Kadir estava sentado à direita dele. Ayet estava esparramada nos ombros do marido, vestindo o mesmo khalat que eu, só que em vermelho vibrante com linhas prateadas. Ela estava ali para ser exibida e sabia disso, virando as costas nuas para a corte, mostrando os desenhos complexos de hena que decoravam sua coluna. Aos pés de Kadir estava Uzma, vestindo a mesma roupa em verde sobre seu corpo miúdo. Olhei em volta procurando Mouhna. Ela havia sumido.

Kadir indicou com a mão a almofada do outro lado de Ayet. Faria qualquer coisa para não ter que sentar ali. Mas não havia opção.

Uma serviçal ajustou a longa bainha do meu khalat. Kadir a dispensou com um aceno. Assim que ela foi embora, coloquei o pé descalço para fora, por baixo da bainha. Não era muito, mas era o melhor que podia fazer em termos de rebeldia. Troquei olhares com o homem de uniforme militar quando levantei a cabeça. Ele estava me observando e escondia um sorriso com a mão, fingindo coçar a sobrancelha.

— Kadir. — O sultão falou baixo para o restante da corte não ouvir. — Já não tem mulheres suficientes para mantê-lo entretido?

— Eu teria, pai. — Algo silencioso se passou entre Kadir e o sultão que não pude entender. — Mas parece que uma delas sumiu. — Ele devia estar falando de Mouhna. Lembrei- de Leyla dizendo que as mulheres desapareciam do harém o tempo todo. Como a mãe dela.

— Precisava de outra para completar meu conjunto mirajin. — Kadir estendeu a mão e passou-a suavemente por uma das cicatrizes nas minhas costas. Meu corpo se contorceu violentamente em resposta.

O modo como o sultão sorriu faria o resto da corte pensar que ele estava tendo uma conversa agradável com o filho.

— Encoste a mão nela de novo e mandarei cortá-la. — Senti um surto inesperado de gratidão pelo sultão por me defender. Esmaguei esse impulso. Era por causa dele que eu estava ali, indefesa.

O sultão se endireitou.

— Tragam o primeiro suplicante — ele disse, elevando a voz e se posicionando no portão que levava à corte.

— O comandante Abbas Al-Abbas — um serviçal anunciou. — Do Décimo Primeiro Comando.

O soldado que chegou fez uma mesura profunda antes de falar.

— Aclamado sultão. Vim pedir para ser liberado do meu comando.

— Essa é uma solicitação séria em tempos de guerra. — O sultão o estudou. — Claramente não é por covardia que deseja ser liberado, ou não estaria aqui. — O soldado pareceu se encher de orgulho por um momento com o elogio implícito.

— Notícias chegaram do lar de meu pai. Meu irmão mais velho foi chamado por Deus para a Ordem Sagrada. Meu pai não tem outros filhos. Se eu não retornar, os maridos de minhas irmãs brigarão por suas terras. Desejo retornar para casa e assumir meu lugar como herdeiro.

O sultão o encarou, pensativo.

— O que acha, Rahim? — Ele estava falando com o jovem soldado, aquele que me parecera familiar. Rahim. Eu conhecia aquele nome. Era o irmão de Leyla. O único no exército de filhos do sultão que ela realmente considerava parte de sua família. De fato, tinha os mesmos olhos observadores e inteligentes dela. Porém, os anos de Leyla no harém tornaram perceptível a palidez de sua mãe gamanix. Já os anos fora dos muros do palácio deixaram Rahim bem mais próximo de um mirajin. Ele até parecia compartilhar com Ahmed alguns traços mais marcantes de seu pai.

— Duvido muito que minha opinião possa adicionar algo que já não saiba, aclamado pai. — As palavras de Rahim eram respeitosas, mas havia algo mais por trás delas. Tive a sensação de que os dois estavam em meio a um jogo cujas regras eu não entendia muito bem.

— A modéstia nunca lhe caiu bem, Rahim — o sultão continuou, acenando com a mão. — Estou certo de que tem algumas ideias, por ser soldado há tanto tempo. Compartilhe-as.

— Acho que a fronteira oriental está exposta e que o Décimo Primeiro Comando precisa de um líder que deseje liderá-los — Rahim disse. O sultão manteve o silêncio. Ele esperava mais alguma coisa. Uma batalha silenciosa foi travada na corte.

— Além disso — Rahim cedeu primeiro —, os Livros Sagrados nos ensinam que o primeiro dever de um homem é para com seu pai.

O sultão sorriu, como se tivesse obtido uma vitória.

— Comandante Abbas Al-Abbas, considere seu pedido concedido. — Os ombros do soldado relaxaram. —Você será liberado de seu dever. Nomeie seu substituto e o colocaremos em seu lugar.

Já tinha esquecido o nome interminável e o título do suplicante seguinte antes de o serviçal terminar de anunciá-lo. Assim como já tinha esquecido o que ele pediu logo que terminou sua fala. Um depois do outro, os suplicantes foram falar com o sultão. Observei tudo em silêncio.

Um homem queria dinheiro. Outro queria terras. O próximo queria mais guardas na sua área da cidade. Rebeldes estavam se multiplicando entre os trabalhadores das docas, ele relatou. O próximo queria que o Bandido de Olhos Azuis fosse levado à justiça. Ele supostamente tinha roubado as joias de sua esposa e seduzido sua filha.

Bem, se Sam ainda estava vivo para sujar meu nome, significava que Shazad não o havia executado antes que abrisse a boca. Ou ele ainda não tinha se dado ao trabalho de entregar minha mensagem.

O sultão ouviu com toda a paciência antes de perguntar ao homem o que mais poderia fazer quanto ao Bandido de Olhos Azuis. Eu o observei com cuidado enquanto abria os braços em compaixão. Já havia um prêmio pela cabeça do Bandido por sua colaboração com o príncipe rebelde, o sultão explicou, mas ninguém tinha sido capaz de encontrá-lo. Ele podia muito bem ser um espírito do deserto. Ou uma obra de ficção.

Me ressenti de ser chamada de ficção. Por outro lado, ficaria bem mais ressentida caso fosse descoberta e torturada até enlouquecer como Sayyida. De repente fiquei muito grata a Sam, mesmo se ele tivesse decidido que não valia a pena levar minha mensagem até Shazad.

Meu pé estava ficando dormente e tive que mudar constantemente de posição diante da procissão de pedidos entediantes.

Finalmente abandonei qualquer pose e puxei os joelhos até o queixo, abraçando-os para me manter equilibrada.

Estava meio dormindo quando o homem acorrentado apareceu. Todo mundo que parecia sonolento sob o sol da tarde voltou à vida.

— Aziz Al-Asif. — O homem em roupas finas que levava o acorrentado fez uma mesura quando o serviçal o anunciou. — E seu irmão, lorde Huda Al-Asif.

— Nosso aclamado sultão. — Aziz Al-Asif se inclinou para a frente. — Lamento muito vir pedir que condene meu irmão à morte. Ele tem conspirado.

— É verdade? — Havia um tom de divertimento na voz do sultão. — Porque não foi isso que meus espiões me contaram. Parece que você tem tanta sede de poder que está disposto a se aliar com a rebelião de meu filho. O que só me leva a crer que está mentindo para conseguir que seu irmão seja executado. Sem ele por perto, pode assumir sozinho o controle das terras de seu pai. — Um murmurinho percorreu o jardim. — Solte lorde Huda. — O sultão gesticulou para os dois guardas na porta. — E levem Aziz preso.

— Sua majestade — Aziz disse alto —, não cometi qualquer crime!

— Cometeu — o sultão o interrompeu, a autoridade notável em sua voz. — Tentar matar um irmão é crime. Mentir para o sultão também. Pensar que pode se aproveitar da rebelião do meu filho em benefício próprio não é, mas nem por isso vou tolerar. Sua execução será ao pôr do sol, a menos que seu irmão decida salvá-lo. — O sultão olhou para lorde Huda, que esfregava os pulsos. Ele não fez objeção.

— Espalhe a notícia na cidade, então — o sultão disse. — Quero que os homens e mulheres de Izman vejam qual é o preço de trair seu governante.

Trair seu governante. De repente eu estava de volta à tenda de Ahmed enquanto ele tentava decidir o que fazer com Mahdi. Quando se recusou a ordenar uma execução. Quando falhou em dar uma ordem direta. Tudo o que eu queria era que ele tomasse uma maldita decisão. Que fosse um líder. Um bom líder. Um ótimo líder. Um líder forte.

O sultão sequer tinha hesitado.

Os protestos de Aziz ainda ecoavam quando a próxima pessoa foi chamada.

Conforme o sol mudava de posição, seus raios brilhavam com toda a força sobre nós. Eu podia sentir o suor se acumulando na nuca, escorrendo por baixo das roupas. Podia sentir meus olhos fechando conforme o calor do meio do dia caía sobre mim. A única pessoa que não demonstrava cansaço era o sultão.

— Shazad Al-Hamad.

Despertei rápido, como se tivesse levado um tiro nas costas. Por um instante, pensei que estivesse sonhando. Que havia cochilado e imaginado Shazad vindo me salvar. Mas ali estava ela. De pé na entrada do jardim, vestindo um khalat da cor da alvorada e com aquele sorriso discreto que indicava que sabia que estava enganando alguém.

22

Shazad estava ali. Parte do medo que tinha se aninhado no meu peito desde o momento em que havia acordado em um navio se dissipou. Tive vontade de beijar o rosto idiota de Sam por ter levado minha mensagem até ela.

— Bem — o sultão disse —, essa é uma honraria inesperada.

— A honra é toda minha, aclamado sultão. — Sua voz soou dolorosamente familiar naquele lugar estranho. Era a voz que lembrava uma centena de noites no acampamento sob os céus do deserto, que lembrava conspiração, traição e rebelião. — Retornei da minha peregrinação. — Ela se ajoelhou. — Vim prestar homenagem aos meus aclamadíssimos sultão e sultim. — Ela se inclinou para a frente em uma grande mesura, seu nariz quase encostando no chão. Shazad era muito boa naquilo. Imaginei que fosse o resultado de dezesseis anos de prática antes da rebelião.

O sultão a examinou.

— Pensei que tivesse vindo perguntar sobre seu pai. — Se a intenção era perturbá-la com a menção ao general Hamad, ele tinha escolhido a garota errada. Shazad começou a responder, mas não conseguiu terminar. Um guincho, como uma faca raspando ferro, cortou os céus, interrompendo-a.

O pátio inteiro congelou. Alguma coisa dentro de mim despertou.

Eu conhecia aquele som.

— É um roc. — O príncipe Rahim disse em voz alta o que eu estava pensando. Ele estava de pé, os olhos fixos no céu. — E parece estar perto.

— Na cidade? — Kadir disse em tom de zombaria, mas não estava mais se reclinando com seu jeito indolente de antes. — Isso é ridículo.

— É claro, irmão. — Rahim se portava como um soldado, a mão repousando em uma arma que não estava lá, como um velho hábito. — O que eu poderia saber sobre isso? Só fui destacado para as montanhas de Iliaz por meia década. Eu ouvia rocs gritando toda noite enquanto você ainda dormia no harém perto de sua mãe. Mas deve saber melhor do que eu, claro.

Kadir deu um passo em direção a Rahim, que manteve a posição. O sultim era bem mais largo que seu irmão. Mas quando Rahim flexionou os punhos, vi a cicatriz em sua mão. Ela me lembrou das cicatrizes nas articulações de Jin.

As mãos de Kadir eram lisas. As de seu irmão mostravam marcas de luta.

O grito do roc ecoou novamente, mais perto dessa vez, atraindo a atenção dos dois. A multidão aglomerada, outrora paralisada, foi tomada pelo caos. Homens começaram a correr em busca de abrigo, e o sultão gritou ordens para os soldados, mandando-os para as muralhas, sacando armas no caminho.

Não me mexi. Fiquei parada, inclinando a cabeça para trás. Conhecia aquele grito. E então a sombra passou. Baixa para ser vista claramente, mas alta o bastante para se manter fora do alcance das armas. Duas enormes asas azuis ocultaram o sol, mergulhando o pátio em escuridão.

Não era um roc. Era Izz.

Senti um surto de adrenalina e levantei. Ele estava ali. Na cidade.

Izz estava deixando algum tipo de rastro. Por um instante, achei que fossem panos brancos. Mas enquanto caíam flutuando, vi que era papel; uma chuva de papel.

Assim que o primeiro pedaço chegou ao meu alcance, estendi a mão e peguei antes que caísse no chão.

O sol de Ahmed estava impresso no topo. Deslizei a mão pelas linhas do mesmo modo que tinha traçado a tinta no peito de Jin tantas vezes. Embaixo vinha um texto:

UMA NOVA ALVORADA. UM NOVO DESERTO.

Exigimos que o sultão Oman Al-Hasim Bin Izman de Miraji abdique do trono e seja julgado por traição.

Ele é acusado dos seguintes crimes contra Miraji e seu povo:

- *Sujeição de seu país à autoridade estrangeira indevida na forma do Exército gallan.*
- *Execução sem julgamento de partes acusadas de violar a lei gallan.*
- *Repressão de seu próprio povo sem justa causa.*
- *Repressão de cidadãos mirajins devido a magia djinni não comprovada em sua linhagem.*
- *Opressão de trabalhadores através de salários injustos.*
- *Opressão de mulheres em toda Miraji.*

A lista continuava.

Exigimos que o traidor seja retirado do trono e que seu herdeiro legítimo, o príncipe Ahmed Al-Oman Bin Izman, verdadeiro vencedor dos jogos do sultim, assuma o governo em seu lugar e devolva este deserto à glória que é sua por direito.

Se o sultão não abdicar do trono, vamos tomá-lo em nome do povo de Miraji.

UMA NOVA ALVORADA. UM NOVO DESERTO.

A rebelião tinha chegado a Izman.

Li tudo de novo. Estava tão distraída que não notei ninguém por perto até sentir a mão na minha nuca. Virei, mas Uzma já tinha se esgueirado atrás de mim, furtiva como uma sombra, soltando o fecho do khalat na minha nuca.

O tecido deslizou para o chão. Eu o agarrei, deixando o sol de Ahmed cair no chão, mas era tarde demais para manter meu corpo oculto.

Os olhos cruéis de Uzma o analisaram, julgando-o, achando mil defeitos com um único olhar.

— Ora, essa cicatriz é bem feia. O alfaiate Abdul não costurou você direito? — Ela estava falando da marca onde a bala havia me atingido em Iliaz. Meus dedos se atrapalhavam para fechar o khalat de novo. Podia sentir a pele ardendo sob seu olhar de escárnio. — Tudo faz sentido agora. Posso adivinhar: você é uma puta que ficou grávida, então tiveram que tirar a coisa de dentro de você.

Eu estava louca para retrucar, como sempre. Sem serviçais para me ajudar, desisti do fecho e tentei amarrar as pontas soltas do tecido. Uzma deu um passo sorridente na minha direção. Um dos panfletos foi esmagado sob seus pés descalços, amarrotando o sol de Ahmed.

— Que tal se afastar dela? — A voz era ferro e seda, e totalmente familiar. — Antes que eu acabe com você.

Shazad não estava armada, mas quando se colocou entre mim e Uzma, parecia tão perigosa quanto se estivesse com suas duas lâminas em punho. Apertei o nó na nuca. Quando levantei a cabeça, o sorrisinho no rosto de Uzma vacilava.

Shazad se inclinou para a frente, forçando Uzma a cambalear para trás.

— Lamento — ela disse em um tom que deixava claro que não lamentava nada. — Talvez tenha soado como uma sugestão, mas não é. Dê o fora.

Uzma deu dois passos para trás, correndo direto para Ayet, que observava da sombra de um dos pilares. Então Izz guinchou novamente e ambas desapareceram, correndo em busca de abrigo. O que me deixou cara a cara com minha melhor amiga no caos do pátio que se esvaziava.

— Já falei para cuidar da retaguarda — Shazad disse.

— E eu falei que sabia que podia contar com você para fazer isso por mim. — Eu queria abraçá-la, mas ainda havia pessoas demais em volta. Poderia me explicar se fôssemos vistas conversando, mas demonstrando afeto ficaria mais difícil. Tive que me satisfazer puxando as mangas decoradas de seu khalat. — Acho que é a única pessoa que conheço que consegue parecer intimidadora vestindo algo tão florido.

Shazad me ofereceu um sorriso desajeitado.

— Ideal para ser subestimada. Vamos. — Ela agarrou minha mão e olhou em volta. — Vamos sair daqui. Agora. — Shazad começou a me puxar em direção aos portões. Ninguém nos observava quando Izz sobrevoou o palácio gritando. O sultão tinha desaparecido e todos os outros estavam correndo. Era uma boa oportunidade de escapar.

— Era para isso servir de distração? — Gesticulei em direção aos panfletos espalhados no chão.

— Distrações também podem servir à causa. — Shazad ainda me arrastava em direção ao portão. — Consegue andar mais rápido?

Minha mente demorou a entender o que estava acontecendo. Eu a parei.

— Não importaria se eu conseguisse correr mais rápido que um buraqi. Estou presa aqui. — Expliquei tudo o mais rápido que pude, enquanto o caos ainda reinava ao nosso redor. O ferro sob minha pele, a peça de bronze que me controlava.

Seu rosto ficou sombrio enquanto ouvia. Ela absorveu tudo com o mesmo foco de quando sabia se tratar de coisa séria.

— Então vamos arrancar esse negócio fora.

— Sei que não sou tão inteligente quanto você, mas isso passou pela minha cabeça — eu disse, séria. — Pode estar em qualquer lugar, e se começar a cravar facas em mim é bem possível que eu sangre até morrer.

— Não vou deixar você aqui — Shazad argumentou.

— Você não tem escolha no momento — repliquei. — Shazad... — eu tinha muitas coisas para dizer e pouco tempo. Logo, logo a confusão criada por Izz passaria e alguém nos notaria. Só havia uma coisa realmente importante. Uma última informação que não tinha contado. — O sultão tem um djinni.

Shazad abriu a boca. Então a fechou.

— Repita, por favor.

Havia pouca coisa que Shazad não era capaz de fazer. Ela comandava exércitos, formulava estratégias e pensava oito passos à frente de todos. Podia lutar e talvez até vencer uma guerra na qual estávamos em menor número e com menos armas. Mas uma coisa era ter menos armas, e outra bem diferente era tentar lutar contra uma arma de fogo tendo apenas um graveto. Se o sultão tivesse um único djinni, não havia nada que um exército de mortais poderia fazer.

— Então precisamos tirar você e esse djinni...

— Bahadur — completei, embora não tivesse certeza de por que aquele dado era relevante. Ele era apenas mais um djinni. Um djinni que era meu pai e cujo nome me pertencia também. Mas ele não era meu pai. Izz gritou e mergulhou. Houve disparos. Ambas nos abaixamos por instinto.

— Precisamos tirar você e Bahadur deste palácio. — Do jeito que ela falava, parecia simples.

— Libertar um djinni não vai ser tão fácil quanto tirar Sayyida da prisão. — Não que aquilo tivesse terminado bem. — Ele também está preso aqui.

—Vou conversar com algumas pessoas e arrumar uma solução. — Shazad tirou o cabelo do rosto, impaciente. De alguma forma, mesmo vestida para parecer tão inofensiva quanto uma flor, ficava claro do que era capaz. — Deus sabe que metade da rebelião não está fazendo nada de muito útil no momento. Izman é uma espécie de prisão também. E está cheia de soldados desde o cessar-fogo.

— Cessar-fogo? — interrompi.

Shazad me encarou, surpresa, como se por um instante tivesse esquecido que eu estivera ausente. Sua boca formou uma linha severa antes de contar a notícia:

— O sultão pediu um cessar-fogo. Uma trégua nas batalhas contra os invasores até que os líderes estrangeiros possam vir a Izman negociar uma nova aliança. Era essa a notícia que Jin trazia do acampamento xichan antes de... — Ela hesitou. — Antes de tudo o que aconteceu.

A menção a Jin fez meu coração apertar. O jeito que ela tinha mencionado seu nome soara estranho. Mas eu era orgulhosa demais para pedir notícias dele quando estávamos no meio da guerra. Em vez disso, falei:

— É por isso que o palácio está cheio de estrangeiros. — Lembrei da multidão de uniformes e homens estranhos que encontramos pelos corredores. —Você acha que os líderes vão vir?

— Segundo os rumores, um dos príncipes de Xicha já está a caminho. E o imperador gallan e a rainha albish já mandaram seus embaixadores na frente. — Pensei no homem de roupas comuns cujos olhos me arrepiavam. — Eles virão. Se não vierem, a chance de o sultão firmar um acordo com um de seus inimigos é grande. Enquanto isso, soldados vindos de todo canto estão inundando a cidade por todos os lados, preparando o terreno. — Shazad tamborilou cada um dos dedos no dedão numa sequência rápida. Era um tique nervoso. Significava que ainda não tinha revelado tudo. Escondia problemas de mim. Complicações da rebelião às quais eu não tinha acesso.

— O que isso significa para nós? — Eu reconhecia o sentimento de impotência enquanto havia tanto a ser feito. Costumava me sentir assim na Vila da Poeira.

— Nada de bom. — Ela se deu conta do tique nervoso e parou, cerrando a mão num punho. — Principalmente agora. Mas o sultão só pode se aliar a uma nação. Assim que o acordo se firmar, a guerra vai eclodir novamente. Dizem por aí que ele planeja revelar o novo aliado no Auranzeb. Mas até lá... — ela deixou as palavras no ar. Eu sabia o que queria dizer. Até lá, estávamos em apuros. E só tendia a piorar, já que o sultão tinha um djinni a seu dispor.

Pensei a respeito. Talvez houvesse outro jeito de libertar um djinni. Eu só teria que sair do harém por tempo suficiente para descobrir. Mas algo me impediu de comentar isso com Shazad. Nosso tempo estava se esgotando. Logo a distração de Izz acabaria, e não poderíamos ser pegas conspirando.

Mas não podia deixá-la partir sem perguntar:

— Shazad, está todo mundo bem? — Não era bem isso que eu queria saber. Parecia idiota e egoísta, mas seu nome explodia na minha cabeça. *Jin está bem?*

— Nem todo mundo. — Apesar de não ser uma demdji, Shazad sempre foi honesta. — Mahdi morreu na fuga do acampamento e não pudemos salvar Sayyida. Outros também. Mas foram poucas fatalidades, levando em conta tudo o que aconteceu. Ahmed está vivo. Delila, Hala, Imin e os gêmeos. Estão todos aqui na cidade.

— E Jin? — Não consegui me conter. Ela não o havia mencionado, o que não podia significar boa coisa. Assim como a hesitação dela em seguida.

— Ninguém sabe ao certo onde ele está agora — Shazad disse, finalmente. — Jin... — Ela ajeitou o cabelo solto na base da nuca. — Depois que você desapareceu no meio da noite, ele cavalgou até quase matar a montaria para chegar ao ponto de encontro. Quando não te encontrou lá, quebrou o nariz de Ahmed e voltou para o deserto. À sua procura. Obrigada por provar que eu estava certa em meu ceticismo quanto à falta de detalhes desse plano, pelo menos. — Eu sabia que ela estava tentando aliviar o clima, mas a preocupação estava enraizada dentro do meu peito. Não tinha passado pela minha cabeça que Jin não estaria com o resto dos rebeldes.

— Ele ainda está vivo — experimentei pronunciar em voz alta. E então me dei conta do que Shazad dissera. — Jin quebrou o nariz de Ahmed?

Ela coçou a orelha, parecendo mais encabulada do que nunca.

— Ahmed talvez tenha deixado implícito que se Jin parasse de te tratar de modo tão casual quanto uma garota que acabou de conhecer no bar, talvez você parasse de fugir. — Senti um surto de indignação ao ouvir que Ahmed pensava que eu deixaria a rebelião por uma briguinha de casal. — Jin o acertou tão rápido que nem consegui intervir. Foi bem impressionante, na verdade.

Izz gritou novamente. Mais longe dessa vez. A confusão estava acabando.

— Preciso ir — Shazad disse. Nosso tempo tinha acabado. — Vou descobrir um jeito de te tirar daqui. Até lá, prometa que vai ficar longe de encrenca. — A frase saiu como algo intermediário entre a ordem de uma general e o pedido de uma amiga.

— Você sabe melhor do que ninguém que não deve pedir a uma demdji que faça uma promessa. — Poderia ser a última vez que eu a veria. Aquilo acontecia sempre que nos despedíamos, mas agora parecia mais provável do que nunca. Afinal, eu estava em território inimigo.

— E sabe melhor do que ninguém que vai ser impossível não me meter em encrenca.

23

Eu tinha um plano. Bem, *plano* talvez fosse exagero. Shazad era melhor com esse tipo de coisa. Estava mais para o início de uma ideia que com sorte não acabaria me matando. O que era mais meu estilo.

Eu poderia pensar nos detalhes depois. Por enquanto, não precisava escapar do palácio. Só tinha que sair do harém. E apenas um homem podia fazer isso acontecer.

— Por que você quer ir embora? — Leyla estava fazendo outro brinquedo para as crianças do harém, embora eu não soubesse exatamente por quê. A maioria das mães não deixava seus filhos brincarem com os que ela já tinha feito. Seria essa sua maneira de manter a sanidade naquele lugar onde não se encaixava? O novo brinquedo parecia uma pessoa minúscula. Estava deitado em suas mãos, esquecido, as pernas e os braços de barro esparramados, enquanto ela me fitava com seus olhos enormes e sérios. — O harém é bem melhor do que os lugares onde você pode ir parar.

Eu gostava de Leyla. Uma parte de mim queria explicar toda a verdade, torná-la uma verdadeira aliada naquele lugar. Mas ela ainda era filha do sultão. E seus olhos grandes e inocentes não bastavam para arriscar a vida de todos que eu amava. A imagem do rosto de Jin pipocou em minha mente. Do mesmo jeito que eu o vira pela última vez, nas sombras da tenda, a incerteza pendendo entre nós quando o beijo terminou. Seu rosto foi rapidamente substituído por outros. Shazad. Ahmed. Delila. Os gêmeos. Até Hala.

— Seria bom ficar longe do seu irmão — eu disse, finalmente. — Kadir, quero dizer — corrigi, lembrando que Leyla me dissera que seu único irmão de verdade era o que nascera da mesma mãe. O príncipe Rahim, o soldado em meio aos intelectuais. Eu mencionara que o vira na corte no dia anterior, mas Leyla mudara de assunto rapidamente.

— Sem falar de Ayet e Uzma, que me odeiam. — Ver Shazad assustar Uzma tinha sido gratificante, mas a humilhação ainda ardia quente e feroz. — Se conseguisse convencer seu pai a me deixar perambular pelo palácio, ficaria longe do caminho delas.

Leyla abaixou a cabeça e mordiscou os lábios, ansiosa. Eu a conhecia o bastante para entender que estava refletindo. Também sabia que não era bom interromper alguém mais inteligente do que eu enquanto pensava. Mais uma coisa que tinha aprendido com Shazad.

— Bassam faz treze anos depois de amanhã — ela falou, as palavras jorrando de repente. Não sei o que esperava que Leyla dissesse, mas não era isso. — Ele é um dos filhos do meu pai com Thana. É tradição que o sultão ensine os filhos a usar arco e flecha quando completam treze anos. Meu avô fez isso. E meu bisavô antes dele. Os príncipes não podem comer novamente até que seja algo que eles mesmos mataram. Meu pai fez isso com todos os filhos.

Não todos. O que Ahmed e Jin tinham feito no aniversário de treze anos? Com certeza não caçaram com o pai. Deviam estar em um navio, ou em alguma terra estrangeira. Teriam noção de que era seu aniversário para comemorar?

Imaginei uma cena que nunca aconteceu. Os dois lado a lado com as mãos do pai no ombro, as cordas dos arcos tensionadas, competindo para impressioná-lo.

— Meu pai vai vir ao harém para falar com Bassam. — Leyla voltou seus olhos para o homenzinho de barro. Estava esculpindo seu rosto. — Pode aproveitar para pedir a ele.

O maior jardim do harém tinha duas vezes o tamanho do acampamento rebelde — era uma enorme área verde coroada por um lago azul que começava nas paredes do palácio e passava pelo penhasco com vista para o mar antes de ser interrompido bruscamente por outra parede, a fronteira do palácio. O lago era pontilhado por patos gordos, batendo preguiçosamente as asas com penas pálidas, borrifando água em arcos brilhantes que refletiam o sol.

Da minha posição, sentada perto do portão de ferro que levava ao harém, parecia um desenho em um livro de histórias. O sultão estava de pé no lago com um garoto que imaginei ser Bassam. Seu filho era magricela e esguio, e se esforçava muito para parecer mais velho do que realmente era. Tinha um arco longo junto ao corpo, e os braços tremiam um pouquinho com o esforço, o que ele tentava esconder do pai.

Eu já o vira errar uma dúzia de vezes, as flechas mergulhando inofensivas no lago. Depois de cada tiro vinha um exercício de paciência, em que Bassam jogava um punhado de pão no lago e então se afastava, esperando os patos voltarem e se acalmarem. Até eles se sentirem seguros o suficiente para que pudesse tentar matá-los de novo. O sultão esticou a mão, repousando-a de um jeito reconfortante em seu ombro. O garoto pareceu feliz com o toque, e me perguntei se ele não estaria errando de propósito, para ter mais tempo com seu pai.

Imaginei um Jin mais novo de pé ali, no lugar de Bassam. Nunca conheci uma pessoa que precisasse menos dos outros do que ele. Era difícil imaginar como reagiria ao sentir a mão do pai no ombro, e se também teria se endireitado, ansiando por sua aprovação.

Bassam soltou a corda com um gesto suave. Eu sabia com o olho experiente de uma garota da Vila da Poeira que aquele tiro seria diferente dos outros.

A flecha voou certeira, atravessando o pescoço de um dos patos no lago. Ele soltou um grito de dor que fez o resto do bando subir aos céus em pânico. Um serviçal correu até lá e puxou o pato para fora do lago pelo longo pescoço.

O sultão riu, jogando a cabeça para trás enquanto batia no ombro do filho com orgulho. A expressão de pura alegria que tomou conta do rosto do jovem príncipe era inconfundível. Por apenas um instante, no sol do final da tarde, eles poderiam ser qualquer pai e filho compartilhando um momento feliz.

E então o olhar do sultão caiu sobre mim, esperando na beirada do jardim. Ele deu mais um tapinha no ombro do garoto, apertando-o forte e com orgulho antes de mandá-lo embora, carregando o pato morto.

Quando o filho desapareceu, ele gesticulou para que me aproximasse.

— Quase ninguém mais usa arcos, sabia? — eu disse quando estava próxima o bastante para ser ouvida. — Armas de fogo são mais eficientes.

— Mas muito barulhentas para uma caçada — o sultão disse. — Elas assustam as presas. Além disso, é tradição. Meu pai fazia isso com os filhos dele, e meu avô também. — E o sultão tinha matado o pai, e agora um punhado de seus filhos queria seguir essa tradição também. — O que você quer, pequena demdji?

Passei a língua pelos dentes, nervosa. Ele provavelmente perceberia qualquer tentativa de ludibriá-lo. Mas Shazad tinha dito no dia em que Sayyida fora recuperada que precisávamos de alguém infiltrado no palácio. Alguém capaz de percorrê-lo por completo. Eu poderia ser essa pessoa.

— Quero poder deixar o harém.

Talvez eu não pudesse deixar o palácio, mas isso não impedia as informações de sair. Shazad tinha incluído Sam na lista de colaboradores da rebelião. Nas três noites desde que Izz havia arremessado folhetos do céu, encontrei Sam ao cair do sol no Muro das Lágrimas. Shazad encontraria algo melhor para fazer com ele mais tarde, mas por enquanto sua única tarefa era invadir o harém para me ver e garantir que eu não tinha sido descoberta nem entregado a rebelião inteira por causa de uma ordem. Era uma tarefa terrivelmente entediante. Ou, como Sam dizia, era o dinheiro mais fácil que já ganhara: ser pago para ir olhar para uma garota bonita toda noite. Se eu fosse bem-sucedida, poderia tornar seu trabalho muito mais interessante.

O sultão mexia na corda do arco.

— E você quer partir porque...?

— Porque não aguento mais ficar aqui. — Era verdade. Uma meia verdade. Mas não seria suficiente. — E não aguento mais seu filho.

O sultão se apoiou no arco.

— Qual deles? — perguntou, irônico. E lá estava aquela sensação de novo: o leve arrepio na pele, como se compartilhássemos um segredo, como se ambos estivéssemos em um jogo. Não, era ridículo. Se ele soubesse que eu era aliada de Ahmed, bastaria ordenar que dissesse onde ele estava. O sultão poderia me usar para chegar a Shazad e ao resto da rebelião.

— Kadir — eu disse, afastando a sensação. — Ele olha para mim como se eu fosse uma flor que poderia simplesmente arrancar do jardim.

O sultão dedilhou a corda do arco novamente, como se tocasse um instrumento musical.

— Você sabe que é minha prisioneira, Amani. Se eu quisesse, poderia ordenar que ficasse parada em um canto, completamente imóvel, até que precisasse de você para alguma coisa. Poderia fazer com que criasse raízes aguardando um comando. Ou — o sultão parou, esticando e soltando a corda — até que fosse arrancada. — Senti um arrepio de nojo. — Mas... admiro o fato de ter vindo falar comigo. Diga, pequena demdji: você sabe atirar?

— Sim — respondi, porque por mais que não quisesse que ele soubesse quão boa eu era com uma arma, não podia mentir. Shazad sempre dizia que nosso maior trunfo era o fato de nos subestimarem. Mas o sultão sempre sabia quando eu estava tentando escapar da verdade. — Eu sei atirar.

Ele estendeu a mão, oferecendo o longo arco para mim. Não aceitei de imediato.

— Você quer algo — o sultão disse. — Então precisa fazer por merecer.

— Sei como conquistar as coisas. Não cresci em um palácio.

— Bom — o sultão disse, um pouco do sorriso de Jin no rosto. — Então deve entender isso. Pegue o arco.

Fiz o que ele disse porque não tinha escolha, embora não soubesse se ele tinha planejado me dar uma ordem.

— Se conseguir matar um pato, poderá andar livre pelo palácio... Ou pelo menos tão livre quanto os outros. Se não... Bem, nesse caso espero que sua cama seja confortável, porque ficará deitada ali por muito, muito tempo.

Passei os dedos pela corda retesada do arco. Era uma arma antiga. Algo que só tinha visto nos livros de histórias. Anterior às armas de fogo. Lembrei de uma lenda sobre um arqueiro que acertou o olho de um roc com uma flecha.

Fiquei em posição e tentei puxar a corda para trás.

— Não assim. — As mãos do sultão estavam nos meus ombros. Fiquei tensa no mesmo instante, mas não havia malícia no modo como me tocava. Era como fizera com o jovem príncipe. Como eu tinha visto pais na Vila da Poeira fazerem para ensinar os filhos a atirar. Ninguém jamais fizera aquilo por mim. Eu tinha aprendido sozinha enquanto meu pai bebia. E ele nem era meu pai de verdade. Embora se importasse com a minha vida tanto quanto meu pai verdadeiro. — Corrija a postura — ele ordenou, afastando meus tornozelos gentilmente com o pé. — E aproxime o arco do corpo.

Sentia seu olhar enquanto puxava a corda para trás. Mirei no pato mais próximo como faria com uma arma de fogo. Alinhei a mira com atenção. Se tivesse uma pistola, a bala acertaria o pato em cheio.

Tinha ficado boa em matar aves nos últimos meses. Quando você acampa nas montanhas, é útil saber caçar.

Soltei a corda do arco. Ela raspou dolorosamente no meu braço. A flecha voou e errou o pato por meio metro, mergulhando na água. O bando entrou em pânico com o barulho, voando em espirais em uma confusão de penas e gritos.

Praguejei, deixando o arco cair e segurando o braço machucado.

— Deixe-me ver. — Eu não podia desobedecer a ordem. O sultão segurou meu punho. Meu antebraço já estava ficando roxo.

— É melhor usar uma braçadeira — ele disse. — Aqui. — O sultão tirou o sheema do pescoço. Era da cor do açafrão fresco usado nos pratos do harém. Ele o amarrou habilmente em torno do meu braço.

Aquilo me fez lembrar do meu antigo sheema vermelho, e senti uma pontada de saudade. Jin.

O sultão deu uma última puxada no sheema, apertando o nó em torno do meu pulso.

— Quando os patos voltarem, tente de novo. Dessa vez, puxe a corda mais alto, mais perto da sua bochecha. — Eu tinha que obedecer, embora achasse que o sultão tinha esquecido com quem estava falando. Talvez estivesse apenas dando instruções, não ordens.

Aguardamos em silêncio até os patos voltarem e ficarem confortáveis. Pensei que deviam ser muito burros para retornar a um lugar onde poderiam ser facilmente mortos. Por outro lado, lá estava eu ao lado do sultão, dessa vez por vontade própria.

Errei meu segundo tiro. E o terceiro. Podia sentir o rosto queimando de vergonha, ciente do olhar do sultão me observando errar repetidas vezes. Eu tinha que conseguir. Precisava deixar o harém. Precisava salvar minha família do meu pai.

— Aclamada eminência. — A voz de um serviçal fez com que nos virássemos. Ele estava curvado. — O embaixador gallan o espera. — Minha atenção foi despertada. Estavam começando as negociações. Para nos devolverem a eles. O motivo por que eu precisava conseguir informações para repassar.

— Espere — falei quando o sultão se virou para ir embora. — Posso fazer isso.

O sultão refletiu por um instante e assentiu com a cabeça.

— Então me encontre quando conseguir.

O sol se arrastava no céu enquanto eu me esforçava. Podia sentir o suor escorrendo pelo pescoço e estava tentada a desamarrar o sheema do braço e colocá-lo em volta da cabeça. Mas o machucado latejante me dizia que não era uma boa ideia. Não havia nada a ser feito em relação às bolhas nos dedos. Ou à dor crescente no braço enquanto meus músculos protestavam, fatigados. Tremendo enquanto eu soltava a corda do arco.

Alguns serviçais vieram e deixaram uma jarra de água e uma cumbuca de tâmaras do meu lado quando o sol subiu. Simplesmente ignorei. Eu ia conseguir.

Puxei. Outra flecha mergulhou na água. Os patos se espalharam.

Praguejei em voz baixa.

Maldição.

Já tinha conseguido coisas mais difíceis.

Antes que os patos pudessem escapar de vez, peguei outra flecha. Armei-a rapidamente e apontei para a confusão de aves ainda gritando e batendo as asas. Achei o pato que queria atingir. E não hesitei. Não perdi tempo tentando ser perfeita. Mirei com confiança, como sempre fizera com a arma de fogo.

E soltei a flecha.

O pato se separou do bando, caindo na grama enquanto eu sentia o coração acelerado pela vitória.

Irrompi no palácio, deixando um rastro de sangue atrás de mim, do pato morto que carregava pelo pescoço.

O sultão me dissera que devia encontrá-lo quando fosse bem-sucedida, e o puxão da ordem nas minhas entranhas me mantinha em movimento. Não pensei no que estava fazendo até passar à força pelo guarda, que não tentou me impedir, e abrir as portas abruptamente.

Dezenas de cabeças se viraram para me olhar enquanto invadia a sala. Um pensamento passou pela minha cabeça: eu não deveria estar fazendo isso. Mas era tarde demais. Andei a passos largos até a mesa, com os olhos no sultão, e arremessei a presa na mesa à sua frente, fazendo um copo estremecer.

O sultão olhou para o cadáver.

Foi só então que parei para estudar o ambiente. A sala do conselho estava lotada. Havia homens de uniforme de todos os tipos. Uniformes mirajins dourados. Uniformes gallans azuis.

Estavam todos encarando a garota com olhar selvagem que tinha acabado de jogar um pato morto com uma flecha atravessada no pescoço na mesa à frente do sultão. O príncipe Rahim ocultava um sorriso fingindo coçar o nariz, mas ninguém mais parecia achar aquilo divertido.

Eu tinha acabado de interromper uma das reuniões do sultão que decidiria o resultado do cessar-fogo e o destino do país inteiro.

Me perguntei se seria dessa vez que acabaria com a corda no pescoço.

— Bem, parece que você não é tão ruim de tiro afinal de contas — o sultão disse, baixo demais para os outros ouvirem. — Pode sair do harém quando quiser. — Houve uma pequena pausa e por um instante tive esperança de que ele realmente me daria aquela brecha, permitindo que eu escapasse de suas garras e voltasse para a rebelião... — Mas não do palácio. — E lá se foi minha esperança. Tinha sido tolice alimentá-la. O sultão não era imprudente. Ele levantou a voz: — Alguém leve esse pato para a cozinha e minha demdji para seu devido lugar. — Vi as cabeças da delegação gallan se erguerem diante da palavra "demdji". Eles me chamavam de demônio, mas sabiam o que a palavra significava. Imaginei se o sultão estaria me esfregando na cara deles. Não parecia uma estratégia política muito boa.

Um serviçal levantou o pato com cuidado pelo pescoço. Os papéis espalhados na mesa foram arrastados juntos. Notei um mapa de Miraji, desenhado em tinta preta desbotada. Tinha sido marcado com linhas azuis. Na nossa metade do deserto. Era só um detalhe em um canto, mas foi suficiente. Circulado em tinta azul fresca, vi um minúsculo ponto preto, identificado em letras bem desenhadas: Saramotai.

Pensei imediatamente em Samira. Nos rebeldes que Shazad enviaria para proteger a cidade. Em Ikar na muralha. E nas mulheres que tinham escolhido ficar para trás. Todos sentados como alvos dentro do círculo de tinta azul.

Um serviçal já estava segurando meu braço, tentando me arrastar para fora da sala. Mas eu não podia ir. Não sem saber o que estava acontecendo com a cidade que tínhamos libertado com tanto sacrifício. Minha mente acelerou, tentando encontrar uma maneira de ficar. De pegar aqueles papéis.

O embaixador gallan estava falando com o sultão agora.

— Temos um exército de mil homens vindo para o Auranzeb, com sua majestade no comando. Os homens precisarão de armas para manter o controle de Saramotai. Além disso...

— Ele está mentindo. — As palavras escaparam. O serviçal segurando meu braço proferiu um aviso entre os dentes, me puxando com mais força em direção à porta. Mas o sultão levantou a mão, interrompendo-o.

— O que disse, pequena demdji?

— Ele está mentindo — repeti, mais alto daquela vez. Saboreei as próximas palavras na minha língua, verificando se havia inverdades. — As tropas gallans que vêm com seu rei não são tão numerosas quanto diz. — Pronto.

O sultão passou o dedo calejado pela borda do copo. Sua mente era tão rápida quanto a de Ahmed. Eu era uma demdji. Se dizia que alguém estava mentindo, então aquilo era verdade.

— Onde aprendeu o idioma gallan? — o sultão me perguntou.

Era uma pergunta perigosa. A verdade envolvia Jin e uma longa travessia pelo deserto, com incontáveis noites de guarda.

— O Último Condado sofreu sob a aliança com os gallans. — Era uma meia verdade enrolada em pura enganação, normalmente óbvia demais para o sultão não perceber. Mas eu estava oferecendo um presente a ele. Talvez fosse suficiente. — E nós, demdjis, aprendemos rápido.

O dedo do sultão deu mais uma volta na borda do copo enquanto refletia.

— Lamento que tenha sofrido — ele disse finalmente. — Muito do meu deserto sofreu. — Finalmente, ele se dirigiu ao intérprete: — Diga ao embaixador gallan que sei que não há mil soldados chegando com seu rei. E que quero o número real.

Os olhos do intérprete se alternaram nervosos entre mim e o sultão enquanto ele falava. O embaixador gallan pareceu surpreso quando as palavras chegaram até ele. Ele olhou para mim rapidamente, parecendo entender que eu tinha algo a ver com aquilo. Mas não hesitou e voltou a falar do modo gutural do oeste. Não entendi todas as palavras, mas peguei o número.

— Ele ainda está mentindo — rebati. — Não são quinhentos.

O sultão me estudou enquanto falava com o intérprete.

— Diga ao embaixador que talvez mentir seja tolerado em Gallandie, mas em Miraji é pecado. Diga que não é a primeira vez desde que nossa aliança se rompeu que um gallan tenta me enganar para obter armas minhas para suas tropas no além-mar continuarem sua guerra no norte, alegando que precisavam equipar os aliados que vinham para o deserto. Diga que ele só tem mais uma chance de dizer o número real ou vou interromper as negociações completamente até a chegada do seu rei.

— Duzentos. — O intérprete disse, finalmente, depois de um momento de tensão. O sultão virou para olhar para mim, junto com o resto da sala.

— É verdade. — Foi fácil pronunciar as palavras.

— Bem. — Ele bateu na borda do vidro. — É uma diferença substancial, não acha, embaixador? Não, não precisa traduzir isso. — O sultão acenou quando o intérprete começou a se inclinar para a frente para falar. — Ele entendeu o que eu quis dizer. E acho que, assim como todos aqui, percebeu que é melhor não mentir para mim. Sente-se, Amani.

O sultão indicou com a mão um assento atrás dele. Era uma ordem. Eu não podia desobedecer. E queria ficar. Aquele era meu objetivo. Mas minhas pernas ainda tremiam um pouco enquanto me agachava na almofada atrás do sultão.

Foi só quando me acomodei que percebi que ele tinha me chamado pelo nome. Não "pequena demdji".

Eu tinha sua atenção agora. Só rezava para que não fosse tanta a ponto de começar a me chamar de Bandida de Olhos Azuis.

24

O PATO QUE EU TINHA CAÇADO foi servido com laranjas e romãs caramelizadas, em um prato da cor da pele de Hala. Minha flecha ainda atravessava seu pescoço. Me perguntei se aquilo era parte da lição. Quando uma bala desaparecia dentro de um corpo, você podia quase esquecer que ela estava lá. Uma flecha não era tão sutil.

A reunião do conselho avançou muito além do crepúsculo. Os intérpretes trabalharam freneticamente, traduzindo gallan, albish, xichan e gamanix. Minha cabeça estava transbordando, visto que eu repetia tudo o que tinha ouvido naquela sala como um mantra até decorar. Eu me esforçaria ao máximo para lembrar cada palavra até que pudesse passar a informação para Shazad. Um detalhe errado poderia custar milhares de vidas. A cada repetição, tentava filtrar as partes relevantes, mantendo apenas o que teria serventia.

O sultão ia enviar tropas para retomar Saramotai. Se as negociações fossem bem-sucedidas, a cidade voltaria para as mãos dos gallans. Era um ponto de acesso direto para o deserto e para Amonpour, que havia se aliado com os albish. Havia um acampamento albish na fronteira. Eles marchariam por três dias. O sultão ia enviar tropas para retomar Saramotai...

— Você parece distraída. — O sultão interrompeu meus pensamentos, sentando-se à minha frente.

— Os seus aposentos têm praticamente o tamanho da cidade em que cresci. — O objetivo daquilo era distraí-lo, antes que pensasse em me mandar revelar o que estava pensando. *Estou pensando em tudo o que posso contar para a rebelião sobre seus planos.*

A verdade era que os aposentos dele tinham o tamanho esperado para o governante de todo o deserto. Tinha sido levada só até a antessala, mas dali podia ver portas que conduziam a um quarto com tapete vermelho grosso e banhos privativos do outro lado. As paredes na sala de recepção eram feitas de mosaicos brancos e dourados que refletiam tão bem a luz das lâmpadas a óleo ao redor de nós que parecia que era dia. Não fosse pelo fato de que um enorme domo de vidro oferecia uma visão clara do céu lá em cima. E de que havia uma varanda lateral com vista para uma queda abrupta pelo penhasco até o mar.

— Vila da Poeira. — O sultão parecia puxar o nome dos recantos distantes de sua mente. — Conte-me sobre ela. — Era uma ordem. Quer aquela fosse sua intenção ou não.

— É uma cidadezinha nos confins do deserto. Eu cresci lá. — Era verdade e eu estava obedecendo sua ordem. Mesmo que não fosse exatamente o que ele queria saber. Uma palavra errada sobre a Vila da Poeira e eu poderia entregar tudo. — Prefiro não falar sobre ela.

Apesar do tamanho do aposento, a mesa em que estávamos era tão pequena que, se quisesse, o sultão poderia ter esticado a mão e cortado minha garganta com a faca longa que manuseava.

Não me agradava ficar perto dele mais tempo que o necessário. Não quando tinha tanto poder sobre mim. Não quando bastava uma palavra em falso para descobrir quem eu era. Além disso, já estava escuro. O que significava que eu estava atrasada para meu encontro com Sam no Muro das Lágrimas. Não havia contado a ele meu plano para poder sair do harém, porque não tinha como saber se daria certo. Eu com certeza não esperava terminar sentada de frente para o sultão. Pela primeira vez eu tinha muito mais para contar a Sam do que ele a mim. Só precisava voltar a tempo de encontrá-lo. E antes que entregasse a rebelião inteira para o sultão sem querer.

Ele estava me observando. Como se estivesse se perguntando se deveria insistir sobre minha cidade natal ou me libertar do comando. Mas eu estava começando a entender como o sultão funcionava. Se desse a ele alguma verdade, alguma vulnerabilidade, por conta própria, pararia de me pressionar. Então ofereci uma confissão:

— Eu odiava aquele maldito beco sem saída. Por favor, não me obrigue a falar daquele lugar.

Ele me olhou serenamente.

—Você odiava tudo naquela cidade?

Tentei dizer que sim, mas a palavra não saía. Percebi que era por causa de Tamid. Era ele que me impedia. Cocei uma das cicatrizes no meu braço, sentindo o pedacinho de metal se mexer embaixo. Eu deveria odiá-lo agora. Mas não o odiava naquela época.

— Não — eu disse, enfim. — Nem tudo.

Achei que ele insistiria, mas apenas assentiu.

— Pegue um pouco de comida. — Outra ordem que eu não podia desobedecer. Eu tinha que fazer com que me pedisse para partir. Não aguentaria um jantar inteiro com o sultão arrancando pequenas verdades de mim, uma por uma.

— Por que estou aqui? — Comecei a espetar as laranjas em torno do pato e colocá-las no prato. —Você tem um jardim inteiro de esposas e filhas. Pode escolher qualquer uma delas para comer com você se estiver se sentindo solitário.

Eu sabia que estava entrando em terreno perigoso. Mas se quisesse ser expulsa para a relativa segurança do harém em tempo de encontrar Sam, não podia medir as palavras. O sultão só suspirou resignado, empurrando meu garfo para o lado e começando a retalhar a carne marrom tostada com a faca.

—Talvez eu aprecie sua companhia.

— Não acredito em você. — Observei a faca abrir caminho pela pele, cortando um círculo perfeito em volta do osso.

— Você está certa, talvez *apreciar* seja uma palavra muito forte. — Ele colocou a carne cuidadosamente no meu prato. — Eu a considero interessante. Agora coma.

Ignorei a carne e espetei outra laranja caramelizada do outro lado da mesa, arrancando-a da pele do pato. Ela atingiu minha língua em uma explosão doce e cítrica como nunca havia sentido. Me inclinei para pegar outra enquanto ainda estava mastigando a primeira. Identifiquei um esboço de sorriso no rosto do sultão.

— O que foi? — perguntei, de boca cheia.

— Nada. — Ele ainda estava brincando com a faca. — Só queria que visse a expressão em seu rosto. Se pudesse ser engarrafada, seria o elixir pelo qual Midhat procurava. — Nas histórias, Midhat era um alquimista de grande talento que perdeu a sanidade tentando criar e engarrafar alegria, já que não conseguia encontrá-la no mundo. — Aliás — o sultão disse, mudando a pegada na faca para cortar a carne do pato que eu tinha matado —, ficaria muito satisfeito se pudesse engarrafar a expressão no rosto de nossos amigos estrangeiros quando você largou isso na mesa do conselho. — Ele destrinchou uma coxa e a colocou no próprio prato. Da última vez que havia comido um pato, Izz o capturara em Iliaz. Ainda dava pra ver as marcas de dente de crocodilo nele, e a gordura caiu e espirrou no fogo, fazendo Jin praguejar quando respingou no seu pulso. Agora eu estava aceitando comida das mesmas mãos que tinham segurado a mãe dele e a tomado à força no passado. Provavelmente naqueles mesmos aposentos.

— Aclamado sultão. — O serviçal tinha aparecido na porta tão silenciosamente que levei um susto. Ele fazia uma mesura. — O embaixador gallan pediu para vê-lo. Eu informei que estava ocupado, mas está sendo bem insistente.

— O embaixador gallan me convoca no meu próprio palácio. —

O sultão pareceu praticamente resignado ao empurrar a mesa para levantar. — Com licença. — Meus olhos o seguiram até a porta.

Fiquei de pé assim que ele desapareceu.

Abri duas portas erradas até encontrar a que levava ao seu escritório.

Na minha frente, em vez de uma parede, havia uma enorme janela de vidro com vista para Izman. Ali de cima, à noite, a cidade parecia um segundo céu, as janelas dançando com luzes como estrelas em um mar escuro. O reino do sultão se estendia abaixo dele. Era o mais próximo que eu havia chegado da cidade desde o dia em que acordara na sala de operações de Tamid. Resisti ao impulso de pressionar as mãos contra o vidro como uma criança.

As outras três paredes pareciam ter sido projetadas para combinar com a janela à noite. Gesso azul, com estrelas de vidro amarelo incrustadas que deviam refletir a luz do sol durante o dia.

Aquilo me lembrou o pavilhão de Ahmed. Em um lar que não existia mais.

Tentei imaginar meu príncipe ali, quando tomássemos a cidade, mantendo a paz.

Mas naquele exato momento ainda estávamos no meio de uma guerra, e eu não deixaria passar a oportunidade de encontrar algo que pudesse nos ajudar a vencê-la.

A sala era dominada por uma enorme mesa coberta de papéis, livros, mapas e canetas. Duvidava que o sultão sentiria falta se parte daquilo desaparecesse. A única dúvida era o que pegar.

O sultão está voltando. Tentei dizer as palavras em voz alta, mas minha boca se recusava. Estava segura por um tempo, e comecei a pegar papéis da mesa com cuidado, segurando-os contra a luz da cidade que entrava pela janela. Tentei dizer a frase várias e várias vezes enquanto trabalhava. Como uma espécie de alarme. Encontrei uma folha de papel com números e imagens rabiscados que não entendia. Em outro papel, um mapa de Miraji. Ele detalhava a movimentação das tropas, mas já tinham falado daquilo na reunião mais cedo. Meus dedos hesitaram sobre o desenho de uma armadura metálica de aparência familiar. Era a carcaça que tinham colocado em Noorsham. Havia palavras rabiscadas ao longo das bordas. Usadas para controlá-lo.

Havia diagramas similares embaixo. E outros que pareciam peças de máquinas. Um pedaço de metal do tamanho de uma moeda repousava sobre um dos papéis. Meu nome estava entalhado nele, junto com uma confusão de palavras na língua primordial. Então era aquilo que estava sob minha pele. Lutei contra a tentação de arremessá-lo pela janela e observar o vidro estilhaçar.

Guardei um dos desenhos e continuei a explorar. Dei uma olhada em alguns papéis que pareciam interessantes. Um deles descrevia rotas de suprimentos. Shazad seria capaz de decifrá-lo melhor do que eu. Havia outro que parecia um mapa de Izman, com manchas de tinta vermelha espalhadas. Segurei-o contra a luz, tentando entender o que poderiam estar marcando. Mas não conhecia Izman.

— O sultão está voltando. — As palavras romperam o silêncio da sala, espalhando pânico no meu peito. Eu não tinha bolsos. Enfiei os papéis na cintura do shalvar enquanto corria para fora do escritório, puxando o kurti para cobrir tudo.

Estava de volta à mesa mexendo na comida quando o sultão reapareceu e sentou à minha frente.

— O que ele queria? — perguntei, quando pegou a faca novamente. Rezei para que não percebesse que eu estava sem fôlego.

— Você. — O sultão disse isso de uma forma tão prática que me surpreendeu. — Sabia que a suposta religião dos gallans acredita que seres primordiais são criaturas malignas? E que seus filhos são monstros?

— Eu sei no que eles acreditam. — Minha boca ficou seca de repente. Estendi a mão para uma jarra de vinho. O movimento súbito fez os papéis enfiados embaixo da roupa farfalharem. Congelei.

— Os gallans querem que eu a entregue. — Se o sultão notou o barulho, disfarçou muito bem. — Para ser levada à justiça, dizem. O que é só um pretexto, claro. Eles se escondem atrás de indignação religiosa porque não querem admitir que você é uma ameaça séria às mentiras descaradas que contam para tirar mais proveito da aliança.

— Um deles me chamou de bárbara. — Senti a bile na língua. Na minha opinião, matar seres primordiais e demdjis era um ato muito mais bárbaro do que matar um pato.

— É bom que eles se lembrem do que os mirajins são capazes — o sultão disse. — Mesmo que seja só contra um pato. — Não sabia dizer de onde viera a onda de orgulho que senti. — Você quer saber por que está aqui, Amani, jantando em meus aposentos? É uma mensagem. Quando estávamos aliados aos gallans, eu a entregaria para ser enforcada. Agora — ele pegou a jarra que eu tinha ficado com medo de alcançar —, pode ser minha convidada.

— Você os odeia. — Eu não aguentava mais ficar calada. — Eles nos odeiam. Estão nos usando. Por que fazer outra aliança? — Eu tinha levantado a voz sem perceber.

O sultão me encarou. Mais uma vez me dei conta de que Ahmed tinha herdado seus olhos escuros. Então ele sorriu, como se estivesse surpreso com a esperteza de uma criança.

— Você parece muito com o pessoal que segue meu filho rebelde.

— Você me perguntou sobre a Vila da Poeira. — Tentei mudar de assunto. — Venho das partes mais profundas e sombrias de seu deserto. Vi com meus próprios olhos o que suas alianças fizeram com as pessoas. As cidades sob controle gallan onde era lei atirar na cabeça de demdjis. Todos na Vila da Poeira trabalhavam fabricando armas para os estrangeiros pelo mínimo necessário para não passar fome. Isso deixou o deserto pobre, com fome e com medo.

— Quantos anos você tem, Amani?

— Dezessete. — Me endireitei um pouco, tentando parecer mais velha. Tomei cuidado com os papéis roubados colando na minha pele enquanto me mexia.

O osso da coxa do pato rachou sob a faca do sultão.

— Nem era nascida quando tomei o trono do meu pai. Mesmo aqueles que presenciaram já esqueceram como eram as coisas naquela época. Estávamos em guerra. E não deveríamos estar, porque era uma guerra entre gallans e albish. Éramos um prêmio em uma disputa envolvendo nossos amigos estrangeiros. Metade dos países do mundo queria dominar nossas terras. Mas, no fim, tudo se resumia a esses dois inimigos antigos e sua guerra eterna de falsas crenças.

A coxa do pato finalmente se libertou em um estalo de cartilagem e tendões sob o corte da faca do sultão. O ruído de ossos quebrando ecoando pelos corredores de mármore polido e pelo domo de vidro me deixava mais ansiosa. O sultão derramou calda de laranja sobre a carne com toda a calma do mundo enquanto falava.

— E foi meu pai quem deixou aquilo acontecer. Ele era tolo e covarde. Achava que poderíamos lutar do mesmo modo que na época do meu avô. Achou que poderíamos ficar entre dois exércitos e de alguma forma não ser aniquilados. Até o general Hamad avisou meu pai que não conseguiria ganhar uma guerra em duas frentes. Bem, ele era capitão Hamad naquela época. Eu o promovi a general depois que seu conselho se provou tão correto.

Ele se referia ao pai de Shazad. O general Hamad não tinha qualquer lealdade ao novo sultão. Shazad sempre soubera que ele desprezava o governante. Mas Hamad tinha apoiado suas ideias vinte anos antes. Houve um tempo em que até um homem do nosso lado pensava que o atual inimigo estava certo.

— A única forma de vencer era formar uma aliança, dar acesso ao que queriam de nós, nos nossos termos. Meu pai não queria fazer isso. Nem meu irmão, que tinha vencido os jogos do sultim. Só porque de alguma forma ele conseguiu ganhar de outros onze em uma arena isso o tornava apto a decidir o destino deste país?

Não mais do que Kadir. Mas não interrompi. Ir embora não parecia tão importante agora. Eu tinha aprendido aquela história na escola. Mas era diferente ouvi-la da boca do próprio sultão. Seria como ouvir Bahadur contar a lenda do primeiro mortal, visto que estivera presente com os outros djinnis no nascimento da mortalidade e o observara enfrentar a morte.

O sultão pareceu notar imediatamente minha atenção. Levantou a cabeça, alternando o olhar entre minhas mãos vazias e meu prato ainda cheio.

— Eu fiz o que precisava ser feito, Amani — o sultão disse calmamente.

Ele tinha escolhido um lado para evitar que fôssemos dilacerados. Em uma noite sangrenta, o então príncipe Oman, um ninguém entre os filhos do sultão, tão novo que nem podia competir pelo título de sultim, conduziu os exércitos gallans para dentro do palácio, matou o pai e os irmãos que sabia que se colocariam no caminho do trono: o sultim e todos os outros que tinham lutado nos jogos. Na manhã seguinte, ocupava o lugar de seu pai e os gallans eram nossos aliados. Ou invasores.

— O que fiz vinte anos atrás foi a única forma de evitar que esse país caísse por completo nas mãos deles. Os gallans já tinham anexado vários países. Eu não podia permitir que fôssemos os próximos. — O sultão cortava a comida com calma enquanto falava. — O mundo é muito mais complicado do que parece quando se tem dezessete anos, Amani.

— E que idade você tinha quando entregou nosso país para os gallans? — Eu sabia que não podia ser muito maior que a minha. A idade de Ahmed, mais ou menos.

O sultão sorriu, passando o pedaço de pato que mastigava de um lado da boca para o outro.

— Eu era jovem o suficiente para gastar os dezenove anos seguintes tentando achar uma forma de expulsá-los. E cheguei bem perto de conseguir, sabia? — Noorsham. Ele tentara usar meu irmão, um demdji, como arma para matar os gallans, pouco se importando com seu próprio povo pego no fogo cruzado. — Um pouco mais de tempo e poderia ter livrado esse país deles para sempre. — O sultão ergueu a taça de vinho e deu um grande gole.

Um pouco mais de tempo. Se não tivéssemos interferido. Se não tivéssemos salvado Fahali. Salvado nosso povo. Salvado meu irmão. Ele achava que poderia ter libertado o país inteiro. Teria sido um sacrifício pelo bem maior.

—Você não está comendo.

Eu não estava com fome, mas espetei um pedaço de carne fria. A laranja também tinha esfriado e virado uma pasta gosmenta em torno dela. O sabor parecia doce demais na minha língua agora. *Você está errado.* Eu sentia as palavras pegajosas na boca. Não conseguia botá-las para fora. Desejei que Shazad estivesse ali. Ela sabia mais do que eu. Tinha lido sobre história e filosofia e tivera uma educação mais completa com os tutores de seu pai do que eu em uma escola caindo aos pedaços nos confins do deserto. Shazad era melhor defendendo seu ponto de vista do que eu. Mas nós duas estivemos em Saramotai. Uma jogada por poder disfarçada de justa causa.

— Muito conveniente que salvar o país tenha permitido que se tornasse sultão sem vencer os jogos.

— Essa é uma tradição antiquada. — O sultão devolveu a taça de vinho à mesa, segurando pela haste. — Combate físico entre irmãos e charadas para provar que um homem tem um mínimo de cérebro podem ter sido a melhor forma de escolher um líder quando éramos apenas um agrupamento de tendas no deserto, lutando contra os monstros da Destruidora de Mundos. Mas as guerras são diferentes agora. Inteligência e sabedoria não são a mesma coisa. Tampouco habilidade e conhecimento. Sultões não partem mais para o campo de batalha com uma espada. Há formas melhores de liderar.

— Você realizou os jogos do sultim mesmo assim. — Estendi a mão para arrancar outra laranja do pato, me mexendo com cuidado para o mapa da rota de suprimentos não farfalhar.

— Sim, e veja qual foi o resultado. Um filho rebelde querendo meu trono. — Ele riu de si mesmo, empurrando o prato de ouro para mais perto de mim. Um riso baixo, autodepreciativo, que me lembrava de Jin. — Eu tinha que realizar os jogos para mostrar às pessoas que, embora tivesse conquistado meu trono por... outras maneiras, ainda manteria as tradições do país. Apesar de antiquadas, elas ainda podiam servir a um propósito. — Ele se reclinou na cadeira, me observando comer. — Em alguns países, as pessoas adoram quando a realeza está celebrando casamentos ou o nascimento de novos príncipes e princesas. Se fosse assim com meu povo, eu nunca deixaria de ser adorado. Mas os mirajins não são tão fáceis de entreter. Eles gostam bem mais da minha família quando lutamos até a morte pelo direito de governá-los. Gostam mais de mim no Auranzeb, quando são lembrados que matei doze irmãos com as próprias mãos em uma única noite. — O sultão disse isso de um jeito tão tranquilo que qualquer calor que seu riso pudesse ter trazido à sala se dissipou no mesmo instante. —Tento não lembrá-los que isso aconteceu na mesma noite que os entreguei para um inimigo que odeiam. Mas esse é realmente um país violento, Amani. Você é prova disso. Nosso jantar é prova disso. — Ele indicou a flecha no pescoço do pato. — Deixei uma faca na sua mão e seu primeiro instinto foi cravá-la no meu pescoço.

— Você tentou me esfaquear primeiro — protestei, sem pensar. Ele riu abertamente.

— É um deserto severo. É preciso um homem severo para governá-lo. — *Um homem mais severo que Ahmed.* O pensamento cruzou minha cabeça de novo. Eu o afastei com o máximo de força que pude. Como o próprio sultão tinha dito, governantes eram diferentes agora. E o que faltava de força em Ahmed ele compensava com bondade. Era um homem melhor do que muitos de nós. Tão bom, aliás, que Shazad e eu não tínhamos nem hesitado em levar Delila para Saramotai. Tínhamos desobedecido nosso governante sem pensar duas vezes. Sem medo das consequências.

Shazad diria que apenas um governante fraco precisava depender do medo para fazer as pessoas obedecerem. Talvez eu não fosse tão versada em filosofia, mas tinha a impressão de que sem obediência um homem não tinha como liderar.

Será que Ahmed realmente conseguiria governar, se não podia nem fazer com que eu, Shazad e sua irmã obedecêssemos aos seus comandos?

— Não há nada que eu não faria por este país, Amani. Ainda assim... — Ele sorriu, indulgente. — Admito que Kadir talvez não fosse minha primeira escolha para me suceder. — Ele brincava com a haste da taça, sua consciência parecendo flutuar para longe.

— Quem você teria escolhido? — Eu não tinha certeza se era uma pergunta sincera ou um desafio para ver se ele realmente conhecia um dos filhos bem o suficiente para escolhê-lo. Mas o sultão pareceu refletir honestamente a respeito.

— Rahim é bem mais forte do que eu achava que seria quando era garoto. — O irmão de Leyla. O príncipe que se portava como militar, que tinha desafiado Kadir na corte e sentado no conselho de guerra com ele. — Teria dado um bom governante, se eu o tivesse mantido mais próximo. E se não se deixasse levar pelas emoções. — A luz que atravessava o domo de vidro refletiu na borda da taça enquanto ele a girava. — Mas, verdade seja dita, se tivesse sido criado no palácio, Ahmed talvez fosse a melhor escolha. — Aquilo me pegou desprevenida.

— Está falando do príncipe rebelde? — eu disse, com cautela, ciente de que estava em terreno perigoso.

— Meu filho realmente acredita que está ajudando o país, eu sei disso. — Ele o chamara de filho. E Ahmed sempre o chamava de pai. Jin não: para ele era sempre "o sultão". Como se estivesse tentando romper qualquer ligação com o governante. Parecia que Ahmed e o sultão tinham menos interesse nisso. — O problema é que crenças nem sempre correspondem à verdade.

De uma parte quieta da minha mente, onde ficava a maioria das minhas memórias de Jin, uma lembrança veio de repente. Uma noite no deserto. Ele me dizendo que crença era um idioma estrangeiro à lógica. Mas o que mais nos restava?

O sultão largou a haste da taça. Limpou a gordura e a calda de laranja dos dedos antes de puxar um pedaço familiar de papel amarelo do bolso. Estava tão dobrado que parecia gasto. Do outro lado da mesa, vi o sol de Ahmed impresso, de cabeça para baixo. *Uma nova alvorada. Um novo deserto.*

— Essas ideias são muito bonitas e tudo mais — o sultão disse. — Mas você sentou no conselho hoje, Amani. Acha que meu filho sabe quantas armas podemos prometer aos gallans sem sobrecarregar nossos próprios recursos? Acha que ele conhece os rumores de que a rainha albish, a última em uma longa linhagem de feiticeiras, praticamente não tem mais magia para usar na defesa de seu país? E que o imperador xichan ainda não escolheu um herdeiro, portanto seu país está à beira da guerra civil? — Ele realmente parecia esperar uma resposta de mim.

— Não sei. — Era a verdade. Eu não tinha conhecimento de tudo que Ahmed sabia. Mas, se tivesse que ser honesta, a resposta seria: *Não. Ele não sabe.*

— Se o mundo fosse simples — o sultão disse, enquanto alisava o folheto na mesa —, poderíamos viver livres de potências estrangeiras, ser uma nação independente. Mas somos um país com amigos e inimigos em todas as fronteiras. E, ao contrário do meu filho, não estou interessado em alistar o país inteiro para defendê-las. Quantos homens e mulheres sem treinamento você acha que morreram lutando pelas crenças dele?

O rosto de Ranaa veio à minha mente. A pequena demdji de Saramotai. A bala perdida. A luz em suas mãos se extinguindo com o fim de seu poder, e então de sua vida.

O Exército do sultão estava atrás dela. Mas, se não fosse a gente tentando salvá-la, Ranaa estaria ali no meu lugar. Ela poderia estar sentada em almofadas confortáveis, o cabelo limpo e perfumado com lavanda, a boca grudenta das laranjas caramelizadas. Em vez de ter sido transformada em cinzas em uma pira funerária e espalhada pela areia do deserto.

— Se o trono mudar de mãos, seremos invadidos. Meu filho é um idealista. Eles são ótimos líderes, mas nunca se saem bem como governantes. Então eu vou te dizer no que acredito, Amani. Acredito que se a rebelião algum dia for bem-sucedida ou conseguir ganhar espaço suficiente para lançar dúvida sobre meu governo, seremos despedaçados por potências estrangeiras. Isso destruiria Miraji, assim como meu pai a teria destruído.

25

A ALVORADA ESTAVA MAIS PRÓXIMA do que o crepúsculo quando retornei ao harém. Eu odiava o silêncio. Tornava meus medos mais audíveis.

No acampamento rebelde sempre tinha algum barulho, mesmo em plena madrugada. O tilintar das armas do pessoal montando guarda. As conversas sussurradas no meio da noite. O farfalhar de papéis na tenda de Ahmed, ainda preocupado bem depois de todos já termos relaxado. No palácio, qualquer ruído noturno era abafado pelo som suave de água corrente ou pelo ruído de pássaros.

Meus dedos ainda estavam escorregadios e grudentos por causa da gordura da pele do pato e da laranja caramelizada. Limpei as mãos na bainha do kurti enquanto entrava nos meus aposentos e comecei a tirar as roupas.

— Isso são horas, mocinha?

Dei um pulo. Larguei a bainha da camisa e levei a mão à cintura tentando agarrar uma arma que não estava lá. Exaustão e confusão borraram minha visão por um instante. Tinha alguém de khalat sentado na minha cama. Um khalat que reconheci... Porque pertencia a Shazad, percebi depois de um momento. Só que aquela pessoa era mais alta que Shazad e tinha ombros mais largos, que puxavam o tecido a ponto de esgarçar as costuras. O rosto estava oculto por um sheema, uma mecha loira escapando e caindo desleixadamente sobre os olhos de um azul pálido.

Sam.

— O que está fazendo aqui? — sussurrei, olhando em volta nervosa enquanto me aproximava dele. — Alguém pode te ver.

— Ah, muitas pessoas viram. — Sam também baixou a voz. Ele soltou o sheema do rosto. Estava preso corretamente daquela vez. Imaginei que o modo desleixado e infantil como o amarrava também havia incomodado Shazad. — Mas quem presta atenção em outra mulher aqui dentro? — Ele estava certo. Mulheres apareciam e desapareciam no harém sem muito alarde. — Foi ideia de Shazad. Ela achou que não seria uma boa você ser pega com um homem no quarto. Mas acho que este khalat não veste muito bem no meu corpo. — Ele o apertou na cintura, como se estivesse tentando ajustá-lo.

— Não se preocupe, ninguém veste um khalat tão bem como Shazad — eu disse. Mas tinha alguma coisa me incomodando. — Jin não voltou ainda. — Não era uma pergunta nem um teste. A verdade estava na ponta da língua antes mesmo de dizê-la. Se estivesse de volta, Sam não estaria ali sozinho.

Sam relaxou, entrelaçando as mãos atrás da cabeça.

— É o irmão perdido do príncipe rebelde do qual falam o tempo todo? Imagino que seja o cara que você queria que estivesse te esperando aqui. — Ele piscou para mim.

Tentei mudar de assunto.

— O disfarce de Jin não seria tão convincente quanto o seu. Nem de perto — eu disse. — Está usando maquiagem?

— Ah, sim, só um pouco. Shazad que passou. — Ele estufou um pouco o peito.

— Ela deve gostar de você. Só costuma fazer isso comigo.

— Shazad ficou preocupada quando soube que você não tinha aparecido para me encontrar no Muro das Lágrimas hoje. — Já tinha passado muito da hora do nosso encontro quando consegui ir embora.

— Estava particularmente preocupada que você pudesse, nas palavras dela, "ter feito algo típico da Amani" e tivesse sido pega. Ela fez o acampamento inteiro se preparar para partir se eu não te encontrasse até a alvorada.

Em algum ponto no meio do jantar com o sultão eu deixara de ter medo de que descobrisse quem eu era. As palavras de Sam eram um lembrete mordaz de que eu não estava arriscando apenas minha vida. Já tínhamos sido descobertos uma vez.

— Fiquei esperando por tanto tempo que comecei a achar que ela estava certa e que eu teria de assumir o papel do Bandido de Olhos Azuis em definitivo. Depois que descobri o que "algo típico da Amani" significa, não sei se estou à altura. Você realmente se jogou sob os cascos de um buraqi? Eu perderia uma costela fazendo isso.

Revirei os olhos, deixando o tom jocoso de sua voz dissipar parte da culpa.

— Agora sim estou motivada para continuar viva... — Não podia dizer a ele que Shazad não tinha motivos para se preocupar. Eu realmente havia quase sido atropelada por um buraqi duas vezes. Sentara frente a frente com nosso inimigo e conversara sobre Ahmed durante o jantar daquela noite. — Pode contar a Shazad que estou viva. E que estou livre para andar pelo palácio agora. Comece com isso. — Me agachei perto dele. — Antes de dizer a ela que faltei ao nosso encontro porque estava jantando com o sultão.

Sam gargalhou tão alto que fiquei preocupada que pudesse acordar alguém. O harém tinha paredes finas.

— E o que uma rebelde tem para conversar com o sultão? Minha mãe sempre dizia que não se deve discutir política à mesa. Vocês falaram sobre o tempo? Até onde sei, vocês só tem um tipo de clima aqui.

Senti o gosto de laranja nos lábios quando passei a língua neles. Refleti sobre o que o sultão tinha dito, sobre estar tentando parar uma guerra. Uma guerra que Ahmed ajudava a instigar. Talvez passar aquela informação adiante ajudasse a rebelião, mas fosse ruim para Miraji.

— Saramotai está na mira do sultão. — Enfiei a mão na camisa e puxei o mapa da rota de suprimentos. O desenho da armadura de Noorsham estava enrolado em torno do meu braço. — Quinhentos homens vão partir de Izman em três dias, marchando em direção à cidade e passando por Iliaz. — Sam ficou calado enquanto eu puxava informações confidenciais de dentro das roupas. O que era louvável, na verdade. — É um agrupamento grande demais para ser contido. Izz ou Maz podem chegar lá facilmente antes das tropas do sultão com um aviso e evacuar todo mundo.

— Para onde? — Sam perguntou.

— Não sei. — Finalmente puxei o mapa de Izman da cintura e me recostei, estendendo as pernas doloridas na cama de travesseiros, enroscando-as na bainha do khalat emprestado dele. — Mas se não forem tirar a população de lá, o jeito vai ser alguém convencer Ahmed a deixar Delila tentar fazer uma cidade inteira desaparecer por tempo suficiente para confundir as tropas do sultão. Fale com Shazad. Ela vai saber o que fazer.

— Parece que você já sabe.

Dei de ombros. Tinha passado os seis meses anteriores ouvindo Shazad e Ahmed discutindo estratégia. Tinha aprendido algumas coisas.

— Tem mais. — Descrevi a movimentação do Exército para Sam, me esforçando para lembrar todos os detalhes da reunião do conselho de guerra. Havia outros soldados viajando para o sul no território reivindicado por Ahmed. Percebendo uma vulnerabilidade. Mas era uma distração. Saramotai era a única cidade que retomariam por enquanto.

— Quando as tropas começarem a deixar a cidade, haverá uma oportunidade — eu disse. — Shazad falou que a rebelião tinha pouca coisa para fazer; bem, essa é a hora de mudar isso. Aqui estão as rotas de suprimentos para o Exército. Não sei o que são essas marcações —

apontei para os pontos vermelhos —, mas merece uma investigação.

— Entreguei a ele uma pilha de papéis e contei tudo o que conseguia lembrar do conselho de guerra, cada informação um tijolo para a construção de uma paz precária em Miraji, que poderíamos desmontar e usar como arma na rebelião. Enquanto isso, tentei afastar a sensação de que estava traindo meu país a cada palavra que dizia.

26

Agora que podia deixar o harém, passava o menor tempo possível lá dentro. Mesmo se o palácio fosse um terreno estéril capaz de rivalizar com o Último Condado eu não teria me importado, contanto que estivesse livre de Kadir, Ayet e o resto.

Precisava passar algumas horas por dia nas reuniões do sultão. Ele se reuniu com cada uma das delegações estrangeiras em separado. O embaixador albish era um ancião, e suas mãos pálidas com manchas de idade tremiam a ponto de não conseguir segurar uma caneta. Ouvi-o dizer para seu escriba que eu o lembrava de sua neta. Ele não mentia descaradamente como os gallans, mas tampouco estava disposto a entregar toda a verdade. Podia ter um rosto mais gentil, mas também queria algo de nós. Os xichan não tinham um embaixador. Eles enviaram um general que me olhava com desconfiança a cada palavra que eu dizia.

Eu ficava sentada à direita do sultão, um pouco atrás, de modo que ele pudesse trocar um olhar comigo quando alguém estava falando e conferir se era verdade. Obriguei os homens que negociavam os termos do cessar-fogo a serem honestos. E aprendi o máximo que pude nesse meio-tempo. Descobri onde as tropas estrangeiras estavam estacionadas, em quem o sultão confiava e o que sabia sobre a rebelião. Seu filho Rahim, irmão de Leyla, participava de todas as reuniões. Ele mal falava, a menos que seu pai perguntasse alguma coisa diretamente. Flagrei-o me observando algumas vezes.

Depois de algum tempo, descobri que não podia evitar Kadir inteiramente, mesmo fora do harém. De vez em quando ele também aparecia nas negociações, forçando a barra para conseguir um lugar para si na mesa. Ao contrário de Rahim, ele dava opiniões por conta própria. Uma vez notei um dos ministros revirando os olhos enquanto Kadir falava.

Ele era a única pessoa que parecia instigar Rahim a dizer algo sem ser perguntado. Faíscas surgiam quando os dois príncipes falavam um com o outro. Lembrei o que o sultão tinha dito, que Rahim seria uma boa escolha para sultim se não fosse tão governado por suas emoções. Até agora não tinha visto muito delas, com exceção do ódio por Kadir.

Eu voltava ao harém toda noite para encontrar Sam no crepúsculo e revelar o que tinha descoberto.

O que restava dos dias era meu para gastar como quisesse, fora das paredes do harém. Explorei tanto quanto pude, tomando o cuidado de evitar os estrangeiros que aos poucos invadiam o palácio. Havia uma centena de jardins com tantas flores que eu mal conseguia abrir as portas, ou onde a música parecia flutuar pelas paredes com uma brisa que cheirava a sal e ar fresco. Foi só quando escalei uma torre que dava para a água e o mesmo ar levantou minhas roupas e meu cabelo que percebi se tratar do mar. Tinha passado meu curto tempo na água sedada e amarrada. Mas não era aquela a memória que a brisa marinha despertava, e sim eu sentada em um chão empoeirado de loja, o mais distante que podia estar da água, com os dedos dançando ao longo das tatuagens de Jin.

Certo dia, virei uma esquina e vi uma silhueta andando à frente, mancando de um jeito tão familiar que me preparei para virar e correr. Parei de andar tão de repente que o guarda que me acompanhava naquele dia tropeçou em mim. A vergonha em seu rosto foi o máximo de expressão que consegui extrair de um deles. Pelo menos era bom saber que debaixo daquele uniforme, em algum lugar, havia um ser humano. No final das contas, a silhueta era apenas um soldado albish, ferido por uma bala mirajin antes do cessar-fogo. Depois, lembrei que Tamid não mancava mais.

Eu fingia perambular sem destino razoavelmente bem. Mas o sultão não era tolo a ponto de me dar total liberdade no palácio. Um soldado diferente a cada manhã me esperava fora dos portões do harém e grudava em mim como uma sombra silenciosa. O soldado mudava a cada dia, mas eles sempre permaneciam calados exceto para me dizer quando minha presença era exigida em uma reunião. Se eu tentasse seguir por onde não podia, ele simplesmente se tornava uma nova parede, bloqueando o caminho. Uma parede fortemente armada que permanecia com o olhar fixo adiante até eu entender o recado.

Mas não estava disposta a desistir. Precisava achar um jeito de reencontrar Bahadur. O djinni. Meu pai. A nova arma secreta do sultão. Tinha que descobrir como libertá-lo antes que o sultão o usasse para nos aniquilar.

Eu queria não estar tão familiarizada com a sensação de acordar em perigo. Mas o harém estava me deixando mole. A presença de um intruso teria me despertado muito antes de ele poder chegar perto o suficiente para colocar uma lâmina em meu pescoço.

Sentei rápido, o coração acelerado, pronta para enfrentar qualquer ameaça que a noite tivesse trazido. Soldados. Carniçais.

Mas o que vi foi ainda pior: Ayet.

A luz da lua quase cheia refletia ao longo da lâmina em sua mão enquanto ela se afastava de mim. Não era uma faca, percebi: era uma tesoura. Ainda mais perigoso era o sorriso em seu rosto. Na outra mão, ela segurava uma trança escura e comprida.

Imediatamente levei a mão à cabeça. A última pessoa que tinha se dado o trabalho de cortar meu cabelo fora minha mãe antes de morrer. Desde então, ele tinha crescido até a metade das minhas costas, embora passasse a maior parte do tempo trançado sob o sheema. Agora terminava em um corte cego, logo acima dos ombros.

— Vamos ver se ele vai te desejar agora que parece um garoto. — Ayet brincou com meu cabelo mutilado, mantendo um sorriso de escárnio no rosto.

Fui tomada pela raiva, mais feroz do que algo tão tolo e fútil merecia. Mas não me importava se era tolo e fútil. Me movi tão rápido quanto possível, avançando em sua direção. Antes que ela pudesse reagir, a tesoura estava na minha mão. Eu não podia feri-la, mas Ayet não sabia disso. Pressionei a lâmina em sua garganta e tive a satisfação de vê-la arregalar os olhos.

— Escute o que estou dizendo. — Segurei a frente de seu khalat antes que saísse correndo. — Tenho coisas mais importantes com que lidar do que seu ciúme por causa dos olhares maliciosos de seu marido. Então por que não se distrai com alguém que realmente deseja roubar o sultim de você?

Ayet riu, amarga, o pescoço pressionando a tesoura cega.

— Você realmente pensa que é ciúme? Acha que desejo Kadir? O que eu quero é sobreviver. Esse lugar é um campo de batalha. Você sabe disso muito bem. O que você fez com Mouhna e Uzma?

— Do que está falando? — Eu vinha tentando me manter afastada de Kadir e das esposas, então não passava tempo suficiente no harém para notar o que tinha acontecido com Uzma desde que tentara me humilhar na corte.

— Uzma desapareceu. — Uma expressão de desdém surgiu no rosto de Ayet, mas dava para enxergar o medo por baixo daquele olhar agora. Garotas como ela estavam desaparecendo em um piscar de olhos e tudo o que tinha para se proteger era uma tesoura. — Assim como

Mouhna. As pessoas desaparecem do harém o tempo todo. Mas Kadir tinha quatro esposas mirajins. Então você chega e duas delas desaparecem. Acha que é coincidência?

— Não. — A coincidência não tem um senso de humor tão cruel. Jin dissera isso para mim uma vez. — Mas não fiz nada.

Foi só no meio da manhã do dia seguinte que finalmente consegui achar Shira. Ela estava esparramada em um trono de almofadas à sombra de uma enorme árvore, sendo paparicada por meia dúzia de serviçais. Duas mulheres estavam de guarda, uma colocava panos frios em sua pele, outra a abanava, e outra ainda massageava seus pés. A última estava imóvel mas pronta, a jarra em suas mãos suando. Ela parecia corada e desconfortável de pé ali, ligeiramente fora da sombra.

Parecia que o futuro sultão de Miraji já tinha sua própria corte, mesmo que na verdade fosse filho do falso Bandido de Olhos Azuis. E Shira estava aproveitando as mordomias nas poucas semanas que faltavam antes de dar à luz. Ela estava bem longe da Vila da Poeira agora.

Uma das serviçais de guarda bloqueou meu caminho.

— A abençoada sultima não deseja companhia hoje. — *Claro, ela parece solitária como uma eremita.* Aquilo estava na ponta da minha língua, mas meu lado demdji não reconhecia a diferença entre sarcasmo e mentira. Tive que me contentar em erguer a sobrancelha diante da pequena multidão em torno dela. A mulher não pareceu apreciar a ironia da situação.

— Shira — chamei por cima do ombro da serviçal. Ela levantou a cabeça e apertou os olhos na minha direção, chupando um caroço de tâmara que segurava entre os dedos. Fez uma cara de irritação, mas acenou.

— Deixem ela passar. — A serviçal saiu do caminho, relutante. Olhei para Shira como quem diz "me poupe". Com outro suspiro dramático, minha prima dispensou todo mundo. Tudo nela, dos gestos até a posição do corpo, parecia preguiçoso, mas seus olhos atentos estavam focados em mim. — Então era para isso que Ayet queria uma tesoura — ela disse em vez de me cumprimentar, enquanto sua corte dispersava. — Eu estava me perguntando o motivo. Sabe, cheguei a pensar em cortar seu cabelo lá na Vila da Poeira quando você dormia a poucos metros de mim, mas achei que talvez fosse ficar bem de cabelo curto. Ela inclinou a cabeça. — Pelo visto eu estava errada.

— Você pediu que Sam contrabandeasse uma tesoura para você? — Me peguei pondo as mãos onde antes estava meu cabelo e então as deixei cair. Mas não antes de Shira perceber.

— Está surpresa? — Ela passou as mãos na barriga.

Na verdade, não. Talvez ela e Sam não fossem mais do que ferramentas um para o outro, mas Shira estava carregando uma criança que significava algo para ambos. Ainda assim, eu tinha pensado que ele estava do nosso lado agora. Saber que estava assumindo outros riscos desconhecidos enquanto agia como nosso mensageiro me deixava desconfortável. E estaria mentindo se dissesse que não me irritava que estivesse levando e trazendo informações para mim ao mesmo tempo que contrabandeava ferramentas para me humilhar enquanto eu não estava olhando.

— Fique grata de eu ter me recusado a conseguir uma faca para ela. Uma garganta cortada cairia ainda pior em você do que — Shira apontou vagamente — isso.

Engoli a resposta que queria dar. Não podia começar uma guerra verbal com minha prima naquele momento. — Que tipo de jogo é esse, Shira?

— Chama-se sobrevivência. — Ela estendeu a mão na minha direção, flexionando os dedos como uma criança mimada. Peguei sua mão, ajudando minha prima a se endireitar para que pudesse me encarar da mesma altura. Ela se movia lentamente, uma mão aberta de forma protetora sobre a barriga. — Eu faria qualquer coisa pelo meu filho.

— E o que vai fazer se ele nascer parecido com Sam? — perguntei em tom de desafio. — Olhos azuis são bem suspeitos em pessoas do deserto, posso garantir.

— Isso não vai acontecer — ela disse com tal determinação que quase dava para acreditar que podia profetizar essa verdade, embora a demdji fosse eu. — Não tive todo esse trabalho só para falhar no fim. Sabe como dei duro para nunca ficar sozinha aqui no harém desde que souberam que eu estava grávida? Troquei a tesoura por um segredo de Ayet que posso guardar como um escudo contra ela. Preciso manter aquela garota longe de mim mais do que longe de você. Não me leve a mal, você é uma excelente distração, mas quando eu der à luz as outras esposas estarão *perdidas*, a menos que possam fazer o mesmo. E elas não podem. E todas sabem disso. Acha sinceramente que Ayet não mataria uma grávida para sobreviver? Já vi do que você é capaz, Amani. Sei que me entende.

Afastei da cabeça a imagem de Tamid sangrando na areia.

— Foi por isso que Mouhna e Uzma desapareceram? Para que você possa sobreviver?

— Interessante. — Shira chupou o caroço da tâmara. — E eu achando que você é que tinha feito alguma coisa com elas. Considerando que está na maior intimidade com o sultão agora. As duas não foram exatamente gentis com você. E me parece que agora você tem o poder de fazer com que garotas desapareçam, se quiser...

Se eu fosse me livrar delas, teria começado por Ayet. Afastei esse pensamento também.

— Então se não foi nenhuma de nós... Garotas não desaparecem simplesmente.

— Só nas histórias. — Shira passou a língua pelos dentes. Com o olhar perdido, franziu o cenho com uma discreta expressão de preocupação. Então sua atenção se voltou subitamente para mim. — Digamos que eu precise de sua ajuda. — Ela tirou um dos panos da testa. — O que desejaria em troca?

— Por que ajudaria você? — Cruzei os braços. —Tenho sua vida como moeda de troca se precisar de algo. O que mais tenho a ganhar?

—Você é bem pior nesse jogo de sobrevivência do que imaginei. — Shira parecia realmente irritada. Como se ainda fôssemos crianças e eu me mostrasse burra demais para entender as regras de um jogo que tinha inventado na escola.

— Então por que não me explica como funciona?

— Quero informações — Shira disse. — Vi você com Leyla. A princesa magricela sem graça.

— O que tem ela? — Até eu achei que havia soado na defensiva. Geralmente passava meu tempo no harém com ela. Comíamos juntas. Na verdade, eu comia enquanto a comida dela esfriava, já que sua atenção estava sempre voltada para os brinquedinhos mecânicos que construía.

— Ela está armando alguma coisa — Shira disse.

— Leyla? — Não consegui dizer aquilo sem parecer cética. — Foram os brinquedos que ela constrói que levantaram sua suspeita, ou o fato de ela ser praticamente uma criança?

— Ela anda se escondendo por aí. — Shira esticou a mão para pegar uma toalha fresca. — Deixa o harém, e não sei aonde vai. Não posso seguir a menina, mas você pode.

— Quer saber por onde ela anda? — Era difícil levá-la a sério quando estava levantando acusações contra alguém dois anos mais nova que nós. — Está preocupada com *Leyla*?

— É claro que não. — Shira revirou os olhos. — Estou preocupada com o irmão dela. — O príncipe Rahim. Ah. aquilo já não soava tão tolo. — Dizem que ele tem bastante influência sobre o sultão. — Até ali era verdade. Lembrei do que o governante dissera sobre o filho enquanto comia o pato.

— Você acha que ele tem ambições em relação ao trono. — De repente entendi seu raciocínio. Os dois príncipes não se bicavam. Eu só não sabia se Rahim odiava Kadir o suficiente para sumir com suas esposas. Mas, se fosse o caso, Shira seria um alvo.

— Olha só, você não é tão burra quanto parece. — Shira colocou o pano úmido na testa; gotas de água escorreram por suas sobrancelhas até suas bochechas. — Há rumores de que, antes de Kadir provar ser capaz de conceber um herdeiro — ela passou a mão pela barriga —, o sultão estava quase tirando o trono dele. Aparentemente Rahim era seu favorito. Por que mais ele estaria na corte, se é comandante em Iliaz? — A menção provocou uma pontada de dor onde a cicatriz da bala ficava. Iliaz era um lembrete doloroso de ter levado um tiro. — Se Rahim tem ambições de ocupar o trono e está usando o conhecimento da irmã sobre o harém para isso, preciso saber. E deve ter alguma coisa que você deseja em troca dessas informações.

Leyla tinha me ajudado a conseguir acesso ao restante do palácio. Ela havia me guiado nos meus primeiros dias no harém. Me salvara de Kadir. Era o mais próximo que eu conseguiria de uma amiga entre aquelas paredes.

E eu não era mais a garota que traía os amigos. Só que Shira não sabia disso. Ela me conhecia como a garota da Vila da Poeira que deixara Tamid sangrando na areia. Que faria o que precisasse para conseguir o que queria.

Mas uma ideia nascia na minha cabeça. Eu vinha procurando uma forma de me livrar da minha escolta. Talvez essa fosse minha chance.

— E se eu precisasse de uma distração? Para os guardas.

— Uma distração como uma sultima grávida fingindo um parto prematuro? — Shira entendia rápido.

— E pensar que o pessoal na Vila da Poeira costumava dizer que você era tão burra quanto bonita. — Não consegui me conter, por mais mesquinho que fosse. Eu ainda estava com raiva dela por causa do meu cabelo.

— Sobrevivi dezesseis anos naquela cidade me metendo em bem

menos encrenca do que você — Shira apontou. — Por que precisa de uma distração, posso saber? Está tentando escapulir para visitar um certo amigo aleijado? Porque acho que deveria saber que as boas-vindas talvez não sejam tão calorosas quanto espera.

— Tamid não é da sua conta. — Meu dedão apertou o metal sob meu braço dolorosamente. Era quase um tique nervoso agora. Ela tinha descoberto meu ponto fraco. E o sorriso em seus lábios indicava que percebera aquilo.

— Ah, então você sabe que ele está aqui. — Minha prima viu a resposta estampada na minha cara. — Eles levaram nós dois. Porque você nos abandonou.

— Você queria ir, porque Fazim não queria mais saber de você. — O golpe foi tão forte que quase me arrependi quando a expressão de desolação apareceu em seu rosto. Mas ela tinha atacado primeiro. Era uma má ideia pagar pra ver com alguém que você conheceu a vida inteira. Ninguém ganhava nessas situações.

Shira vestiu novamente a máscara de sultima.

— Diga que me trará informações sobre Leyla e serei sua distração. — Ela estendeu a mão carregada de novos braceletes de ouro. Um deles certamente já tinha sido trocado com Sam pela tesoura usada para cortar meu cabelo. Shira os sacudiu, impaciente. — Temos um acordo?

Peguei sua mão e a puxei até ela conseguir levantar.

— Então vamos.

Eu tinha que admitir que Shira era boa atriz. Seus gritos soavam tão convincentes que por alguns instantes fiquei preocupada que o destino realmente fosse cruel o bastante para fazê-la entrar em trabalho de parto enquanto fingia um. Minha prima desabou sobre mim com força enquanto cambaleávamos pelos portões do harém. Seus gritos e choros abafaram as palavras que eu disse para o guarda esperando por mim. Ele era jovem, os olhos se arregalando em pânico quando a sultima caiu em seus braços.

E, simples assim, Shira foi transferida do meu ombro para o dele, atraindo toda a sua atenção e o puxando para baixo enquanto eu dava no pé e saía de seu campo de visão. Por um instante, sua cabeça se virou para me seguir, lembrando do seu dever. Mas um novo grito de Shira logo recuperou sua atenção.

Sumi, correndo o mais rápido que podia. Os gritos atrás de mim foram ficando cada vez mais distantes enquanto atravessava o pátio para entrar nos corredores do palácio, acelerando em direção ao mosaico de Hawa.

Já tinham me dito que meus olhos eram da cor do mar em um dia claro. Que tinham o tom do céu do deserto. Olhos de forasteira. Olhos que me traíam.

Mas a verdade era que eu nunca tinha visto nada exatamente da mesma cor que meus olhos até conhecer Noorsham. Tínhamos os olhos de nosso pai.

Era uma sensação estranha ter aqueles mesmos olhos azuis me observando de onde Bahadur sentava no círculo de ferro conforme eu descia até as catacumbas do palácio. Ele não falou quando me aproximei da borda do círculo. Nem eu.

—Você não deveria estar aqui, não é? — Bahadur por fim quebrou o silêncio.

Eu tinha me perguntado sobre meu pai ao longo dos anos desde que entendera que ele não era o marido da minha mãe. Com meus olhos azuis, sempre achei que fosse algum soldado estrangeiro, e eu não queria ser parte estrangeira. Então não pensava muito nisso.

Tinha ficado um pouco mais curiosa depois de descobrir que era uma demdji. Depois de descobrir que meus olhos eram uma marca deixada pelo meu pai junto com meu poder. Imaginara como me sentiria quando finalmente nos encontrássemos, a sós.

Mas não esperava sentir tanta raiva.

— Estou aqui porque preciso saber como libertar você. — Cruzei os braços, trancando a raiva dentro de mim. Não havia espaço ou tempo para ela. — Não porque me importo se vai fazer mais alguns filhos demdjis para destruir o mundo. Mas não quero que o sultão use você para queimar todos os inimigos dele vivos ou enterrar suas cidades na areia. Eu e muitas pessoas com quem me importo não estamos exatamente do lado dele.

— Só enterrei uma cidade na areia uma vez. — Ele estava falando de Massil. Eu passara por lá com Jin. Antes mesmo de saber quem eu era. Antes de cruzarmos o Mar de Areia.

— Um pouco excessivo, não acha? — perguntei.

Bahadur me observava com toda a atenção, sem jamais piscar aqueles olhos azuis.

— Não preciso que me liberte, Amani. Eu existo desde os primórdios do tempo. Esta não é a primeira vez que sou conjurado e preso por um mortal com mais cobiça do que bom senso. Um dia encontrarei um modo de me libertar daqui, de um jeito ou de outro. Quando isso vai acontecer não me importa.

— Bem, importa para mim. — As palavras saíram com mais violência do que eu pretendia. — Você pode viver para sempre, mas nós somos conhecidos por nossa mortalidade. Eu tenho um tempo limitado. Todos nós temos. E precisamos vencer uma guerra antes dele terminar, vidas terminarão mais cedo se não conseguirmos. Então me diga, se já foi capturado tantas vezes antes, existem palavras capazes de te libertar?

— Existem, mas não sei quais são. Há outra forma, no entanto. Uma que você já conhece. Porque sabe a história de Akim e sua esposa.

Minha mãe tinha me contado aquela história quando eu era criança. Eu não pensava nela havia anos. Akim era um acadêmico. Um homem sábio, mas pobre. Conhecimento nem sempre trazia riqueza, não importava o que os textos sagrados dissessem. E em seus estudos ele descobriu o nome verdadeiro de um djinni.

Akim o usou para conjurá-lo e prendê-lo em um círculo de moedas de ferro.

Um dia, quando descera para pegar mais açúcar do porão, a esposa de Akim encontrou o djinni. Ela era negligenciada pelo marido, que preferia seus livros. Então foi facilmente tentada pelo djinni, que disse a ela que se o libertasse lhe daria a criança que tanto desejava.

A esposa de Akim quebrou o círculo de moedas que prendia o djinni, libertando-o.

Nesse ponto da história, minha mãe normalmente fazia uma pausa dramática antes de jogar um punhado de pólvora na lareira e deixá-lo explodir. Soltar o djinni sem bani-lo com as palavras certas era como soltar uma barragem de fogo.

O djinni queimou a esposa de Akim viva, e o resto da casa com ela.

— Você matou Akim e sua esposa. — Não era uma pergunta. Era uma verdade.

— Sim. — Não havia nem um pingo de remorso ali. — Talvez tenha sido um pouco excessivo — ele admitiu.

Teríamos que quebrar o círculo. Só que aquele não era feito de moedas. Estava fixo no chão. Seria preciso usar algo forte. Como pólvora.

Bahadur era meu pai. Eu não achava que ele ia me queimar. Mas não havia como ter certeza.

— Existem outras formas de descobrir como me libertar. Algumas pessoas têm esse conhecimento. — Bahadur me observava de dentro do círculo. Ele permanecia absurdamente parado. Não mudava de posição, não se inquietava e não ajeitava a própria roupa, como um humano faria. — Por que *realmente* se esforçou tanto para vir me ver, Amani?

— Você lembra da minha mãe? — Eu me odiei por perguntar aquilo. Por me importar se ele se lembrava de uma mulher no meio de milhares de anos vividos. — Zahia Al-Fadi. Da Vila da Poeira. Você lembra dela?

— Eu lembro de todo mundo. — Será que tinha imaginado a mudança na voz de meu pai, a pequena alteração no tom monótono e vazio que ele tinha usado até agora? — Sua mãe era muito bonita. Você se parece com ela. Ela estava fugindo de casa. Pelas montanhas. Não teria conseguido ir muito longe. Só tinha suprimentos para alguns dias, não para uma fuga de verdade. Seria obrigada a voltar ou acabaria morrendo. Eu estava preso a uma das armadilhas antigas de seu povo. As que vocês deixavam para os buraqi. Primitiva, mas, sendo de ferro, fez seu trabalho. Zahia me encontrou e me libertou.

— Então por que não a salvou? — Ali estava. A pergunta que eu realmente queria fazer. Não se minha mãe tinha deixado alguma marca duradoura naquele ser poderoso e imortal, mas por que não tinha sido suficiente para salvar a vida dela. Como podia tê-la deixado comigo, uma criança por quem um dia ela morreria, sem ter a decência de intervir. — Você poderia ter feito isso, não? Poderia ter protegido minha mãe.

— Sim. Eu poderia ter aparecido no dia em que seu povo escolheu enforcá-la e tê-la libertado de suas amarras e a levado embora. Como em todas aquelas histórias que ela lhe contou quando criança. Mas com que propósito? Para mantê-la em uma torre por um punhado de anos como minha esposa? Zahia era mortal. Mesmo você, que tem um pouco de meu fogo, morrerá um dia. É o que vocês fazem. E a única coisa que fazem sem errar ou falhar. Mesmo que eu a tivesse ajudado a escapar, Zahia teria morrido de outra forma mais tarde.

— Mas ela teria tido mais tempo. — Eu podia ouvir o choro na minha voz. — Poderíamos ter escapado. — *A morte dela não teria sido minha culpa.*

— Você conseguiu escapar — ele disse.

Eu explodi.

— Não acha cansativo não se importar com nada, nunca, por toda a eternidade? — Eu não queria chorar na frente dele. Odiava o quanto me importava de chorar na frente dele. Mas era tarde demais. Enquanto as lágrimas caíam, ouvi passos ainda distantes. Soldados vindo atrás de mim. — Você deixou minha mãe ser enforcada. Deixou que eu e Noorsham, seus dois filhos, nos enfrentássemos. — Os passos estavam atrás de mim agora. Continuei gritando: — Você não fez nada quando segurei aquela faca contra minha barriga! Você nos criou. Por que não se importa conosco? — E então era tarde demais. Os soldados me agarraram, me puxando para longe de meu pai, me arrastando escada acima enquanto eu lutava contra eles, ainda gritando.

Alguma coisa espetou a lateral do meu pescoço. Uma agulha nas mãos de um guarda, percebi. Havia algo no metal. Notei no mesmo instante. Algo para me fazer dormir.

De repente, minha cabeça foi tomada por um turbilhão. Senti meu mundo desabar. Teria caído no chão não fosse por alguém me segurando. Braços fortes.

— Amani. — Meu nome perfurou a tempestade de sensações. — Está tudo bem.

Jin.

Não. Quando minha visão clareou, estava apoiada no sultão. Ele era forte. Tentei lutar, mas com um gesto rápido passou o braço pelos meus joelhos e me levantou, carregando-me como se eu fosse uma criança. O sultão começou a andar, cada passo me aproximando de seu coração.

— Eu queria... — Procurei alguma meia verdade para cobrir o que estava fazendo. Minha boca parecia aveludada com o efeito dos medicamentos, e o movimento me deixava tonta.

— Você queria ver seu pai.

Esperei pela punição. Pela raiva. Saímos da sombra fresca do pátio, passando por outras portas. Três copas se espalhavam lá no alto, acima de mim, a luz do sol dançando entre seus galhos.

— Sim — admiti. Aquela era a verdade mais simples. Eu queria vê-lo. Precisava de uma explicação. Estava mergulhando e emergindo do sonho agora. E começava a tremer. Cada parte de mim queria se enrolar no calor do outro corpo que me segurava. Como se eu fosse uma criança pequena carregada pelo pai.

Só que ele não era meu pai. Era pai de Ahmed, Jin, Naguib, Kadir e Rahim, e era um assassino.

Estava vagamente ciente de que nos encontrávamos no harém. Senti o sultão se ajoelhar e então fui depositada em uma cama cheia de almofadas, que me engoliram.

— Pais nos desapontam com frequência, Amani.

27

Havia um presente do meu lado quando acordei. Alguém o deixara enquanto eu dormia, perfeitamente embrulhado com papel e fita no meio da bagunça caótica de travesseiros espalhados pelo quarto. Ele entrou em foco lentamente enquanto eu emergia da névoa dos medicamentos.

Me apoiei nos cotovelos para sentar, ignorando a jarra de água perto de mim. Por mais seca que estivesse minha boca, não ia arriscar beber algo que podia me colocar para dormir novamente. Cutuquei o presente cautelosamente com o pé, meio que esperando algum truque da Ayet. Quando nada explodiu, finalmente o peguei.

Embaixo do embrulho, havia um tecido azul. Era um khalat. O tecido tinha a cor do mar, e a bainha e as mangas eram adornadas por bordados dourados. Quando os observei mais de perto, percebi que era a história da princesa Hawa, reproduzida em minúsculos detalhes. Na manga direita, onde ela cavalgava com o buraqi pelo deserto, havia até pequenas miçangas douradas mostrando a poeira levantada pelos cascos. Era a coisa mais linda que já tinha visto.

Eu odiara vestir azul a maior parte da vida. Ele só tornava meus olhos ainda mais óbvios do que já eram. Era um dos mil motivos pelos quais eu adorava o sheema vermelho que Jin roubara para mim. Só que eu não odiava aquele khalat.

Eu o coloquei, gostando da sensação do tecido na minha pele. Percebi que nunca tinha vestido uma roupa que já não tivesse sido usada por outra pessoa antes. Minhas roupas na Vila da Poeira vinham das minhas primas. Havia comprado peças de segunda mão em Juniper quando fugira para lá. No acampamento rebelde, usava as de Shazad. Aquela era a primeira roupa que caía realmente bem em mim. Tinha sido feita sob medida para meu corpo. E eu sabia o que significava.

Eu havia sido perdoada por ter ido falar com Bahadur.

Apesar do presente do sultão, não sabia o que eu havia perdido com meu truque. Sua confiança, com certeza. Provavelmente minha liberdade também. Nada o impedia de me tirar com algumas poucas palavras a liberdade que havia me concedido. Ele não estaria errado de não confiar em mim para deixar o harém. Passei o dedão pelo bordado em alto-relevo na manga enquanto me dirigia até a saída do harém. Eu estava conspirando para destruí-lo, afinal de contas.

Mas, embora tenha desacelerado o passo conforme me aproximava dos portões, não esbarrei em nenhuma barreira invisível ali. Passei pelo arco que levava ao palácio da mesma forma que no dia anterior, quando Shira e eu orquestramos nosso teatro. Ainda assim, não ousava baixar a guarda. Mas não havia um batalhão de soldados esperando por mim. Só um homem, como sempre. E não era um soldado. Ou melhor: não era qualquer soldado.

Era o príncipe Rahim, irmão de Leyla, vestindo seu uniforme de comandante, com as mãos cruzadas atrás das costas. O que tinha dado sua opinião naquele dia na corte como se tivesse nascido em um campo de batalha. O que tinha me observado com frequência durante as negociações, com seus olhos escuros que me deixavam nervosa. Ele não falava muito, mas valia a pena ouvir quando abria a boca.

— Bem, pelo menos sei que não vai conseguir fugir de mim vestida assim — Rahim disse, oferecendo seu braço direito.

— Ser minha escolta não está um pouco abaixo da posição de um príncipe? — perguntei, passando por ele e seguindo pelo caminho agora familiar até a câmara do conselho. Rahim me acompanhou.

— Consegui convencer meu pai de que talvez ele precisasse de alguém mais experiente de olho em você. Alguém inteligente o bastante para saber que ainda faltam semanas para a sultima dar à luz. Mas foi um truque e tanto.

— Devia me sentir lisonjeada por ter um comandante me vigiando? — perguntei, ao passar sob um arco de mosaico azul e branco.

As pontas dos lábios de Rahim formaram um sorriso.

—Você não lembra de mim. — Não era uma pergunta.

Nunca nos vimos antes. Estava na ponta da língua. Mas eu não conseguia falar. Olhei para ele de soslaio enquanto caminhávamos, tentando lembrar o mais rápido possível. Eu o tinha achado familiar da primeira vez que o vira, mas pensara que fosse por causa de sua semelhança com Leyla. E com seu pai.

— Faz sentido — ele tocou o lugar onde ficava minha cicatriz, na lateral da barriga —, considerando que a bala a derrubou imediatamente.

De repente entendi tudo. A explosão. O cheiro de pólvora. A dor lancinante na barriga. E então a escuridão. Em Iliaz. Um soldado atrás de Jin levantando a arma, com o dedo no gatilho.

Parei.

— Foi você quem atirou em mim em Iliaz.

— De fato. — Rahim continuou a caminhar, aparentemente satisfeito porque agora éramos velhos amigos com uma história em comum envolvendo pólvora e minha quase morte. — Embora, para nossa sorte, não tenha feito um bom trabalho. Espero que possa me perdoar e que possamos recomeçar do zero.

Rahim sabia. Ele tinha me visto em Iliaz, o que significava que conhecia minha identidade. Ele sabia que eu não era apenas uma demdji do Último Condado.

O príncipe percebeu que eu não o acompanhava mais. Ele também parou, virando para me encarar.

— Suspeitei assim que te vi na corte naquele dia. Mas não tive certeza até a gentil esposa do meu irmão decidir... te expor. — Ele parecia um pouco envergonhado, mas eu ainda sentia o calor da velha humilhação pinicando minha pele. — Soube assim que vi a cicatriz na sua barriga.

— Então por que estou caminhando para uma reunião do conselho em vez de estar pendurada pelos tornozelos em uma cela contando todos os segredos da rebelião para seu pai?

— Penduramos as pessoas pelos pulsos agora — Rahim retrucou. — Os prisioneiros ficam mais lúcidos quando o sangue não está fluindo todo para a cabeça. — Não dava para saber se ele estava brincando.

— Já te disseram que você não tem muito jeito com as palavras?

— É por isso que sou um soldado, não um político. Ou pelo menos costumava ser. — Rahim tamborilou os dedos na espada que ficava na cintura. — Meu pai e eu não andamos nos melhores termos um com o outro.

— E entregar de bandeja a Bandida de Olhos Azuis não te colocaria nas boas graças dele novamente? — perguntei.

— Meu pai não tem boas graças. Ele só é muito bom em fingir isso quando serve seus propósitos. O que deixa nós dois do mesmo lado: o que o odeia.

Eu o observei com atenção. Tinha que ser um truque. Algum estratagema do sultão. Só que eu estava à mercê dele. O sultão não precisava enviar um falso traidor; ele podia simplesmente ordenar que eu contasse tudo o que sabia sobre a rebelião. *Você está mentindo para mim,* tentei dizer, mas as palavras não saíram. Era verdade. Mas apenas uma parte dela.

— O que você quer? Ao sugerir que estamos do mesmo lado, digo.

— Uma nova alvorada. — Rahim tirou do bolso do uniforme um dos folhetos que tinha caído do céu e me passou. Tinha marcas de dobra. — Um novo deserto.

— Está me dizendo que quer colocar Ahmed no trono? — Parecia que Shira estava completamente errada sobre ele ter planos de se tornar o novo sultão.

— Estou dizendo que quero meu pai fora e posso te ajudar. Com uma condição. Quero que você e sua rebelião tirem minha irmã do harém.

— Leyla? — A menina de rosto arredondado que fazia brinquedos para as crianças e me lembrava dos meus primos pequenos, embora tivesse uma década a mais de vida. — Por quê? Leyla está tão segura lá quanto em qualquer lugar. Ela mesma me disse que pode ser bem pior do lado de fora.

— Se eu estiver certo, minha irmã corre perigo.

Lembrei de Shira pedindo para descobrir os segredos de Leyla, observando-a de canto de olho, pronta para eliminar qualquer ameaça antes que pudessem fazer o mesmo com ela. Mas de alguma forma achei que não era disso que Rahim falava. Homens não costumavam dar atenção à política das mulheres.

— Que tipo de perigo?

Ele não respondeu.

— Você é uma demdji. Vi como faz seu pequeno truque todo dia nas reuniões de guerra de meu pai. Então, estou dizendo a verdade?

— Sim. — Aquilo saiu facilmente.

— Estou tentando te enganar?

Tentei dizer "sim" de novo, mas não consegui.

— Não.

— Pode confiar em mim?

Não confio em ninguém aqui.

— Sim. — Eu não ia desistir tão fácil. — Mas quero saber por quê. Muita gente não se dá bem com os pais. — Eu mesma aprendera aquilo no dia anterior, nas catacumbas. — Mas isso não significa que queiram que morram.

— Pais não costumam mandar os filhos para a morte quando completam doze anos. — Rahim disse isso de modo tão prático que me surpreendeu. — Ou pelo menos foi o que ouvi dizer. Não tenho muita base para comparação. — Ele voltou a caminhar, e o segui.

— Como conseguiu ser enviado para longe? — Acompanhei seu ritmo. — Pelo que pude ver, metade do harém mataria por uma chance de escapar daqui. Inclusive eu.

Rahim demorou para responder, parecendo escolher as palavras com cuidado, decidindo o que poderia me contar e o que deveria esconder.

— Tentei rachar o crânio de Kadir com as próprias mãos. — Eu não esperava aquela resposta.

— O que aconteceu depois? — perguntei.

Ele me olhou de esguelha.

— É essa sua dúvida? E não "por quê"?

— Conheci Kadir, posso imaginar o motivo.

— Queria tirar algo do meu pai da mesma forma que ele havia tirado de mim. Mulheres desaparecem do harém todo dia. A maioria das crianças simplesmente precisa aceitar quando suas mães somem sem uma palavra. Eu não estava preparado para ser uma delas. — Lembrei da calma aparente de Leyla quando me contou que sua mãe tinha sido tirada dela. Imaginei que Rahim não tinha aceitado aquilo tão bem. — Foram necessários três soldados para me arrancar de cima de Kadir. O nariz dele ficou torto, pode reparar.

Rahim coçou o nariz perfeitamente reto, escondendo um sorriso. Era o mesmo nariz do sultão, percebi. Aquilo que o tornava parecido com Ahmed.

— Então como ainda está vivo? — perguntei.

— Não veem com bons olhos quando o sultão mata os próprios filhos. Ainda mais quando já se tem tanto sangue da família nas mãos. Então meu pai decidiu me enviar para uma guerra para morrer em silêncio, ou pelo menos longe de sua vista. Só que ele me subestimou.

— Em vez de morrer, você se tornou comandante.

— O mais novo que já existiu. E o melhor. — Rahim não estava se gabando. Ele soava como Shazad. Tranquilamente confiante de que estava certo. — E então, você vai libertar minha irmã?

Eu não deveria estar fazendo isso. Ahmed, Shazad ou até Jin é que deveriam estar negociando com ele. Não era um trabalho para a Bandida de Olhos Azuis. Mas eu era a única ali.

— Depende do que você tem para oferecer.

— Que tal um exército? — Nada mau para uma primeira oferta. — O emir de Iliaz virá para o Auranzeb. Ele tem tão pouco apreço pelo sultão quanto eu, e sua força é quase equivalente ao que restou das forças de Miraji combinadas. Uma palavra minha e aquele exército pode lutar ao lado do seu príncipe rebelde. — Tínhamos chegado.

O sultão levantou a cabeça quando entramos.

— Ah, Rahim, vejo que conseguiu trazer Amani até aqui sem que ela saísse correndo. — Foi uma farpa suave. — Parabéns. Parece que isso não é nada fácil.

Bastariam algumas palavras. Algumas palavras para seu pai agora, contando que eu era a Bandida de Olhos Azuis. E, assim, estaria tudo terminado. Ele podia me trair antes mesmo de fazermos uma aliança.

Mas Rahim não fez isso. Ele deu um passo para o lado e me deixou entrar na sala antes dele, como um cavalheiro. Enquanto passava, sus-surrou:

— Diga que estou mentindo.

Fiquei em silêncio e assumi meu lugar ao lado do sultão. Eu só podia falar a verdade.

28

— Sabe, de onde eu venho, existe um ditado muito antigo, passado de geração em geração. — Sam abriu os braços como se visse a frase seguinte escrita em grandes letras flutuantes à sua frente. — Não faça alianças com pessoas que tentaram te matar.

— Você acabou de inventar isso. — Shazad se reclinou contra a parede que os dois tinham acabado de atravessar. Ela era a única pessoa que eu conhecia capaz de não se incomodar nem um pouco de ser arrastada através de uma parede por um homem em quem mal confiávamos.

— De fato. — Sam piscou para ela. — Mas não pode negar que é uma boa lição.

— Shazad quase cortou sua garganta quando se conheceram — apontei —, mas você ainda está aqui. — Eu mantinha um olho no portão que dava para o jardim, caso alguém aparecesse. Era manhã, e o fato de o resto do harém já estar acordado enquanto a luz do sol iluminava nosso encontro me deixava nervosa. Sam não tinha conseguido voltar ao acampamento rebelde com a oferta de Rahim ainda durante a noite. E Shazad não estava disposta a esperar até o fim do dia.

— Bem, é porque o charme de Shazad supera qualquer sabedoria. — Sam piscou para ela, que o ignorou. — Além disso, sou apenas o mensageiro. É assim que vou evitar levar um tiro.

— O quê? — Ele estava falando bobagens novamente.

— É uma expressão albish, que significa... deixa para lá. — Sam balançou a cabeça, contendo o riso. Era um de seus raros sorrisos que pareciam reais, não calculados ou projetados para me encantar. Do tipo que realmente me fazia gostar dele.

Mas o olhar de Shazad estava distante. Como se estivesse tentando resolver um problema. Eu já sabia a que conclusão chegaria. Ela dizia para Ahmed fazia muito tempo que precisávamos de uma verdadeira força de combate. E agora eu estava lhe oferecendo uma. Shazad havia considerado a proposta séria o bastante para tratar dela pessoalmente. Não tinha feito nem um comentário sobre meu cabelo cortado, embora tivesse notado, claro.

— Podemos confiar nele?

— Rahim está escondendo alguma coisa — eu disse. — Por exemplo, não quer me contar por que teme pela segurança de Leyla. Mas não mentiu. Ele odeia o pai e não tem ambições de assumir o trono. — Independente da suspeita de Shira, aquela era uma verdade fácil de dizer.

— O que você acha? — Shazad virou para Sam, que pareceu um pouco surpreso com a atenção dela totalmente concentrada nele.

— Acho que não cabe a mim tomar decisões sobre em quem devem confiar — Sam disse, recuperando-se. — Quer dizer, você obviamente é ótima nisso. — Ele apontou para si mesmo.

— Ela está falando sobre tirar Leyla do palácio.

— Ah, bem. — Ele pigarreou. — Posso tirar a menina daqui tão fácil quanto foi te trazer. — O sorriso de Sam parecia falso novamente. — Só que, pela minha experiência, as pessoas costumam notar quando princesas desaparecem de palácios.

— Você tem muita experiência nisso? — Shazad perguntou.

— Fique sabendo que as princesas me acham irresistível. — Ele piscou. — Ainda estou trabalhando em convencer bandidas e generais.

— Sam está certo — interrompi, antes que começassem a discutir mais uma vez. — Esposas costumam desaparecer do harém com frequência, mas as filhas são vigiadas um pouco mais de perto. Leyla não pode simplesmente sumir, alguém vai perceber.

— E aí você vai ser questionada. Rahim será descoberto, assim como nós, e perderemos qualquer chance de tirar você e aquele djinni das mãos do sultão. — Shazad estava alguns passos à frente, como sempre. Eu tinha contado a eles sobre o encontro com meu pai. Ou pelo menos a parte relevante dele: que o único modo de a gente libertá-lo seria quebrar o círculo. Precisaríamos de algum tipo de explosivo. E até eu sabia que não dava para explodir algo no palácio sem que as pessoas notassem.

— Precisamos resolver todos os problemas numa tacada só — Shazad disse, pensando em voz alta. — Se for para tirar alguém, melhor tirar todo mundo ao mesmo tempo. — Ela estava certa. Se tirássemos meu pai, perderíamos qualquer chance de ajudar Leyla e Rahim a escapar. Se tirássemos os dois irmãos, meu pai continuaria nas mãos do sultão. Só restava tirar os três ao mesmo tempo. E tínhamos uma única chance de fazer isso. Uma chance de acertar três alvos de uma vez.

— O Auranzeb — eu disse, atraindo a atenção de Shazad e Sam. — Podemos usar como distração. Esse não é o tipo de feito que nós duas podemos realizar por conta própria, contando apenas com a sorte. Vamos precisar de reforços, e pelo que ouvi dizer tem um monte de desconhecidos chegando, o que nos daria a chance de infiltrar mais alguns dos nossos.

Shazad refletiu a respeito. Nem Sam nem eu falamos enquanto ela repassava as comemorações anteriores na cabeça.

— Pode funcionar. Dá para infiltrar Imin no palácio facilmente. Hala também, se ela voltar de Saramotai a tempo. Talvez mais dois ou três, sem abusar muito da sorte. — Shazad podia visualizar a comemoração à sua frente como um campo de batalha, e dava para perceber que procurava aberturas e rotas de fuga. Um sorriso começou a tomar forma em seu rosto, mas desapareceu de súbito quando levantou a cabeça. — E quanto a você?

Ela estava certa. Não eram apenas três pessoas que precisavam ser libertadas do palácio. Eram quatro. Eu não podia ficar ali. Não importava o que conseguíssemos realizar no Auranzeb, talvez tudo estivesse perdido se eu não partisse com eles.

Poderíamos quebrar o círculo de ferro. Mas enquanto o sultão me tivesse sob controle, poderia conjurar meu pai novamente. Eles poderiam conduzir Leyla e Rahim até um lugar seguro e ganhar o apoio de um exército, mas o sultão talvez me obrigasse a entregar o nome de todos os rebeldes antes que pudessem agir.

— A gente pensa nisso depois. — Tentei soar casual. — Por enquanto, vou dizer a Rahim que aceitamos o acordo. Ainda temos certo tempo antes do Auranzeb.

Sam começou a falar, descrevendo o plano. Mas Shazad não era tola. Estávamos ambas pensando a mesma coisa.

Eu não podia ser deixada para trás no Auranzeb. Pelo menos não viva.

29

A guerra se acirrava. Todos podiam sentir, até aqueles de nós que não eram nascidos na guerra anterior, quando o sultão tomou o trono.

Mas ninguém parecia saber de que lado estava exatamente.

Dentro do palácio, eu podia ver a tensão crescente na sala do conselho. Estava claro na forma como a mão do general xichan descera com violência, derrubando uma jarra de vinho que ensopara os papéis espalhados pela mesa. E no número de armas de fogo e espadas cercando a rainha albish quando ela chegou ao palácio, substituindo seu velho embaixador nas negociações.

Ter Rahim como meu guarda me dava muito mais liberdade. Depois de alguns dias, entendi por que o sultão tinha se convencido a deixá-lo atuar como meu guardião. Ele e Kadir se odiavam. E o sultão deixava claro que não aprovava os olhares cobiçosos do sultim para cima de mim ao colocar outro filho como meu escudo.

Rahim me passava informações depois das reuniões de guerra, que chegavam bem rápido até Sam. Eu o avisei a tempo que a guarda da cidade acreditava estar fechando o cerco em uma nova localização do acampamento rebelde na cidade. Eles nunca encontraram nada. Dois dias depois, receberam novas pistas que os fariam andar em círculos pelo outro lado de Izman.

A notícia de que o sultão estava negociando com estrangeiros vazou de alguma forma. Ninguém havia esquecido o quanto odiava a dominação gallan. Novos folhetos circulavam nas ruas lembrando os mirajins do que já tinham sofrido nas mãos dos invasores e do sultão. Mas quando os soldados tentaram rastrear a origem dos folhetos, acabaram correndo atrás do próprio rabo.

A rebelião estava pegando fogo em toda Izman. A maior parte da atividade se concentrava nas áreas que tinham sofrido sob a ocupação gallan. UMA NOVA ALVORADA era pintado nos prédios à noite. Bombas caseiras eram arremessadas contra soldados nas ruas. Algumas pessoas começaram a pintar o sol do príncipe rebelde no casco de navios. A rebelião estava se espalhando, indo mais longe do que jamais havia conseguido. As tropas do sultão caçavam os culpados. Mas os nomes daqueles que planejavam prender alcançavam as mãos da rebelião antes de chegar às do Exército. Quando os homens de uniforme apareciam, as casas estavam vazias.

Levei para Sam um relatório sobre trinta cidadãos de Izman sofrendo nas prisões, com enforcamentos marcados para que servissem de exemplo do que aconteceria com quem apoiasse a rebelião. Da última vez, uma taverna inteira fora presa quando um pouco de bebida em excesso levara todos a subir nas mesas e entoar o nome de Ahmed. A rebelião tinha conseguido livrar metade deles das cordas antes do alçapão abrir sob seus pés. O resto morreu de forma lenta e agonizante. O carrasco do sultão tinha deixado as cordas curtas demais de propósito, para que sofressem.

Para que Ahmed os visse sofrendo.

Chegaríamos lá primeiro dessa vez. Ou pelo menos torcíamos para isso.

Tínhamos o pessoal. Tínhamos a cidade. Mas não havia como tomar o palácio. Não sem o exército que Rahim havia nos prometido. E havia muitas fogueiras para manter queimando até lá. Fogueiras que nós tínhamos acendido, na maior parte. Sam me dissera que parecia que estávamos tentando tapar buracos em uma cesta de vime. Eu não conseguia lembrar do momento em que ele começou a usar "nós" em vez de "vocês".

— Existe um plano de reconstruir a fábrica do Último Condado — eu disse a ele quando faltavam apenas algumas semanas até o Auranzeb. — A que fica perto da Vila da Poeira. Assim que retomarem nossa metade do deserto. Como um gesto de boa vontade para os gallans, reforçando nossa disposição de continuar a fornecer armas para sua guerra contra qualquer outro país que não compartilhe suas crenças. Eles vão enviar um pequeno grupo para lá, de soldados e engenheiros, para avaliar a viabilidade disso.

— O que foi que eu perdi? — Sam podia ser cheio de pose na maior parte do tempo, mas não era idiota, por mais que fingisse.

— Eu vim da Vila da Poeira — eu disse, me apoiando em uma árvore. Estava cansada. O vento fresco passava seus dedos pelo meu cabelo, me acalmando. — Nasci lá. Pode não ser tão legal, mas ainda assim merece mais que isso.

Sam assentiu.

— Então vamos garantir que essa expedição nunca retorne.

Ele me ouviu contar o resto do que tinha descoberto desde nosso último encontro. Mas quando terminei, não foi embora imediatamente.

— Sabe — Sam disse, ainda recostado à parede na minha frente —, ouvi muitas histórias sobre o Bandido de Olhos Azuis. Verdade seja dita, algumas eram sobre mim. Gosto particularmente da história de como ele roubou um colar do pescoço de uma mulher, foi pego e ainda conseguiu seduzi-la.

— Essa conversa vai chegar a algum lugar ou você só está tentando me lembrar de que quanto mais tempo passo aqui mais suja fica minha reputação?

— O que estou querendo dizer — Sam continuou — é que nenhuma dessas histórias dizia que o Bandido de Olhos Azuis era um covarde. — Aquilo despertou minha atenção.

— Então está dizendo que gostaria de levar um soco na cara?

— Se eu soubesse que a famosa Bandida que lutou em Fahali e botou medo nos soldados do sultão era assim tão fresca, provavelmente não teria roubado sua reputação. É ruim para os negócios ser conhecido como um bandido medroso. E você deveria considerar um elogio eu ter roubado sua reputação. Eu poderia ter facilmente escolhido ser o Bandido Loiro ou o Bandido Incrivelmente Charmoso, ou...

— Juro por Deus, Sam...

— Já que só fala a verdade, vá em frente e diga que eu não poderia me intitular o Bandido Incrivelmente Charmoso. Quero só ver. Diga que não sou bonito, eu te desafio. Viu? Não consegue.

— Você realmente parece acreditar que não vou quebrar seu nariz.

— Veja bem — Sam retomou sua linha de raciocínio —, covardia é a única maneira de explicar por que você *ainda* não foi falar com a pessoa que pode ser capaz de tirar aquele pedaço de bronze do seu corpo para que possa deixar o palácio conosco.

Fiquei séria.

— Shazad te contou sobre Tamid. — Me senti um pouco traída. — Mas não é tão simples.

— Com certeza fica mais difícil sem tentar. E, apesar dos meus muitos feitos corajosos, tenho um medo profundo da sua general, então não quero ser eu a levar a notícia de que você se negou a tentar. Porque adivinha quem vai levar a culpa? Não vai ser a pessoa de quem ela gosta.

— Shazad também gosta de você — eu disse sem pensar. — Mas por que você se importa?

— Ela depende de você, Amani. Você não vê isso, mas ela vê. — Por apenas um instante ele pareceu falar sério. — E não acho que seja egoísta a ponto de morrer só para evitar uma conversa desconfortável.

Além do mais, sem você, não vou mais poder estar em dois lugares ao mesmo tempo.

Ignorei aquela última parte. Sam me irritava mais do que o normal quando estava certo.

Arrastei os pés ao deixar a sala de negociações no dia seguinte, forçando Rahim a desacelerar o ritmo.

O sultão olhou para ele com uma expressão de questionamento no rosto. Era apenas um fiapo de desconfiança, mas nenhum de nós podia se dar ao luxo de levantar suspeitas agora. Rahim percebeu também. Ele se inclinou em direção ao pai, sussurrando baixo em seu ouvido.

— O embaixador gallan está com cara de alguém prestes a fazer algo muito insensato. — O príncipe não estava errado. Eu já tinha desmascarado três mentiras do embaixador gallan na reunião, e ele fora ficando cada vez mais irritado. — Se fosse um dos meus soldados, eu o botaria para fazer exercícios até se acalmar. Como não é, acho melhor deixá-lo ir na frente.

O sultão me estudou um pouco antes de assentir com a cabeça, permitindo que eu e Rahim ficássemos para trás do resto do grupo.

— Tem um... — Eu não conseguia dizer a palavra "prisioneiro". — Um garoto. Do Último Condado. Ele só tem uma perna.

— Sei quem é.

— Consegue me levar até ele? — pedi.

— Pode me contar o que quer com ele de tão importante para arriscar ir a lugares proibidos pelo meu pai?

— Pode me contar por que sua irmã precisa ser retirada do harém tão desesperadamente?

Rahim coçou o canto da boca, escondendo um sorriso.

— Por aqui.

★

Comecei a reconhecer aquela parte do palácio quando chegamos aos pés de uma longa escadaria em espiral. No meu primeiro dia ali, eu havia descido por ela, o corpo dolorido dos machucados recentes, lutando contra minhas próprias pernas forçadas a obedecer a ordem do sultão para segui-lo.

Ouvi vozes quando nos aproximamos do topo e reconheci a de Tamid na mesma hora. Ela me lembrava de quando ríamos até chorar depois de ser expulsos da sala de aula por mau comportamento. De quando adormecia à noite enquanto ele lia para mim os Livros Sagrados, depois da morte da minha mãe. A outra voz era suave e feminina. Uma parte de mim queria voltar, em vez de enfiar o dedo nessa ferida. Mas, pelo menos dessa vez, Sam estava certo. Eu não tinha o direito de ser covarde na rebelião.

Abri a porta.

Duas pessoas assustadas levantaram a cabeça para me olhar. Tamid estava sentado na beirada da mesma mesa onde eu havia acordado. A imagem dele ali era tão dolorosamente familiar que por um instante quis correr até meu amigo e botar tudo para fora. A perna esquerda de sua calça tinha sido puxada até o joelho. Ou onde deveria haver um joelho.

Em vez disso, havia um disco de bronze escondendo o lugar onde ela terminava. Estava preso à sua pele cicatrizada com uma alça de couro. Não havia nada conectado a ele. O resto da perna de Tamid, o bronze oco e polido, estava nas mãos de Leyla, sentada de frente para ele. Ela arregalou os olhos, boquiaberta, em um pânico silencioso.

Bem. Eu não esperava por isso. Rahim pareceu surpreso também.

— Não conte para o papai! — ela disse de um jeito atropelado. Era a coisa errada a falar. Embora o fato de ter ficado corada de repente fosse entregá-la de qualquer maneira. — Eu só estava aqui para garantir que não... — ela começou a se explicar.

— Rangesse — Tamid completou, enquanto Leyla soltava um grunhido. — As juntas estavam fazendo barulho. Leyla veio fazer uns ajustes. Já que foi ela quem construiu a perna.

— Aposto que sim. — Rahim encarou Tamid do mesmo jeito que pais e irmãos encaravam garotos que olhavam "errado" para suas filhas e irmãs. Então aquele era o segredo que Leyla estava guardando, que Shira tanto queria descobrir. Minha prima achava que Leyla estava se esgueirando para armar alguma coisa contra ela, tendo o irmão como cúmplice, mas ela era apenas uma garota apaixonada deixando o harém para encontrar alguém.

Teria sido engraçado se eu não tivesse certeza de que Shira podia se aproveitar daquilo também. Mais de uma vez, eu havia levado uma surra por escapulir para ver Tamid. E eu não era uma princesa. E não estava apaixonada por ele. Seria aquele o motivo por que Rahim estava tão desesperado para tirar a irmã do palácio? Ela seria punida por aquilo tanto quanto Tamid? Mas havia alguma outra coisa acontecendo entre os irmãos, que ia muito além.

— Foi você quem projetou isso, Leyla? — Rahim apontou para a perna de bronze articulada nas mãos dela.

A menina assentiu, nervosa.

— Achei... que poderia ser útil. — Então ela não fazia apenas brinquedos para crianças. Aquilo era impressionante, eu tinha que admitir.

Mas Rahim estava com tanta raiva que eu nem conseguia entender direito por quê.

— Venha comigo. Vou te levar de volta para o harém. Estamos precisando conversar sobre algumas coisas. — Bom, realmente já era hora de contar a Leyla sobre o plano para o Auranzeb. Faltavam apenas alguns dias até o feriado, e ela precisava saber que pretendíamos tirá-la dali.

O que se seguiu foi o minuto mais longo e desconfortável da minha vida, enquanto a menina reconectava a perna de Tamid. Todo mundo estava se esforçando ao máximo para não encarar ninguém enquanto ouvíamos o clique dos mecanismos, que pontuava o silêncio enquanto ela trabalhava. Quando afinal terminou, para alívio geral, Rahim praticamente a arrastou para fora da sala, lembrando-se de mim no último instante.

— Amani, vou voltar para te buscar.

Tamid e eu não falamos nada enquanto Leyla seguia o irmão para fora. O constrangimento perdurou por algum tempo depois de o som dos passos lá fora cessar.

— Adoraria sair batendo os pés, mas você sabe... — Tamid deu um toque na perna, abaixo do joelho. Um som oco reverberou em resposta. Eu me contraí. — Acho que você é quem deveria partir. Por respeito.

— Tamid...

— Quer saber como perdi a perna, Amani? — ele perguntou, me interrompendo.

— Sei muito bem como foi. — Eu lembrava daquela última noite escura na Vila da Poeira com mais clareza do que qualquer um dos dias borrados que tinham vindo antes dela.

— Não. — Tamid bateu a mão na mesa. Talvez tivesse levado um susto se não estivesse tão acostumada com o som de pessoas atirando em mim. — Você não sabe. Viu Naguib atirar em mim e então foi embora. Não estava lá enquanto eu gritava caído na areia. Não estava lá quando Shira começou a negociar, dizendo que poderia ajudar a te encontrar. Que te conhecia melhor do que qualquer pessoa, que sabia aonde iria. Melhor do que *quase* qualquer pessoa. — Ele cerrou as mãos que tremiam. — Você não viu quando eles me arrancaram da minha mãe para me levar junto, porque talvez eu pudesse ser útil. Não estava comigo no trem chacoalhando em direção a Izman. — Eu estivera naquele trem. Tinha encontrado Shira naquele trem. Tinha beijado Jin naquele trem. Tudo isso sem nem imaginar que Tamid estava a bordo.

— Naguib disse que te abandonou para sangrar até a morte na Vila da Poeira. Achei que estivesse morto. — As palavras que usara para me reconfortar por meses desde aquele dia soaram como uma desculpa esfarrapada agora que ele estava diante de mim, em carne e osso.

— Eu também. — Sua mão direita era agora um punho pressionado contra a coxa. — Achei que estava morto enquanto me contorcia em agonia, e mais tarde quando cheguei aqui e o pai sagrado disse que a ferida havia infeccionado. Que a perna teria que ser cortada fora. Você não estava aqui quando a serraram, Amani. Mas agora está. Vou adivinhar: você quer minha ajuda. Quer que eu te conte qual pedacinho de metal sob sua pele é aquele que precisa arrancar para escapar. — Meus dedos apertavam tão forte o metal no meu braço que me perguntei se ia deixar marca. Tamid me conhecia bem o suficiente para interpretar meu silêncio.

Ele levantou, deixando a beirada da mesa. Fingi não notar a pequena careta de dor quando sua perna recém-lubrificada atingiu o chão, ou o momento que levou para se equilibrar antes de começar a perambular em torno do pequeno espaço, arrumando-o, embora já estivesse impecável. Dispondo garrafas para que os rótulos ficassem todos virados para a frente e perfeitamente alinhados, fazendo-os tilintar a cada mexida. Ele fechou com força uma porta que dava para um pequeno aposento lateral, onde pude ver uma cama.

— Você é tão previsível. Sabe, lá na Vila da Poeira, sempre achou que eu não conseguia dormir bem. Mas não era verdade. Se eu soubesse que você tinha levado uma surra, ficava acordado esperando você se arrastar até minha janela pedindo ajuda.

Eu não sabia disso. Engoli em seco e contive as lágrimas que ameaçavam cair.

— Não acredito que me odeia tanto quanto quer me fazer acreditar.

— E como chegou a essa conclusão? — Leyla tinha deixado suas ferramentas para trás, e Tamid começou a arrumá-las. Ele soava desinteressado.

— Porque, se realmente me odiasse, já teria contado ao sultão que faço parte da rebelião. — Enxerguei a verdade daquilo assim que proferi as palavras. — Em vez disso, fingiu não me conhecer. Você tem ajudado o sultão de várias outras formas. — Aquela verdade saiu como uma acusação. Era mais fácil acusar Tamid como uma rebelde atacando o inimigo do que como uma garota atacando um antigo amigo. — Deu a ele o conhecimento necessário para me controlar, a mim e a Noorsham. E conhecimento suficiente do idioma primordial para capturar um djinni. Mas você não me entregou. — Eu o vi fazer uma careta com a menção ao djinni. Aproveitei a chance. Ele podia já não se importar o suficiente comigo para ajudar, mas eu o conhecia. Se cortasse Tamid, ele sangraria palavras sagradas. — O sultão vai conseguir matar muito mais gente com um djinni ao seu lado.

— Eu sei.

— E não se incomoda?

— Você acha que eu me incomodaria por ser profano ou por causa de como me sinto... — Seus dedos vacilaram, derrubando da mesa um pequeno instrumento circular. — Por causa de como me sentia... em relação a você?

Como você se sentia em relação a mim? Mas aquela não era uma pergunta justa quando eu já sabia a resposta. Eu a via agora, estampada em sua cara.

— Ele é nosso sultão, Amani. Nosso trabalho é obedecer, não questionar.

— Você não acredita nisso. — Uma verdade simples. Peguei o tubo de metal do chão e tentei devolver para ele. — Não o garoto que ia para as preces todo dia. Não acredita que manter um djinni prisioneiro seja a coisa certa a fazer.

— Não importa o que eu acredito. Vasculhei os livros da biblioteca do sultão e não encontrei as palavras para dissipar um djinni, apenas para trazer... — ele se interrompeu, voltando o olhar diretamente para mim. Ele ignorou o tubo de metal que eu ainda estendia, recusando até essa mísera oferta de paz.

— Você só sabe as palavras para trazê-los, não para dissipá-los? — Imaginei meu pai preso sob o palácio eternamente, enquanto nós mortais fazíamos aquilo que sabíamos melhor: morrer. Ele seria esquecido e ficaria preso ali para sempre.

— Por que se importa?

— Agora minha missão é salvar as pessoas.

— Bem, pena que quando me largou para morrer dez meses atrás sua missão era outra.

— Foram eles que fizeram isso com você, Tamid. — Eu me defendi. — Não eu.

— Sim, foram eles — Tamid concordou. — Mas foi você que me deixou para trás.

Eu não sabia o que dizer em resposta.

Ele inclinou a cabeça, se afastando de mim. O cabelo escuro da maioria dos homens que eu conhecia teria caído na frente dos olhos, escondendo-os de mim. Mas o cabelo de Tamid estava sempre perfeitamente penteado.

— O que preciso dizer para fazer você ir embora, Amani?

Aquilo era mais do que suficiente.

30

Estava encostada em um pilar no pátio ao pé da escada. De volta à terra firme, pressionando com força as mãos contra o mármore. Sequei as lágrimas. Me obriguei a lembrar que eu era uma garota do deserto. Não podia desperdiçar água. E aquele não era o tipo de lugar onde se podia demonstrar vulnerabilidade. O palácio era tão perigoso quanto o deserto à noite.

Rahim tinha dito que eu deveria esperar por ele. Não podia ficar sem escolta. Não sabia quanto tempo sua conversa com Leyla demoraria. Por mais tentador que fosse sair por ali para espionar, eu não podia arriscar ser pega desacompanhada. Acabaria expondo Rahim também. E duvidava que o sultão me perdoasse uma segunda vez depois de ter ido visitar Bahadur. Assim que esse pensamento passou pela minha cabeça, me perguntei de onde tinha vindo. Aquilo não deveria importar. Nunca havia me importado em entrar em apuros antes. Era porque eu poderia acabar degolada, disse a mim mesma. Era porque perder sua confiança significaria perder o acesso a informações das quais precisávamos.

Então esperei, tentando ignorar a coceira para me mexer, escutando os sons da fonte e dos pássaros que preenchiam aquela parte do palácio, presa ali sem poder voar, como os patos no lago. O barulho súbito de uma porta abrindo foi tão perturbador quanto um tiro.

Reagi por instinto, me escondendo atrás da pilastra nas sombras. Independente de quem estivesse chegando, eu não poderia ser encontrada sozinha. Uma fração de segundo depois, uma porta do outro lado do pátio foi aberta com violência. O impacto da maçaneta contra a pedra foi tão alto que quase abafou o grito da mulher. Não pude mais ignorar a coceira e dei uma espiada.

Duas pessoas em uniformes mirajins estavam arrastando uma garota pela porta. Ela se debatia violentamente em seus braços, gritando tão alto que eu tinha certeza de que alguém viria correndo. *Os pássaros*, pensei, lembrando o que Ayet tinha dito naquele dia no zoológico. Ninguém poderia ouvi-la gritar por causa dos pássaros. Meus dedos ansiavam por uma arma. Por uma pistola. Por alguma coisa para ajudar. Mas minhas mãos estavam vazias e presas pelas ordens do sultão de não machucar ninguém. E eu sabia que não poderia enfrentar dois soldados desarmada.

Então eles emergiram na luz do sol e enxerguei o rosto da prisioneira que lutava.

Uzma.

A esposa de Kadir. Aquela que havia me humilhado na corte e desaparecera misteriosamente depois. Eu já devia saber que as coisas só desapareciam misteriosamente nas histórias. Seus olhos estavam vazios, parecendo vidro polido, como se qualquer faísca que tivesse existido por trás deles já tivesse sido extinguida. Eu sabia exatamente onde tinha visto uma expressão idêntica. Em Sayyida, depois de Hala resgatá-la do palácio. Só que Sayyida tinha sido uma espiã. O que Uzma poderia ter feito para merecer ser torturada até enlouquecer?

Eles desapareceram virando a esquina, os gritos logo perdendo força.

Por um instante permaneci parada. Pelo menos uma vez na vida me senti dividida entre a vontade de ir atrás deles e a de evitar entrar em apuros. Seguir o rastro de dois guardas e uma mulher gritando era uma fórmula garantida para ser pega. E talvez não fosse a melhor maneira de descobrir o que estava acontecendo. Olhei para a porta de onde tinham vindo. O mais provável era que estivesse trancada. Mas talvez não. De qualquer forma, seria tolo e imprudente sair correndo em campo aberto e arriscar ser vista.

Bem, parecia que eu era tola e imprudente, então.

Atravessei o pátio em uma corrida curta. A luz do sol poente refletia estranhamente na porta. Quando me aproximei, percebi o motivo. Ela era feita de metal. Só que alguém a havia pintado para parecer de madeira.

E estava vibrando.

Estiquei os dedos lentamente em sua direção. Podia sentir a vibração aumentando conforme me aproximava aos poucos, como uma atração por baixo da pele. A ponta dos meus dedos roçou na porta. Era como tocar fogo sem ser queimada: toda a energia, mas nenhum calor. Era como se minúsculas agulhas começassem a pinicar na ponta dos dedos e seguissem para cima, fazendo minha respiração parar e o coração acelerar, embora eu estivesse imóvel.

De repente, um par de mãos me segurou e me arremessou com força contra o metal, fazendo a dor irradiar pelo meu corpo, em uma explosão de sensações por toda a minha pele.

E então eu estava encarando o rosto cruel do embaixador gallan. Atrás dele estava Kadir. Antes que pudesse dizer uma palavra, o homem me golpeou na barriga, me imobilizando e tirando o ar dos meus pulmões.

— No meu país — o embaixador gallan disse com seu sotaque carregado — penduramos os filhos de demônios pelo pescoço. — Ele apertou com força minha garganta, me obrigando a me endireitar. — Mas não tenho corda aqui comigo.

A porta de metal nas minhas costas estava começando a doer de verdade. Podia sentir meus pensamentos vacilando e minha visão escurecendo enquanto suas mãos pressionavam meu pescoço. Tentei inutilmente investir contra o dorso da mão que segurava minha garganta. Havia uma dúzia de coisas que deveria poder fazer para lutar contra ele. Poderia ter arranhado seus pulsos, atacado seus olhos, chutado sua virilha. Só que a ordem do sultão me impedia de ferir alguém. Eu ia morrer. O pânico me dominou. Eu realmente ia morrer.

E então, de repente, consegui respirar outra vez. O ar voltou em uma arfada súbita quando a mão soltou meu pescoço. Me contorci para longe da parede, caindo de quatro. Fiquei ali ajoelhada e dei três respirações profundas, esperando meu corpo lembrar como se respirava. Ouvi um estalo parecido com osso quebrando, e um grito de dor. Olhei para cima a tempo de ver Kadir cambaleando para trás, segurando o nariz.

Em cima dele, fulgurante com o crepúsculo às suas costas, estava Rahim, com o sangue do irmão manchando o punho. A luz borrava suas feições, de modo que quase não o reconheci. Ele parecia os heróis das histórias antigas: o primeiro mortal enfrentando a morte em vez de fugir dela; Attallah cercado do lado de fora das muralhas de Saramotai; o príncipe cinzento contra o Conquistador. Não parecia real.

Então ele se ajoelhou na minha frente e voltou a ser humano.

— Amani. — Rahim inclinou minha cabeça para trás, me analisando com as mãos firmes de alguém que conhecia um ferimento de batalha. — Você está bem? — Podia ver agora que havia dois soldados atrás dele segurando o embaixador gallan. — Amani — Rahim insistiu. — Fale comigo ou terei que te levar a um pai sagrado.

— Estou bem. — Minha voz saiu um pouco arranhada, mas ainda era minha. — Com certeza tenho algo adequado para vestir que combine com os machucados. — Ele me ajudou a levantar. Toquei o pescoço, sensível onde os dedos do embaixador tinham tentado esmagar minha garganta.

— Soldados. — Kadir havia se recuperado o suficiente do nariz quebrado para falar. Ele tirou as mãos da frente do rosto, apesar do sangue ainda escorrer para sua boca. — Soltem o embaixador. Levem meu irmão.

Os soldados não se mexeram. Em vez disso, olharam para Rahim, aguardando instruções. Foi então que notei melhor seus uniformes. Eram mirajins, mas em vez do branco e dourado padrão do palácio carregavam no peito a mesma listra azul de Rahim. Eles eram do regimento que ele comandava em Iliaz. O emir devia ter chegado. Por isso ele havia demorado para me buscar. Tinha encontrado seus homens.

— Fiquem onde estão. — Rahim deu a ordem com uma autoridade natural que nunca tinha visto nele antes. Percebi que aquele era seu habitat natural, entre soldados, não entre políticos em um palácio. Ele era um soldado na sua essência. Não, não um soldado. Um comandante.

O olhar de Kadir se alternava freneticamente entre os soldados e Rahim.

— Eu disse para soltarem o embaixador. É a ordem do seu sultim! — Sua voz, rouca com o sangue saindo do nariz quebrado, saiu alta de raiva.

Era como se eles fossem surdos. Rahim retirou calmamente a jaqueta de seu uniforme e colocou-a em torno dos meus ombros antes de se dirigir ao irmão.

— Estes são meus homens, irmão. Eles seguem meus comandos, não os seus. — E então se virou para os soldados, que ainda seguravam o embaixador gallan: — Escoltem-no de volta aos seus aposentos. Antes que a gente cause um incidente internacional. Vamos, Amani.

Rahim já tinha se virado quando Kadir puxou a pistola do cinto. Gritei em aviso, mas era tarde demais. A arma disparou, atingindo um dos soldados. Foi um tiro desleixado, que acertou o ombro e não o peito, mas foi suficiente para sua pegada afrouxar.

O embaixador gallan aproveitou a oportunidade, se contorceu e se libertou. O estrangeiro sacou a lâmina no cinto, mergulhando em direção ao soldado ferido. Rahim se moveu rapidamente, a arma já em riste, aparando a lâmina do embaixador no ar em um gesto simples antes que ela pudesse atravessar seu soldado.

Kadir ainda estava furioso. Levantou a arma novamente, apontando-a para as costas do irmão. Agi rápido, como Shazad tinha me ensinado.

Ele segurava a arma de um jeito frouxo, eu não sabia dizer se por raiva ou por falta de treinamento. Eu podia não ser capaz de machucá-lo, mas não precisava deixá-lo matar Rahim. Bati com a palma da mão na parte do cano da arma que ficara para fora de seu punho. A arma disparou e a bala acertou a parede. Seus dedos se abriram rapidamente. A arma pulou de sua mão. Eu a peguei facilmente antes que caísse, girando-a em torno dos dedos com familiaridade.

Apontei a pistola para Kadir. Ele congelou, me encarando por cima do cano da arma como se não conseguisse entender o que havia acontecido.

—Você não vai atirar em mim.

Era verdade. Eu não tinha como. Havia recebido ordens contrárias. Mas ele não sabia disso. Puxei o cão na pistola.

— Está disposto a apostar sua vida nisso? — Meus dedos tremiam tentando puxar o gatilho. De repente eu era aquela menina de dez anos novamente, segurando um rifle grande demais para seu tamanho como se sua vida dependesse disso. Sabendo que, se eu deixasse cair, estaria indefesa.

— Largue a arma, Amani.

Mesmo se não conhecesse aquela voz, o puxão dentro de mim diante da ordem seria suficiente para identificá-la.

Não. Lutei contra o comando.

Mas meus braços já estavam se movendo sozinhos. Resisti até que doessem. A arma quicou no chão.

Quando virei, os dois soldados estavam em posição de sentido, e o que havia sido ferido segurava o próprio ombro. Aos pés deles o corpo do embaixador estava caído na grama. Suas mãos, que alguns instantes antes haviam apertado minha garganta, estavam inertes. Rahim segurava a espada manchada de sangue.

Observando a cena toda, da arma que joguei no chão à poça de sangue se acumulando embaixo do corpo do embaixador, estava o sultão, com uma expressão indecifrável no rosto.

Os dedos do sultão tamborilavam o revestimento xadrez de marfim e madeira de sua mesa, seus olhos passando pela marca no meu pescoço. Em algumas horas uma mancha roxa no formato da mão do embaixador gallan ia se formar, mas por enquanto ainda era um machucado recente e vermelho. Estávamos no escritório do sultão. O mesmo de onde tinha roubado aqueles papéis umas semanas antes. Havia uma tensão no ar, que eu só sentia quando o sultão estava presente. Como se todos os mapas nas paredes e espalhados pela mesa fossem extensões dele. Jin uma vez tinha me dito que eu era o deserto. Me perguntei se ele mudaria de opinião ao ver aquilo.

Eu tinha sido autorizada a sentar. Ordenada, na verdade. Mas os príncipes estavam em posição de sentido atrás de mim. O sultão ordenou que eu contasse o que havia acontecido. Ele queria a verdade, dissera. E foi o que lhe dei. Deixei Leyla de fora, mas não pude evitar a parte de Tamid. O sultão questionaria por que eu estava sozinha no palácio quando não deveria estar. Contornei essa parte da história com o máximo de cuidado possível e o coração na boca. Uma palavra errada e estaria tudo perdido. *Pedi a Rahim que me levasse para ver o pai sagrado. Ele saiu para nos dar privacidade.* Tentei não deixar o alívio transparecer nas minhas palavras quando passei para a próxima parte da história sem perguntas do sultão.

Quando terminei de falar, ninguém disse nada por alguns instantes. Fiquei com uma sensação estranha, como se estivesse na escola de novo, em apuros com Tamid por alguma burrice que fizera, enfrentando a fúria de um professor. Os três alinhados na frente do sultão como crianças briguentas, não soldados ou espiões lutando por um país. O sultão permanecia em silêncio enquanto o sol terminava de se pôr lá fora. Através da enorme janela, podia enxergar as luzes de Izman começarem a acender.

Minha mente continuava voltando para o mesmo ponto: a arma. O sultão tinha me visto apontando uma arma para a cabeça de seu herdeiro. Segurando-a com a confiança de quem sabia o que estava fazendo. Como a Bandida de Olhos Azuis seguraria. Ele devia saber que eu era mais do que apenas uma garota do deserto agora.

Mas não tentei explicar nada. Os culpados sempre falavam primeiro. Rahim e eu éramos inteligentes o suficiente para não quebrar o silêncio.

— Pai... — Não dava para dizer o mesmo de Kadir.

— Não te dei permissão para falar. — O sultão soava calmo. Perturbadoramente calmo. Enganosamente calmo. — Você é um ladrão, Kadir. — O sultim começou a protestar, mas seu pai o interrompeu novamente. — Não discuta comigo. Você tentou pegar algo meu. — Ele apontou na minha direção. Eu odiava ser tratada como um pertence do sultão. Mas não conseguia resistir à satisfação de valer mais para ele do que Kadir naquele momento. — E trocá-la pelo apoio dos gallans.

— Ela não é humana, pai! — Kadir disse, elevando a voz. Parecia que estava prestes a bater os pés no chão de raiva, que nem uma criança.

— Todo mundo sabe disso, irmão — Rahim interveio. Sua calma só deixou Kadir mais furioso. — Se só descobriu agora, fico um pouco preocupado com a inteligência do nosso futuro governante.

O sultão levantou a mão.

— Se acha que este é um bom momento para picuinhas, com um

diplomata estrangeiro morto no meu palácio, então eu é que me preocupo com sua inteligência, Rahim. — O sultão assentiu com a cabeça para Kadir prosseguir.

— As negociações estavam demorando uma eternidade. E os gallans nunca forjariam uma nova aliança conosco enquanto você esfregasse na cara deles uma criatura semi-humana que viola suas crenças. Eles vieram me procurar — o sultim estufou o peito com orgulho — e exigiram a morte dela antes de prosseguirem com as negociações.

O sultão não levantou a voz, mas até eu me encolhi diante do olhar que dirigiu a Kadir.

— Eles exigiram a morte dela porque está muito difícil mentir para mim sobre seus recursos e intenções, revelando que o império gallan está em mais dificuldades do que querem nos fazer acreditar. — Ele falou de forma lenta e cuidadosa, como se estivesse explicando algo para uma criança. — E eles foram até você porque todo mundo pode ver que está morrendo de vontade de botar as mãos nela há semanas.

Kadir fez uma cara de desdém, desabando petulante em uma cadeira enquanto seu pai falava.

O silêncio que se seguiu foi ainda pior do que o olhar.

— Eu não te dei permissão para sentar.

Kadir começou a rir, como se o pai estivesse brincando.

— Levante — o sultão ordenou, calmamente. — Pelo menos uma vez siga o exemplo de seu irmão. Talvez eu devesse ter enviado você para Iliaz no lugar dele.

Pensei no que Rahim havia me contado, que o sultão o enviara para morrer. Entendi a ameaça velada naquelas palavras. Mas Kadir não.

—Todo aquele treinamento militar não o ajudou a ganhar de mim nos jogos do sultim. — Kadir levantou e empurrou a cadeira com força contra a mesa de seu pai, derrubando alguns papéis que estavam na beirada. — O que vai fazer agora? Colocar Rahim no trono no meu lugar?

— Os jogos do sultim são sagrados. — O sultão manteve toda a sua atenção no filho, ignorando os papéis bagunçados no chão. — Desrespeitar o resultado colocaria o povo contra nós ainda mais. Para termos outros jogos, você precisaria morrer, Kadir.

— O que seria um favor para todo mundo... — Rahim resmungou.

Comecei a rir em voz baixa, atraindo o olhar do sultão. Eu me contive tarde demais. Ele já tinha percebido a conexão entre mim e Rahim. Mas desviou o olhar sem comentar nada.

— O rei gallan deve chegar amanhã, antes do Auranzeb. — Os dedos do sultão recomeçaram a tamborilar no mesmo ritmo. — Você virá comigo para encontrá-lo, Kadir. E contará a mesma história que eu. Que o embaixador saiu sem escolta e foi morto por rebeldes na rua. Entendeu?

Kadir movimentou a mandíbula com raiva por um instante. Mas se achou que seu pai daria o braço a torcer, estava profundamente enganado.

— Sim.

— Ótimo. Pode ir agora.

O sultim bateu a porta ao sair, como uma criança pirracenta.

— Essa mentira pode não ser sábia, pai — Rahim disse. — Se os gallans acharem que não consegue controlar seu próprio povo...

— Então vamos parecer fracos. Eu já tinha pensado nisso, não preciso de uma lição de estratégia do meu filho. — O sultão o interrompeu, impaciente. — Se tivermos sorte, isso pode servir como incentivo para que os soldados gallans que vierem junto ajudem a manter a paz em Izman até o Auranzeb. A única alternativa é entregar você para a justiça gallan. Talvez prefira essa opção.

Rahim manteve-se calado.

— Ele salvou minha vida. — Não consegui mais aguentar calada. A atenção do sultão se voltou para mim e me arrependi no mesmo instante de ter aberto a boca. Mas já tinha começado. — Rahim deveria ser recompensado, não ameaçado. — O sultão não disse nada, mas não desisti. Não podia me dar àquele luxo agora. — Achei que estivesse aqui para falar a verdade.

Finalmente ele pareceu controlar seu temperamento.

— Ela tem razão. Seus soldados fizeram um bom trabalho hoje, Rahim. — De alguma forma, aquilo ainda não soava como um elogio.

— Sob suas ordens, vale notar. — Era mais como suspeita velada.

— De fato. — O príncipe era tão inteligente quanto o pai. Não tentou se desculpar por seus homens obedecerem suas ordens em vez das do sultim. Ele manteve as respostas curtas. Como um bom solda-do. Ou um traidor. Esperando ser dispensado.

— Os rebeldes atacaram uma remessa de armas que chegavam pelo portão sul ontem — disse o sultão. — Como acha que eles sa-biam o que eram?

Tinha certeza de que o sultão podia ouvir meu coração batendo mais rápido. Eu sabia exatamente de que remessa estava falando. Rahim tinha me contado e eu repassara para Sam. O sultão suspeitava de nós? Seria uma acusação? Ou estava pedindo a opinião de seu filho como uma oferta de paz? Rezei desesperada para ele não me fazer a mesma pergunta e tudo ir por água abaixo.

—Tem uma guerra acontecendo. — Rahim manteve o olhar fixo à frente, sobre a cabeça do pai, como um soldado em posição de sentido.

— Seus soldados estão infelizes. Soldados infelizes bebem e falam de-mais. — O príncipe escolheu as palavras com cuidado para que fossem verdadeiras. Palavras que eu poderia repetir sem hesitação. Mas não se preocupou em não insultar o governo de seu pai.

— Matamos dois rebeldes no ataque — o sultão falou. Meu estô-mago se revirou. Uma lista dos rebeldes que eu conhecia passou pela minha cabeça. Imaginei todos eles mortos. De repente, precisava cor-rer para o Muro das Lágrimas para encontrar Sam e descobrir quem havia sido. Confirmar se nunca mais veria Shazad. Ou Hala. Ou um dos gêmeos. Mas o sultão não estava me observando. Seu olhar permanecia fixo em Rahim, esperando uma reação. — Da próxima vez, quero um vivo para ser interrogado. Seus soldados de Iliaz parecem bem treinados. Peça que lorde Balir designe metade deles para se juntar à guarda da cidade nas patrulhas. — Meus ombros relaxaram de alívio.

— Assim será feito, pai. — Rahim não esperou para ser dispensado. Só fez uma mesura rápida para o pai antes de virar e ir embora.

Então fiquei sozinha com ele. Um longo momento se passou em silêncio. Cheguei a pensar que o sultão tivesse esquecido de mim. Estava prestes a apontar que não havia sido liberada quando ele falou novamente.

— Você veio dos confins do deserto. — Não era o que eu estava esperando.

— Da ponta mais distante — concordei. Não havia nada depois da Vila da Poeira além de montanhas inabitáveis.

— Dizem que as histórias antigas estão no sangue do seu povo, mais do que em outros lugares. — Até ali era verdade. Por isso Tamid sabia como controlar Noorsham. Como prender um djinni. Todas as coisas que o norte havia esquecido. — Você conhece as histórias sobre os abdals?

Eu conhecia.

Nas eras anteriores aos humanos, os djinnis criaram servos feitos de barro. Criaturas simples, que ganhavam vida apenas quando recebiam ordens de um djinni. Não serviam para nada além disso.

— Os abdals eram suas criações tanto quanto nós, mas os textos sagrados se referem aos humanos como as primeiras crianças dos djinnis. Entendo o motivo agora. — Ele passou as mãos pelo cabelo enquanto se reclinava na cadeira. Era um gesto de exasperação que lembrava tanto Ahmed que me deixou com saudades de casa. — Os abdals não eram tão difíceis quanto as crianças.

— Mas seria bem mais difícil deixar um país para os abdals. — Aquilo saiu antes que eu pudesse segurar. Eu me sentia confortável demais com ele. O sultão podia parecer Ahmed, mas não era. Ele me surpreendeu ao rir.

— É verdade. Mas seria bem mais fácil governar um país repleto de abdals. Eu não teria que tentar convencê-los a todo instante de que estou fazendo o melhor para eles. — Um dos mapas presos na parede mostrava o mundo inteiro. Miraji estava no meio. Amonpour aparecia colado em nossas fronteiras de um lado. Gallandie dominava o norte, engolindo países na direção de Jarpoor e da península ioniana até Xicha, o país que deu abrigo a Ahmed, Jin e Delila por anos. Albis era uma ameaça no mar, e Gamanix em terra. Era um mundo grande. — O povo de Miraji está se levantando em protesto por causa dos gallans, albish, xichans e de todos os nossos amigos e inimigos estrangeiros.

Engoli em seco e senti uma dor no lugar onde quase fui estrangulada até a morte por um daqueles estrangeiros.

— Então não renove a aliança com eles.

Eu sabia que tinha ido longe demais. Tive certeza assim que as palavras saíram da minha boca. Mas o sultão não se irritou comigo como tinha acontecido com seus filhos. Ele não fez uma cara de desprezo. Não tentou explicar tudo, como tinha feito quando sentamos um diante do outro no jantar na outra sala.

—Você pode ir agora, Amani. — De alguma forma, isso soou pior do que qualquer outra coisa que ele pudesse ter dito.

31

— Acho que estão começando a desaparecer. — Leyla inspecionou as marcas na minha garganta. No dia seguinte, elas haviam se transformado em um glorioso colar roxo em forma de dedos. — Devem sumir até o Auranzeb. — Aquela parecia ser a maior preocupação no harém. Que minha quase morte não combinasse com meu khalat. Do outro lado do jardim, notei duas mulheres sussurrando e me espiando de canto de olho. Como eu odiava aquele lugar. Leyla afastou as mãos gentis. — Mas realmente acho que deveria falar com Tamid. Talvez ele possa dar algo para ajudar.

— Vou sobreviver.

Seus olhos grandes estavam arregalados. Ela queria dizer alguma coisa importante.

— O que foi? — perguntei.

— Rahim me contou sobre o Auranzeb. Sobre fugir. E... não quero deixar Tamid para trás.

Fiquei surpresa. O que meu antigo amigo teria contado a ela a meu respeito? Que eu havia feito exatamente isso? Seria um golpe para reabrir a ferida? Mas não parecia haver qualquer tipo de malícia em suas palavras.

Leyla abaixou a cabeça, ajeitando nervosamente o cabelo atrás da orelha e evitando meu olhar. Ela estava apaixonada. Ou pelo menos achava que estava. E não tinha nem dezesseis anos. Tinha passado a vida toda trancada em um palácio. Tamid certamente era um dos poucos homens da nossa idade que ela conhecera que não fosse seu irmão. Não era à toa que pensava estar apaixonada por ele.

E Tamid era inteligente e gentil. Não seria de se espantar se ela se apaixonasse de verdade.

Leyla estava certa. Eu não podia abandoná-lo outra vez.

Quando Sam atravessou a parede naquela noite, tinha um lábio cortado e caminhava como se tivesse machucado as costelas. Foi o único sinal de que as coisas estavam perto de explodir lá fora. Ele só me trazia boas notícias da rebelião. Dizia que Saramotai estava segura. Que uma emboscada tinha sido bem-sucedida. Que a delegação enviada para inspecionar as ruínas da fábrica na Vila da Poeira nunca chegara lá.

— Agora você quer que eu ajude quatro pessoas a escapar do palácio, mas tenho apenas duas mãos. — Sam coçou a casquinha em seu lábio. Tirei sua mão de lá. Ia acabar deixando uma cicatriz.

— Três pessoas.

— Quatro — Sam disse. — Estou contando com você. Há quanto tempo me conhece? Ainda subestima as habilidades do Bandido de Olhos Azuis? — Ele jogou o sheema por cima do ombro, que acabou enganchado em um dos galhos da árvore do Muro das Lágrimas.

— É impressão minha ou você fica cada vez mais ridículo? — Era bem a cara de Sam tentar evitar qualquer assunto um pouco mais sério. Como a possibilidade real de que eu não pudesse escapar no Auranzeb com eles.

— Ridiculamente caído por você. — Ele tinha conseguido recuperar o sheema com alguma dignidade. Percebi que estava tentando me fazer rir. E conseguira.

— Você não está caído por mim, você... — *Está apaixonado por ou-*

tra pessoa, quase deixei escapar, mas parei a tempo. Sam passava muito tempo se vangloriando de suas conquistas. Tinha certeza de que metade delas eram inventadas. Mas eu nunca o ouvira falar de alguém que realmente amasse. Estudei seu rosto, procurando um sinal de alguma coisa verdadeira escondida ali. Mas eram os meus olhos que traíam, não os dele.

—Você parece muito segura de si. — Ele apoiou as mãos contra a árvore, uma de cada lado do meu corpo. — Quer apostar?

Ele estava prestes a me beijar. Ou queria que eu achasse que estava, para provar algum argumento idiota. E eu não tinha certeza se ia impedi-lo ou não. Em dezessete anos, beijara apenas Jin.

— Seu lábio está sangrando. — Estendi a mão para a ferida, mas Sam a pegou de forma travessa enquanto se inclinava mais para perto. Não senti nada. Quando Jin me olhava como Sam estava me olhando naquele momento, ou fingia olhar, era diferente. Nenhuma onda de calor tinha invadido meu corpo. O mundo em volta parecia tão nítido quanto antes. Sam não era Jin. Mas ele estava ali e Jin não estava.

Ouvimos um riso inconfundível. Viramos a cabeça na mesma hora, nos afastando antes que sua boca pudesse encontrar a minha.

Ayet estava na porta que dava para o jardim do Muro das Lágrimas, gargalhando com a cabeça para o alto, como se estivesse agradecendo aos céus pelo presente enviado para ela. Dezessete anos de instintos do deserto despertaram em meu peito. Só que eu não estava no deserto. E aquela ameaça era diferente.

— Perdi todo esse tempo procurando um jeito de manter você longe da cama do meu marido sem jamais imaginar que seria tão fácil. — Ayet disse. — Você é apenas uma de centenas de mulheres no harém burras o suficiente para procurar um amante.

—Ayet. — Dei um passo à frente e ela recuou. Parei, sabendo que a garota poderia correr como um animal assustado a qualquer instante para me dedurar. — Não faça isso. Não é...

— Ah, é tarde demais para negociar, Amani. — Ela virou e correu para o harém.

— Bem — Sam disse. — Pelo visto temos um problema.

Era uma questão de horas até o sultão e Kadir voltarem do encontro com o rei gallan. Onde mentiriam para ele, dizendo que a rebelião tinha matado seu embaixador. Só tinha um punhado de horas para impedir Ayet antes que tivesse a chance de contar a notícia para o sultim. Impedi-la ou tirar todo mundo de lá.

Sam estava correndo até o acampamento rebelde para buscar ajuda. Eu ainda não sabia onde era e estava grata por isso. Se o sultão ordenasse que eu contasse o que sabia, minha ignorância pelo menos lhes daria algum tempo. Mas eles ainda tinham que se preparar para fugir.

Nesse meio-tempo, eu tentaria impedir Ayet.

Se havia uma pessoa que era uma ameaça ainda maior para ela do que eu, era Shira. E ela continuava firme no harém. Eu precisava saber como. Shira negociava informações. Ela sabia de algo que mantinha Ayet sob controle. E eu tinha que descobrir o que era.

Voltei correndo para o centro do harém, a respiração ofegante. Alguma coisa estava diferente. Senti de imediato. Avistei Leyla, com os cabelos negros presos no alto e o olhar perdido no jardim, cutucando a própria unha.

— Leyla! — Corri até ela. — Preste atenção. Ayet acaba de descobrir... É complicado. Se ela falar com seu pai ou Kadir, não vamos conseguir tirar você do palácio no Auranzeb conforme planejado. Então você precisa estar preparada para partir hoje à noite se for o caso. E preciso achar Shira — eu disse, resumindo tudo bem rápido. — Sabe onde ela está?

Leyla parecia assustada enquanto eu despejava informações em cima dela. Mas se prendeu à última pergunta.

—A sultima? O bebê está nascendo. Alguém mandou avisar Kadir.

Era isso, então. O motivo do rebuliço nervoso que preenchia o harém. Não era uma boa hora.

—Onde ela está? — pressionei, já me odiando um pouco por isso. Antes mesmo de Leyla apontar.

Quanto mais eu avançava corredor adentro, mais os gritos ficavam ensurdecedores. Havia um punhado de mulheres do harém rezando do lado de fora da porta. Uma serviçal saiu dali correndo, carregando um pano encharcado de sangue. Os gritos de Shira a acompanharam até a porta ser fechada com força outra vez, abafando-os.

E então, de repente, o silêncio caiu como uma pedra lá dentro.

Prendi a respiração, tentando contar as batidas do meu coração enquanto o silêncio se prolongava. Esperando. Até que a quietude fosse interrompida por alguma coisa. Um grito. Uma acusação. Uma parteira saindo para nos informar que Shira não tinha sobrevivido.

Foi o choro de um bebê que quebrou a calmaria.

Deixei escapar um suspiro de alívio. Não tinha nem terminado quando outro grito ecoou.

Não era de Shira.

Corri como uma flecha até a porta, abrindo-a com violência. Minha prima tinha desabado, numa mistura de cabelos suados e panos manchados de sangue, segurando um pequeno pacote enrolado junto ao peito, os joelhos puxados para cima perto do bebê, como se pudesse protegê-lo. As três mulheres ao redor dela tinham os olhos arregalados e fixos, como se houvessem sido transformadas em pedra. Uma quarta estava apoiada contra a parede, as mãos cobrindo a boca, tremendo.

Dei outro passo, até que pude ver com clareza o pequeno pacote que Shira segurava. Os olhos do bebê não eram azuis, mas seu cabelo era. Como o de Maz. De um azul violentamente brilhante. Como a parte mais quente de uma chama.

Aquela criança não era filha de Sam. Era filha de um djinni. Shira tinha dado à luz um demdji.

De repente, Leyla e Rahim não eram os que mais precisavam ser resgatados.

— Shira. — Agachei perto dela. — Você consegue andar?

Ela finalmente tirou os olhos do bebê.

— Posso correr se precisar. — Qualquer refinamento que a cidade tivesse dado ao seu sotaque tinha desaparecido. Seu tom era típico da Vila da Poeira. Ela se impulsionou devagar para levantar da cama, mas não tremeu. Shira nunca me impressionara tanto. Havia um ar em torno dela quando incorporava o papel de sultima, em suas roupas finas e arrogância artificial. Mas era diferente da ferocidade que exibia agora, enrolada em um khalat arruinado e nos lençóis, segurando seu filho.

—Vamos, então.

A falta de guardas no harém a deixara com medo de ser assassinada desde que tinha engravidado, mas agora poderia ser exatamente isso a salvar sua vida. Não havia ninguém para nos deter enquanto abríamos caminho a empurrões para fora dos aposentos. Mães, irmãs, esposas, filhos, serviçais, todos olhavam boquiabertos e mudos, sem saber o que fazer. Embora eu tivesse certeza de que alguém tivera o bom senso de ir correndo buscar ajuda.

Não tínhamos muito tempo. Mas tínhamos algum. Meu coração batia acelerado.

— Shira. — Espiei uma esquina. Dava em um jardim calmo cheio de flores, vazio agora. Estávamos perto do Muro das Lágrimas. Rezei para que Sam estivesse lá para nos ajudar quando chegássemos. — Eu preciso saber. Que segredo usou contra Ayet todos esses meses? O que a manteve afastada de você?

Shira tropeçou, e eu a ajudei a se manter de pé.

— Posso contar se conseguir me tirar daqui viva — ela disse, em tom de brincadeira. Mesmo agora, com a morte nos calcanhares, Shira ainda era a negociadora do harém.

— Shira, por favor.

— Um marido — ela disse, finalmente. — Outro marido, do lado de fora. Ayet colocou veneno em sua comida depois que ele quebrou duas costelas dela. Então subornou alguém para ser aprovada na... inspeção — Shira tentou explicar de forma delicada. — Algumas palavras sobre a verdade no ouvido do sultim e eu poderia ter feito com que desaparecesse. Corda de seda em volta do pescoço enquanto dormia, corpo descartado no mar. É assim que elas somem silenciosamente quando o sultim deseja. — Me prendi às palavras. Tinha que conseguir chegar a Ayet antes que ela chegasse a Kadir. Precisava dizer que poderia arruiná-la se tentasse me expor.

Estávamos quase no Muro das Lágrimas. Tão perto da liberdade.

Ouvi o som familiar de coldres raspando no cinto. O barulho de botas pisando com força.

Em poucos instantes, estávamos cercadas por homens de uniforme, acompanhados pelo sultão e pelo sultim.

Kadir abriu caminho à força pelas fileiras. Ele avançou em direção a Shira. Tentei me colocar entre o sultim e minha prima, mas dois soldados o seguraram antes. Kadir começou a lutar com eles.

— *Me soltem*. Ela é minha esposa. E uma vadia mentirosa. — O sultim tentava se libertar. — É meu direito fazer com ela o que eu quiser. E vai sangrar por sua traição.

Shira apertou a criança contra o peito, encarando Kadir, mais corajosa do nunca.

— Só fiz isso para permanecer viva. Porque você é um homem cruel, estúpido e infértil.

Kadir avançou mais uma vez na direção dela. O sultão fez um gesto rápido e o sultim foi puxado pelos guardas.

— Levem meu filho para algum lugar onde possa se acalmar.

— Minha esposa... — Kadir começou a dizer, mas o sultão o interrompeu.

— Isso é assunto para governantes, não maridos mesquinhos.

Eu podia escutar os protestos de Kadir enquanto era arrastado jardim afora.

—Você sabe qual é a punição por violar seus votos de casamento, Shira. — A voz do sultão saiu calma quando o filho saiu de vista. Pensei em um momento como aquele, quinze anos antes. Delila sendo levada embora enquanto o sultão enforcava a mãe de Ahmed.

— Kadir *nunca* terá um herdeiro. Ele não consegue. E acho que o aclamado sultão sabe disso. — Shira se endireitou. — Eu fiz o que fiz por este país.

—Acredito que alguma parte de você realmente acredita nisso — o sultão disse. — Sempre gostei de você, Shira, é uma pena. Você era mais esperta do que a maioria. Ouvi dizer que gosta de negociar. Tenho um último acordo para propor. A vida do seu filho em troca do nome do djinni, o verdadeiro pai dele.

— Shira... — tentei alertar. Mas era tarde demais.

— Fereshteh. — Ela levantou o queixo em desafio, alheia ao fato de que tinha dado ao sultão o nome verdadeiro de outro djinni. — Ele me disse que faria de mim a mãe de um governante. Um verdadeiro príncipe. Um grande sultão. Muito maior do que Kadir jamais poderia ser.

Eu nunca tinha visto incerteza no rosto do sultão antes. Mas tive a impressão de enxergar por um instante. E não podia culpá-lo. Uma verdade dita por um djinni era algo poderoso. Se Shira não estivesse mentindo, seu filho de fato governaria.

— Fereshteh — o sultão repetiu. — Ótimo. Leve a criança, Amani. — Era uma ordem, e eu já estava lutando contra o impulso dos meus braços de obedecer.

— O que vai acontecer com Shira? — Meus braços já estavam se mexendo sem que eu quisesse. O sultão nunca parecera tanto com Ahmed quanto naquele momento. Era o mesmo rosto que o príncipe rebelde ostentava quando me dizia algo que sabia que eu não queria ouvir, mas que precisava ser feito mesmo assim. — Por favor... — supliquei. Shira sussurrava para o filho, fazendo promessas que não poderia cumprir. Tentando aproveitar os únicos momentos que teriam juntos. Minha mente estava acelerada, tentando pensar em alguma coisa. Uma fuga, qualquer coisa. Mas estávamos presas. Certas coisas eram inevitáveis. A criança estava em minhas mãos. — Por favor, não a mate.

Os olhos da minha prima encontraram os meus. Seus lábios se abriram. Lembrei das palavras do sultão. Shira era boa em fazer acordos. E ela tinha uma última coisa com que barganhar. Uma última moeda que poderia tentar usar para comprar sua vida. Eu. Ela poderia oferecer ao sultão a Bandida de Olhos Azuis e toda a rebelião em troca de sua vida.

Poderia me destruir naquele instante. Eu não tinha nada.

— O nome dele é Fadi. — Era o nome do nosso avô. O nome que nossas mães usavam antes de se casar.

— Levem-na presa — o sultão ordenou, sem emoção na voz, virando para ir embora. Já se esquecia dela, agora que era apenas outra garota inútil no harém. — Será executada amanhã ao pôr do sol. Amani, venha comigo. Traga a criança.

Fadi chorou cada vez mais alto em meus braços enquanto nos afastávamos mais e mais de sua mãe.

32

O djinni traidor

Nos dias dos quais apenas os imortais se lembram, o mundo era imutável. O sol não se punha ou nascia. Não havia marés. Os djinnis não sentiam medo, alegria, pesar ou dor. Nada vivia ou morria. Tudo simplesmente era.

E então veio a Primeira Guerra.

Ela trouxe consigo a alvorada e o crepúsculo. O alto-mar e novas montanhas e vales. E, acima de tudo, a mortalidade.

Os humanos tinham sido criados com uma faísca do fogo djinni, mas não eram eternos. Aquilo parecia fazer toda a diferença do mundo. Mudava tudo. Eles não apenas existiam: nasciam e morriam. E no meio disso sentiam tantas coisas que atraíram os imortais, embora fossem apenas fagulhas em comparação ao grande fogo dos djinnis.

Quando a guerra terminou, os djinnis do grande deserto se reuniram e observaram um mundo mudado. A terra que tinha sido deles. Os mortais que haviam servido seu propósito. Eles tinham lutado. Tinham morrido.

E haviam se multiplicado.

Os djinnis observaram incrédulos os humanos construírem muralhas e cidades e encontrarem uma vida fora da guerra. Acharam novas guerras para lutar. Os seres imortais se perguntaram se deveriam deixar os humanos continuarem. Tinham criado os mortais, mas agora que a guerra havia terminado podiam se desfazer deles se quisessem.

Alguns djinnis argumentaram que a humanidade já tinha cumprido seu propósito. Humanos só iam causar problemas. Era melhor queimar todos de uma vez. Devolvê-los à terra a partir da qual tinham sido criados antes que se espalhassem.

O djinni Fereshteh concordou. O mundo era mais simples antes dos mortais. Ele tinha observado seu próprio filho, nascido de uma humana, sobreviver a uma dúzia de batalhas contra as criaturas da Destruidora de Mundos para acabar morrendo em uma briga de bar. E embora os djinnis tivessem esquecido de temer a morte assim que a Destruidora de Mundos foi vencida, demoraram muito mais para esquecer a novidade que os humanos chamavam de pesar. Parecia um sentimento grande demais para ser experimentado por seres eternos.

Mas o djinni Darayavahush argumentou contra a destruição da humanidade. Disse que os humanos deviam ter permissão de viver. Haviam conquistado o direito de compartilhar a terra ao vencer a Destruidora de Mundos. Tinham sido notáveis; caíram às centenas no campo de batalha, mas de alguma forma continuaram a enfrentar os exércitos da Destruidora de Mundos. A tenacidade em sobreviver não devia ser ignorada.

Os djinnis discutiram ao longo dos anos, enquanto uma geração de humanos dava lugar a outra. Enquanto cidades surgiam e novos governantes substituíam os outros. Aos poucos, os mortais esqueceram da época da Destruidora de Mundos.

Finalmente, quando o último dos mortais que tinha vivido para ver a Primeira Guerra morreu, os djinnis se reuniram na casa de um deles, que havia reivindicado um antigo campo de batalha como seu domínio, um lugar onde a terra fora rasgada, formando um grande vale onde nenhum outro imortal queria viver. Eles decidiram que fariam uma votação. Jogariam uma pedra negra na água se acreditassem que era melhor extinguir a mortalidade, e uma pedra branca para deixar os mortais vivos.

As pedras foram sendo empilhadas, pretas e brancas, uma depois da outra, até que os dois lados estavam exatamente iguais e restava apenas o voto de Bahadur, que decidiria o destino de toda a humanidade.

Fereshteh tinha certeza de que Bahadur escolheria seu lado. Ele também tinha visto uma filha morrer. Uma filha de olhos azuis e sol nas mãos que os humanos chamavam de princesa, uma palavra tola usada para fingir que um deles era mais poderoso que os outros. Bahadur certamente havia sentido a dor de Fereshteh. Ele desejaria extingui-la com o mesmo fervor.

Mas quando o djinni finalmente votou, sua pedra era branca como osso. O lado de Fereshteh perdeu. E assim todos fizeram uma promessa — de que nenhum deles aniquilaria a mortalidade. E como eram djinnis, aquela promessa era verdadeira.

Séculos se passaram.

Fereshteh não sabia dizer quantos, porque só aqueles cujos dias eram contados mantinham controle disso. Tentou permanecer afastado dos humanos no início. Mas eles mudavam constantemente. Era difícil não observá-los. Toda vez que Fereshteh estava ficando entediado, eles faziam algo novo. Criavam algo a partir do zero. Palácios subiam cada vez mais alto. Ferrovias os levavam pelo deserto. Música parecia saltar espontaneamente de suas mentes para seus dedos. E de vez em quando, Fereshteh não conseguia resistir à tentação. O tempo lhe ensinou maneiras de evitar o pesar. Ele nunca acompanhava os filhos que dava a mortais. Não tinha interesse em observar pequenas partes de si serem destruídas naquele mundo que seus companheiros djinnis haviam permitido que continuasse.

E então chegou o dia em que Fereshteh ouviu seu nome ser chamado com uma ordem que não podia desobedecer. E foi assim que se tornou prisioneiro, vendo-se frente a frente com um sultão e uma demdji. Uma demdji segurando uma criança que Fereshteh tinha marcado como sua, embora já tivesse se esquecido da mãe. Era mais fácil assim.

Mas ele lembrava de todos os filhos. E lembrava da dor que tinha sentido quando cada um morrera. Então, quando o sultão apontou uma faca para a criança e pediu o nome dos outros djinnis, ele os entregou. Não podia assistir àquela faísca de si ser extinta.

Ele deu o nome de Darayavahush primeiro. Ofereceu ao sultão apenas os nomes dos djinnis que tinham sido tolos o suficiente para acreditar que a humanidade era inofensiva e merecia ser salva. Aqueles que haviam votado para deixá-la viver. Metade dos djinnis do deserto.

E ele riu quando, um por um, eles foram aprisionados pelas criaturas que tinham decidido deixar viver.

33

O SULTÃO ERA PERIGOSO O SUFICIENTE com apenas um djinni. Agora tinha um exército inteiro. Apesar de terem criado a humanidade para lutar em suas guerras, havia várias histórias sobre o que acontecia quando imortais entravam nas guerras dos homens. Conquistadores cruéis prenderam os djinnis com ferro e usaram seus poderes contra nações indefesas. Heróis conquistaram o favor de djinnis por pura virtude, esmagando seus inimigos. Não importavam as circunstâncias, imortais eram sempre invencíveis.

Minha cabeça estava uma bagunça enquanto o sultão me conduzia de volta ao harém, uma mão firme nas minhas costas. Havia muito a fazer, e pouco tempo.

Eu precisava dar a notícia dos outros djinnis para Sam. E tinha que garantir que Fadi, que gritava nos meus braços, ficasse seguro no palácio. Precisava dar um jeito de salvar Shira. E precisava fazer tudo isso antes de Ayet me dedurar. O parto de Shira tinha distraído todo mundo, mas era apenas uma questão de tempo até que Ayet conseguisse que Kadir ou outra pessoa escutasse o que tinha a dizer. O sultão descobriria que eu era a Bandida de Olhos Azuis. E então estaria tudo perdido. Eu precisava fazer o possível para ajudar antes que tudo acabasse.

— Pai. — Meus pensamentos foram interrompidos por Rahim. Ele andava a passos largos pelo corredor em nossa direção, de colari-

nho aberto e cabelo desarrumado, seguido por duas serviçais. A alvorada estava apenas começando e parecia que ele tinha passado a noite
inteira em claro. Rahim estaria tão em apuros quanto eu quando Ayet
me entregasse. O que ainda estaria fazendo ali? — Preciso falar com
você.

Ele puxou o sultão de lado, fora do alcance dos meus ouvidos, in-
clinando-se para dizer algo rápido em voz baixa. Fiquei nervosa. Não
havia possibilidade de Rahim deixar a vida de Leyla em risco. Ele a
escolheria no meu lugar sem pensar duas vezes. Eu não tinha dúvidas
disso. Faria o mesmo por qualquer um na rebelião se fosse o contrário.
Eu não o odiava por isso. Mas não tinha passado pela minha cabeça até
agora que ele pudesse salvar a própria pele me entregando em vez de
esperar Ayet fazer isso.

— Com licença. —As duas serviçais com Rahim pararam na minha
frente, bloqueando a visão do meu suposto aliado. Uma delas estendia
as mãos para pegar Fadi dos meus braços, com a cabeça abaixada.

— Não. — Puxei o bebê para mais perto de peito, que batia acelerado. Não ia entregá-lo. Talvez não pudesse fazer nada antes de ser
descoberta, mas não deixaria outro demdji ser engolido pelo harém e
desaparecer.

— Ele precisa ser alimentado — a segunda serviçal falou, com um
tom de irritação na voz. — Agora não é o momento de dificultar as
coisas. — Foi a atitude mais próxima de insolência que vi uma serviçal do harém tomar. Isso me fez olhar para ela com mais atenção, mas
apesar de sua voz, sua cabeça estava inclinada em sinal de respeito. Ela
tinha dito aquilo alto o suficiente para o sultão dar uma olhada na nossa
direção.

— Entregue o bebê, Amani — o sultão disse, dando uma ordem
distraída em meio à conversa com Rahim. Tentei trocar olhares com
ele por cima do ombro do pai, mas era como se o príncipe não me
conhecesse, a julgar pelo modo como me ignorava.

— Está tudo bem. — A primeira serviçal também soava familiar, embora tivesse certeza de nunca tê-la visto no harém antes. — Vamos cuidar dele.

Naquele momento, com o sultão de costas para nós, a primeira serviçal ousou levantar totalmente a cabeça, e me vi cara a cara com Hala.

Estava ocultando a pele dourada com uma ilusão, mas era definitivamente ela. Aquilo foi um pouco perturbador: ver uma pessoa completamente familiar e estranha ao mesmo tempo. Suas maçãs do rosto, altas e arrogantes, e seu nariz comprido eram inconfundíveis, mas ela parecia mais jovem e vulnerável sem sua cobertura dourada.

Olhei com mais cuidado para a outra serviçal. Seus olhos eram diferentes. Não escuros como a noite no deserto, mas da cor do ouro.

Imin.

Meu coração acelerou. Alguma coisa estava acontecendo. Só não sabia ao certo o quê.

Imin piscou pra mim. Foi tão rápido que, mesmo se o sultão visse, teria achado que era por causa do sol. Afrouxei os braços em torno do bebê e o entreguei a Hala. Estava obedecendo uma ordem, claro, mas não havia muitas pessoas no mundo em quem confiaria mais para cuidar de Fadi do que Hala. Talvez ela não demonstrasse muitos instintos maternais, mas demdjis cuidavam uns dos outros.

Imin agarrou meu braço.

— Ande rápido. E não olhe para trás.

— O que está acontecendo? — perguntei num sussurro enquanto acelerávamos pelo corredor. Estávamos andando depressa demais. Se o sultão tirasse os olhos de Rahim por um mísero instante, se daria conta de que eu estava praticamente correndo.

— A coisa mais próxima de um plano que deu para pensar em tão pouco tempo, é isso que está acontecendo. Vire à direita. — Dobramos o corredor, e então ficamos fora do campo de visão do sultão. Entendi que Rahim não estava nos traindo; ele era uma distração. De repente, fiquei envergonhada por acreditar que ele nos entregaria tão fácil. Quando terminasse a conversa, o sultão acharia que eu estava de volta no harém. Isso se notasse minha ausência.

— E Fadi? — perguntei. — O sultão vai procurar o bebê, você precisa... — Imin revirou os olhos, me interrompendo.

— Acredite se quiser, somos capazes de executar um plano sem você. — Imin diminuiu o ritmo enquanto passávamos do frio das paredes de mármore do palácio para um dos grandes jardins. Era o início da manhã, então o calor implacável ainda não havia se estabelecido. Mesmo assim, tive que apertar os olhos diante da luz do sol, depois da escuridão das catacumbas.

Paramos, abaixadas atrás de uma árvore, fora da vista de qualquer um que pudesse passar ali. Imin arrancou as roupas de serviçal com um gesto rápido. Por baixo, usava um uniforme da guarda do palácio, feito para alguém bem mais alto e de ombros mais largos. Ela começou a desenrolar as mangas e soltar o cinto, abrindo espaço para um novo corpo.

— Não podemos simplesmente sair andando do harém com um bebê — ela disse. — Alguém notaria que ele sumiu. A menos que o sultão achasse que está morto, claro. Se, digamos, metade do harém visse Kadir afogar o bebê em um surto de fúria, por exemplo.

Hala poderia criar essa ilusão. Por isso tinham arriscado infiltrá-la. Tudo o que precisaria fazer era levar Fadi de volta ao harém e criar a cena na cabeça de quem estivesse por perto. Ela poderia até colocar a memória na cabeça de Kadir se quisesse. Poderia fazê-lo acreditar que realmente tinha matado a criança. E, mesmo se não conseguisse chegar ao sultim, em quem o sultão acreditaria: uma dúzia de esposas e filhas que tinham testemunhado o ocorrido ou um príncipe de temperamento violento? Especialmente considerando o desaparecimento da criança.

— Então minha irmã querida pode simplesmente sair com ele do palácio em segurança, sob a cobertura de uma ilusão. — Imin balançou as mangas longas para que caíssem sobre as mãos delicadas de sua forma feminina. — É quase fácil.

Imin estava certa. Talvez funcionasse. Podíamos salvar Fadi.

— E a mãe dele? — perguntei, a esperança surgindo em meu peito. — Minha prima Shira. Como a tiramos daqui?

— Nós não vamos... — Imin começou a dizer, e então se conteve antes de predizer o futuro. Mas eu sabia o que ela quase tinha dito. *Nós não vamos salvar Shira*. Não importava se ela dissesse aquilo em voz alta ou não; o destino da minha prima já tinha sido decidido.

— Por quê? — perguntei. — Se conseguimos tirar Fadi, por que não Shira? Sam atravessou as paredes com você e Hala, ele poderia...

— A prisão é cheia de barras de ferro, ele não vai conseguir tirar sua prima de lá. — Imin não me encarou. — Mas posso levar você até ela, para vê-la antes da execução. — Então era esse o motivo do uniforme de guarda. — Ela pediu para falar com você.

— Isso não é motivo suficiente para não salvar Shira. — Imin estava escondendo alguma coisa. Eu só não sabia por quê. — Se Hala quisesse, poderia fazer um soldado destrancar a cela e tirar minha prima de lá bem debaixo do nariz do sultão. O que significa que existe outro motivo para o plano não incluir o resgate dela. Qual é?

Imin se endireitou. Ela estava sumindo sob o uniforme do guarda. Parecia uma criança brincando com as roupas dos adultos. Mas seu rosto expressava sabedoria para além dos seus dezoito anos.

— Porque não desistimos de te salvar ainda. — De repente, entendi tudo. Levar Shira seria o mesmo que me entregar. Era possível dar um sumiço no bebê, mas a morte dela não seria tão fácil de forjar. Se desaparecesse, assumiriam que havia fugido. E mais cedo ou mais tarde os olhos do sultão se voltariam para mim, a garota que já tinha tentado ajudá-la uma vez. Ele faria perguntas, e eu entregaria toda a rebelião.

Era Shira ou todos os outros.

— Mas Ayet... — comecei a contar que era tarde demais para mim. Que eu tinha sido tola e descuidada, e acabara pega. Que já estava tudo acabado para mim de qualquer forma.

— Você não precisa se preocupar com Ayet. — Imin começou a mudar de forma para preencher o uniforme. Em alguns instantes, estava mais alta que eu.

— O que quer dizer com isso?

Ela não respondeu, coçando o queixo com raiva enquanto uma barba o cobria.

— Odeio essas coisas. — O corpo de soldado que ela tinha roubado possuía uma voz boa para dar ordens, profunda e pesada. — Navid está deixando a barba crescer desde que fugimos do acampamento, então agora beijar meu marido é como esfregar a cara na areia. Você tem sorte de Jin manter o rosto barbeado, sabia?

— Pelo menos Navid não vive desaparecendo — retruquei. Pressionei as mãos contra os olhos, tentando empurrar a exaustão para longe. — Então vamos simplesmente deixar Shira morrer?

— Ao que parece, uma de vocês duas precisa morrer — Imin disse. — Se realmente quiser, posso salvar sua prima. Mas teria que te matar aqui e agora para que você não pudesse nos entregar. — Ela tamborilou os dedos na espada que carregava na cintura. Eu sabia que Imin estava falando sério. Ela faria qualquer coisa pela rebelião, como qualquer um de nós. E isso incluía me matar. — Mas acho que pode fazer muito mais pela rebelião viva do que morta. E Shira... — Imin hesitou, como se não quisesse dizer algo em voz alta. Mas ela era uma demdji. Precisava ser sincera. — Shira pode fazer muito mais morrendo.

Mesmo no verão a prisão do palácio não era quente. Senti o frio irradiando pelos ossos conforme Imin e eu descíamos os degraus de pedra gastos. O guarda na porta nem tentou nos impedir depois de dar uma olhada no uniforme de Imin. Seríamos deixadas em paz lá embaixo.

Shira estava estremecendo em um canto, vestindo as mesmas roupas de quando dera à luz, de costas para a porta. Dei um passo na direção dela, mas Imin me interrompeu, com a mão no meu ombro. Ela apontou para a cela ao lado de Shira.

Precisei me aproximar para perceber que o que pensara que fosse uma pilha de roupas velhas jogadas no chão estava se mexendo. Muito pouco. Apenas um leve subir e descer com a respiração. Era uma mulher, caída de lado, o cabelo escuro esparramado pelo rosto. Mas eu conhecia o khalat que estava vestindo, cor-de-rosa, com bordados da cor de cereja estragada. Era o mesmo khalat que vestira aquele dia no zoológico.

— Ayet?

— Não adianta. — Shira ainda estava de costas para nós. — Ela não fala mais. Está praticamente morta, tirando o fato de ainda respirar. — Como Sayyida e Uzma. Levadas à loucura. Minha prima virou devagar, sentando aos poucos com a ajuda da parede. — Você queria saber para onde as garotas iam quando desapareciam. — Ela gesticulou de forma grandiosa, como se estivesse mostrando um palácio com domos de ouro. — Para cá. Falei que não tinha nada a ver com isso. — Shira baixou o braço, e ele pendeu inerte. — A boa notícia é que só uma de nós precisa morrer hoje.

— Shira.

— Não tente me reconfortar. — Seu tom era o mesmo que ela usava quando compartilhávamos o quarto na Vila da Poeira. Cheio de desdém. Mas minha prima já não me enganava tão fácil. Ela estava desesperada. — E você — Shira disse abruptamente para Imin, que aguardava atrás de mim nas escadas —, não precisa ficar de olho. Já fui condenada à morte. O que mais eu poderia aprontar até o pôr do sol?

A condenação certamente não a tornara mais gentil. Pensei em contar que Imin estava do nosso lado. Mas não era isso que realmente importava para Shira. Assenti discretamente com a cabeça para Imin, e ela subiu alguns degraus, onde não ouviria a conversa.

— Então. — Fui escorregando apoiada na parede próxima à cela, até que ficássemos sentadas lado a lado. Dezessete anos, e eu não conseguia lembrar de uma única vez em que havíamos sentado juntas. Nem na Vila da Poeira. Nem no harém. Tinha sido uma contra a outra desde sempre. Agora estávamos lado a lado, com uma fileira de barras sólidas de ferro entre nós. — Você pediu para falar comigo.

— Engraçado, né? A última pessoa que eu queria ver é a última pessoa que de fato vou ver na vida.

—Você não tem que se explicar, Shira. — Eu tinha levado seis meses para perceber que cada conversa que tinha com alguém na rebelião poderia ser a última. Às vezes, de fato era. Mas ficava mais difícil tirar isso da cabeça com a certeza de que Shira morreria. — Ninguém quer morrer sozinho.

— Ah, por Deus, não seja tão patética, é deprimente. — Shira revirou os olhos com tanta força que achei que se perderiam dentro de sua cabeça. — Só quero uma coisa de você. Seus amigos rebeldes estiveram aqui. Eles disseram... — Ela engoliu em seco com força, como se estivesse tentando esconder que tivera esperança, mesmo que por apenas um instante, de que aquele talvez não fosse o fim. — Eles disseram que não podem me tirar daqui. — Uma pontada de culpa me atravessou. Eles podiam. Mas haviam escolhido me salvar no lugar dela. Eu mesma estava escolhendo minha nova família em vez da antiga. — Mas eles garantiram que podem ajudar Fadi. — Ela abriu os olhos, os dedos enrolando a barra da roupa. — Eu não me tornei sultima confiando em qualquer um. Quero ouvir isso de você. Pode não ser muita coisa, mas é minha única família aqui. E você só fala a verdade. Diga para mim que meu filho está em segurança.

— Hala já o tirou do palácio. — Quando as palavras saíram da minha boca, soube que eram verdadeiras. — Podemos proteger Fadi.

Uma tensão que nem sabia estar lá foi dissipada de seu corpo quando terminei de falar, um medo enraizado nela desde a primeira vez que a vira nos banhos. Teria Shira olhado para mim naquele dia, para meus olhos de demdji, e entendido que estaria perdida no dia em que desse à luz? Antes de conhecer o harém, talvez eu tivesse me perguntado por que assumiria o risco de ir para a cama com alguém que não fosse seu marido. Se era tola e arrogante o suficiente de achar que não sofreria o mesmo destino da mãe de Ahmed e Delila. Ou de todas as outras mulheres do harém que já haviam parado nos braços de outro homem. Mas eu já tinha visto o suficiente desde minha chegada para saber que havia outras formas de morrer ali. Ayet era prova disso.

— Por que não me dedurou para o sultão em troca da sua vida?

— Não consegui me conter. Antes da rebelião, achava que as pessoas só agiam em benefício próprio. E havia partes de mim das quais eu não conseguia me livrar. As partes que me mantinham viva. — Você sabe quem eu sou. Tinha noção de que sua vida estava acabada. Se a sobrevivência no harém é um grande jogo, por que não dar a última cartada?

Reconheci o olhar que ela me deu em resposta, dos nossos dias juntas na escola da Vila da Poeira. Era o olhar reservado para alguém que dizia algo particularmente idiota na aula. Aquele que garantia que a pessoa soubesse não só que era burra, mas que minha prima era muito mais inteligente.

— O sultão não faz trocas. Todo mundo sabe disso. Não desde que trocou a liberdade de Miraji por um trono. É o tipo de erro que só se comete uma vez na vida. Ele apenas toma. Se eu tivesse mencionado sua traição, estaríamos as duas mortas. E preciso de uma de nós viva. Preferia que fosse eu, claro, mas você vai ter que bastar. — Um sorriso discreto apareceu em seu rosto, diante da própria piada à beira da morte. Ele sumiu rapidamente. — Quando eu não estiver mais aqui, você e sua rebelião idiota precisam destruir o sultão e Kadir. — Quanto mais falava, mais seu sotaque aparecia. O sotaque do Último Condado. — Odeio todos eles, e odeio o que fizeram. Quase consegui tomar o trono.

— Espere. — Eu a interrompi antes que mergulhasse nos próprios pensamentos e se afastasse demais de mim. — O que quer dizer com isso?

— Fereshteh prometeu. — Ela disse isso como uma criança repetindo algo em que realmente acreditava. Como alguém que não entendia que promessas eram apenas palavras. Mas Fereshteh era um djinni. Se já era perigoso para um demdji fazer promessas, quão ruim seria uma vinda de um djinni? Mil histórias de promessas de djinnis concedidas de formas horríveis e tortuosas passaram pela minha cabeça.

— Eu entendi que o harém era um jogo sem vencedores logo de cara. O único jeito de ganhar é se tornar mãe não só de um príncipe, mas de um sultim. Só que Kadir não é capaz de procriar. E Fereshteh um dia estava lá, nos jardins do harém. Como se tivesse saído de uma história e entrado na minha vida para me salvar. Ele disse que poderia me dar um filho. E assim, de repente, eu consegui um jeito de ganhar. De sobreviver depois que Kadir perdesse o interesse em mim, de me tornar sultima. — Seus olhos estavam distantes. — Quando encostei no djinni, ele se transformou de fogo em carne. E me perguntou o que eu desejaria para nosso filho.

— Como assim, o que você desejaria? — Minha boca estava seca.

Os olhos vermelhos de Shira se abriram de repente, como se tivesse sido despertada quando estava prestes a dormir.

— Ele disse que me concederia um único desejo para a criança. Todo djinni pode fazer isso.

— Shira. — Escolhi minhas palavras com cuidado. — Você ouviu as histórias tanto quanto eu. Um desejo concedido por um djinni...

— Nas histórias, os homens roubam desejos. Eles trapaceiam,

mentem e enganam para mudar a própria sorte. É por isso que os djinnis pervertem seus desejos. Ladrões não prosperam. Mas se o desejo é concedido livremente... — Então não haveria necessidade de distorção. Eles realmente podiam conceder o desejo mais profundo de alguém.

—Você desejou algo mais que um príncipe. — Mas minha atenção não estava toda em Shira. Corria pelas dunas, de volta para a Vila da Poeira. Até minha própria mãe. Se ela teve a chance de desejar algo para mim, o que teria desejado? Que grande dádiva meu pai havia me concedido? —Você desejou que seu filho virasse sultão.

— O único jeito de vencer o jogo. — Shira recostou a cabeça na parede fria de pedra, um pequeno suspiro escapando dos lábios. Foi então que as lágrimas começaram a cair. — Desejei ser mãe de um governante. Eu não teria mais que lutar pela minha sobrevivência. Poderia ter tudo o que sempre quis. — A palavra de um djinni era a verdade. Se Fereshteh tinha prometido que Fadi seria sultão um dia, o que isso significava para Ahmed? — Mas eu perdi. — Lágrimas escorriam por seu rosto. Eu nunca a vira chorar antes. Não parecia natural.

— Quer que eu vá embora?

— Não. — Ela não abriu os olhos. —Você está certa. Ninguém quer morrer sozinho.

Eu esperava sentir pesar. Mas tudo o que encontrei dentro de mim foi raiva. E de repente estava furiosa. Só não sabia com quem. Comigo mesma, por não ter tirado Shira de lá rápido o suficiente. Com ela, por ter sido uma idiota. Com o sultão, por fazer aquilo com nós duas.

— Eu deveria ter desejado algo diferente — ela disse finalmente, quando o choro parou. Ao abrir os olhos outra vez, havia um fogo ali que nunca tinha visto. De repente, me dei conta de que ele sempre estivera lá. Na Vila da Poeira, quando achava que era a única que queria desesperadamente escapar. No harém, quando achava que era a única que guardava um segredo. Shira só tinha ocultado aquele fogo bem melhor do que eu. — Diga que vai vencer, Amani. Que vai matar todos eles. Que vai tirar o país das mãos deles e que meu filho estará seguro em um mundo que não vai querer destruí-lo. Esse é meu verdadeiro desejo. Diga isso.

Abri a boca e então a fechei novamente. Fazer afirmações era um jogo perigoso. Tinham tantas frases que eu queria pronunciar. *Nada de ruim vai acontecer com seu filho. Não vou deixar. Ele vai ser livre e se tornar forte e inteligente. Vai acompanhar a ruína desse governo podre. Vai viver para ver tiranos caírem e heróis ascenderem. Vai ter a infância que nunca pudemos ter. Vai correr até que suas pernas se cansem de perseguir o horizonte, se assim quiser, ou vai criar raízes aqui, se preferir. Vai ser um filho do qual qualquer mãe ia se orgulhar, e nada de ruim vai acontecer com ele no mundo que vamos criar depois que você se for.*

Era perigoso demais prometer aquelas coisas. Eu não era um djinni todo-poderoso; não podia fazer promessas. Tudo o que consegui dizer foi:

— Não sei o que vai acontecer, Shira. Mas sei pelo que estou lutando.

— É bom mesmo. — Ela reclinou a cabeça contra o metal frio. — Porque vou morrer por essa sua causa. Foi a troca que fiz com a rebelião. — As lágrimas tinham secado agora. — Prometi a eles que se conseguissem tirar meu filho daqui, eu mostraria a essa cidade como uma garota do deserto parte.

A multidão na praça do lado de fora do palácio estava inquieta, e dava para ouvir o tumulto antes mesmo de chegar à sacada na frente do palácio. Era quase crepúsculo e eles haviam levado Shira. Ofereceram-lhe roupas limpas, mas ela recusou. Não precisou ser arrastada; não esperneou ou choramingou. Ela se levantou quando foram buscá-la, como uma sultima indo cumprimentar seus súditos em vez de uma garota caminhando para a morte.

Minha prima tinha me feito prometer que ficaria com ela até o fim. Talvez não pudesse estar na plataforma de execução, mas não ia quebrar uma promessa feita a uma condenada. Ninguém tentou me impedir enquanto andava a passos largos pelos corredores do palácio, com Imin me seguindo como uma sombra.

Atravessei as cortinas e dei minha primeira boa olhada em Izman desde o dia em que chegara. A sacada fora coberta por uma treliça de madeira finamente esculpida, para que pudéssemos ver a cidade sem que o povo nos visse. Ela dava para uma enorme praça com o dobro do tamanho do acampamento rebelde no desfiladeiro. E estava lotada. Notícias sobre a execução da sultima tinham se espalhado rápido. Pessoas se amontoavam para assistir a uma mulher do harém morrer por dar à luz um monstro. Era como uma das histórias, mas aquela podia ser testemunhada.

A multidão lutava por um lugar de onde pudesse enxergar a plataforma de pedra posicionada diretamente abaixo da sacada. Olhando daquele ângulo, dava para ver que a pedra não era tão lisa quanto parecia lá de baixo. Havia cenas da escuridão do inferno entalhadas. Homens sendo devorados por andarilhos, pesadelos se alimentando de uma criança, uma mulher cuja cabeça era segurada no alto por um carniçal com chifres. Aquela seria a última coisa que alguém levado à pedra do carrasco veria.

Aquela seria a última coisa que Shira veria.

— Foi um erro organizar essa execução sem me consultar, Kadir. — Peguei um pedaço da conversa do sultão quando passei por eles. Parecia furioso. — A cidade já está inquieta. Você deveria ter cuidado dela em particular. Como fez com a criança. — Hala tinha conseguido convencer o sultão de que Kadir havia assassinado Fadi diante do harém. Era um bom sinal. Ele estava a salvo.

Quase não vi Tamid. Ele estava de pé em um canto, nas sombras, parecendo deprimido. Ele e Shira mal se falavam na nossa cidade, por menor que fosse. Eu tinha a sensação de que, mesmo que tivessem conversado, teriam se odiado. Mas os dois haviam escapado juntos da Vila da Poeira. Haviam sobrevivido. Sobrevivido ao que fiz com eles. Eu os deixei para trás ao mesmo tempo. Aquilo devia valer alguma coisa.

— Ela é minha esposa. — Kadir soava violento, mesmo enfrentando a raiva mais serena de seu pai. — Posso fazer o que quiser com ela.

Kadir me viu quando virou de costas para o pai. Um sorriso sórdido se espalhou por seu rosto.

—Você — ele ordenou para Imin. — Está dispensado. Ache outro lugar para ficar.

Percebi Imin ficar tensa atrás de mim. Mas ela não podia desobedecer. Esboçou uma mesura rápida antes de recuar.

— Ainda bem que está aqui. — O sultim andou pela sacada na minha direção. Meus olhos buscaram o sultão por instinto, procurando ajuda. Mas sua atenção estava em outro lugar. Rahim não estava à vista. Tamid nos observava. Mas ele não ia me ajudar. Mesmo que não me odiasse, não era páreo para um príncipe.

As mãos de Kadir pressionaram a base das minhas costas como se achasse que eu era algum tipo de marionete e soubesse como me manipular. Ele me empurrou por entre duas esposas, que estavam observando a praça por trás da treliça, escondidas da multidão, e me conduziu até a parte aberta na beira da sacada, onde fiquei exposta. Algumas pessoas na multidão olharam para cima quando aparecemos.

—Você tentou ajudar Shira a escapar. — Kadir se inclinou na minha direção, a pressão do seu corpo me forçando contra a balaustrada, prendendo-me entre ele e a visão da minha prima lá embaixo. Eu podia sentir cada centímetro do meu corpo lutando contra a sensação do sultim prensado contra mim. Odiava mais que tudo o fato de não poder me defender. Sentia sua respiração quente na minha nuca enquanto falava. — Agora quero que a veja morrer.

Eu não precisava que ele me obrigasse. Não importava o que acontecesse, pelo menos isso eu podia dar a ela. Não o faria por Kadir. Faria por Shira. Independente de tudo, ela era sangue do meu sangue e merecia isso de mim. Merecia bem mais, na verdade. Mas isso era tudo que eu tinha para oferecer.

A multidão rugiu quando Shira apareceu no palco. Algumas zombarias, mas foram logo dissipadas.

Ela tivera razão em não trocar de roupa, eu percebia agora.

Shira em suas sedas e musselinas, joias e maquiagem refinada parecia pertencer à nobreza. Mas do jeito que estava agora, vestida em um khalat branco simples, era uma garota do deserto. Parecia com parte da multidão que a encarava, e não alguém do palácio. Entendi então que as pessoas estavam se manifestando *a seu favor*, não pedindo sua cabeça.

Quando subiu na pedra, ela ainda tremia, os pés descalços mal aguentando seu peso.

A multidão inquieta se acalmou o suficiente para escutar o carrasco anunciar seus supostos crimes. Shira permaneceu de pé com a cabeça erguida, as costas retas como uma barra de ferro. Uma brisa leve levantou seu cabelo longo. Ele estava solto sobre os ombros, e se moveu o suficiente para expor seu pescoço. O vento fez com que levantasse o olhar. Ela inclinou a cabeça para trás e me viu com Kadir na sacada. Ignorando o marido, fixou o olhar em mim. Havia um leve sorriso em sua boca. Aquele foi o único aviso.

O carrasco ainda estava lendo.

— Por traição contra o sultim...

— Eu sou leal ao *verdadeiro* sultim! — Shira gritou, surpreendendo tanto o carrasco que ele se calou. — O verdadeiro sultim, o príncipe Ahmed! — As palavras provocaram uma resposta da multidão. — Ele foi escolhido pelo destino nos jogos! Não pelas mãos de seu pai! Um pai que desafiou nossas tradições! Conheço a vontade dos djinnis, e eles estão punindo esses falsos governantes. Kadir nunca poderá oferecer um herdeiro ao nosso país!

Fui tomada por um surto de orgulho. O sultão tinha razão. Tinha sido um erro executá-la em público. Kadir tinha dado para sua lendária sultima o maior palco em Miraji para entregar seus segredos. Ela era apenas uma garota a instantes da morte, e usava seus últimos suspiros para fazer mais do que uma chuva de panfletos poderia fazer. Mesmo se a calassem naquele momento, a história se espalharia por toda Miraji, crescendo cada vez que fosse recontada.

— Se Kadir sentar no trono, será o último sultão de Miraji!

O príncipe me soltou com um empurrão enquanto a sultima gritava, voltando para dentro e vociferando ordens. Mas era tarde demais. O dano já estava feito. Silenciá-la faria parecer que eles estavam tentando esconder a verdade. Não me mexi, mas por um instante meu olhar cruzou com o do sultão. Ele parecia resignado. Como se já soubesse que aquele seria o resultado da tolice do filho.

— Kadir morrerá sem um herdeiro para tomar seu lugar, e nosso país cairá de novo em mãos estrangeiras. — Shira ainda estava falando, sua voz mais alta que o murmúrio da multidão. — As mesmas mãos estrangeiras com quem o falso sultão negocia acordos atrás de portas fechadas. O príncipe Ahmed é a única esperança de Miraji! Ele é o verdadeiro herdeiro...

Ela ainda estava gritando quando os guardas a empurraram, forçando sua cabeça contra a pedra.

— Uma nova alvorada! — Shira gritou enquanto um guarda empurrava sua cabeça para baixo com tanta força que seu queixo bateu na pedra, abrindo uma enorme ferida.

O burburinho da multidão abafava qualquer outra coisa que ela pudesse dizer, mas Shira manteve o olhar em mim quando o carrasco se posicionou. Me inclinei para a frente, diminuindo a distância entre nós o quanto podia, a cintura pressionada contra a balaustrada, o corpo curvado sobre a sacada.

Continuei a encará-la até o machado descer.

34

Não soube ao certo de onde veio a primeira pedra. Ela foi arremessada de algum lugar no meio da multidão e bateu na parede perto da sacada.

— Uma nova alvorada! — alguém gritou em meio à multidão. — Um novo deserto! — O grito se espalhou pela praça. O público se transformou numa turba revoltosa numa velocidade assustadora. Outra pedra voou, batendo na treliça de madeira. O guarda mais próximo recuou instintivamente. Aqueles que estavam comigo na área descoberta, mais expostos, começaram a se retirar.

Vi quando se preparavam para jogar uma bomba lá de baixo. O brilho de fogo na multidão. Uma garrafa com tecido queimando sendo arremessada em direção à sacada. Entrei rapidamente para buscar proteção. Enquanto me preparava para me jogar no chão, vi Tamid olhando fixamente pela treliça, o rosto pressionado nas aberturas, os dedos enfiados na madeira esculpida. Agarrei-o e o puxei para o chão no exato instante em que a garrafa acertou a madeira, explodindo em chamas e vidro.

Quando olhei para cima, tossindo, parte da treliça havia sido destruída, e o restante pegava fogo. Um soldado que não havia conseguido se afastar caiu no chão, gritando de agonia enquanto sangue brotava de um lado de seu rosto, arruinado. Tamid olhou assustado para o homem. Não estava tão acostumado quanto eu a escapar da morte.

— Bombas incendiárias, como as que costumávamos fazer em casa — expliquei, me afastando dele. Dei uma rápida olhada em volta, garantindo que ninguém havia nos notado. O caos era uma distração. O sultão já havia desaparecido. Devia ter ido procurar um lugar seguro ou dar ordens para proteger o palácio. Para reprimir as pessoas. Eu só podia esperar que a rebelião estivesse pronta para protegê-las.

— Precisamos encontrar abrigo — falei, estendendo a mão para meu antigo amigo. — Vamos.

Tamid nos levou de volta a seus aposentos através de corredores repletos de soldados, que seguiam para as ruas para tentar controlar a multidão. Centenas de homens passaram, pisando forte no piso de mármore com suas botas. Tamid bateu a porta atrás de nós e passou o ferrolho. Ele ficou apoiado nela por um momento, sem ar. Desabei numa cadeira perto da mesa, enquanto Tamid pegava outra perto da varanda.

Ficamos em um silêncio desconfortável. O barulho da revolta do lado de fora cobria nossa respiração irregular. Gritos de rebelião, tiros. Algo que soou como uma explosão. Pensei ter visto sua luz refletida no rosto de Tamid enquanto ele observava a cidade. Enquanto isso, continuava presa ali, indefesa.

Minha respiração desacelerou aos poucos enquanto a noite caía do lado de fora. A revolta recuou para o fundo da minha mente. No lugar dela ficou o rugido do pesar. Eu havia sido incapaz de salvar Shira. Ficara lá, assistindo sua execução. Podia não gostar dela, mas não a queria morta. E agora Shira havia partido. Outra baixa da nossa causa.

Eu devia ter voltado para o harém, mas minha vontade de ficar lá era ainda menor do que a de ficar com Tamid. Então esperei.

Quando ficou escuro demais para ver, ele começou a andar para lá e para cá no quarto, a perna de metal estalando a cada passo que dava para acender as lamparinas no caminho.

Havia um livro aberto na mesa. Notei-o quando uma lamparina o iluminou. Uma imagem mais vívida do que os desenhos apagados que eu já tinha visto nos livros que chegavam à Vila da Poeira se destacava nas páginas. Era de um djinni feito de fogo azul, de pé ao lado de uma garota de olhos azuis com o sol em suas mãos.

A princesa Hawa.

— Você tem alguma coisa pra beber? — perguntei finalmente, quando a última lamparina foi acesa e não consegui mais aguentar. — Lembra na Vila da Poeira? Quando alguém morria todo mundo se reunia para beber em homenagem. Ou agora você é sagrado demais para beber?

—Você bebeu por mim depois que me largou para morrer? —Tamid perguntou, balançando o fósforo para apagá-lo.

Eu lembrava de ter bebido com Jin em um bar em Sazi depois de ter fugido da Vila da Poeira. Na época, eu nem sabia por que estava bebendo. Queria dizer de novo que sentia muito. Mas meu silêncio falou por mim.

Tamid ficou com pena e abriu um armário. Havia nele jarras e garrafas enfileiradas com substâncias que mais pareciam veneno. Mas meu antigo amigo esticou a mão e puxou uma garrafa pela metade com a etiqueta arrancada. O líquido âmbar dentro dela era inconfundível.

— Só bebo por causa da sua má influência. — Ele tirou a rolha. — Tenho um único copo. — Tamid serviu uma dose nele e outra numa jarra, que me passou. — Não recebo muitas visitas.

A não ser por Leyla, pensei, mas talvez eles tivessem coisas melhores para fazer do que beber juntos.

— A jarra está limpa, prometo — ele disse. — Se quisesse matar você, realmente poderia ter feito isso antes.

— Aos mortos — eu disse. Dei um gole que queimou a resposta espertinha na ponta da minha língua da qual me arrependeria. — Que não tiveram tanta sorte quanto eu.

Tamid girou o copo entre as palmas das mãos.

— Não achei que se importasse com Shira.

Bem que eu queria ficar brava com esse comentário. Mas ele tinha razão. A garota que eu era quando o abandonara sangrando na areia não teria se importado. Mas o mundo tinha se revelado maior do que a Vila da Poeira.

— Bem, pelo visto você se enganou.

Ficamos em silêncio novamente enquanto eu bebericava a bebida, deixando-a queimar garganta abaixo. Tamid apenas fitava o próprio copo. Por fim, pareceu decidir alguma coisa.

— Leyla disse que você está planejando me sequestrar.

— *Sequestrar* é uma palavra muito forte. — Eu havia acusado Jin de me sequestrar uma vez. Mas nós dois sabíamos que era mentira. Eu queria ir. Mesmo que significasse abandonar Tamid. — Mas, sim, mais ou menos isso.

— Por quê? Só para eu não ajudar mais o sultão? — Ele não olhou para mim. — Ou Leyla pediu e você não pôde recusar? Ou é porque... Como foi que você disse? Que sua missão agora é salvar vidas? — Havia desdém em sua voz, mas ele estava me dando uma chance de ser honesta. Eu não podia desperdiçá-la.

— Porque eu não te deixaria para trás de novo. — Apenas uma verdade sairia com tanta facilidade. Minha atenção se voltou para sua perna falsa. — Você nunca quis fugir comigo.

— E por isso me deixou para trás à beira da morte? — Eu tinha dito a coisa errada, aparentemente. Tamid se afastou de mim, recriando a distância que eu havia encurtado ao salvá-lo na sacada. Ao pedir uma bebida.

— Não foi o que eu quis dizer e você sabe disso. — Eu não queria brigar com ele. Não queria brigar com mais ninguém naquele dia. Só queria meu amigo de volta num dia em que já havia perdido uma pessoa para o carrasco. — Só estou dizendo que você não quis fugir de um lugar que odiava com sua amiga mais antiga. Então fica difícil imaginá-lo como o tipo de pessoa que foge com uma princesa. Está realmente pensando em partir com Leyla? Não vai nos dedurar para o pai dela? — Tentei soar desinteressada, mas muitos companheiros morreriam se Tamid fosse leal ao sultão. — Não pode me culpar por ter minhas dúvidas. Só um de nós tem o hábito de fugir com a realeza.

Tamid olhou para mim tão rápido por cima do copo que eu sabia que estava só fingindo desinteresse quando perguntou:

— Aquele estrangeiro que roubou o buraqi era da realeza?

Eu tinha falado aquilo sem querer. E respondi de forma natural, como se ainda pudesse confiar em Tamid.

— O nome dele é Jin. E sim.

— Onde ele está agora?

Desde que Ayet me flagrara com Sam no jardim, eu vinha evitando me fazer essa pergunta. Mas naquele momento, quando tinha certeza de que Ayet nos entregaria e de que estava tudo acabado, um pensamento tolo tinha passado pela minha cabeça.

Eu jamais veria Jin novamente.

Provavelmente morreria, e ele estava longe, fazendo sabe-se lá o quê, sabe-se lá onde, e sabe-se lá com quem.

O pensamento que se sucedeu foi egoísta: se estivesse ali, Jin não me deixaria morrer. Ele largaria o djinni capturado nas mãos do sultão e arriscaria tudo por mim.

— Sei tanto quanto você — eu disse, e continuei bebendo.

— Não é lá muito legal ser deixado para trás por alguém que você ama, não acha? — Tamid ergueu o copo num brinde antes de dar um gole.

Você só achava que estava apaixonado por mim, pensei, mas não consegui dizer em voz alta. Isso me pegou desprevenida.

— Não — admiti, com a boca no copo. — Nem um pouco. — Ficamos em silêncio. — E quanto a você e Leyla? — acabei perguntando.

— Para onde vão se conseguirmos escapar?

— Talvez para casa. — Tamid deu de ombros — Para a Vila da Poeira.

Soltei um som de escárnio sem querer. Tamid me olhou com cara de ofendido.

— Ah, fala sério — me defendi. — Uma coisa é não querer fugir, mas não me diga que depois de ver tudo o que existe além daquele lugar você realmente deseje voltar para aquele fim de mundo. Ou tem memórias mais agradáveis do que as minhas de todos os nomes que aquela cidade te chamava?

— Não sou como você, Amani. Só quero uma vida simples como um pai sagrado com uma esposa. Não sei por que acreditei que você mudaria seu jeito de pensar e mais cedo ou mais tarde veria as coisas do meu ponto de vista. — Seus olhos escuros me encararam antes de desviarem outra vez. A lembrança dele me pedindo em casamento pairou pesada entre nós.

Havia uma parte dele que ainda não entendia. Aquilo estava claro para mim agora, mais do que jamais estivera na Vila da Poeira. Eu moveria o mundo inteiro para corrigir o que havia feito com Tamid. Mas jamais desistiria daquela vida por ele. Nem por ele nem por ninguém. A diferença era que Jin nunca havia me pedido para fazer isso. Ele tinha pegado a minha mão e me mostrado o mundo.

— Essa vida de djinnis, princesas, é demais pra mim. Não mudei de ideia sobre o que quero, Amani. Nem você.

Fui tomada por um pensamento e não consegui segurar a gargalhada. Tampei a boca com a mão e quase engasguei com a bebida. Tamid me lançou um olhar interrogativo.

— Não estou rindo de você. — Acenei para ele com a mão, o nariz queimando com a bebida. — É só que... eu estava tentando imaginar a cara do seu pai se você levasse uma princesa para casa como esposa.

Sua expressão também mudou ao pensar no assunto. Ele revirou os olhos.

— Deus me livre. — O pai de Tamid era um sujeito difícil. Havia tentado afogá-lo quando bebê por ter nascido com uma deficiência na perna. Era patriótico até o último fio de cabelo. Mencionava o nome do sultão em todas as ocasiões possíveis. *O que o sultão pensaria do meu filho fracote, Tamid? O que o sultão pensaria de um garoto mirajin que não consegue ganhar de uma menina, Tamid?*

— O que o sultão pensaria de você tomar a filha dele como esposa, Tamid? — perguntei, imitando seu pai da melhor maneira que pude, como fazia quando morávamos na Vila da Poeira. Tamid apoiou a cabeça nas mãos, mas estava sorrindo. Dei risada, sentindo o álcool me deixar mais leve.

— E quanto a você? — Tamid girou mais uma vez o copo entre as mãos, o sorriso discreto ainda no rosto. — Não pode ir embora. O que esse grande plano de fuga prevê pra você?

Eu também vinha me perguntando isso. A dúvida me deixou repentinamente sóbria. Shazad sempre esteve disposta a sacrificar a própria vida pela rebelião. Mas eu não sabia se ela sacrificaria a minha ou se eu mesma teria de fazer isso. Imin já havia se oferecido, caso Shazad não o fizesse.

— Não posso deixar o palácio enquanto o sultão me tiver sob controle. — Tentei dar de ombros casualmente, mas Tamid me conhecia bem demais. Podia me ler melhor do que ninguém.

Do que quase ninguém. Jin conseguira superar até mesmo Tamid. E Shazad tinha visto quem eu podia ser. Tamid sempre enxergara apenas quem ele queria que eu fosse. Mas ainda sabia quando eu estava escondendo alguma coisa. *Olhos que me traíam.*

— Eu morreria por essa causa, Tamid. Não quero que isso aconteça. Faria quase qualquer coisa para evitar. — Ouvi o barulho da multidão do lado de fora. — Mas o que está em jogo é muito maior do que a minha vida ou a de qualquer outra pessoa.

Ele apoiou o copo na mesa.

— Quero que saiba que não acredito na sua rebelião.

— Imaginei. —Terminei de beber o conteúdo da jarra.

— E existe uma boa chance de seu príncipe acabar destruindo este país. — Eu já imaginava aquilo também, só que não disse. — Mas tem razão: não te odeio o bastante para querer que morra. Tire a camisa. — Não era bem o que eu esperava que ele dissesse.

— Você diz isso para todas as garotas? — deixei escapar. Era algo idiota de dizer a alguém que não era mais meu amigo. Que havia sido apaixonado por mim um dia. Era tolice fazer graça quando o sangue de Shira ainda esfriava na praça e a revolta nas ruas seguia em fúria. Mas, contra todas as expectativas, Tamid riu. Exatamente como costumava fazer, com os olhos levemente revirados, como se quisesse que eu pensasse que estava rindo só para me agradar. Mas eu o conhecia bem.

— Não — Tamid pegou uma pequena faca com a lâmina do tamanho de uma unha. — Só para as garotas de quem estou prestes a arrancar um pedaço de bronze.

Ele falava sério. Iria me ajudar. Sabia onde os pedaços de metal haviam sido enfiados na minha pele. Poderia tirar aquele que me controlava. Que me forçava a permanecer ali.

Tamid ia salvar minha vida.

35

Já conseguia ouvir o Auranzeb começando do outro lado da parede. O som de risadas flutuava até o harém, alto e claro como um sino, uma profusão de vozes mirajins e estrangeiras, com a música suave de pano de fundo.

Estávamos à sombra das paredes, do lado de fora do portão. Os grupos de garotas arrumadas com perfeição sussurravam ao meu redor. Elas mantinham distância de mim. Ninguém no harém parecia ter certeza do meu papel nos eventos relacionados à abençoada sultima, mas isso não havia impedido os rumores de se espalhar. Algumas até diziam que tinham me visto ajudar Kadir a afogar Fadi. Eu sabia que estavam mentindo porque Hala não era tola ou rancorosa o suficiente para plantar aquela imagem na cabeça delas. Olhei em volta procurando Leyla, uma aliada, mas não consegui encontrá-la à luz fraca que vinha do outro jardim. Ali, só ouvíamos o ruído de tecidos em movimento e sussurros animados ocasionais. Parecíamos criaturas presas na jaula, aguardando. Expirei longamente, tentando acalmar meu coração acelerado.

Então era isso. Libertaríamos Leyla e os djinnis. E, de um jeito ou de outro, seria minha última noite no harém.

Passei a mão instintivamente pelo lado esquerdo do corpo, um tique nervoso adquirido nos dias anteriores que vinha tentando perder. A última coisa de que precisava era alguém notando o pequeno corte cicatrizando embaixo do meu braço, de onde Tamid havia tirado o pedaço de bronze que havia sob minha pele. Os de ferro ainda estavam lá. Ele me disse, sem olhar nos meus olhos, que não planejara removê-los quando os colocou sob minha pele, e eu poderia sangrar até a morte durante o processo. Mas eu entendia a verdade por trás de seus motivos. Ele estava disposto a me ajudar a fugir, mas não ia ajudar a rebelião devolvendo meus poderes. Não era um traidor como eu.

Os protestos tinham durado a noite inteira depois da morte de Shira. Estavam sendo chamados de Insurreição da Abençoada Sultima. Mas a história era escrita pelos vencedores. Se perdêssemos a guerra, havia grandes chances de mudarem o nome para Insurreição da Sultima Desgraçada. A tensão que haviam deixado no ar era um balde de água fria nos preparativos para o Auranzeb. Podia sentir isso mesmo dentro da segurança das paredes do palácio.

Quando o dia raiou depois da noite de revolta, a rebelião tinha tomado conta de parte da cidade. Sam me contara que nosso lado havia usado o ocorrido para erguer barricadas por todo o caminho, isolando e reivindicando a maior parte dos bairros pobres e algumas outras áreas da cidade.

Em uma única noite, havíamos conquistado território para a rebelião na própria capital. Se isso não mandava uma mensagem, não sabia o que mais mandaria. Havia sóis pintados em construções por toda a cidade, inclusive num muro no coração do palácio, com tinta vermelha brilhante, o que era mais perturbador. Ninguém conseguiria fazer isso exceto Imin, claro. Mas agora ela era uma pequena e ingênua serviçal na cozinha, e ninguém suspeitaria que uma pessoa tão miúda fosse capaz de alcançar uma altura daquelas.

O amanhecer revelou cadáveres espalhados pelas ruas. Muitos deles vestiam uniformes. De acordo com Sam, Shazad tinha conduzido uma estratégia impecável nas ruas da cidade, como fazia no campo de batalha. E mesmo que parte de suas tropas achasse que só estava saqueando a cidade e provocando incêndios, ela havia conseguido conduzir a todos cuidadosamente, liderando-os como soldados mesmo que não soubessem disso.

Ainda assim, embora tivéssemos conquistado mais do que perdido, existia uma tensão entre os rebeldes. Se havia um momento para o sultão voltar seu novo exército djinni contra nós, era aquele.

Mas já haviam se passado três dias e nenhum imortal caminhava pelas ruas. Ainda era uma guerra entre humanos. E demdjis. E à noite eu voltaria para o lado ao qual pertencia.

As serviçais do harém haviam me vestido com as cores de Miraji. Branco e dourado. Como o Exército. Só que eu parecia um tipo diferente de soldado. O branco brilhava pálido e opulento perto da minha pele escura do deserto. O tecido se agarrava à minha pele como os dedos de um amante, terminando em uma bainha pesada com bordados dourados que subiam pela roupa, repletos de pérolas. Imaginei como seria caminhar entre as esposas de Kadir, com elas tentando agarrar meu khalat como haviam feito com as pedras preciosas nas piscinas. Meus braços estavam descobertos dos cotovelos para baixo, exceto meus punhos, onde pesados braceletes dourados tilintavam. Sob a luz radiante, o pó de ouro polvilhado sobre todo o meu corpo fazia parecer que o sol morava sob minha pele.

Elas haviam discutido sobre meu cabelo curto antes de finalmente se resignarem a passar óleos adocicados nele, para que ficasse liso. Trançaram fios de ouro puro por toda a minha cabeça, formando faixas que se misturavam aos fios negros e brilhavam na luz. Eu não conseguia mais me importar com o comprimento do meu cabelo. A raiva que havia sentido de Ayet desaparecera quando eu a vira encolhida no chão da prisão, os olhos vidrados. Ela havia lutado e perdido, e eu sentia pena dela. Ao terminarem, as serviçais me coroaram com uma pequena argola feita de folhas de ouro em miniatura com pérolas penduradas. Minha boca foi pintada de um tom mais escuro de dourado.

Todas as mulheres do harém com permissão de entrar na festa estavam vestidas nas mesmas cores que eu, o branco e o dourado mirajins. Mas eu estava deslumbrante. Como uma escultura intocável de ouro que devia ser exposta em um palácio e admirada. Não havia sobrado nada da garota do deserto. Estava mais bonita do que nunca, mas me sentia artificial, como se fosse outra pessoa.

Mas eu sabia quem era. Eu ainda era uma rebelde.

E naquela noite daríamos um golpe certeiro.

— E anunciamos agora — o chamado veio do outro lado da porta — as flores do harém. — Um burburinho de expectativa veio da multidão. As portas foram abertas. As garotas ao meu redor correram como crianças em direção a um novo brinquedo. Fui empurrada enquanto seguia num ritmo mais lento. Imaginei que, para os convidados, aquilo devia ser como observar pássaros serem libertados das gaiolas, uma revoada de branco e ouro enquanto avançávamos por entre as pessoas.

Os jardins pareciam sedutores à luz do fim do dia. As fontes borbulhavam alegremente entre os convidados, que vestiam suas roupas mais finas; a música e o cheiro dos jardins e de boa comida se misturavam magicamente. Bem acima de nós, havia cordas esticadas de um lado a outro cortando o céu, com pequenas decorações penduradas, refletindo a luz. Quando inclinei a cabeça para trás, vi que eram pássaros de vidro presos por fios dourados. Uma serviçal passou por mim com uma bandeja de bolos macios polvilhados com pó branco. Peguei um e enfiei na boca, sentindo o gosto do açúcar explodir na minha língua enquanto derretia. Tentei saboreá-lo, mas ele se dissolveu rapidamente, até que houvesse restado apenas sua lembrança entre a ponta da língua e o céu da boca.

Ouvi sussurros brotarem da multidão enquanto passávamos. A rainha albish reparou em uma garota que trajava um vestido de pura musselina e revelava muito mais do que se esperaria, então desviou os olhos com aversão, passando as mãos sobre a própria saia longa e pesada.

Eu a ignorei, preferindo procurar rostos conhecidos, como Shazad ou Rahim. Cruzei o olhar com o sultão, do outro lado da multidão. Alguns convidados pareciam estar se divertindo como se aquela fosse sua última noite. Mas não ele. O governante estava atento como nunca. Ergueu uma taça ainda cheia para mim num brinde antes de desviar sua atenção. Deixei escapar um longo suspiro. Eu não podia levantar suspeitas. Resolvi pegar uma rota lenta que contornava os jardins. Como se não estivesse procurando ninguém.

Rahim me encontrou antes que eu pudesse avançar muito.

— Meu aclamado pai me designou para ficar de olho em você esta noite. — Ele estava usando um uniforme de gala branco impecável e, na lateral, uma espada que não parecia nada decorativa. — Há um número considerável de estrangeiros por aqui e, aparentemente, mesmo depois de quase deixar que você fosse estrangulada, ainda sou confiável.

— Uma vez, por minha causa, alguém perdeu a mão numa emboscada. — Eu havia acabado de chegar à rebelião quando aquilo acontecera. Tinha sido após Fahali, antes de levar um tiro na barriga. — Mais tarde, quando Ahmed me enviou numa incursão similar, perguntei se ele realmente confiava em mim. Ele disse que eu tinha menos chance de cometer o erro pela segunda vez do que outra pessoa teria de cometer pela primeira.

— Bem, vamos torcer para que seja a única coisa que meu irmão e meu pai tenham em comum. Dito isso, vamos encontrar sua rebelião. — Ele me estendeu o braço branco do uniforme. Ergui as mãos douradas, como se me desculpasse. — Ah, claro. — Ele baixou o braço. — Olhe, mas não toque.

Caminhamos lado a lado pelo jardim iluminado. Em uma noite

como aquela, seria fácil esquecer que celebrávamos o golpe do sultão. Duas décadas antes, no mesmo dia, ele havia se aliado aos gallans e tomado o país à força. Quando o sol se pôs, seu pai estava no trono. Quando amanheceu, ele foi encontrado morto em seu leito, e o palácio tinha sido tomado pelos estrangeiros. O sultim foi encontrado caído no jardim, como se tivesse tentado correr. Muitos de seus irmãos tiveram o mesmo destino. Oman não ia tolerar nenhuma disputa pelo trono. Deixara viver apenas as mulheres e os irmãos mais novos. Vinte anos antes, o palácio havia sido palco de morte e sangue, e agora música e luzes agradáveis preenchiam o ar, e o burburinho da conversa parecia tentar afastar as memórias daquela noite.

Só que tinha as estátuas. Entre os convidados, músicos e serviçais circulando com vinho e comida, havia esculturas feitas do que parecia ser barro e bronze espalhadas pelo jardim. Elas tinham sido entalhadas em formas agonizantemente retorcidas, de joelhos, os braços para cima como se estivessem se protegendo.

— Conheci o príncipe Hakim quando ele era garoto, sabia? — Um lorde ou algum outro nobre mirajin falava com uma bela jovem, gesticulando em direção a uma estátua.

Elas eram réplicas dos príncipes. Esculturas de bronze dos doze irmãos que o sultão havia assassinado para tomar o trono.

Alguém havia pousado a bebida na palma virada para cima de uma das estátuas, fazendo com que o rosto agonizante do príncipe morto olhasse para uma taça de vinho pela metade com marcas de dedo oleosas.

— Bem, é isso que chamo de mau gosto — uma voz disse no meu ouvido, me fazendo pular. Um serviçal baixinho estava ao meu lado com uma bandeja cheia de basbousa. Tive a estranha sensação de conhecê-lo, embora não parecesse familiar. Até que ele revirou os olhos.

— Imin. — Olhei em volta com cuidado para verificar se alguém nos escutava.

— Essas cores não ficam nem um pouco bem em você. — Ela me avaliou de cima a baixo. Se eu ainda tivesse alguma dúvida de quem se tratava, evaporaria com o desdém naqueles olhos amarelos brilhantes que entregavam a demdji.

— Ele é um dos nossos? — Rahim adivinhou. — Como conseguiu entrar? — O príncipe não sabia nem metade da história, mas aquele não era o momento de explicar.

— Tenho meus truques. — Imin pegou um bolo da própria bandeja e enfiou na boca. — Shazad está procurando vocês dois. — Ela lambeu os dedos e apontou. Shazad estava um pouco afastada, o cabelo preso em tranças apertadas em volta da cabeça, como uma coroa. — Ela acha que é hora de cumprir sua parte do acordo e nos apresentar a quem quer que seja que tenha esse suposto exército.

— Ela faz parte da rebelião? — Incrédulo, Rahim inspecionou Shazad do outro lado do jardim. — A filha do general Hamad? Sempre pensei que fosse só um rostinho bonito.

— Você e todo mundo — eu disse. — Foi por isso que imaginamos que ela não seria revistada com muita atenção quando entrasse. Shazad deve ter trazido explosivos suficientes para libertar cada djinni preso nas catacumbas.

— Explosivos — Rahim repetiu, nervoso.

— Você não contou para ele essa parte do plano? — Imin perguntou, enfiando mais comida na boca.

— Nem tínhamos um plano até alguns dias atrás — eu disse, na defensiva. — Estive ocupada desde então. — Minha mão desceu para o pequeno corte na lateral do corpo.

Imin virou para Rahim.

— De acordo com Shazad, em cada Auranzeb, quando o sol se põe, o sultão faz um discurso, o que significa que todos estarão prestando atenção nele. Sam vai aproveitar esse momento para atravessar as paredes com Amani e Shazad. — Imin apontou com a cabeça nosso aliado.

Eu mesma tive dificuldade de identificá-lo, porque vestia um uniforme do Exército albish. Então era assim que estava circulando sem levantar suspeitas.

— Não é crime fingir ser um soldado? — Meu coração começou a acelerar. Havia tanta coisa que podia dar errado naquela noite. Não ter certeza se poderíamos contar com Sam era só uma delas.

— Ouvi dizer que também é crime desertar do Exército albish. — Imin passou a língua nos dentes, tentando soltar uma semente que havia ficado presa. Ela daria uma péssima serviçal. Era impressionante que tivesse chegado tão longe sem ser pega. Mas tinha razão: o uniforme ficava bem demais em Sam para ter sido roubado. Bem demais para ser qualquer coisa que não um uniforme feito sob medida para ele. Passei os olhos pelo aglomerado de soldados albish acompanhando sua rainha. Sam estava correndo um grande risco por ser um desertor no meio deles. E estava correndo esse risco por nós.

Enquanto eu observava, ele olhou para o outro lado do jardim, não desgrudando os olhos de Shazad, que agora vinha em nossa direção. Então eu percebi que ele não estava correndo aquele risco por *nós*, exatamente. Já tinha visto homens se apaixonarem por Shazad antes, mas ela nunca retribuíra. Isso não podia acabar bem.

— Hala vai estar do outro lado da parede — Imin prosseguiu. — E vai fazer vocês desaparecerem por tempo suficiente para chegar aos djinnis e armar os explosivos.

— E minha irmã? — perguntou Rahim. Ele a procurava com os olhos pelo jardim. Percebi então que ainda não a tinha visto.

— Você não é muito paciente. — Imin fez uma pausa para mastigar. — Se tudo correr de acordo com o plano, Sam vai tirar Shazad e Amani do palácio depois de explodirem as catacumbas, e então vai voltar por *aquele muro* para levar você e sua irmã. — Ela apontou novamente, olhando para o outro lado.

— Você pega Leyla e espera Sam no canto sul do jardim, longe do caos que vai se instaurar depois da explosão — eu disse, mudando de posição com cuidado quando alguém passou por nós, perigosamente perto para ouvir a conversa.

— Então Hala vai levar Tamid, protegido por uma de suas ilusões, e, em meio ao caos, eu vou parecer só mais um serviçal correndo de uma explosão. O que pode dar errado?

— Um monte de coisas — Rahim apontou.

— Ainda está longe de ser o pior plano que já elaboramos — tentei confortá-lo.

— Nosso pior plano terminou com você inundando uma casa de oração — Imin comentou, o que era verdade, embora inútil no momento. — Então isso não quer dizer muito.

— Todo mundo sobreviveu — argumentei, na defensiva. Rahim olhou para mim parecendo desconfortável.

— Bem-vindo à rebelião. — Shazad havia nos alcançado. Ela cumprimentou Rahim com um sorriso devastador. — A gente se vira como pode. E então, vai nos conseguir um exército ou não?

Encontramos lorde Balir, emir de Iliaz, recostado em uma das esculturas grotescas. Ele era jovem, mas parecia exausto pela vida, ou talvez por sua própria arrogância. Não seria inteligente dizer aquilo quando estávamos tentando formar uma aliança, no entanto. Era melhor deixar Shazad falar.

— Então. — Lorde Balir me olhou de cima a baixo. — Você é a rebelde de olhos azuis de quem todos estão falando. — Ele olhou para Shazad. — E você deve ser o rosto desta operação. É bonita demais para ser qualquer outra coisa. — Observei minha amiga morder o lábio de raiva.

— E você é o emir pensando em virar rebelde. — Ela manteve o sorriso o tempo inteiro e gesticulou delicadamente. Olhando para ela, daria para pensar que era apenas uma garota bonita flertando com um homem. Não uma rebelde planejando uma guerra em grande escala. Notei por que lorde Balir havia optado por nos esperar naquele canto do jardim. A música que atravessava as paredes cobria qualquer conversa ao nosso redor, então provavelmente cobriria nossas palavras. Ainda assim, Shazad falou baixo.

— Eu puxei ao meu pai. — Lorde Balir deu de ombros lentamente, levantando a borla elaborada nas mangas. Tive a impressão de ver Rahim revirar os olhos incrédulo. Mas quando o encarei, ele estava com uma expressão firme de soldado. Rahim havia servido primeiro sob o comando do pai de lorde Balir. Ele saberia melhor do que ninguém se o filho realmente chegava aos pés do pai. — Ele não era leal ao trono. Nunca perdoou o sultão Oman por entregar Miraji aos estrangeiros. Ele costumava falar o tempo inteiro de como Iliaz é a região mais poderosa do país, de como o resto dependia de nós. Ele falaria até seus ouvidos sangrarem sobre como Iliaz era autossuficiente.

— Está dizendo que quer independência em troca do seu exército? — Certamente aquilo não era pedir muito.

— Está em posição de negociar isso comigo?

Sequestrar Delila sem permissão era uma coisa. Entregar parte do país de Ahmed sem sua permissão era algo que nem mesmo eu e Shazad poderíamos fazer.

— Não — Shazad disse. — Não sou *bonita* o suficiente para isso. — Deixei escapar uma risada discreta. Ela quase me deu uma cotovelada, esquecendo meu machucado, mas se segurou antes de finalizar o gesto, fazendo parecer que estava arrumando a roupa. — Mas podemos levá-lo a Ahmed. — Ela fez uma pausa dramática. — Desde que nos dê alguns números impressionantes.

Lorde Balir ergueu uma sobrancelha para Rahim. Seu comandante respondeu por ele.

— Há três mil homens estacionados em Iliaz. O dobro disso na província, podendo ser convocados novamente.

— E há armamento suficiente para todos? — Shazad disfarçou a pergunta tática com uma risada calculada, tocando o braço de Rahim como se ele tivesse acabado de dizer algo hilário.

— Amani. — Imin, ainda com a aparência de um serviçal, reapareceu ao nosso lado e fez uma mesura elaborada. — O sultão está vindo nessa direção.

Eu e Shazad nos entreolhamos.

— Vá — ela disse. — Eu cuido disso.

Eu estava nervosa demais para comer ou beber qualquer coisa quando os deixei. Fingi que inspecionava as estátuas horríveis que cercavam o jardim para não chamar atenção e resistir à vontade de olhar por cima do ombro de tempos em tempos para ver as negociações de Shazad, lorde Balir e Rahim. Os rostos das estátuas me lembravam Noorsham. Com a diferença de que sua máscara de bronze tinha sido lisa e inexpressiva. Eram terríveis lembretes do que o sultão poderia fazer conosco se descobrisse nossa traição antes que conseguíssemos escapar.

— Anunciando agora — a voz soou novamente pelo pátio — o príncipe Bao do glorioso império de Xicha.

Senti aquela fisgada que vinha sempre que algo me lembrava de Jin.

Uma pequena multidão de xichans parou no topo da escada. Estavam todos vestidos em roupas brilhantes que pareciam tão estrangeiras quanto tudo que eu já tinha visto os gallans usarem, mas ao mesmo tempo completamente diferentes. Eu via Delila usar um vestido xichan de vez em quando, mas não havia uma única mulher entre eles.

Um manto verde e azul caía sobre o corpo franzino do homem à frente do grupo. Os seis homens em volta dele vestiam trajes similares. Todos me lembravam de Mahdi e do restante do grupo erudito de Ahmed.

Exceto por uma pessoa na parte de trás. Ele não era alto, mas seus ombros eram mais largos do que o daqueles homens que o cercavam, e se portava como se estivesse pronto para a luta.

Minha boca ficou seca.

Senti a fisgada mais forte. Dei um passo à frente sem querer, tentando ver mais de perto. Através da multidão, entre a massa de pessoas, ele virou o rosto diretamente para mim. Como se estivéssemos conectados por algum tipo de elo invisível. Como se fôssemos agulhas de bússolas sincronizadas.

Os olhos de Jin encontraram os meus. Eu havia me enganado. Ele não tinha o mesmo sorriso do pai. Porque aquela curvinha travessa em sua boca era toda nossa.

36

Havia um jardim inteiro entre nós, e estávamos em solo inimigo. Um erro, um movimento em falso, poderia nos custar toda a rebelião. E, ainda assim, precisei de toda a minha força de vontade para manter os pés grudados no chão. Para resistir àquela atração.

Foi mais doloroso do que qualquer ordem que o sultão tivesse me dado.

Jin se inclinou e sussurrou alguma coisa para o xichan perto dele enquanto desciam para o jardim. O homem assentiu, virando-se para responder. A multidão se moveu e Jin desapareceu. Lutei contra o instinto de ir atrás dele. De abrir caminho entre as pessoas sem dar a mínima para o sultão me vigiando.

Comecei a avançar lentamente em direção ao lugar onde desaparecera. Ou tão lentamente quanto conseguia com meu coração no ritmo de um tiroteio. Driblei estrangeiros com roupas estranhas, mirajins bem-vestidos, homens perigosos de uniforme. Mas não conseguia ver onde ele estava. Eu o havia perdido. Outra vez.

— Amani. — Sua voz no meu ouvido soava exatamente como da última vez que o tinha visto. No deserto. Em fuga. Sem ar depois de me beijar na tenda.

Quando virei, ele estava tão próximo que eu poderia tocá-lo. Só que, se havia um jeito garantido de termos uma morte tão horrenda quanto a dos homens de bronze ao nosso redor, era esse.

Seus olhos percorreram meu corpo, do cabelo penteado com perfeição até meus pés descalços. De repente, fiquei mais consciente da minha aparência do que havia estado toda a noite. Eu era uma garota de brilho dourado, com uma roupa que não me cobria por inteiro. Tinha sido arrumada como as outras garotas do harém, com o objetivo expresso de ser admirada por outros homens, mas nunca tocada. O xichan que estava junto com Jin fazia exatamente isso, observando cada parte da minha pele exposta. Mas Jin não pareceu notar que eu estava pintada de ouro e em exposição com o intuito de provocar os homens.

— Você cortou o cabelo — ele finalmente disse. Com tudo o que havia de diferente, era a cara dele notar justamente isso. A ferida mais evidente que eu ostentava de tudo o que havia passado entre as paredes do harém.

— Não por vontade própria. — Não havia tempo de explicar, mas Jin conseguiu ler uma parte da explicação no meu rosto. Naquela breve resposta.

— Amani, eles... — Jin se interrompeu. Aquele "eles machucaram você?" ficou engasgado ali. Eu sabia o motivo. Se alguém tivesse me machucado e Jin não tivesse impedido, dificilmente ia se perdoar. —Você está bem?

Era uma pergunta e tanto.

— Vou sobreviver.

A expressão em seu rosto mudou enquanto cerrava o punho. Quando falou novamente, sua voz era grave e urgente.

— Juro por Deus, se ele tiver te machucado, vou fazer com que pague por isso. — Eu sabia muito bem a quem ele se referia. Ao sultão.

— Você não acredita em Deus. — Foi tudo o que consegui pensar em dizer.

Jin estendeu a mão como se quisesse me puxar para ele, longe de tudo o que acontecia ao nosso redor.

— Então eu juro por você.

Tive que entrelaçar os dedos para resistir ao ímpeto de tocá-lo. Lembrei de quando era pequena, os braços tremendo do esforço de segurar um rifle pesado demais para uma menina de dez anos. Tudo o que eu mais queria no mundo era soltar a arma. Abrir as mãos e deixá-la cair. O esforço de erguê-la era demais para mim. Estava forçando meus músculos até a exaustão.

Mas, para permanecer viva, eu precisava aprender a segurar aquele rifle. A atirar.

Mantive os braços onde eles estavam. Tremendo com o esforço.

— Jin — falei tão baixo quanto possível. — Não é seguro conversar aqui.

— Não estou nem aí. — Sua voz saiu firme e baixa. Por um momento pensei que ele realmente ia pegar minha mão e simplesmente sair correndo comigo dali. Então Jin voltou à realidade; o gesto foi transformado numa mesura enquanto saía do caminho do homem atrás dele. Era um dos xichans, e o acompanhava como uma sombra. — Sou o intérprete do príncipe Bao esta noite. Se conversarmos através dele, vai ficar tudo bem. — O homem inclinou a cabeça, sem saber o que estava acontecendo, dizendo algo em xichan.

— O que aconteceu com o outro intérprete? — perguntei com o que eu esperava ser um sorriso educado.

— Teve um surto repentino de costelas quebradas esta tarde. — Jin piscou para mim por cima da cabeça do príncipe, que ainda fazia sua mesura. — O príncipe tem uma fraqueza por mulheres bonitas, então não foi muito difícil vir até você. Diga algo em resposta, como se eu tivesse traduzido o que ele disse.

Eu não via Jin havia dois meses. Da última vez, tínhamos brigado. Sua mão estivera dentro da minha camisa; sua boca, junto à minha. Havia meses de palavras não ditas entre nós. E eu provavelmente deveria informá-lo de que assim que a luz que projetava nossas sombras desaparecesse teríamos que libertar um monte de djinnis. Havia tanto a ser dito em tão pouco tempo, e era muito difícil dizer tudo aquilo mantendo um sorriso educado no rosto.

— Onde você se enfiou? — perguntei através do meu sorriso forçado para o príncipe Bao, como se estivesse conversando com ele, e não exigindo uma explicação.

Não vi sua expressão quando Jin se virou e disse algo rápido em xichan. Provavelmente algum tipo de clichê educado. O homem respondeu, assentindo e sorrindo, e esperou que Jin traduzisse. Então finalmente Jin pôde se virar outra vez para mim.

— Estava te procurando. — Sua mão direita ainda estava cerrada em punho, batendo tensa contra a perna.

— Então perdeu seu tempo — eu disse, e Jin abafou uma risada enquanto eu apertava os lábios e tentava irradiar polidez para o homem estrangeiro que parecia achar que eu não sabia que ele estava olhando os meus peitos. — Eu estava bem aqui.

— Sim, Shazad já fez uma crítica minuciosa das minhas escolhas.

— Ela sabe que você está aqui?

Começava a escurecer. Não demoraria muito para termos de nos separar novamente.

— Em Izman, sim. Aqui no palácio, nem tanto. — E lá estava ele. Aquele sorriso que me fazia seguir Jin para o meio do perigo. Lutei contra o instinto de retribuí-lo. — É melhor dizer algo em resposta para seu príncipe.

Jin disse algo rápido em xichan, e só entendi uma parte, mas parecia explicar ao príncipe que o mirajin não era um idioma tão econômico em palavras. Ele mal esperou pela resposta do príncipe Bao antes de voltar a olhar para mim. — Vim garantir que você vai deixar este lugar esta noite. Mesmo que a gente não consiga tirar mais ninguém daqui, você vem junto. Entendeu?

Um sorriso nasceu em meus lábios, apesar dos meus esforços contrários. Ignorei quando o príncipe Bao sorriu para mim, claramente pensando que aquilo se destinava a ele.

— Está dizendo que veio aqui para me resgatar?

Jin ergueu um ombro.

— Bem, se quiser ver as coisas dessa maneira...

Eu queria tocá-lo. Mais do que qualquer coisa. Queria ser abraçada por ele. Queria lembrar a Jin que estávamos em guerra. Que poderíamos lutar, fugir ou ficar juntos o quanto quiséssemos, mas não seríamos sempre capazes de manter um ao outro seguro. — Jin...

— Uma demdji e um diplomata em ascensão, pelo que vejo. — A voz fez minhas costas estremecerem antes que eu pudesse responder. Estávamos tão envolvidos na conversa que nem notei o sultão se aproximar. Ele pousou a mão nas minhas costas.

Senti um arrepio de nervoso percorrer minha coluna. Notei a tensão de Jin, que rapidamente se curvou numa mesura. O príncipe Bao seguiu o exemplo. Observei Jin ficar frente a frente com o pai pela primeira vez desde que era uma criança no harém.

Eu sabia exatamente o que ele via, porque tinha visto o mesmo: Ahmed duas décadas mais velho. Seu irmão, nosso príncipe e nosso inimigo unidos em uma só pessoa. Mas não conseguia imaginar o que Jin sentia ao encarar o homem que havia comprado sua mãe e a escravizado. Que havia matado a mãe do seu irmão com as próprias mãos. Que havia me capturado. E ainda ter que sorrir educadamente.

Não perca a cabeça, desejei. *Não agora. Não acabe nos matando.*

E então Jin abaixou a cabeça e, mantendo o sorriso fixo no rosto, apresentou o príncipe xichan ao sultão com uma longa série de títulos, enquanto o príncipe Bao apenas assentia.

— Você fala muito bem mirajin — elogiou o sultão quando Jin terminou, mal prestando atenção no príncipe estrangeiro. Prendi a respiração. As histórias falavam de Ahmed e Delila desaparecendo na noite como num passe de mágica. Mas elas eram somente um fragmento da verdade, deturpadas depois de passar por tantos ouvidos e bocas.

O sultão era um homem inteligente. Pelo menos isso eu havia aprendido ali. Devia saber como os dois haviam escapado. Devia ter entendido que a xichan que havia desaparecido na mesma noite fora a responsável. Certamente lembrava que, embora as histórias houvessem esquecido, outro filho também havia desaparecido naquela noite.

Mas, se tinha pensado nisso, não deixou transparecer.

Tampouco Jin.

— Obrigado — ele disse em seu mirajin perfeito. — Sua majestade me honra com o elogio.

Mas o sultão ainda não havia terminado.

— Sua mãe era mirajin?

Não minta. Estou bem aqui. Não minta. Se ele me perguntar, não poderei mentir por você.

— Meu pai, aclamado sultão.

Oman assentiu.

— Se me der licença, preciso roubar Amani — ele disse, estendendo o braço para mim. — Se o seu príncipe não se importar, claro.

Eu conhecia Jin bem o suficiente para saber o que a ideia de me deixar partir fazia com ele. Preferiria enfrentar seu pai bem ali no meio do jardim a me deixar partir com o inimigo. Com o homem que já havia me tirado dele uma vez.

Mas Jin fez uma mesura sutil.

— É claro, aclamado sultão. Transmitirei seu pedido de desculpas ao príncipe Bao. — O príncipe xichan balançava a cabeça de um lado para o outro alegremente, alheio à tensão à sua volta.

E então o sultão pegou meu braço, ignorando o pó dourado manchando sua camisa, e eu não tive escolha a não ser segui-lo para longe de Jin sem olhar para trás.

—Você não deveria ficar sozinha — ele disse enquanto me levava.

— Há muitos inimigos poderosos aqui esta noite. Pedi a Rahim que ficasse de olho em você.

— Ele encontrou um velho amigo de Iliaz. — Foi a melhor explicação que consegui dar.

— Rahim encontrou mais do que isso, pelo visto. — O sultão olhou para onde o filho, lorde Balir e Shazad continuavam envolvidos na conversa. Ele ter notado me deixava mais nervosa do que tudo. — Ele encontrou um rosto bonito. — Meu aperto no peito aliviou um pouco. Contanto que não suspeitasse que Shazad e Rahim estavam fazendo algo além de flertar, não precisaríamos nos preocupar. — Embora eu suspeite que ela poderia competir com ele em perspicácia.

Já tinha visto Shazad ser subestimada várias e várias vezes. Até Rahim havia duvidado do valor dela aquela noite, apesar da minha palavra. O fato de o sultão enxergá-la tão bem me deixou assustada.

— Por que estou aqui? — perguntei, tentando desviar a atenção do meu guardião desobediente e da minha amiga. — Se é tão perigoso?

O sultão parou de andar. Havíamos chegado a uma alcova em um muro do jardim, protegida da multidão.

—Você me perguntou por que precisamos renovar nossas alianças com as forças estrangeiras que colocam seus próprios países acima de Miraji. Quero que veja a resposta, Amani. — Ele soltou meu braço. — Fique aqui. — A ordem não teve a mesma força de antes. Mas o sultão não sabia disso. Para ele, eu ficaria presa ali.

Oman subiu na plataforma erguida no jardim. Meu peito estava quase explodindo com a tensão que vinha crescendo desde o amanhecer. A noite caía ao nosso redor e ninguém havia acendido as lâmpadas espalhadas pelo jardim. A única luz vinha daquelas penduradas sobre a plataforma, mergulhando as pessoas na escuridão.

Era uma situação quase perfeita demais para escapar.

— Estimados convidados! Bem-vindos. É uma honra tê-los aqui — o sultão gritou, atraindo a atenção de todos. Conversas se apagaram como fósforos molhados em volta de nós enquanto grupos de pessoas se amontoavam em volta da plataforma.

Comecei a forçar caminho na direção oposta aos corpos que se aproximavam dela. Estava seguindo para a ponta do jardim. Para me juntar novamente à rebelião e dar o fora dali. Torcendo para não acabar queimada viva como a esposa de Akim por ter libertado os djinnis.

No palco, o sultão continuou a falar. Ele estava discursando sobre paz e poder. Chavões sem sentido. Ouvi trechos de traduções no lugar onde estava. Shazad apareceu perto de mim enquanto eu desviava de uma mirajin que sacudia seus rubis. Nenhuma de nós falou ou perdeu o ritmo quando nos juntamos, como duas correntes no rio que se unem.

Conforme avançávamos, Sam ocupou seu lugar entre nós, separando-se dos outros soldados com o mesmo uniforme que ele, mas com lealdades bem diferentes. Finalmente conseguimos nos afastar da multidão. Sam tomou a dianteira quando nos aproximamos da parede e agarrou nossas mãos, o pó dourado da minha manchando a dele enquanto passávamos entre duas esculturas de barro e bronze.

— Prendam a respiração — ele instruiu enquanto eu lutava contra meu instinto de desviar para não dar de cara com o muro.

Deveríamos ter batido com tudo na pedra. Em vez disso, foi como entrar na areia. Como se a parede tivesse mudado de forma por nossa causa, indo do estado sólido para algo macio. Com um único porém: foi uma mudança relutante. Mesmo enquanto avançávamos, eu a sentia tentando nos prender ali. A pedra pressionava minha pele, lutando para voltar à sua forma natural de milhares de anos. Apertei os olhos. Depois de sobreviver ao harém e ao sultão, não podia acabar morrendo ali, de qualquer jeito. Sepultada nas paredes do palácio para sempre.

De repente o ar voltou aos meus pulmões. A travessia tinha acabado, e eu emergia trôpega do outro lado. Distante das comemorações do Auranzeb. Em meio à quietude dos corredores sofisticados do palácio.

— Por que demoraram tanto? — Hala nos esperava do outro lado. Com sua pele dourada, vestida em roupas simples do deserto. Sam a havia levado ali algumas horas antes. Ficar aguardando parecia tê-la deixado com um humor ainda melhor do que o habitual. Ela me estudou, analítica. — Essa cor não combina com você.

— Sim, eu e Imin já tivemos essa conversa. Obrigada pela opinião. — Decidi ignorá-la e virei para Shazad. — Você sabia que Jin tinha voltado e nem se deu ao trabalho de comentar comigo?

Ela parou, desatando a faixa em volta da cintura e revelando fileiras e mais fileiras de pólvora. Shazad trocou olhares conspiratórios com Sam. Do tipo que costumava trocar comigo. Era um lembrete doloroso de quanto tempo eu tinha ficado fora.

— Não minta para mim, Shazad. Não você, entre todas as pessoas.

— Ele voltou ontem — ela admitiu. — Izz o encontrou. Quando fomos para a Vila da Poeira investigar sua dica sobre a fábrica. Jin estava te procurando lá. Achava que você podia ter mudado de ideia e voltado para casa para morar com sua tia. Idiota.

— Se é que vale alguma coisa — Sam se intrometeu —, eu votei por contar a você.

— Se é que vale alguma coisa — Shazad falou —, você é um ladrão, não um rebelde, então não tem direito a voto.

— Eu realmente não acho que você pode bancar a moralmente superior aqui — Sam retrucou, apoiado na parede e todo satisfeito consigo mesmo. Ele curtia a atenção de Shazad, independente do motivo. — E tem mais uma coisa...

Hala resmungou, interrompendo-o:

— Embora isso possa ser fascinante para *alguém*, não é nem um pouco fascinante para quem está tentando fazer vocês atravessarem o palácio sem serem vistos. Você se importa?

Abri o caminho.

Ficamos perto de Hala, nos deslocando o mais devagar possível.

Assim era mais fácil para ela enganar a mente dos esparsos soldados com quem cruzávamos. Havia poucos deles para fazer tudo o que precisava ser feito naquela noite. Mas eles nem piscaram enquanto passávamos; as mentes haviam sido bem manipuladas por Hala, de modo que só enxergavam um corredor vazio. Seguimos em silêncio por passagens agora familiares para mim, dobrando esquina após esquina, até finalmente ficarmos frente a frente com o mosaico da princesa Hawa. Sam não esperou que eu falasse. Agarrou a minha mão e a de Shazad e nos puxou pela parede.

Meio que tropeçando, saímos no topo da antiga escada de pedra que eu havia descido no meu primeiro dia no palácio, com o sultão segurando uma lamparina à nossa frente, de modo que só conseguia enxergar um degrau de cada vez.

Agora podia ver o fim da escada. Não estávamos sozinhos nas catacumbas. Estendi o braço, impedindo Shazad de seguir adiante. Ela entendeu o sinal na mesma hora, parando onde estava.

Prosseguimos com cuidado, nos esgueirando como carniçais na noite e andando abaixados até chegarmos à borda das sombras, onde podíamos ver claramente a cripta.

As catacumbas tremeluziam com o movimento do djinnis capturados. Havia dezoito deles aprisionados agora. Dezoito nomes que eu havia chamado um por um. E embora todos houvessem assumido a forma de homens, ainda havia algo de sobrenatural neles. Permaneciam de pé, espalhados pelas catacumbas como pilares de poder imortal, às vezes refletindo uma luz que não vinha de lugar nenhum. Sentimos a força de sua presença como um golpe físico enquanto descíamos.

Meia dúzia de homens uniformizados carregando tochas estava em volta de Fereshteh. Ele estava exatamente onde eu o havia deixado, preso dentro do círculo de ferro. Com a diferença de que alguém havia colocado o que parecia ser uma jaula sobre ele. Era feita de cobre, ferro, ouro e vidro, entrelaçados em padrões complicados com arcos de metal que se curvavam um para dentro do outro.

Os outros djinnis capturados olharam curiosos de seus próprios círculos de ferro, como pais vendo algo que o filho tinha feito e que não entendiam completamente. Por uma fração de segundo, Bahadur olhou na nossa direção antes de voltar a encarar os outros imortais.

Os soldados se mexeram, e a pessoa que vinha trabalhando na máquina entrou no meu campo de visão. Reconheci Leyla no mesmo instante, mesmo à distância. Então era aquele o motivo por que eu não a encontrara nos jardins. Ela se movia ansiosa, manipulando peças de maquinaria que pareciam complicadas com tanta facilidade quanto fazia com os pequenos brinquedos que produzia no harém.

Leyla girou algo e recuou de repente. Todo o círculo de soldados deu um passo para trás.

Por um breve instante, nada aconteceu.

E então a máquina ganhou vida.

As barras da jaula começaram a se mover. De início, lentamente. Depois mais rápido.

Dentro da máquina, Fereshteh nos observava curioso enquanto as lâminas se moviam. Ele não parecia com medo, mas o pânico começava a brotar no meu peito. A máquina zuniu cada vez mais rápido, enormes lâminas girando em círculos uniformes, como se cada uma fosse o horizonte de um enorme globo. As lâminas de bronze se erguiam como o amanhecer, as lâminas escuras caíam como o pôr do sol. Cada vez mais rápido. Até que a máquina em volta do djinni não passasse de um borrão.

Uma sensação de pavor preencheu meu peito. Precisávamos libertá-lo. Tínhamos que fazer isso antes que fosse tarde demais. Comecei a avançar, cega ao perigo. E então outra peça da máquina, uma lâmina de ferro, se encaixou. Ela girou de repente, arqueando-se na direção do céu, e parou por um momento. Entendi o que aconteceria um segundo antes que descesse.

Ela mergulhou direto no peito de Fereshteh.

Então um djinni imortal, um dos seres primordiais de Deus, criado junto com o mundo, que tinha visto o nascimento da humanidade, a queda dos primeiros imortais, o surgimento das primeiras estrelas, e que havia enfrentado a Destruidora de Mundos, morreu.

37

Os djinnis eram feitos de um fogo que nunca se extinguia. Um fogo sem fumaça que queimava sem parar e vinha diretamente de Deus. No início do mundo, os seres primordiais viviam em um dia infinito.

Então veio a Destruidora de Mundos, trazendo a escuridão consigo. E a noite. E o medo.

E, por fim, a morte.

Empunhando ferro, ela matou o primeiro djinni. Ele queimou e se transformou numa estrela. Um após o outro, os djinnis pereceram, preenchendo nosso céu.

Ver Fereshteh morrer foi como contemplar uma estrela na terra. O branco queimava meus olhos, era como se eu estivesse cega. Ouvi alguém gritar. Shazad disse algo que não consegui entender.

Bem devagar, a luz desapareceu. Pisquei e voltei a enxergar. O corpo de Fereshteh havia desaparecido. O que restou queimava brilhante, e o metal da máquina em volta ardia incandescente. Senti os pelos da nuca arrepiarem. Eu sabia onde havia sentido aquilo antes. A porta de metal, antes de o gallan tentar me matar. Enquanto olhávamos, a luz subiu por um fio que eu não tinha visto, incendiando, percorrendo o teto, disparando por cima de nós.

Ouvi um grito quando a luz sobre nossas cabeças nos iluminou de modo brusco e inescapável. Não havia mais tempo. Sam nos agarrou pela mão, puxando-nos para subir os degraus e voltar tão rápido que mal tive tempo de respirar.

Hala cambaleou para trás quando surgimos do outro lado.

— Hala. — Soltei a mão de Sam por um momento. Ele parou de repente, mas Shazad seguiu. Ela estava alguns passos à nossa frente, já correndo de volta para o jardim. — Tire Leyla daqui... Ela ficou lá embaixo.

Hala nem discutiu comigo. Não teve tempo. Eu já estava correndo atrás de Shazad em direção aos jardins. Olhei por cima do ombro antes de virar num corredor, em tempo de ver a porta do mosaico se abrir, os soldados desavisados correndo na direção de Hala, que os aguardava e para dominar suas mentes antes que dessem mais um passo. E então Shazad me puxou. Hala e Leyla estavam por contra própria.

Sam me segurou enquanto nos aproximávamos do muro, me puxando na direção dele.

Passamos correndo pela parede, ofegantes, no exato momento em que o discurso do sultão terminava. Ao nosso redor, aplausos ecoaram, e por um momento me senti desestabilizada, fugindo do que tínhamos acabado de ver, perseguindo a luz das estrelas, de volta para a normalidade do palácio.

De repente, luzes começaram a aparecer por todos os lados do jardim escuro. Não luz a óleo. Não fogo e tochas tremeluzentes. Apenas luz. Fogo sem calor. Vinha da máquina que acabara de matar o djinni, para então ficar aprisionada nos pássaros de vidro que eu tinha visto mais cedo, pendurados nos fios, ganhando vida.

Luz das estrelas engarrafada.

Sons de espanto preencheram os jardins quando as luzes iluminaram os rostos estupefatos dos convidados do Auranzeb.

Em seguida, no canto do jardim, algo se moveu. Me virei a tempo de ver uma das estátuas se mexer. Uma das esculturas dos irmãos mortos do sultão endireitou a cabeça. E depois aquela ao lado dele. E a seguinte.

Os homens de metal se endireitaram e deram um passo à frente. Depois outro. A multidão começou a notar, esperando outro truque festivo. Mas não se tratava daquilo.

— O que estão fazendo? — perguntou Shazad, e ouvi o medo em sua voz. Era raro vê-la assustada. Mas eu sabia que estava lembrando da mesma coisa que eu. Um trem. Um garoto numa armadura de metal. Mãos queimando. Os gritos de Bahi.

Um homem estrangeiro na multidão foi forçado a recuar quando uma estátua avançou sobre ele.

Eu estava sentada de frente para o sultão em seu escritório quando ele falara sobre os servos de barro que os djinnis tinham criado antes da humanidade. Os abdals. Criaturas que obedeciam a qualquer comando. Ouvira quando ele falara que tinha cometido um erro ao pensar que podia controlar um demdji. Que nosso poder não valia o risco da desobediência.

Aquilo não significava que havia desistido do nosso poder.

Só havia desistido da desobediência.

As criaturas de metal passaram pelos mirajins, avançando na direção dos estrangeiros. Encurralando-os.

Ouvira o sultão me dizer que as forças de Miraji não conseguiriam proteger sozinhas nossas fronteiras das ameaças.

Aquilo era uma armadilha. Auranzeb. O cessar-fogo. Tudo. Para atraí-los até o palácio.

Percebi o que ia acontecer um segundo antes. Um dos soldados albish avançou para o soldado de metal, ficando entre ele e sua rainha.

Observei seu rosto enquanto queimava. Como Bahi havia queimado nas mãos de Noorsham. Como um pavio aceso pelo fogo de um djinni.

38

Os GRITOS RECOMEÇARAM, alguns deles extinguidos antes que pudessem ganhar força, enquanto os abdals voltavam sua fúria contra eles. Os soldados mirajins se espalhavam pelos jardins, atacando qualquer um que tentasse fugir. O cheiro de sangue se misturava ao de carne queimada no ar.

Percebi que estava esperando uma ordem de Shazad que não vinha. Ela estava congelada ao meu lado. Pressionada contra a parede, vendo homens e mulheres queimarem, como tinha acontecido com Bahi. Se ela não ia assumir o controle da situação, alguém precisava fazer isso. Passei os olhos pelo jardim procurando Jin. Não conseguia vê-lo.

— Sam — ordenei. — Você precisa começar a tirar as pessoas do nosso lado. Tantas quanto for possível. Depois vá embora. Shazad... — Ela estremeceu quando agarrei seu braço. Imitei-a da melhor maneira possível. Precisávamos que alguém fosse Shazad, e ela não estava conseguindo desempenhar aquele papel. — Você precisa se recompor. — Shazad estava pálida, mas assentiu. — O que acha de usarmos aquela pólvora para explodir os portões?

Eles ficavam do outro lado do jardim, além do caos e da morte. Vi que Shazad estava pensando a respeito. Os abdals atacavam somente os estrangeiros. Não causariam nenhum problema a ela, já que era mirajin. Contudo, tinha soldados demais. Não havia como passar por eles.

— Preciso de alguma arma — Shazad disse, finalmente parecendo voltar ao normal.

— Talvez eu possa ajudar com isso. — Rahim apareceu ao meu lado. Já tinha sangue no seu uniforme. Ele estendia uma das espadas de aparência exótica para Shazad. — Você é tão boa quanto Amani diz?

— Não, sou melhor ainda. — Ela tirou a espada das mãos dele. — Juntos?

O sultão estava certo, eles formavam um belo casal. Começaram a se movimentar com tamanha agilidade que pareciam ter treinado juntos a vida inteira. Os corpos dos soldados caíam ao redor deles conforme se moviam, lutando para abrir caminho pelo caos. Ao mesmo tempo, Sam virou, mergulhando na multidão, descartando o casaco do uniforme albish enquanto seguia.

Tamid.

Ele veio à minha mente de súbito. Hala devia ajudá-lo a escapar. Mas o plano havia mudado. Ela estava indo atrás de Leyla agora. Eu precisava encontrá-lo. Não podia deixá-lo para trás mais uma vez.

Comecei a correr, desviando do caos no jardim. Avancei pelos corredores em direção aos aposentos de Tamid, o barulho do Auranzeb se tornando um ruído distante... substituído pelo som de passos em perseguição. Olhei para trás enquanto corria. Minha fuga pelos jardins não tinha passado despercebida. Um grupo de soldados estava atrás de mim. Alguém atirou no mesmo instante em que dobrei uma esquina. A bala acertou o lugar onde minha cabeça estava antes. Gesso espirrou como sangue, salpicando minha pele. Pelo visto, as ordens não eram de me capturar.

Disparei por outro corredor, meus pés descalços derrapando no mármore liso.

De repente, como um djinni brotando da areia, Jin estava na outra ponta do corredor, atirando em algo que eu não conseguia ver. Meu coração disparou e acelerei.

Ele virou, a arma apontada na minha direção enquanto eu voava pelo corredor. Os soldados estavam se aproximando, mas Jin não teria o caminho livre para atirar, não comigo na frente. Obriguei minhas pernas a trabalharem mais rápido, tentando chegar nele antes que atirassem em mim de novo.

Quase podia ouvir os pistões nos rifles dos guardas sendo reposicionados.

Colidi com Jin em velocidade total. Ele passou os braços ao meu redor. Me virou com tudo no instante em que os guardas miraram, até que não houvesse nada além de seu corpo entre mim e as balas.

Podia sentir a pistola pressionando minhas costas. Segurei-a com uma das mãos, e Jin me segurou mais firme.

Era como estar em casa.

Mirei no espaço em volta do corpo de Jin, que ainda me protegia. Três tiros rápidos. E então não houve mais disparos. Nem meus. Nem deles.

Porque eu não havia errado.

Me separei de Jin. Havia três corpos caídos no chão, e nada além de Jin no meu campo de visão.

— Você está sangrando. — Jin passava as mãos freneticamente pelo meu corpo, me inspecionando.

Eu tremia muito. A sensação de voltar para os braços dele. De estarmos juntos de novo. De puro alívio.

— O sangue não é meu. — Sacudi a cabeça. Não tinha ideia de quem era. —Temos que continuar. Precisamos tirar as pessoas...

— Já estamos fazendo isso. — Jin agarrou minha mão. — Os outros estão tirando tantas pessoas daqui quanto possível. Shazad está cuidando dos portões e Imin escapou com seu amigo Tamid na confusão. Precisamos... — Viramos correndo em mais um corredor. Kadir estava parado no nosso caminho, acompanhado de dois abdals, os rostos de bronze retorcidos nos encarando sem expressão. Como Noorsham.

Mas sem olhos. Sem qualquer carne ou sangue dentro deles. Sem qualquer dúvida.

Era isso que o sultão queria. Soldados que não pudessem traí-lo. Demdjis que não tivessem consciência. Que não lutassem contra seu controle.

Atirei por instinto. Minha última bala. Ela entrou direto pelo barro onde devia haver um coração. Pareceu não surtir qualquer efeito.

— Dessa vez não há nenhum príncipe traidor para te salvar, sua vadia demdji — disse Kadir, apontando a arma para nós.

— Quer apostar? — Jin entrou na minha frente, me protegendo de Kadir, pronto para enfrentá-lo. Mas o sultim não estava interessado numa luta justa. Seu dedo já estava pressionando o gatilho.

Foi então que os portões explodiram.

Kadir cambaleou, disparando a esmo. Isso bastou. Agarrei a mão de Jin. Corremos até uma escada em espiral que parecia subir eternamente. Nossos pés batiam contra a pedra enquanto subíamos, com o sultim logo atrás. Disparamos por um corredor. E então percebi que sabia onde estávamos.

Virei na direção do quarto no fim do corredor. Os aposentos de Tamid. De onde eu tinha visto os telhados de Miraji. Quando pensei em pular.

Bati a porta atrás de nós, encaixando o ferrolho no lugar um segundo antes de Kadir nos alcançar, fazendo a madeira sacudir. No canto da sala, uma das garrafas de vidro caiu da prateleira e se estilhaçou no chão.

Avistei um rolo de corda entre as garrafas e ataduras.

Agarrei-o e corri para a varanda, com Jin logo atrás. Exatamente como eu me lembrava. Era um salto curto entre a beirada e o muro. E dali seria uma descida fácil.

— Acho que vamos conseguir. — Minha respiração pesava. Precisava ter certeza. Pelos meus cálculos, aquela era a mesma distância que havia entre o telhado de Tamid e o seguinte, em sua casa lá na Vila da Poeira. Achava que já havia pulado aquela distância. Mas muito tempo antes, então ficava difícil ter certeza. A queda ali seria muito maior.

— Queria ter a mesma confiança, Bandida. — A respiração de Jin pareceu fraca de repente. Olhei para trás e o vi segurando as costelas.

Afastei sua mão. Havia um corte longo. Uma bala perdida, talvez.

— Droga. — Olhei em volta, desesperada. Kadir esmurrava a porta atrás de nós.

Estávamos presos. Não havia como voltar atrás. Só podíamos ir em frente.

— Se eu for primeiro — prendi a corda no balaústre da varanda —, você consegue atravessar pela corda?

Aquele velho sorriso apareceu nos lábios de Jin.

— Já disse que você é incrível?

— Não. — Passei a corda em volta da borda da varanda novamente. — Você só desapareceu alguns meses sem explicação e me deixou sozinha.

Jin me girou até estar cara a cara com ele.

— Você — ele me beijou rapidamente no canto esquerdo da boca, me deixando arrepiada — é — depois no canto direito — incrível.

Não esperei. Puxei-o para mim, beijando-o com vontade antes de afastá-lo.

— Não temos tempo para isso agora.

— Eu sei. Estou só te distraindo. — Ele puxou o pedaço de corda e o nó se soltou. — Embora seja incrível, dá nós horríveis. — Jin começou a fazer algo complicado, seus dedos trabalhando com habilidade. Em seguida, virou para mim. Com alguns movimentos rápidos, passou a outra ponta da corda em torno da minha cintura. — Se vai arriscar sua vida, é melhor fazer isso de maneira segura.

— Tem certeza que vai aguentar? — Olhei na dúvida para o emaranhado em torno da balaustrada.

— Pode confiar no nó de um marinheiro — ele disse. — E pode confiar em mim quando se trata de você.

Jin me apoiou firme com uma das mãos enquanto eu subia. Independente do quão ruim a queda parecesse, ficava ainda pior de pé na balaustrada da varanda. O salto podia não ser tão longo, mas a queda era vertiginosa e o muro era estreito.

Eu provavelmente conseguiria.

A porta chacoalhou atrás de nós. Era Kadir.

Eu tinha quase certeza de que conseguiria.

Respirei fundo.

Estava prestes a descobrir.

Pulei.

Apenas ar embaixo de mim. Por um momento, me perguntei se era assim que Izz e Maz se sentiam quando se transformavam em animais.

Quando voavam.

Meus pés descalços alcançaram o muro, vacilantes. Agarrei uma das ameias para me equilibrar. Cambaleei um momento, mas consegui me firmar. Puxei o nó em volta da cintura e passei-o em volta da ameia. O resto da corda ficou pendurado do outro lado do muro, indo quase até o chão. Pelo menos ainda ao alcance.

Parecia firme o suficiente e, por Deus, tinha que estar.

Do outro lado da varanda, Jin se jogou, fechando as mãos e pernas em volta da corda. O nó perto de mim foi puxado com força com seu peso.

Mas a corda aguentou.

E continuou a aguentar enquanto Jin rastejava. Um centímetro por vez, deixando um rastro de sangue atrás dele.

Tudo o que eu podia fazer de cima do muro era acompanhar com o coração disparado, enquanto cada puxão o trazia para mais perto de mim. Jin estava na metade do caminho quando o trinco da porta quebrou.

Kadir irrompeu numa tempestade furiosa.

Apontei a arma antes que ele tivesse a chance de chegar à varanda. Estava descarregada. Era só um blefe.

— Toque na corda e vou fazer você se arrepender de ter nascido, Kadir.

— Você está mentindo. — Mas ele não se aproximou nem mais um centímetro. Ficou parado, o peito arfando de raiva.

— Sou uma demdji. — Puxei o cão da arma vazia. — Não posso mentir.

Nenhum de nós se moveu. Estávamos num impasse. Eu de pé no muro, a arma erguida, apontada diretamente para Kadir, enquanto Jin se arrastava pela corda, cruzando o restante do caminho. Um pouco de cada vez. Devagar. Lentamente. Ele não precisava ser rápido, só precisava ser mais rápido do que o raciocínio de Kadir. Mais rápido do que o tempo que o sultim levaria para perceber que minha arma estava vazia.

— Kadir. — A voz na porta me assustou tanto que quase perdi o equilíbrio.

O sultão estava sozinho. Não havia guardas com ele. Nenhum abdal.

— Pai. — Kadir estendeu o braço. — Cuidado, ela está armada.

Ele olhou de mim para o filho, depois para a arma, e de novo para ele. Seu raciocínio não seria tão lento quanto o do sultim. Pedi silenciosamente a Jin que se apressasse. Ele estava mais perto agora.

O sultão apoiou a mão no ombro de Kadir.

— Meu filho, meu filho. Você é um tolo.

Então puxou uma faca.

Comecei a gritar, tentei fazer uma ameaça mas não consegui, pois não poderia concretizar sem balas. Prometi ficar no palácio se ele deixasse Jin ir embora. Tudo que pudesse dar a Jin o pouco de tempo de que precisava para chegar antes que o sultão cortasse a corda e o matasse.

Mas o sultão não cortou a corda. A lâmina em sua mão foi direto para a garganta de Kadir.

Ele deu um golpe certeiro, como quem corta a cabeça de um prêmio de caça. Quando Kadir caiu no chão, a expressão de protesto irritado ainda estava em seu rosto. Foi tão rápido que não tive tempo de gritar.

O choque me percorreu, congelando minha língua e meu corpo inteiro.

O sultão olhou para mim calmamente, limpando o sangue na camisa do príncipe morto. E de repente eu estava sentada com ele à mesa novamente. Ouvindo-o dizer que seus filhos levariam o país à ruína sob o jugo estrangeiro. Que Kadir era tão inadequado para comandar quanto Ahmed.

Não há nada que eu não faria por este país, Amani. O sultão virou para mim. Ele não era idiota. Logo perceberia que eu estava sem balas. Precisava mantê-lo ocupado só mais alguns instantes. Até Jin terminar de atravessar.

— Sabe, faz um tempo que não vou às casas de oração. — Um peso esmagava meu peito enquanto eu falava. Odiava Kadir. Mas vê-lo daquele jeito, com os olhos vazios encarando a noite, sangue ainda esguichando de sua garganta... — Mas tenho certeza de que Deus condena o ato de matar o próprio filho.

— Ah, sim. — O sultão sorriu, apaziguador. — Amaldiçoado é aquele que mata seu próprio sangue. Mas pense no que estamos comemorando aqui, Amani: minha ascensão ao trono. Acho que já me provei capaz de escapar dessa maldição. Além disso, Kadir não seria um bom governante. É culpa minha, na verdade. Kadir nasceu quando meu reinado ainda estava começando. Eu tinha quase a mesma idade que ele tem... tinha. — O sultão olhou brevemente para o corpo sangrando na varanda. — Eu queria que meu trono fosse direto para meu neto, sem passar pelas mãos do meu filho, mas o destino não quis assim. Eu não havia imaginado que aquela esposa miserável de Kadir sedenta por poder seria tão habilidosa. — Shira. Havia morrido fazia poucos dias e seu nome já tinha sido esquecido. Quando contassem histórias sobre aquela guerra, ela seria apenas a sultima sedenta por poder? O sultão voltou a olhar para mim. — E tenho de admitir, não imaginei que fosse conseguir escapar. — Ele parecia quase impressionado. — Como fez isso?

— Você superestimou a lealdade do seu próprio povo. — Eu não ia entregar Tamid. — Realmente acha que isso vai salvá-los? Que fará com que voltem para o seu lado? Matar qualquer um no seu caminho?

— Os estrangeiros mortos lá embaixo não são importantes, Amani, e sim aqueles deixados vivos do outro lado do oceano. — O sultão me olhou por cima do cano da arma. — Sabe o que acontece em um país quando muda o governante? Desordem. Guerra civil. A cabeça deles ficará ocupada demais com isso, e não vão pensar tão cedo em nos invadir outra vez. Quando esse dia chegar, terei um exército de abdals preparado para defender nossas fronteiras.

Um exército de homens de barro com poderes de demdjis. Bastaria posicioná-los em nossas fronteiras e jamais seríamos invadidos de novo.

— O demdji antes de você... — O sultão se referia a Noorsham. Ele nunca usava o nome dele, como nunca havia usado o meu até o dia em que matara aquele pato. Como se fôssemos coisas para ele. — Ardia tão brilhante. Mas perdi a proteção que ele proporcionaria a este país. — Porque eu o libertei. — Me perguntei se aquele fogo poderia ser recriado. Se eu poderia criar uma bomba de metal com o poder de um djinni. E encontrei o fogo necessário para criar vida. Porque o fogo dos djinnis é isso. É vida. É energia. Ele nos deu a vida. E eu acabei de conseguir controlá-la. Não para destruir. Para energizar este país. Os gallans dizem que o tempo da magia passou e se voltam para as máquinas. Os albish se apegam às suas tradições. Nós seremos um dos países que combinou as duas coisas.

— Tudo isso à custa de nossos imortais.

— Os seres primordiais nos criaram para lutar suas guerras. Mas onde eles estavam quando vieram as nossas? Enquanto nossas fronteiras são atormentadas por estrangeiros com sua superioridade numérica? Enquanto meu povo se volta contra si próprio sob estímulo do meu filho? — O sultão disse isso pacientemente. Como devia fazer com seus filhos. Como se explicasse uma lição difícil. Só que ele não era meu pai. Meu pai era um djinni. Meu pai era um djinni preso dentro do palácio à mercê dele. E, pela primeira vez desde que a Destruidora de Mundos havia sido derrotada, enfrentava um risco real de morrer. Meu pai não havia se importado comigo quando eu estivera prestes a morrer. Por que deveria me importar com ele? Mas me importava.

— O tempo dos imortais já passou. Nós tiramos o mundo deles. Existe um motivo para demdjis como você serem raros hoje em dia. Este mundo nos pertence. Este país nos pertence. É papel dos filhos substituir os pais. Nós somos os filhos dos djinnis. — O sultão abriu um sorriso lento e preguiçoso. — E acho que você está sem balas.

E então Jin terminou a travessia. Agarrou a borda do muro e se puxou para cima com um grunhido de dor, passando os braços pela minha cintura. Então ele meio que pulou, meio que tropeçou, a mão se enrolando na corda. Caímos. Do outro lado do muro do palácio.

Eu estava livre.

39

Izman ainda ardia com as comemorações do Auranzeb, mesmo nas ruínas da revolta da abençoada sultima. As notícias do que estava acontecendo no palácio ainda não haviam chegado à cidade. Ninguém sabia que estávamos livres do jugo estrangeiro. Que o sultim havia morrido.

Confiei em Jin para nos guiar pelas ruas desconhecidas. A jornada era dolorosamente lenta enquanto nos esgueirávamos sob as sombras das janelas que transbordavam luz e barulho, através das sinuosas ruas laterais da cidade. Evitando as ruas maiores tomadas por bêbados e comemorações.

— Aqui. — Jin finalmente parou, diante de uma pequena porta numa parede de estuque branco em um beco tão estreito que a parede na nossa frente quase tocava a parede de trás. Uma sarjeta saía da porta e seguia para as ruas estreitas pavimentadas.

Eu não sabia exatamente o que esperava encontrar do outro lado. Talvez outro mundo, como nossa antiga porta. Ou uma passagem secreta até onde o restante da rebelião estava estabelecido desde que perdêramos o vale de Dev.

Em vez disso, entramos em uma cozinha grande e aquecida pelas brasas de uma fogueira quase apagando. Era uma cozinha perfeitamente normal. Como a da minha tia na Vila da Poeira. Exceto que não parecia faltar comida ali. Havia potes e panelas reluzentes pendurados no teto entre as ervas e especiarias secando. Conservas enfileiradas nas prateleiras.

Bati a porta atrás de nós, nos isolando da noite lá fora. Sem tempo para considerar onde estávamos. Só sabia que estávamos seguros. Jin e eu desabamos juntos perto da fogueira, as costas dele apoiadas na parede. Eu estava de joelhos à sua frente.

—Você está coberto de sangue. — Eu o tirei com cuidado de cima do meu ombro. — Preciso dar uma olhada nisso.

— Estou bem. — Mas Jin me deixou tirar sua camisa mesmo assim, fazendo uma careta quando os braços passaram da altura da cabeça. A camisa ensanguentada caiu no chão, enquanto ele repousava os braços no alto da cabeça, esticando o peito e me dando acesso irrestrito. Jin não estava mentindo para mim, pelo menos. A maior parte do sangue não parecia ser dele. Havia um pouco de sangue seco em sua pele, mas fora a ferida na lateral do corpo que o impedira de pular para o muro e um roxo enorme brotando como uma nuvem sob a tatuagem de pássaro em suas costelas, não parecia muito machucado.

Foi quando notei. Um pano vermelho brilhante enrolado no braço esquerdo como uma braçadeira. Podia ser um curativo, mas reconheceria meu sheema em qualquer lugar.

Estendi a mão sem pensar, os dedos roçando na beirada onde o tecido tocava sua pele. Jin arregalou os olhos com o toque, olhou para baixo, como se houvesse esquecido que o usava.

— Isso é seu. — Seus dedos se atrapalharam com o nó na parte de dentro do braço.

Sentei sobre os calcanhares.

— Pensei que eu tivesse perdido. — Aquilo era uma tolice. Não passava de um pedaço de pano. Não era a rebelião, não era Jin. Era só uma coisa. Que achava que jamais recuperaria.

— Pensei que o tivesse deixado para trás. — Ele não me olhou.

Ainda estava mexendo no nó, amarrado com muita força. Como se Jin estivesse desesperado para não perdê-lo.

— Deixado? — Finalmente o nó se soltou em seus dedos.

— Quando desapareceu. — Seus ombros se tensionaram enquanto desenrolava o sheema vermelho do braço. — Você foi embora, e isso estava do lado de fora da minha tenda. — Eu devia ter perdido na luta com Safiyah. Quando estava de pé do lado de fora da tenda dele. Decidindo se devia entrar ou não. — Me pareceu uma mensagem.

A pele estava mais pálida no lugar onde Jin o havia enrolado. Como se não visse o sol havia algum tempo.

Ele me passou o sheema. Peguei uma das pontas. Nossa história pendeu entre nós, uma dúzia de pequenos lembretes dos dias em que nos conhecemos. Quando as coisas pareciam mais simples. Ele era a Cobra do Oriente; eu, a Bandida de Olhos Azuis. Éramos apenas nós dois, sem toda a revolução. Sem um país inteiro em jogo.

Quis dizer o quanto era idiota pensar que eu teria simplesmente partido e deixado um sheema como aviso. Mas não éramos exatamente bons em dizer as coisas um ao outro.

— Você foi embora primeiro. — Puxei a ponta do sheema. — Quando eu estava ferida, você partiu.

— Você se jogou no caminho de uma bala, Amani. — Ele ajeitou gentilmente uma mecha de cabelo no meu rosto, os dedos deslizando até o lugar onde a tesoura de Ayet havia me ferido. Jin olhou para mim como se redescobrisse meu rosto. Não precisei memorizá-lo novamente. Ele parecia exatamente o mesmo do dia em que o havia deixado. Estaria eu diferente devido ao tempo que passara no harém? — Você entrou na frente do tiro sem se preocupar com sua vida.

— É o que eu faço — eu disse. — E você também.

— Eu sei. — Jin afastou as mãos do meu cabelo e tocou meu ombro, passando o dedo pela minha nuca. — Mas não quer dizer que eu tinha que concordar.

— Você estava bravo comigo por eu quase ter morrido? — Estava tão perto dele que bastava respirar para nos tocarmos. Sentia como se ele estivesse me mantendo inteira com seu toque, mas o calor de suas mãos dava a sensação de que eu podia sair da minha própria pele.

— Bravo com você, com Ahmed, comigo, com todo mundo. — Jin finalmente me encarava. As brasas se apagando lançaram um brilho morno em seu rosto, enquanto seu polegar corria em círculos pela minha nuca. — Não sou bom em perder pessoas, Amani, e você sabe que não dou a mínima para este país. — Seu corpo estava quieto agora, algo sólido em que me apoiar. Mas seus dedos deslizavam pelo meu cabelo, me dando arrepios. — Não do modo que Ahmed ou Shazad se importam. Vim para cá porque me importo com ele e com Delila, e os dois amam este lugar. Me importo com você, e você *é* este lugar. Pensei que teria que continuar sozinho, já que você parecia determinada a partir deste mundo. Mas então você foi embora, e eu teria revirado o deserto inteiro do avesso te procurando.

Eu queria dizer alguma coisa para ajudar. Queria explicar que ele não precisava ter medo de que eu morresse. Mas seria mentira. Estávamos numa guerra. Ninguém estava a salvo. Não podia lhe prometer um futuro no qual eu não tomasse outro tiro, tampouco ele podia. A mesma esperança imprudente que nos motivava a lutar podia nos matar.

Então não disse nada enquanto terminava de me aproximar dele.

Jin dissera que teria revirado o deserto me procurando. Quando sua boca encontrou a minha, senti no beijo seu desespero.

Não era suficiente com ele, nunca era. Suas mãos passaram pela confusão das minhas roupas rasgadas, tentando me encontrar sob a costura pesada, sob o peso do khalat espalhafatoso. Uma delas se enredou no meu cabelo, afastando o aro de ouro delicado que ainda estava agarrado lá. Ele o soltou, jogando-o de lado, arrancando de mim os pedaços do palácio, tentando me trazer de volta.

Era como ser pega em um incêndio, desesperada para respirar, como se fôssemos nos extinguir se parássemos. Sem pensar, afastei as mãos do peito dele. Bastou um movimento rápido para tirar meu khalat rasgado, que se juntou à sua camisa amontoada no chão, até eu não estar vestindo nada além da camisa fina de linho.

Seus dedos encontraram a bainha, levantando-a, e depois tocaram minha barriga, roçando a cicatriz. Percebi de repente que estava tremendo. Abracei-o mais forte, pele contra pele, procurando algum tipo de calor. Suas mãos encontraram minhas costas, me acalmando.

Senti nós dois desacelerarmos. Meus batimentos cardíacos mais calmos. O incêndio se tornando brasa enquanto Jin me segurava corada contra ele. Percebi o quanto estávamos perto de fazer algo mais. Sua pele contra a minha, sua mão escalando meu corpo, me afundando contra ele.

Alguém abriu a porta da cozinha com tudo, e nos separamos num movimento brusco. Sam entrou carregando uma Leyla inconsciente.

— O que aconteceu? — Fiquei de pé em um segundo. Jin se endireitava aos poucos atrás de mim, usando a parede como apoio.

— Ela cometeu o erro crucial de resistir. — Hala passou em seguida pela porta, abandonando a ilusão de aparência humana, a pele voltando a ter o tom dourado natural. — Lutou conosco, disse que não ia abandonar o irmão. Mas abandonou. — Ela deu uma olhada na minha pele ainda brilhante, embora metade do pó de ouro tivesse saído na fuga. — Bem, essa é uma visão deprimente — Hala disse, como um cumprimento. Então olhou para Jin.

Parte do pó da minha pele havia grudado nele, deixando uma mancha de ouro da orelha esquerda à boca. Ele passou a mão distraidamente pelo maxilar. Não foi uma boa ideia. Agora o ouro da minha pele estava espalhado por suas mãos também. Teria sido constrangedor não fosse pela princesa inconsciente e pelos velhos amigos naquela cozinha apertada, atraindo meu pensamento em outra direção.

— E os outros? — Jin perguntou.

Ele ficou sabendo antes que Hala pudesse responder. Imin entrou trôpega, com os trajes de serviçal rasgados. Shazad apareceu logo atrás, segurando Tamid pelo braço. Ele tentou se livrar dela com um gesto raivoso, enquanto a garota o empurrava à sua frente. Então Shazad o soltou devagar, deixando claro que fazia aquilo apenas porque queria. Ela me viu logo em seguida, e abriu um sorriso sincero enquanto atravessava o aposento para me abraçar. Senti meus próprios braços se lançando ao redor dela, como se finalmente estivessem livres.

— E Rahim? — perguntei.

— Vivo. — Ela me soltou. — Capturado. É um verdadeiro soldado. Precisávamos de alguém para cobrir nossa fuga. E ele não fugiria. — Shazad olhou para mim. — Vamos dar um jeito. — Acreditei nela. Porque eu estava de volta. Não era mais uma prisioneira. Poderíamos fazer qualquer coisa. Ela me segurou com mais força. Então Imin pediu sua atenção, e Shazad se afastou. Fiquei cara a cara com Tamid, que olhava de propósito para o chão, se apoiando descuidado na perna postiça.

Quando vi, eu o estava abraçando. Senti o alívio percorrer meu corpo.

— Obrigada — eu disse, e o puxei para perto.

Mas Tamid não retribuiu, afastando-se.

— Não sou um traidor, Amani. Não fiz isso — ele olhou para Jin — pela sua rebelião. — Na única vez que Tamid vira Jin, ele estava me puxando para cima de um buraqi enquanto eu deixava meu amigo para trás, sangrando na areia. Eu tinha o palpite de que isso não ajudaria Jin a cair nas graças do meu amigo de infância.

— Sendo assim... — Shazad pôs a mão em seu ombro, enquanto eu engolia em seco. — Acho que teremos que manter você e a princesa trancados por um tempo. Venha comigo.

— Onde estamos? — perguntei finalmente, contente de minha voz soar normal enquanto atravessávamos a porta da cozinha.

— Na minha casa — disse Shazad. Tropecei no último degrau da cozinha. Jin me segurou. — Meu pai está viajando e enviei minha mãe e meu irmão para nossa casa na costa. Não queria colocar os dois em perigo.

— Estamos acampando na casa do general Hamad? — perguntei.

— Não. — A mão de Jin estava na minha cintura. — Isso seria pedir para sermos pegos. Vamos usar a casa, mas a maior parte do acampamento... — Ele estremeceu quando se esticou para abrir a porta, pondo a mão nas costelas. Eu a abri para ele. Uma bela sala de jantar, escura, esperava do outro lado. — Existe um jardim, não muito longe daqui — Jin explicou enquanto caminhávamos bem devagar. — Ele se conecta a este lugar por um túnel.

Jin me levou por outra porta, a mão mais firme na minha cintura. Percebi que ele mal deixara eu me afastar desde que saímos do palácio. Estávamos apoiando um ao outro, mantendo-nos de pé.

O túnel começava no porão, atrás de duas caixas enormes rotuladas como "farinha", mas que pareceram cheias de armas quando me espremi para passar e esbarrei em uma delas. Shazad acendeu uma lamparina e seguiu na frente.

Não tinha ideia do quanto andáramos. Mais do que o dobro da extensão da Vila da Poeira, quando desisti de contar os passos. E então uma ponta de luz apareceu adiante. Outra porta, percebi.

Hesitei. Fui tomada por dezenas de memórias da paz do vale de Dev. Lembrei de ficar do lado de fora da porta, no penhasco, esperando para poder deixar o deserto para trás e voltar para casa. Agora o acampamento é que tinha ficado para trás. Meu lar não estaria esperando por mim do outro lado da nova porta. Ela não se abriria para um oásis erguido por mágica e transformado no refúgio da rebelião. As pessoas que haviam morrido na nossa fuga não estariam do outro lado esperando por mim. Eu não sabia o que aguardar. Mas queria voltar para casa mesmo assim.

Então atravessei.

Era mais silencioso que o velho acampamento — foi a primeira coisa que notei. E percebi o motivo num instante. Os muros enormes que cercavam a propriedade podiam bloquear todo o campo de visão exceto o céu, mas ainda estávamos no meio da cidade. Havia ouvidos por toda parte.

Mas o lugar continuava a brilhar com luz e movimento.

Não era o deserto, mas sua memória continuava lá. Havia tendas armadas entre as fogueiras e um arsenal improvisado fora erguido junto a um dos muros. Lanternas e roupa lavada se entrecruzavam formando padrões sob o céu. Tinha quase cara de esperança.

— Amani! — Delila foi a primeira a me ver. Ela correu pelo pátio e me abraçou com força, separando-me de Jin. — Você está viva! Eles conseguiram te libertar! O que aconteceu com seu cabelo? O pior é que eu gostei! Você parece mais velha. Eu queria ir também e ajudar, mas ninguém deixou.

— Já conversamos sobre isso — disse Shazad. — Precisamos manter uma de vocês duas aqui o tempo inteiro — ela apontou para Delila e Hala —, caso seja preciso esconder o acampamento.

— E, por algum motivo, sou sempre eu a dispensável.

— Também estou feliz de te ver, irmãzinha — Jin brincou enquanto tirava Delila de mim. Com um sorriso bobo, ela se atirou sobre ele. Eu tinha certeza que minha recepção era uma sombra pálida perto daquela que Jin devia ter recebido quando finalmente retornou.

Navid se juntou a nós, dando um abraço apertado em Imin, ainda com os trajes ensanguentados de serviçal. Todos aqueles dias em que ela perambulava pelo palácio sem poder dar nenhuma notícia não deviam ter sido fáceis. E Imin estava certa, Navid não ficava bem de barba.

Fui passada de mãos em mãos, amigos e rebeldes que eu mal conhecia me dando tapinhas nas costas, me abraçando e parabenizando por estar viva. Por escapar. Me agradecendo pelo sacrifício de permanecer tanto tempo no harém. Os gêmeos se transformaram em dois gatos e se enroscaram nas minhas pernas, quase me derrubando a cada passo que eu dava. Senti como se um pedaço de mim mesma estivesse sendo devolvido por cada pessoa, me tirando do harém, me afastando da preocupação com Shira, da raiva que sentia de minha tia, de tudo o que havia acontecido nos meses anteriores.

E de repente, como se uma cortina se abrisse, fiquei frente a frente com Ahmed. Tinha certeza de que meus olhos me traíam, estampando cada momento de dúvida que sentira nos meses anteriores, deixando tudo claro. Cada momento que tinha visto o pai dele decidir mais rápido. Cada vez que temi que o governante tivesse razão ao achar que Ahmed não estava preparado. Cada vez que fora tola o bastante para dar atenção a um tirano assassino.

— Ahmed.

— Amani. — Ele me agarrou com firmeza pelo ombro, me puxando para um abraço. Relaxei, agradecida. Era muito mais fácil acreditar em Ahmed quando ele era alguém de carne e osso na minha frente. — Bem-vinda de volta.

40

O impacto da noite anterior nos atingiu um por um.

As notícias sobre os eventos do Auranzeb foram manipuladas pelo palácio antes de se espalharem entre o povo de Izman. O sultão anunciou a independência de Miraji, agora livre do jugo estrangeiro. Qualquer país que ameaçasse nossas fronteiras queimaria por isso.

O pronunciamento também dizia que o príncipe Kadir havia sido assassinado na luta, morrendo bravamente em combate, assassinado pelos próprios irmãos, o príncipe rebelde e o príncipe Rahim, que havia se virado contra a própria família de maneira inesperada junto com lorde Balir, que havia escapado. Rahim havia sido preso tentando fugir como um covarde. Ele e o príncipe rebelde seriam amaldiçoados para sempre por matar alguém do próprio sangue. O sultão estava de luto pelo filho. Não havia informações sobre uma possível execução de Rahim. Depois do que acontecera com Shira, dava para entender por que o sultão não queria arriscar outra decapitação em praça pública.

Haveria novos jogos do sultim, para escolher um novo herdeiro. O sultão me dissera que o momento em que o povo mais amava o trono era quando os príncipes estavam se matando por ele. Ele havia assassinado o próprio filho e agora usava sua morte para reconquistar o povo que passara a apoiar a rebelião.

Mas nós podíamos usar a mesma estratégia. Podíamos lembrar a cidade de que os jogos do sultim já haviam escolhido um herdeiro. O príncipe Ahmed.

À luz dos eventos recentes, o palácio anunciou que haveria um novo toque de recolher. O exército de abdals do sultão patrulharia as ruas. Não era possível argumentar ou discutir com eles. Qualquer um encontrado nas ruas entre o anoitecer e o amanhecer seria executado. O palácio garantia que era para a segurança de todos. Afinal, as horas sombrias da noite só abrigavam intenções sombrias. Ninguém disse que aquilo era para enfraquecer a rebelião, mas todos sabíamos.

E ficamos enfraquecidos.

Era estranho ouvir isso do lado de fora, depois de passar tanto tempo do lado de dentro. Estávamos agindo às cegas outra vez, justamente quando não podíamos nos dar esse luxo. Foi acordado que Imin voltaria ao palácio para ser nossos olhos.

— Não tem outro jeito? — Esfreguei os olhos, cansada. Estávamos no escritório do pai de Shazad, que havia sido arrumado como uma espécie de sala de guerra. Não que fosse preciso mudar muita coisa para tal. Tinha algo reconfortante naquele escritório, embora fosse completamente diferente do pavilhão de Ahmed no acampamento rebelde. Havia mapas e notas presos às paredes. O mapa de Izman que eu havia roubado da mesa do sultão na noite em que comemos juntos estava bem no meio. Reconheci muitas das informações que eu havia transmitido de dentro do palácio.

Parte delas, passadas por Rahim.

Eu havia escapado, mas o príncipe ainda estava lá. E precisávamos descobrir o que ia acontecer com ele. Senti uma pontada de culpa quando expressei minha objeção.

— Não sei se é muito esperto colocar outro demdji nas mãos do sultão. — Rahim tinha sido um grande aliado, mas ninguém sabia melhor do que eu os riscos de Imin ser desmascarada.

Navid pareceu esperançoso quando me opus. Ele estava sentado em uma poltrona enorme no canto, os braços em volta de Imin. Ela assumia uma forma feminina miúda, pequena o bastante para ficar nos braços do marido como se fosse uma peça desaparecida que sempre pertencera àquele lugar. Se apoiava confortavelmente no peito dele, de olhos fechados. Exausta, mas acordada. A noite anterior cobrava a conta de todos. Hala dormia profundamente num canto. Jin estava sentado à mesa do general, a camisa jogada nas costas, enquanto Shazad examinava a ferida na lateral de seu corpo.

— Precisa cuidar disso direito — ela disse. — Em algum outro lugar, sem manchar todo o escritório do meu pai de sangue. Vá procurar Hadjara. — Havíamos perdido nosso pai sagrado na fuga do vale de Dev. Até acharmos alguém novo, Hadjara quebrava um galho.

— Se não precisa de mim... — disse Jin, levantando.

— Nos saímos muito bem sem você até agora, irmão — Ahmed comentou. Foi um golpe baixo. Shazad e eu nos entreolhamos. A nova tensão existente entre Ahmed e Jin não era boa para ninguém.

Mas Jin não disse nada enquanto passava pertinho de mim no caminho para a porta, os dedos brincando no dorso da minha mão como se quisesse segurá-la.

— Não se voluntarie para nada idiota enquanto eu estiver fora.

— Não temos muitas outras opções, aparentemente — disse Imin quando a porta se fechou atrás de Jin. — A menos que mais alguém queira revelar agora que estava escondendo um dom secreto de metamorfose para eu dar uma descansada. Ninguém? Foi o que pensei.

— Eu me ofereceria, mas não acho que estrangeiros seriam bem-vindos no palácio no momento — Sam disse. Ele olhava para Shazad.

— E não sou uma mulher bonita o bastante para conseguir ficar no harém por muito tempo. Amani pode atestar isso.

— É verdade — admiti. — Ele não tem peito suficiente para vestir um khalat. — Shazad deu um riso curto.

— Alguém tem que ir — disse Imin, esticando-se para sair dos braços do marido, passando facilmente de esposa a rebelde. — Se eu for pega, sempre posso tomar veneno antes que ele enfie as garras em mim, como fez com Amani. — Eu não sabia dizer se ela estava brincando.

Conseguimos dormir algumas horas após o amanhecer, quando tivemos certeza de que o palácio havia terminado de espalhar mentiras para o povo e a adrenalina da noite anterior tinha passado. Estávamos na casa de Shazad, o que significava que ela tinha seus próprios aposentos. Foi nesse momento que realmente senti o peso do fim de nosso antigo lar. Nossa tenda não existia mais. O pequeno espaço que havíamos compartilhado por seis meses e que havia se tornado tão familiar para mim quanto minha cama na Vila da Poeira.

Percebi que poderia ter arranjado minha própria tenda. Se quisesse. Começar a me estabelecer naquele novo acampamento. Em vez disso, procurei Jin. Ele cochilava à sombra de uma laranjeira com galhos enormes. Sua camisa estava levantada e pude ver o lugar onde Hadjara havia feito o curativo. Ele acordou de repente quando me estiquei ao seu lado, se acalmando ao notar que era eu. Sabia que ele me observava. Nos escassos meses que tivemos entre Fahali e a bala que me atingiu, passamos muitos momentos juntos no deserto, mas nunca dormimos lado a lado. Jin mudou ligeiramente de posição para ficar de lado me olhando enquanto eu me acomodava, apoiando minha cabeça no braço. A grama ainda estava fria da noite. Podia estar dormindo no chão outra vez, mas tinha a sensação de que descansaria melhor ali do que em uma centena de almofadas no harém.

— Ainda não tive tempo de armar uma nova tenda como havia planejado. — Seu braço encontrou o fim das minhas costas. — Já que acabei de voltar do resgate de uma garota que conheço.

— Da próxima vez devia tentar cuidar melhor dela — eu disse enquanto fechava os olhos, encostando minha cabeça nele.

— Estou contando com isso. — Jin me ajeitou contra seu corpo e foi a última coisa que ouvi antes de adormecer.

Shazad nos acordou em algum ponto da tarde, com o cabelo molhado torcido em um nó atrás da cabeça. Me perguntei se ela havia descansado de verdade desde o Auranzeb. Ela nos contou que Leyla finalmente havia voltado à consciência.

Shazad tinha cumprido sua promessa de acorrentá-los. Ela e Tamid foram confinados em dois dos muitos aposentos vazios da casa, até que acreditássemos que não fugiriam. Tentei ir falar com Tamid, mas ele fingiu estar dormindo, o que foi uma mensagem clara o bastante para mim.

Leyla parecia um animal enjaulado, os joelhos puxados contra o queixo, olhos se revezando entre mim, Jin, Ahmed e Shazad, como se tentasse observar todos ao mesmo tempo.

Não. Ela nos olhava como se *nós* fôssemos os animais. Prestes a despedaçá-la. Lembrei do dia em que a havia conhecido, no zoológico. Quando ela estava construindo um pequeno elefante e as esposas de Kadir mexeram comigo. Mas aquilo era diferente. Pelo menos eu achava que era.

— Então — Ahmed disse num tom de conversa, sentado na ponta da cama. Ela recolheu mais as pernas. — Você construiu um exército para meu pai unindo máquina e magia.

— Eu não... — Leyla sempre soou jovem, mas sua voz frágil havia quase desaparecido agora. — Por favor, não me machuque. Não tive escolha.

— Ninguém vai machucar você — Ahmed disse gentilmente, ao mesmo tempo que Shazad soltou um resmungo de descrença.

— Todo mundo tem uma escolha — ela disse quando Leyla a encarou de olhos arregalados. Chutei seu tornozelo. Com força. A última coisa de que precisávamos era assustar Leyla. Precisávamos que falasse. Ela me lançou um olhar cortante.

— Minha escolha era ajudar meu pai ou ver meu irmão morrer. — Num gesto sofrido, Leyla enfiou o rosto nas mãos acorrentadas. — O que você teria feito? — Ela começou a chorar. Os soluços profundos sacudiam seu corpo violentamente.

— Seu pai ameaçou Rahim? — perguntei, antes que Shazad respondesse à pergunta. — Ele disse que ia machucar seu irmão se você não o ajudasse? — O príncipe estava preocupado com a segurança de Leyla no harém, mas pelo visto era ele quem corria perigo.

— Rahim não faz ideia. Ele não sabe o que aconteceu com nossa mãe. — Leyla limpou o nariz na manga da roupa o melhor que pôde com as mãos presas. — Tantos anos atrás. Ela disse ao meu pai que construiria para ele uma máquina capaz de alimentar a energia de toda Miraji. Que poderia mudar o mundo. — O avô de Leyla era um engenheiro de Gamanix. O país que uniu magia e máquinas. — E assim ela fez. Só que a máquina precisava tirar energia de algum lugar. Então tirou dela. — Leyla limpou com raiva as lágrimas brotando em seus olhos. — Assim como de todas as que vieram depois.

— Como Sayyida — percebi. — E Ayet. — E Mouhna. E Uzma. Garotas que haviam desaparecido do harém sem deixar vestígios. Um lugar onde aquilo acontecia o tempo todo.

— Elas foram usadas nos testes. Dá para pegar... — Leyla fechou os olhos. — Os Livros Sagrados dizem que os mortais são feitos com uma centelha do fogo dos djinnis. As máquinas pegam essa centelha e podem dar vida a outra coisa. Não uma vida real, mas... o que eles têm. Como era capaz de fazer aquilo com a vida de uma mortal, meu pai começou a se perguntar o que poderia fazer com a vida de um imortal. — Leyla parecia deprimida.

— Dá para abastecer um exército que não tomba quando alvejado por balas — Shazad completou, entendendo o que tínhamos visto na noite anterior. Nós quatro percebemos a gravidade do que estávamos enfrentando. — Aquelas coisas não se cansam, não precisam comer. Podem resistir aos inimigos de Miraji.

— Incluindo nós — eu disse. — Como eles funcionam?

Leyla deu de ombros, infeliz.

— Do mesmo jeito que toda magia. Palavras, palavras, palavras.

— Então como os impedimos? — Shazad interrompeu antes que Leyla pudesse se enfiar em algum buraco de autocomiseração.

— É quase impossível. — Ela balançou a cabeça e lágrimas escorreram de seus olhos. — É preciso destruir a fonte de energia e...

— A máquina — disse Jin. Ele deu um passo adiante e Leyla se encolheu. Pus a mão em seu braço, parando-o. Jin podia ser filho do mesmo pai que Leyla, mas para ela era um estranho tatuado.

— Como podemos fazer isso? — perguntou Shazad. — Temos pólvora o bastante para explodir a máquina inteira se pudermos...

— Não — Leyla disse depressa, seus olhos arregalados de pânico. —Vocês destruiriam a cidade inteira!

Como na história de Akim e sua esposa. Fogo djinni fora de controle.

—Todo djinni precisa ser dissipado, não libertado. É preciso dissipar a energia com as palavras certas. As mesmas com que foi capturado. — Então Leyla olhou diretamente para mim. — Foi Amani quem conjurou. Ela é a única que pode dissipar.

E, num passe de mágica, todos olharam para mim. Se eu soubesse que ia receber tanta atenção, teria arrumado o cabelo.

41

— Não vou mentir pra vocês. — Ahmed olhou para os rebeldes que lotavam a cozinha. — Vai ser um desafio e tanto. — Ahmed não ser um demdji era bom para levantar o moral. Se ele não pudesse mentir, tenho certeza de que teria dificuldade de pronunciar a palavra "desafio" no lugar de "desastre".

Éramos pouco mais de vinte pessoas amontoadas ao redor da cozinha de Shazad, as cabeças batendo em panelas penduradas do telhado e as costas apoiadas nos azulejos coloridos da parede, como o vapor de um prato elaborado. Shazad estava ao lado de Ahmed, como seu eterno braço direito. Jin estava recostado na lareira. Quem não soubesse que estava machucado talvez nem imaginasse que precisava dela como apoio. Sam tinha se afastado, e passeava para lá e para cá com a mão atravessando distraidamente a parede.

Eu segurava uma xícara de café forte nas mãos. Havia dormido mais algumas horas inquietas, mas não o suficiente. Alguns rostos que deveriam estar ali não estavam, pessoas que haviam morrido na fuga do vale. Havia alguns novos que eu não conhecia. Ainda assim, mesmo naquele ambiente estranho, a sensação era a mesma de estar no pavilhão de Ahmed no acampamento. Havíamos perdido aquele lar, mas ainda lutávamos para conquistar um novo.

As cortinas vermelhas da cozinha estavam fechadas para bloquear os olhares curiosos da rua. Elas deixavam o aposento sangrento como a alvorada.

Uma nova alvorada. Um novo deserto.

— Estamos em menor número — disse Ahmed. — Temos menos armas e estamos em desvantagem tática.

Em lados opostos da sala, Jin e eu nos entreolhamos, sua sobrancelha erguida indicando que aquele discurso não era nada inspirador. Eu sorri.

— E temos um número menor de demdjis, a julgar por aquelas coisas no Auranzeb — alguém disse nos fundos. Uma onda de concordância percorreu a cozinha. Os rumores sobre os abdals e seus poderes estranhos haviam se espalhado assustadoramente rápido. Shazad dissera que já havia sinais de que o boato estava apagando as centelhas de dissidência que havíamos conseguido criar nas ruas.

— Sim, obrigado, Yasir. E é aí que entramos. — Shazad assumiu o controle facilmente, dando um passo à frente. Ahmed cedeu o espaço a ela. Imaginei-a perto de Ahmed no trono. Como sua sultana e general, a cabeça inclinada sobre algum problema, a coroa de ouro escorregando da cabeça. Ficaria bem nela. — Temos três problemas muito urgentes no momento, e graças à nossa verdadeira Bandida de Olhos Azuis, agora de volta, sem querer ofender — ela falou na direção de Sam —, é possível que tenhamos soluções para eles.

— Mesmo que tenha sido ela a criar um desses problemas — Hala murmurou.

Eu a ignorei. Olhares me acompanharam quando avancei. Apesar de ter voltado havia pouco tempo, já notava a mudança. Eu não era mais a Bandida de Olhos Azuis somente, era a garota que havia escapado viva do palácio, que encarara o sultão e sobrevivera.

— O primeiro problema é que precisamos de um exército, um que dê conta de enfrentar o do sultão. Se pudermos firmar uma aliança com lorde Balir, então teremos uma força combativa. Marcamos uma reunião com ele para daqui a algumas horas. Antes de escurecer. Quando tiver terminado, com sorte teremos um exército.

— Assumindo que ele já não tenha deixado a cidade — Hala adicionou.

— Você ficou mais pessimista desde que parti ou só esqueci o quanto era irritante? — perguntei.

— É como dizem: a ausência faz a gente se afeiçoar mais às pessoas. — Hala deu um sorriso falso para mim. — Não foi o otimismo que te fez ser capturada pra começo de conversa?

— Não esqueçam que posso matar vocês duas de várias maneiras se não calarem a boca. — Shazad interrompeu antes que a discussão continuasse. Risadas percorreram o aposento, aliviando a tensão do ambiente.

— Nosso segundo problema — Ahmed disse, tentando botar a reunião de volta nos eixos — é que, mesmo se conseguirmos um exército, só podemos lutar contra outro exército de carne e osso. Não um feito de partes mecânicas e magia. E é por isso que precisamos levar Amani até aquela máquina.

— Só que ela estará muito bem defendida. Não temos como chegar perto dela — disse Shazad. — A menos que arrastemos o sultão e todo o exército para longe dali, de modo que fique desprotegida. E guerras funcionam muito bem nesse sentido.

Todo mundo olhou para Shazad.

— Estão sugerindo que comecemos uma guerra só para colocar Amani dentro do palácio? — alguém perguntou no fundo da cozinha.

— Não — disse Shazad. — Precisamos começar uma guerra de qualquer modo. Estou sugerindo usar isso para aumentar nossas chances de vencer, dando a Amani a oportunidade de se esgueirar para dentro do palácio.

— O que nos leva ao último problema — Ahmed falou. — Que é o fato de Amani estar... incapacitada. — Aquilo silenciou a cozinha rapidamente. Esfreguei o ponto do braço onde podia sentir um dos pedaços de ferro sob a pele. Como se estivesse mexendo num dente solto. Sentia um instinto, uma pinicada, uma pequena pontada de dor quando o pressionava, lembrando que aquilo não fazia realmente parte de mim. Lembrando que eu era inútil com o corpo crivado de cicatrizes.

— Onde vamos encontrar um pai sagrado em quem possamos confiar? — Shazad perguntou, apoiando as juntas dos dedos na mesa.

— Alguém que consiga tirar o ferro de Amani? — Eu sabia o peso daquelas palavras para ela. Nos meses depois da morte de Bahi, não a ouvira falar tão abertamente sobre pais sagrados. Nem quando eu tinha tomado um tiro na barriga. Mas, por outro lado, eu havia ficado inconsciente a maior parte do tempo.

— A resposta é mais ou menos a mesma das últimas três vezes que perguntou isso — disse Sam. Ele estava a ponto de estourar. — Os pais sagrados foram todos comprados pelo sultão. É mais provável que delatem a gente em um piscar de olhos em vez de ajudar.

— Não podemos nos arriscar? — Esfreguei o dedo no antebraço, cutucando o pedaço de metal abaixo dele. Queria arrancá-lo com as próprias unhas.

— Não — Jin falou sem hesitar, pronunciando-se pela primeira vez. Todos viraram a cabeça na direção dele. Jin costumava ficar quieto em conselhos de guerra, a menos que tivesse algo que realmente precisava ser dito. O que significava que as pessoas tendiam a ouvi-lo. Só que agora havia uma inquietação entre os rebeldes. Ele não tinha abandonado só a mim. Tinha abandonado a rebelião inteira. — Não vamos arriscar você.

— Então ou encontramos alguém — concluí —, ou terei que entrar no palácio mais ou menos indefesa.

— Bem-vinda de volta à vida humana — disse Shazad. — Vou arrumar algumas armas para você.

★

— Sam. — Fui até ele quando a cozinha esvaziou. Ele descascava uma laranja roubada de uma das cestas. — Preciso da sua ajuda. — Parei de falar quando Shazad passou por mim, conversando com alguém sobre o estoque de armas. Aquilo fez Sam erguer a sobrancelha.

— Alguma coisa com a qual sua general não possa ajudar?

Baixei a voz enquanto o levava para um canto fora do caminho.

— Acho que conheço alguém que poderia ajudar a tirar o ferro da minha pele. Não um pai sagrado. Uma mulher. Minha tia.

Sam parou, com a fatia de laranja enfiada na boca.

—A mulher que te drogou e te sequestrou e depois te vendeu para o harém? Ela parece bem confiável.

— Por favor, Sam, preciso de ajuda. Você entrou e saiu do harém à vontade por meses. Não faz ideia de como é estar lá e se sentir incapaz de escapar ou se defender. — Ergui a camisa, mostrando a cicatriz, a mesma que havia mostrado a ele quando nos conhecemos. — Isso aconteceu mesmo quando eu tinha meu poder. Se for o único jeito, entrarei naquele palácio outra vez sem ele. Mas terei o dobro de chances de ser morta, e você sabe disso. Correria praticamente qualquer risco para tentar recuperar meu poder. Vai me ajudar?

Sam refletiu por alguns instantes, cortando outra fatia da laranja.

— Quanto?

— Quanto o quê?

— Quanto vai me pagar para encontrar sua tia superconfiável?

Meus ombros desabaram.

— Sério mesmo? Depois de tudo o que passamos, quer continuar fingindo que está fazendo isso por dinheiro?

— E por qual outro motivo seria? — ele perguntou. — Sou um bandido, lembra?

—Você quer ser mais que isso — eu disse, por fim. Era um chute. Mas, considerando que a frase escapou tão fácil da minha boca, só podia ser verdade. Tinha visto Sam atravessar paredes ferido pela rebelião. Entrar no Auranzeb como um traidor do próprio povo. Ele não estava mais fazendo aquilo por dinheiro. — É esse o motivo de ainda estar aqui.

— Esse é um motivo idiota. — Sam coçou a sobrancelha. Permaneci em silêncio. —Vou ver o que posso fazer.

42

Acabou que a Casa Oculta não era tão oculta assim. Era uma casa de banho no cruzamento de duas ruas sinuosas forradas com toldos coloridos no meio de Izman. Para mim, tinham exatamente a mesma aparência de todas as outras ruas pelas quais havíamos passado. A cidade era um imenso labirinto, e se não fosse Ahmed me conduzindo gentilmente pelos caminhos tortuosos, teria me perdido mais rápido do que no deserto.

Conforme nos aproximávamos, vapores pesados com o aroma de flores e temperos espirravam das janelas de treliça, impregnando meu cabelo e suscitando memórias do harém. Ahmed me deu uma cutucada para que eu olhasse para cima. Assim que olhei, o nome finalmente fez sentido. Todas as construções nessa área de Izman pareciam ter a mesma altura de três andares. A Casa Oculta se alongava dois andares além das outras. E o telhado era protegido por copas de videiras e flores do deserto que desciam pelas paredes, protegendo-a dos olhares curiosos.

Shazad havia escolhido aquele lugar para a reunião com lorde Balir, mas dissera a ele para encontrá-la em outro lugar. Sem guardas e armas. Caberia a ela encontrá-lo e levá-lo até nós. Precisávamos tomar as precauções necessárias. Estávamos pedindo a ele para botar um bocado de fé na gente.

Jin tinha ido na frente, sem cobertura, para ver se atraía algum ataque e se havia armadilhas no local. Ahmed e eu fomos logo atrás, parecendo um casal comum caminhando pelas ruas de Izman em vez de um príncipe e uma guarda-costas com uma arma escondida nas dobras do khalat. Conseguimos chegar sem incidentes.

Ahmed abriu a porta e entrou. Uma garota à mesa levantou a cabeça e nos olhou.

— Veja só se não é nosso príncipe rebelde. — Ela fechou um livro e me encarou. — Pode tirar o dedo do gatilho, vocês estão seguros aqui. — Eu não havia nem percebido que segurava a arma. Relaxei o dedo. Mas não a guardei no coldre. — Seu irmão está no telhado — disse a garota.

— Que lugar é este? — perguntei enquanto subíamos a escada.

— Um abrigo. — Ahmed deu um passo para o lado, me deixando ir na frente. Não sei se ele estava sendo educado ou se eu deveria agir assim por ser sua guarda-costas. — É da Sara, não nosso. — Ele inclinou a cabeça na direção da garota à mesa. — Ela se casou aos dezesseis anos. Ficou viúva aos dezessete. Ninguém além dela sabe que o marido morreu envenenado. Ele a deixou com alguns ossos quebrados e uma grande fortuna. — De forma não intencional, pensei em Ayet. Se tivesse ido parar ali em vez de no palácio, talvez não se tornasse minha inimiga. Poderia ter sido uma de nós. Ainda poderia estar bem. Ou talvez tivesse levado um tiro pela rebelião e morrido. — Ela pegou o dinheiro e fez isto. Um lugar para mulheres que não querem ficar com o marido. Seja qual for a razão. Um lugar que as mantém protegidas deles. Sayyida veio daqui. E Hala.

— Hala foi casada? — Quase tropecei no degrau.

— Quem você acha que cortou os dedos dela? — Ahmed me equilibrou. — Você está bem?

— Sim. — Eu o tranquilizei com um aceno. — Então por que esse lugar parece mais espalhafatoso que um bordel durante a Shihabian? — perguntei.

Ahmed riu, me pegando desprevenida. Ele tinha uma risada gostosa, quase havia me esquecido. Fazia muito tempo que não a escutava.

— A teoria de Sara é que, se as pessoas acham que sabem o que você está fazendo, não investigam muito e não se arriscam a descobrir a verdade. E todo mundo acha que sabe o que acontece numa casa cheia de mulheres, com homens entrando e saindo todo dia e uma criança ocasional aparecendo. — Sara. Agora eu lembrava por que aquele nome era familiar. De pé numa montanha no deserto, um dia antes da morte de Bahi, Shazad implicava com ele por causa de uma criança com uma mulher chamada Sara. — Ela gosta de dizer que só acrescentou alguns travesseiros. Mandamos Fadi para cá. Ele ficará seguro.

Subimos quatro lances de escada até chegarmos ao telhado. Jin estava lá, esperando, à sombra de um dossel de plantas. Seus ombros relaxaram visivelmente ao nos ver.

— Algum problema no caminho?

— Estamos bem — eu disse. — E aqui? — Ele sacudiu a cabeça.

Caímos num silêncio tenso enquanto esperávamos Shazad. A previsão era de que chegasse em meia hora. Havia passado quase uma, e o pânico revirava meu estômago enquanto eu me perguntava o que havia acontecido com ela. Então Shazad apareceu no telhado, saindo da escada com Balir, encapuzado e vendado.

Disséramos a ele para encontrá-la sozinho e desarmado. Havíamos definido quase todos os termos do encontro. Tínhamos sido exigentes, esperando que houvesse negociação. Mas Shazad disse que ele sequer hesitara. Concordara em nos encontrar, desprotegido. Era o tipo de coisa que levantava suspeitas de uma armadilha. Ela continuava olhando com cautela ao nosso redor enquanto retirava o capuz da cabeça dele e o desvendava.

— Não se preocupe — disse Balir, lentamente. — Não tenho cartas escondidas na manga. Pode perguntar à demdji se não acredita em mim.

Todos olharam para mim. Então Balir sabia o que eu era.

— Ele está dizendo a verdade — confirmei. Eu sabia o que Shazad estava pensando. Havia algo de errado com um homem que não se preocupava muito com a própria vida.

— Ótimo. — Balir enfiou as mãos nos bolsos. Vestia um kurta roxo e dourado bem feio, que ficava largo demais nele, estufando em volta dos braços. Combinava com a pompa da Casa Oculta. — Então você é o famoso príncipe rebelde. — Balir olhou Ahmed de cima a baixo. — Pensei que seria mais alto.

— Não devia acreditar em tudo o que ouve por aí — Ahmed disse.

— Ouvi dizer que talvez seja capaz de derrubar seu pai — Balir retrucou. — Com a ajuda do meu exército.

— Nisso — disse Ahmed — você pode acreditar.

— Ótimo — concordou Balir. — Quero o fim desse desfile de invasores. É cansativo. Se meu exército pode derrubar seu pai, então ele é seu. Nunca tive muito interesse em comandá-lo mesmo. Esse sempre foi o forte de Rahim. Ele era como um segundo filho para meu pai. Mas pedirei algo em troca.

— Quando eu for sultão — Ahmed estava preparado — vou declarar Iliaz independente. Pode ser o governante do seu próprio reino, contanto que esteja preparado para jurar fidelidade ao trono de Miraji.

— Ah, não me importo com isso. — Balir balançou a cabeça. — Apenas inventei para sua general bonitinha um pretexto bom o suficiente para conseguir encontrá-lo pessoalmente. Se eu contasse a ela o que realmente queria, tenho a impressão de que teria recusado na hora em seu nome. Mulheres... Elas podem ser tão irracionais.

— E no que está interessado? — Ahmed perguntou. Ele foi cuidadoso com a escolha das palavras. Não disse "Diga o que quer", embora todos soubéssemos o quanto estávamos desesperados.

— Pode ficar com seu reino, cada parte dele — disse Balir. —

Em troca do exército, tudo o que quero é tomar uma de suas demdjis como esposa.

O silêncio que se seguiu à declaração era palpável. Veio com o choque de todos os que estavam no telhado. Significava que Ahmed não recusara a proposta imediatamente.

— As demdjis não são minha propriedade — disse Ahmed finalmente, escolhendo com cuidado as palavras. — Iliaz, por outro lado...

— Não estou interessado em ser rei do meu próprio país. — Balir sacudiu a mão, apático. — Ver Iliaz independente era o sonho do meu pai. Ele era um grande homem, muito ambicioso. Estou morrendo. Os pais sagrados disseram que é algo no meu sangue. Só tenho alguns anos de vida. Se tiver sorte.

Eu percebia agora a palidez de sua pele, a maneira como se portava como se estivesse sempre cansado. Não era arrogância. Era doença.

— Mesmo que vença a guerra e me conceda meu próprio reino, governarei por quanto tempo? Um ano? Dois?

— E onde é que nós entramos nisso? — Não consegui manter a boca fechada. Não quando ele estava negociando uma de nós. — Se só quer uma esposa para ter um filho antes de morrer, tenho certeza de que pode encontrar alguém que não seja uma demdji.

Balir sorriu fracamente.

— Todo mundo acha que os demdjis têm poderes de cura. É por isso que no mercado negro dá para comprar escalpos de cabelo ou pele estranha. Globos oculares azuis. — Seu olhar passou por nós. — Mas essa é uma versão alterada da história. Alguns dirão que o verdadeiro poder de cura vem ao se tirar a vida de um demdji. — Lembrei de Mahdi segurando a faca na garganta de Delila, tentando arrastá-la até Sayyida para salvar a vida dela. Dizendo que, se Delila morresse, ela poderia viver. — Essa é uma tradução equivocada do mirajin antigo, na verdade. — Balir olhou para a gente. — A verdadeira frase não é "quem *tirar* a vida de um demdji", e sim "quem *tiver* a vida de um demdji". Quem quer que receba a vida de um demdji. É claro que conhecem a história de Hawa e Attallah.

Hawa e Attallah haviam feito juras um ao outro.

As histórias diziam que o amor deles era tão grande que protegia Attallah em batalha. Mas se ela fosse uma demdji...

Votos de casamento. Entender aquilo me desnorteou.

Eu me entrego a você. Tudo o que sou, entrego a você. E tudo que tenho é seu. Compartilho minha vida com você.

Até o dia da nossa morte.

Aquelas palavras não passavam de um ritual para a maioria das pessoas. Mas, saídas da boca de um demdji, se tornavam verdade. Foi como a lenda havia nascido: Hawa manteve Attallah vivo com suas palavras. Contanto que ela o observasse de cima da muralha, mantendo suas vidas ligadas, ele viveria. Quando ela caiu, o mesmo aconteceu com ele. Attallah não morreu com a tristeza do luto. Morreu por causa da verdade de uma demdji.

Ficamos em silêncio absoluto enquanto absorvíamos o que aquilo significava.

— Me dê uma de suas demdjis — Balir disse, e seus olhos me analisaram. — Ela será bem tratada. Eu não a machucarei. Embora espere que desempenhe todas as funções de esposa. — Vi Jin cerrar a mandíbula. — Só pedirei um filho. E, em troca, eu a honrarei tendo apenas ela como esposa. Quero viver para ver meu cabelo ficar grisalho e conhecer meus netos. E darei um exército e um país a você. Uma garota em troca de um trono. — Balir deixou o peso de suas palavras cair sobre nós. — Vejo que precisa pensar a respeito. Vou embora pra Iliaz pela manhã. Se quiser um exército, venha me encontrar com uma esposa. Se não aparecer...

— Ele deu de ombros. — Verei você e seus rebeldes serem queimados pelas novas armas de seu pai lá da minha fortaleza, e morrerei na minha própria cama muito antes de essa guerra acabar e o sultão vir atrás de mim. Se me odiar por isso, podemos resolver esse assunto após a morte.

43

Sentia tanta falta das noites no deserto que chegava a doer. Shira estava certa: não dava para ver as estrelas em Izman. A cidade era cheia demais de luzes e barulho, muito brilhante para se enxergar as constelações dos mortos.

Mas eu sabia que não era das estrelas que tinha saudades. Tudo havia mudado. Não éramos mais uma rebelião presunçosa no deserto. Sentia falta da simplicidade da certeza de saber que estava fazendo a coisa certa. De que aquilo valia a pena. Estávamos começando uma guerra, o que exigia sacrifícios. Podia sentir a inquietação no acampamento.

— Existe um jeito fácil de sair dessa, sabia? — Quando Jin falou, com minha cabeça apoiada em seu peito, senti as palavras em meus ossos antes de ouvi-las de fato. Havia escurecido fazia muito tempo e nós dois estávamos quase dormindo.

Tinha sido um longo e silencioso retorno depois da proposta de Balir. Até Shazad ficara calada. Ahmed e Jin haviam seguido juntos à frente, envoltos numa discussão raivosa. Eles estavam lidando com o problema, tentando processá-lo. Hala e Imin já estavam casadas. Então sobrávamos Delila e eu. Éramos as únicas que poderíamos nos sacrificar casando com Balir se quiséssemos obter aquele exército. Se quiséssemos uma batalha de verdade, e não um longo massacre.

Eu sabia o que Jin estava pensando. Se nos casássemos, eu também deixaria de ser uma opção.

— Sim. — Eu não disse mais nada. Não disse que sabia que Jin jamais se perdoaria se me salvasse sacrificando Delila. Que se Ahmed tentasse me forçar àquilo, ele não seria o tipo de governante que eu ia querer liderando um exército. Que havia cruzado o deserto inteiro justamente porque não queria um casamento arranjado, mesmo se fosse com Jin.

Mas o silêncio passou o recado.

Ele me abraçou e me puxou contra seu peito. Jin estava quente e firme. Acomodei a cabeça, minha boca perto do seu coração batendo, sobre sua tatuagem de sol.

No fim das contas, ele acabou adormecendo. Eu não.

Após algumas horas acordada, saí de seus braços. A maioria de nós estava dormindo fora das tendas no ar quente do verão. Achei meu rumo através dos corpos espalhados pela grama. Como cadáveres em um campo de batalha. A casa estava quieta enquanto eu voltava para a cozinha onde havíamos nos reunido.

O lugar parecia bem maior sem metade da rebelião enfiada ali. Comecei a vasculhar as latas na prateleira. Procurando café.

A porta foi aberta de repente, me assustando tanto que derrubei uma garrafa de vidro e ela se estilhaçou no chão com um estrondo. Um desconhecido entrou cambaleando na cozinha. Estava prestes a partir para o ataque quando ele chegou perto o bastante do fogo para que eu pudesse ver seus olhos amarelos.

— Imin? — eu disse, relaxando, enquanto ela desabava numa cadeira perto do fogo, com a respiração pesada. — Você está bem?

— Tive que correr todo o caminho até aqui — ela explicou, arfando. Assumira o rosto de um jovem e suas bochechas imberbes estavam coradas. — A cidade está repleta daqueles abdals. Um quase me viu algumas ruas atrás. Mas não consegui sair do palácio o dia inteiro e precisava contar a alguém que Rahim...

Aquele nome chamou minha atenção.

— Ele está bem?

— Não — Imin disse, séria. — Ele é um prisioneiro. É óbvio que não está bem. Mas está vivo. E, a julgar pela conversa nas cozinhas, vai continuar assim. Rahim é respeitado no Exército do sultão. Estão dizendo que executar o antigo comandante seria ruim para o moral. E prejudicaria a imagem do sultão. Por isso Rahim vai ser mandado embora para algum campo de trabalho onde possa morrer discretamente.

Aquilo soou como uma boa notícia, a primeira em muito tempo, mas não me permiti ter esperanças ainda.

— Quando ele vai ser levado?

Imin revirou os olhos novamente.

— Acha que corri por essas ruas infestadas de abdals só pelo exercício? Amanhã à noite.

Encontrei Ahmed no escritório do general Hamad. A luz trêmula de uma lâmpada vazava por baixo da porta. Aquilo me fez pensar na história do djinni invejoso que cintilava uma luz cativante de noite, atraindo as crianças para fora de casa, fazendo-as perseguir o fogo pela noite até estarem longe o suficiente para que pudesse capturá-las e escravizá-las.

Na metade do corredor, já conseguia ouvir as vozes.

— Delila… — Ahmed soava cansado. — Você não pode…

— Sim, eu posso! — Ela elevou o tom de voz. Parei logo antes da soleira. — É você que não consegue fazer isso, Ahmed. Nem haveria uma guerra se não fosse por mim. Isso tudo começou porque nasci. Foi por isso que a mamãe, quer dizer, que Lien teve que fugir. Foi por isso que vocês dois começaram a trabalhar quando eram mais novos do que sou agora para nos sustentar. Sou o motivo de você e Jin terem crescido em Xicha, e foi por isso que toda essa revolução começou lá atrás.

É por isso que Bahi está morto, assim como Mahdi, Sayyida e todos os demais. Eu comecei essa guerra e você nem me deixa lutar. Então vou ajudar a acabar com ela de uma vez.

Me afastei enquanto Delila marchava furiosa escritório afora, a porta batendo na parede alto o suficiente para acordar metade da casa. Ela nem pareceu me ver enquanto acelerava pelo corredor. Esperei até sair do meu campo de visão antes de entrar.

Quando minha sombra surgiu no escritório, Ahmed levantou rápido a cabeça e olhou para mim. Ele estivera repousando a cabeça nas mãos, com os cotovelos apoiados na mesa. Ahmed se esforçou para se concentrar em mim. Havia uma garrafa vazia perto dele. Perguntei quão cheia estava quando ele tinha começado.

— Amani. — Ele se endireitou, e a luz da vela iluminou seu rosto, primeiro um lado, depois o outro, fazendo com que parecesse duas pessoas diferentes. Me dei conta de que nunca o tinha visto bêbado antes. — Se está aqui para ser altruísta e se oferecer em troca de um exército, lamento informar que minha irmã foi mais rápida do que você.

— Não sou do tipo altruísta. — Sentei na cadeira em frente a ele sem esperar pelo convite.

— Jin jamais me perdoaria se te deixasse ir. — Ahmed balançou a cabeça. — Tampouco vai me perdoar se eu deixar que Delila vá, mas eu mesmo nunca me perdoarei, então pelo menos estaremos unidos no ódio em relação a mim. — *Se te deixasse ir*, ele disse. Não *se te fizesse ir*. Ahmed era meu líder, ele poderia ordenar que me oferecesse. Que me entregasse no lugar de sua irmã. Mas aquilo nem havia passado pela sua cabeça.

Porque o príncipe rebelde não era igual ao pai.

Houve momentos no palácio em que aquilo havia me assustado. A ideia de que Ahmed talvez não fosse forte ou inteligente o bastante, que não passasse de um idealista. Mas era disso que Miraji precisava.

De um governante como ele. Eu só estava com medo de que um líder como Ahmed jamais conseguisse tirar o país de um líder como o sultão.

— Seria fácil, não é? Trocar uma pessoa por um país inteiro. Minha irmã por um exército.

— Não — eu disse. Pensei na facilidade com que o sultão havia ordenado uma execução. — Não acho que alguém pense que governar seja fácil. Mas e se houver outro jeito?

— De vencer sem um exército? — Ele deu um sorriso. — Com mais revoltas e vidas perdidas? Mais cidades saindo do meu controle como Saramotai? Com o número de mortes aumentando enquanto meu pai cria máquinas que facilitam os massacres?

— Não. E se eu disser que existe outro jeito de obter o controle do exército de Iliaz?

Ahmed me olhou, com uma ponta de esperança no rosto.

— Rahim — eu disse. — Ele era o comandante do exército de Iliaz antes mesmo de Balir se tornar emir. Os soldados o conhecem. Eles o respeitam. — Pensei em quão rápido seus homens haviam entrado em formação quando o príncipe ordenou que ficassem contra Kadir no dia em que o embaixador gallan quase me estrangulou. — Acho que eles o seguiriam. Com ou sem o consentimento de Balir.

— Está sugerindo que mandemos Imin...

— Não. — Sacudi a cabeça. — Ela até poderia assumir a forma de Rahim, mas não seu lugar.

— Ela já fez isso antes — disse Ahmed. — Imitou alguém para nós.

— Não por tanto tempo. Não acha que se Imin entrasse no acampamento com seu rosto e começasse a dar ordens todo mundo notaria logo que não era você? Precisamos do homem real. Nada de truques, apenas o bom e velho resgate.

Ahmed se recostou na cadeira.

— Essa é a única razão de você querer salvar Rahim?

— Não gosto de deixar pessoas para trás. Especialmente aquelas a quem devo minha vida.

— Amani, com a cidade inteira atenta e os abdals patrulhando as ruas durante a noite... soa como uma missão suicida. — Ahmed esfregou os olhos. — Vamos precisar dos outros aqui se pretendemos planejar uma.

44

Ficamos lá até o amanhecer para conseguir bolar um plano que não terminaria com todos nós morrendo sob o fogo dos abdals.

Começamos a procurar o melhor lugar para interceptar o transporte que levaria Rahim para fora da cidade. Precisávamos chegar a ele antes que deixasse Izman. Lutar no espaço confinado das ruas da cidade era nossa vantagem. Se ele fosse para campo aberto, não teríamos a menor chance. Sam atravessou a parede enquanto nos amontoávamos sobre o mapa de Izman. Havia um roxo feio na sua bochecha que não estava lá da última vez que o vira.

— Onde arrumou isso? — Shazad perguntou, perdendo o foco por um momento.

— Um amigo — disse Sam, reservado, antes de se juntar a nós em volta da mesa. Ele me olhou tentando dizer alguma coisa que não consegui entender de imediato. Então o olhar desapareceu. — O que estamos fazendo? — Sam perguntou. — Escolhendo casas de veraneio?

— Só um bom lugar para uma emboscada — eu disse. — O sultão vai transportar Rahim pela cidade com guardas humanos e abdals. Não estamos preocupados com os primeiros. Hala pode cuidar deles. E, se não puder, as balas podem.

Os abdals já eram outra história.

Precisávamos de Leyla.

Ela estava tonta de sono e acorrentada quando foi trazida até nós. Mas seus olhos estavam arregalados e assustados. Apesar de não ser muito mais nova, parecia uma criança diante de Shazad.

— Leyla. — Minha amiga se apoiou na mesa. — Pense com cuidado antes de começar a me responder. Existe um jeito de parar os abdals? Consegue pensar em alguma coisa?

Os olhos dela varreram a sala, nervosos, passando por mim, por Imin e pelos homens que eram filhos de seu pai embora não fossem seus irmãos de verdade.

— Não tenho certeza — ela sussurrou. — Não quero que mais alguém se machuque se eu estiver errada. — Sua voz saiu embargada pelo choro que tentava conter. Resisti ao impulso de reconfortá-la. Se conseguíssemos resgatar Rahim, haveria alguém para sentir pena dela. Até lá, Leyla precisaria amadurecer.

— É a vida do seu irmão que está em risco — eu disse. — Ele faria todo o possível para te salvar. O mínimo que pode fazer é tentar retribuir.

Leyla mordeu o lábio inferior, aflita com a situação. Eu não sabia dizer se ela estava pensando em uma resposta ou se já a tinha e estava decidindo se nos contava ou não.

— Vocês podem tentar destruir a palavra.

— A palavra? — Ahmed perguntou.

— A palavra que dá vida a eles. Ela canaliza o fogo do djinni em sua centelha. Eu a coloquei dentro de seus pés. — Leyla se remexeu inquieta. — Achei que poucos pensariam em atacar os abdals nesse lugar — ela disse. — Como parecem humanos, as pessoas mirariam naturalmente na cabeça ou no coração. Quem pensaria em mirar no pé?

— Isso foi inteligente — Shazad admitiu. — E bem inconveniente para nós.

— Acha que eles seriam enganados por uma ilusão? — perguntei.
— Não como as de Hala, se esgueirando para dentro de suas cabeças, mas algo como um véu. — Como uma das ilusões de Delila. Mas não mencionei seu nome. Se a resposta fosse sim, teríamos outra discussão para tentar levar a irmã de Ahmed conosco, e eu não queria tratar daquilo na frente de Leyla.

— É possível — ela admitiu. — Algum de vocês consegue lançar ilusões desse tipo?

— Obrigado, Leyla. — Ahmed falou, em um tom que indicava que a conversa tinha terminado. —Você foi muito útil.

Ahmed olhou para mim enquanto a garota era levada, se preparando para falar.

Eu estava pronta para a briga.

—Você não pode proteger sua irmã pra sempre, Ahmed. Precisamos dela...

— Eu sei. — Ele ergueu a mão para me interromper. — Sei que não posso protegê-la o tempo todo. Então espero que vocês façam isso por mim. — Cansado, Ahmed esfregou a mão no rosto. — Durmam um pouco antes de sair para salvar meu irmão.

Sam ficou comigo para trás enquanto os outros voltavam para a cama, apesar de o sol já estar surgindo. Jin olhou para mim, mas acenei para sinalizar que conversaríamos depois.

— Encontrei sua tia — Sam disse quando ninguém mais podia nos ouvir. — Ela está em um belo conjunto de quartos acima de uma joalheria, vivendo em condições muito melhores do que uma simples farmacêutica teria, pelo que deu para perceber. Isso a tornou fácil de encontrar.

Ela estava gastando o ouro que tinha ganhado comigo. Era um tipo de justiça poética Sam encontrá-la graças a isso.

— Ótimo. — Sacudi a cabeça. Ela estava pesada com o sono, os planos e os vários detalhes que podiam dar errado no resgate de Rahim. — Podemos ir daqui a alguns dias e...

— Se fizer isso, vai encontrar uma casa vazia — disse Sam, me interrompendo. — Ela está arrumando as coisas para deixar a cidade amanhã. Várias pessoas estão fazendo isso. Há bastante agitação por aí. E agora o toque de recolher. Cidades nunca são um bom lugar para viver em tempos de guerra.

Claro. Era bom demais para ser verdade.

— Então temos que ir esta noite se quisermos uma oportunidade de fazer com que ela tire o ferro de dentro de mim.

Precisaria de mais do que a ajuda de Sam para isso.

— E você vai comigo. — As olheiras de exaustão de Hala davam à sua pele um tom mais escuro de dourado ali.

— Eu, em vez da sua querida Shazad ou do seu amado Jin?

Eles não sabem invadir a mente de alguém como você. A resposta estava na ponta da língua. Mas era verdade: Shazad ou Jin e algumas ameaças bem feitas provavelmente produziriam o mesmo resultado. Aquele não era o motivo real de eu pedir a ela. Nós duas éramos demdjis, e devíamos a verdade uma à outra.

— Eles são humanos — eu disse. Os dois lutariam ao meu lado. Nós morreríamos uns pelos outros. Mas, não importava o que fizessem, jamais entenderiam aquilo da mesma forma que Hala. Como era ter parte de si arrancada. Não entenderiam que alguém havia me machucado por eu ser o que era. Que eu queria retribuir a ela na mesma moeda. — A história que corre no acampamento é que sua mãe te vendeu para o homem que arrancou seus dedos.

A expressão de Hala mudou de imediato.

— Sabe o que nossas mães ganham de nossos pais? — ela perguntou enquanto eu a observava passar os dedos dourados pelo cabelo escuro. — Além de nós, claro.

— Um desejo — eu disse, lembrando da conversa que tivera com Shira na prisão.

— Sabe qual foi o desejo da sua mãe?

— Não — admiti. Acho que teria que perguntar ao meu pai, se tivéssemos sucesso em me colocar de volta no palácio.

— A minha quis ouro — disse Hala. Era um desejo tão simples e idiota. O que todo camponês, funileiro e mendigo pedia nas histórias. Eu não disse nada. Preferi aguardar. Pelo seu olhar, dava para ver que queria me contar o restante, mantendo os lábios dourados levemente entreabertos. Se eu não a pressionasse, Hala contaria.

— Minha mãe cresceu pobre e desejou ser rica — ela disse, enfim. — E talvez tivesse boas intenções. Talvez, ao descobrir que teria uma criança, desejara riqueza para ser capaz de me criar com conforto, em vez de na sarjeta onde havia crescido. Eu costumava contar a mim mesma essa mentira quando pequena. Mas nunca consegui dizer isso em voz alta. — Seu sorriso pareceu amargo. — E então o dinheiro acabou, e tudo o que restou fui eu, sua filha dourada.

Hala se inclinou para trás, e a luz da abertura da tenda fez sua pele brilhar. Ela era uma das únicas pessoas que tinha se dado ao trabalho de montar uma tenda. Ocorreu-me que poderia ter feito isso para se esconder. Hala era a filha dourada de uma mulher que amava demais o ouro. Nós duas havíamos sido trocadas por dinheiro, cada uma ao seu modo.

— Vou te ajudar.

Encontrei Jin se barbeando dentro da casa, em um aposento pequeno ligado ao escritório. Para as longas noites em que o general não ia para a cama, imaginei. Havia uma bacia de latão batido com água pela metade debaixo de um espelho rachado. Era um pouco baixa demais para ele, então Jin precisava se curvar. Sua camisa estava pendurada na maçaneta da porta. De trás, eu podia ver o modo como os músculos de seus ombros se contraíam, movendo a bússola desenhada no lado oposto ao do coração. Havia uma nova tatuagem no outro ombro. Uma série de pontinhos negros. Como uma erupção de areia. Quando se endireitou, ele me viu no reflexo, observando-o apoiada na porta.

— Essa é nova. — O lugar era tão pequeno que só precisei dar um passo para conseguir tocá-lo.

— Fiz enquanto estive com o exército xichan. — Eu sentia sua pele quente sob minha mão enquanto meus dedos dançavam pelos pontos, um de cada vez. — Estava pensando numa garota que conheci. — Jin virou rapidamente e segurou minha mão. Ele cheirava a menta, mas havia um fundo de pólvora e poeira do deserto quando me beijou que fez bater uma saudade profunda de casa. Isso só tornava mais difícil contar a ele o que eu ia fazer.

— Jin, preciso dizer uma coisa — comecei, me afastando — e não quero que me faça nenhuma pergunta. Só confie em mim. Preciso fazer uma coisa antes de resgatar Rahim. Preciso de Sam e Hala comigo, e não quero te contar o que é, caso dê errado.

— Já estou odiando, seja lá o que for. — Jin limpou um filete de água do maxilar com o dorso da mão.

— Imaginei que se sentiria assim. Mas preciso contar a alguém, e é mais provável que Shazad tente me impedir. E ela precisa chegar ao local da emboscada. Vocês dois precisam. Não podemos perder essa chance por minha causa.

— Um jeito de garantir isso é você vir conosco. — Jin brincou com as pontas do meu cabelo curto, me observando com cuidado, tentando me ler. Mas eu estava determinada a não deixar nada transparecer.

— Vá para o cruzamento. — Eu me mantive firme. — Espere

pela gente lá. Se tudo correr bem, conseguiremos chegar a tempo de interceptar Rahim.

— Isso é uma promessa? — Eu sabia quando Jin estava concordando sem realmente dizer que sim. Sabia que estava do meu lado.

— Filhas de djinnis não devem fazer promessas. — Fiquei na ponta dos pés, alcançando uma sombra perto de sua orelha onde a lâmina não havia passado, me aproximando o suficiente para sentir as batidas do seu coração. — No fim, nunca acaba bem.

Jin virou a cabeça, me pegando desprevenida com um beijo, rápido e confiante. Ele parou logo em seguida, mas não se afastou. Sorriu com a boca encostada na minha.

— Então é melhor que esse não seja o fim, Bandida.

45

Os aposentos que minha tia mantinha acima da joalheria estavam bagunçados, repletos de baús desarrumados, alguns deles com mais coisas do que cabia. Quando Sam atravessou a parede conosco, bati a canela em um deles e mal consegui conter a série de palavrões que me vieram à ponta da língua.

Passamos com cuidado pelo meio da bagunça. Como dedos pegajosos, senti as sedas e musselinas que se derramavam de uma arca roçarem minha perna. Um cordão de pérolas estava enrolado de maneira descuidada em cima de outro baú. Então era aquilo que se conseguia comprar ao vender alguém para o sultão.

Em meio à bagunça, esparramada numa cama, minha tia dormia.

— Pronta? — Hala sussurrou. Assenti, porque não sabia se seria capaz de dizer que sim. Hala não se dignou a mover as mãos sobre o corpo de minha tia como os artistas de rua faziam. Exceto por uma leve ruga de concentração em sua testa, não havia qualquer sinal do que estava fazendo.

A mulher acordou com um engasgo violento enquanto Hala obtinha o controle de sua mente.

Por um segundo, ela olhou em volta, desorientada. Então me viu e se concentrou em me reconhecer.

— Zahia — ela falou. Observei-a lutar por um momento, entre

a realidade e o sonho. Entre o conhecimento de que sua irmã estava morta e o que via diante de si. Levou apenas algumas piscadas para a ilusão vencer.

— Safiyah. — Sentei na beirada da cama. — Preciso da sua ajuda. — Pousei a mão perto das mãos dela na coberta. Não consegui me forçar a apertá-las em súplica.

Mas Safiyah fez isso por mim. Entrelaçou os dedos nos meus e levou minha mão até os lábios.

— É claro. —Agora havia lágrimas em seus olhos. — Por você eu inundaria o deserto. — Ela parou, olhando para mim com expectativa. Percebi que aquela frase pressupunha uma continuação. Era algo que Safiyah e minha mãe faziam. Uma prova da conexão secreta entre as irmãs.

Só que eu sabia como terminar a frase. Já ouvira minha mãe dizer aquilo. Só que não queria repetir as palavras para Safiyah.

Pensei em Shazad. Minha irmã de batalha. Nós nos identificamos uma com a outra logo que nos conhecemos, formando um laço mais forte que o de sangue.

Eu provavelmente ia querer destruir qualquer um que tirasse a vida dela. Como houve com a minha mãe.

— Pela minha irmã — eu me forcei a dizer —, botaria fogo no mar.

O resto foi como conduzir minha tia por um passeio no mundo dos sonhos. Ela me levou de imediato à cozinha, um local pequeno cheio de temperos pendurados, assim como potes e mais potes de coisas de boticário. Safiyah limpou a mesa da cozinha, falando o tempo todo, trechos de conversa que eu mal conseguia entender. Dezoito anos de todo tipo de coisa reprimida que ela queria ter conversado com sua irmã enquanto havia um deserto entre elas. Todas as piadas internas vindas de uma vida pregressa. O modo de falar de duas mulheres que eu nunca conhecera de fato.

—Você precisa tirar a roupa — ela me disse. Hala e eu olhamos juntas para Sam.

Ele ergueu as mãos como se houvesse uma arma apontada em sua direção.

—Vou, hum, ficar de guarda — disse, já atravessando a parede.

Tirei a roupa e deitei na mesa da minha tia. Ela pegou uma pequena faca da pilha e começou a limpá-la. Durante a vida, eu já tinha tomado tiro, facada, surra e várias outras coisas. Mesmo assim não gostava nada da aparência daquela faca. Revirando os olhos, Hala deslizou a mão sobre a minha quando minha tia se aproximou e passou um pano molhado com algo que fez minha pele arder bem em cima do local onde haviam inserido um dos fragmentos de metal.

Safiyah pressionou a faca no meu braço. Senti a pontada de dor me percorrer. Me contraí por instinto, apertando os olhos. Mas a sensação da minha pele se abrindo nunca veio. E então a mesa dura embaixo de mim desapareceu. Mexi os dedos e encontrei areia macia sob minha pele.

Abri os olhos. Estava olhando para as estrelas. Estrelas do deserto, pois brilhavam na escuridão que só havia no meio do nada, como a última luz queimando na imensidão das areias.

Aquilo era uma ilusão. Eu sabia porque conhecia Hala. E tinha noção de que estava deitada na mesa da cozinha com uma faca me cortando para tirar o metal do meu braço, sendo suturada em seguida pela minha tia.

A ilusão que Hala havia tecido na minha mente se estilhaçou. O deserto e as estrelas partiram e a cozinha voltou. O mal-estar em todo o meu corpo me despertou. Grunhi de dor, e logo Hala agarrou minha mente outra vez, tirando o sofrimento dali.

Como esperado, havia doze pedacinhos de ferro em um prato de vidro perto da mesa. Cada um deles tinha um pequeno símbolo impresso. O selo do sultão. Senti raiva novamente. Era a cara dele fazer aquilo. Ele não podia simplesmente pegar o ferro numa pilha de sucata e enfiá-lo sob minha pele: os pedaços deveriam ser feitos especialmente para a ocasião.

— O último... — Senti os dedos da minha tia explorando minha pele. Pressionou de leve logo acima do quadril, a um fiapo de distância do umbigo. Sua expressão sonhadora pareceu preocupada. — Ele estava tão próximo da barriga, Zahia — ela me disse. — Havia cicatrizes ali, como uma antiga ferida que se curara. — Ela franziu a testa, como se lutasse para lembrar o que havia machucado a irmã. Mas eu sabia o que era. O tiro de Rahim. O ponto onde a ferida havia cicatrizado depois de um mês longo e doloroso. — Era quase impossível remover sem deixar a cicatriz ainda pior — Safiyah dizia agora. — E receio que eu tenha piorado.

Fiquei de pé, ignorando a volta da dor de doze pequenas feridas na pele. Podíamos estar numa cidade, mas ela ainda ficava no deserto. Havia areia por toda parte. Eu a convoquei. Uma dor aguda atravessou a lateral da barriga, exatamente onde a antiga cicatriz ficava, me cegando por um momento. Mas logo senti o solo mudar, milhares de pequenos grãos de areia correndo na direção dos meus dedos.

Em meio à dor, senti a adrenalina de usar meu poder. Teria que ser suficiente. Liberei a areia e a dor baixou.

— Precisamos ir.

— Espere. — Hala me parou enquanto eu começava a me vestir. — O que pretende fazer com ela? — Referia-se à minha tia. — Quer que eu destrua sua mente? — Hala havia feito aquilo com a mãe que a vendera. Que a usara de modo tão egoísta.

Eu queria machucar Safiyah.

Ahmed me diria que seguir a política do olho por olho deixaria o mundo inteiro cego. Shazad me diria que por isso mesmo era melhor enfiar uma faca nos dois olhos do adversário logo no primeiro golpe.

— Isso fez você se sentir melhor? — perguntei. Não era uma acusação. Era uma pergunta real. Eu queria saber. Precisava entender se machucar minha tia como ela havia me machucado tiraria a raiva que apodrecia no meu peito. — Quando aconteceu com sua mãe?

Hala se afastou da minha tia.

—Temos que ir.

46

Andar pelas ruas de Izman após anoitecer não era exatamente fácil. Não com os abdals e com minha pele se rebelando a cada passo. Sem Hala na minha mente, os cortes no meu corpo gritavam de dor.

Mas velocidade era fundamental.

Avançamos por Izman tão rápido quanto possível, correndo para becos a qualquer som que indicasse movimento. Viramos numa esquina, e a luz da lua refletiu em metal e barro. Hala agarrou meu braço, me enfiando nas sombras entre duas casas. Não ousamos nos mover. O abdal passou pela entrada da ruela, tão perto que poderíamos tocá-lo. Em seguida, ouvimos novamente o som de passos, dessa vez mais próximos, vindos da outra ponta da rua, seguindo na nossa direção. Para nos encurralar. Sam não hesitou, agarrando minha mão e a de Hala.

— Prendam a respiração ou vão morrer rapidinho.

Só tive tempo de encher o pulmão de ar antes de ele nos arrastar pela parede. Caímos em uma pequena cozinha. Podia ouvir o som dos meus próprios batimentos cardíacos no ritmo dos passos lá fora, que desacelerou quando eles passaram. Esperamos alguns minutos até Sam nos arrastar de volta para fora.

Conseguimos chegar ao cruzamento onde deveríamos nos encontrar segundos antes da hora combinada.

Uma escada de corda balançava do topo do telhado conforme prometido. Comecei a subir enquanto Hala e Sam se esconderam em uma ruela lateral. Jin estendeu a mão e segurou meu braço para me puxar para cima cobrindo os últimos degraus que faltavam para alcançar o topo do telhado. Um assovio de dor escapou entre meus dentes quando seu polegar apertou uma das minhas feridas.

— Existe algum motivo para você sempre voltar toda machucada quando me afasto por cinco segundos ou é... — Sua voz estava muito alta, e eu o calei cobrindo sua boca com a mão.

— Não se iluda — eu disse baixinho. — Eu me machuco quando você está por perto também. — Estava me sentindo em carne viva, por dentro e por fora. Não queria explicar o encontro com minha tia naquele momento. Pressionei um dedo nos meus lábios. Quando Jin assentiu, afastei a mão lentamente.

Nos abaixamos na beira do telhado. Ele me passou o rifle um segundo antes de o abdal virar a esquina.

Seus passos ecoaram pelas ruas vazias, acompanhados pelos estalos das rodas da carroça-prisão que vinha atrás dele e de mais uma dúzia de botas em pés humanos.

Uma palavra talhada no metal, fornecendo energia ao abdal como um coração, no calcanhar direito. Um lugar onde ninguém teria o instinto de atirar. Mas não precisávamos de instinto; tínhamos a dica de uma informante.

Outro passo.

Mais dois.

Respirei fundo.

Cerrei os olhos para ver melhor no escuro, tentando identificar o brilho metálico à luz da lua. Em algum lugar bem no alto, uma cortina foi sacudida e depois fechada, deixando a rua em sombras quase tão rápido quanto a havia iluminado.

Mas foi o suficiente para mim.

Puxei o gatilho.

Um tiro perfeito. Pegou na ponta do protetor de calcanhar, dobrando-o. Quase ri. Obrigada, Deus, pelo metal macio.

Os homens cercando o transporte já estavam sacando as armas, procurando a ameaça. Mas eles não eram problema meu.

Jin disparou a pistola perto de mim enquanto Shazad saía do véu de ilusão de Delila, aparecendo como um espírito vingativo lá embaixo, espadas em punho.

Dei um segundo tiro. Ele passou pelo barro macio. E um terceiro. E então enxerguei meu alvo. O brilho de metal sob a pele de barro. Em algum lugar ali dentro havia uma palavra. Dando vida àquela coisa. Um soldado apontou a arma na minha direção e caiu.

E por um momento foi como nos velhos tempos. Como nos dias antes de Iliaz. Nós três contra o mundo. A simplicidade da rebelião, onde cada vitória poderia vencer a guerra.

Meu tiro seguinte acertou em cheio.

Quando mortais morrem, eles caem. Como os soldados desabando nas ruas sob nossos tiros. Mas o abdal não caiu. Ele parou. Tão abruptamente quanto eu havia parado quando o sultão me dera uma ordem.

E as ruas ficaram calmas de novo.

Desci atrás de Jin.

O abdal permanecia perturbadoramente congelado no lugar. Já havia visto muitas das pequenas invenções de Leyla de perto para saber que aquela era diferente. Era a criação de um djinni, tanto quanto eu.

A tranca no fundo da carroça-prisão se rompeu sob outro disparo, atraindo minha atenção. Juntei-me a Shazad e a Jin quando a porta foi aberta. Rahim se encontrava amarrado e amordaçado, com um saco enfiado na cabeça. Ergui a mão, parando Jin e Shazad. O príncipe havia me resgatado uma vez, eu devia isso a ele.

A carroça balançou de leve com meu peso quando entrei.

Tirei o saco de sua cabeça. Ele estremeceu, como se estivesse pronto para lutar de braços atados e tudo. Parou quando me viu, ficando quieto por tempo suficiente para me deixar tirar a mordaça de sua boca.

— O que está acontecendo? — perguntou com a voz rouca.

—Você está sendo resgatado — Shazad disse atrás de mim, parada na porta, com um braço apoiado no teto da carroça. — Óbvio.

—Você arranjou um exército para a gente — Jin acrescentou enquanto eu cortava as cordas para libertar os braços de Rahim. —Agora o que acha de liderá-lo?

Rahim lançou um olhar duvidoso para nós por cima do ombro. A general incrivelmente bonita, um príncipe parte xichan que ele ainda não sabia ser seu irmão, um Bandido de Olhos Azuis impostor, uma demdji de cabelo roxo pintado de preto brincando nervosa com a ilusão de uma flor e outra exibindo sem pudor sua pele dourada. Eu não precisava imaginar o que estava pensando. Estivera no lugar dele oito meses antes. Rahim finalmente voltou a olhar para mim.

— Bem-vindo à rebelião — eu falei. — Você vai acabar se acostumando.

Andamos o mais rápido possível pelos caminhos escuros e desertos de Izman. Os abdals patrulhando as ruas em seu ritmo constante e percurso padronizado talvez não fossem atraídos pela confusão, mas isso não significava que agiríamos feito alvos fáceis. Deixamos Rahim a par da situação aos sussurros enquanto voltávamos para a casa de Shazad.

Contamos a ele que Leyla estava em segurança.

Que tiraríamos o exército de lorde Balir à força.

E que ele nos ajudaria a fazer isso.

Rahim nem sequer piscou. Talvez a rebelião corresse no sangue dos filhos do sultão. Talvez o nome certo fosse traição. O que quer que fosse, íamos usar para assumir o trono.

A casa de Shazad estava quieta quando entramos. Afinal, estava tarde. Ainda assim, algo naquele silêncio me incomodou. Faltava a tensão existente a cada retorno de uma missão.

Ahmed esperando para garantir que todos voltaram vivos.

~~Imin aguardando Hala.~~

Meu instinto gritava enquanto subíamos a escada no fim do túnel que levava ao jardim. Eu estava no último degrau quando minha bota acertou algo que rolou com um tilintar familiar. Uma bala. Ela deslizou para o jardim silencioso e depois desapareceu.

O sentimento de que havia algo errado veio tarde demais. Ouvi o clique de duas engrenagens de máquina se acionando juntas. O ruído de peças de metal trabalhando, rodando cada vez mais rápidas, e então tilintando ao se encaixar. Foi o único aviso que tive antes da ilusão desaparecer.

O caos surgiu diante de nós e vimos o que realmente nos aguardava. Corpos caídos no chão, rebeldes em sua maioria, somente um ou dois homens de uniforme, as armas ainda nas mãos. Os cadáveres estavam espalhados em meio às tendas rasgadas, manchando o solo de vermelho. Os sobreviventes haviam sido empurrados contra os muros, amarrados pelos punhos. Estavam de joelhos com soldados armados ao seu redor. Ahmed. Imin. Izz e Maz. Navid. Tamid. Ainda estavam vivos, pelo menos.

E diante de nós havia um exército de abdals.

Eles haviam criado a ilusão, percebi. Não tinham apenas o poder destrutivo de Noorsham. Eram mais poderosos ainda. E à frente deles...

— Sim, Amani. — O sultão lançou para mim o mesmo sorriso de Jin. Aquele que significava encrenca. Como se pudesse ler minha mente. Uma figura emergiu do caos ao redor dele, formado por nossos rebeldes amarrados e mortos. Leyla desamarrada. Sem demonstrar medo nenhum. Ela tinha um casaco que parecia pertencer ao sultão sobre as mesmas roupas que vestia desde o Auranzeb. O olhar de animal enjaulado havia desaparecido. Agora, ostentava um sorriso satisfeito enquanto seu pai falava. — Era uma armadilha.

47

Saquei minha pistola, apesar de saber que era tarde demais. Dúzias de armas foram empunhadas em resposta, prontas para disparar se preciso. Shazad e Jin já estavam de armas em punho, ansiosos por uma briga.

Eles morreriam. Eu podia enxergar isso agora. Estávamos todos enrascados. Eu, Jin, Shazad, Rahim, Delila, Hala e... olhei em volta procurando Sam. Ele tinha sumido. Não estava em lugar nenhum. Estávamos cercados. E em menor número. Mas isso não ia nos impedir de lutar.

— Abaixem as armas! — Ahmed ordenou, ajoelhado. — Todos vocês, abaixem as armas.

Dava para ver que Shazad lutava contra cada pedaço de si para obedecer à ordem, enquanto, de canto de olho, via a mão de Jin se abrir e fechar em volta da arma. Eu mantinha a atenção concentrada no sultão. Seus olhos estavam fixos nos meus. Quase podia ouvi-lo. Aquela voz ponderada e razoável que me fazia sentir como se fôssemos todos crianças fazendo pirraça. *Sabe como isso vai terminar se lutar, Amani.*

— Façam o que ele disse — eu falei. — Baixem as armas. — Joguei a minha no chão. Senti uma onda de alívio quando o ferro deixou minha mão.

Finalmente as espadas de Shazad tilintaram barulhentas no chão.

Jin jogou sua arma logo em seguida. Eu estava desarmada. Mas não indefesa. O sultão podia ter planejado cada detalhe, mas havia algo com que não contava.

Em algum ponto no limite da minha consciência, além dos muros da cidade, busquei o deserto.

— Sábia decisão. — O sultão assentiu para Ahmed, preso e amarrado. — Sabe, nunca canso de me espantar com a ironia das coisas. Como o fato de meu filho mais parecido comigo ser justamente aquele que quer me condenar.

— Bem, isso não é exatamente verdade. — Rahim ficou entre mim e seu pai. Aproveitei a barreira de seu corpo para mover ligeiramente as mãos. Tentei evocar meu poder sem mover os braços, sem dançar com eles pelo ar. Busquei bem no meu âmago, na parte de mim que havia me mantido viva contra todas as probabilidades até então. Ele veio com uma dor lancinante no meu antigo ferimento.

— Eu o condenaria num piscar de olhos, pai.

Ao longe, o deserto se levantou em resposta.

— É por isso que está desse lado das armas do nosso pai e eu estou do outro. — Leyla finalmente falou. Sua voz tímida e cadenciada, que sempre havia soado doce, assumiu um tom diferente enquanto reverberava nas paredes do jardim. Seus olhos arregalados e marejados haviam sumido. — Fui a única que não traí minha família.

Seu irmão olhou para ela do outro lado do pátio.

— Você era minha família — ele disse calmamente. — Estava tentando te salvar. Depois que descobri que era tão talentosa com máquinas quanto a mamãe, soube que nosso pai ia tentar te usar da mesma forma que havia feito com ela. Foi o que *matou* a mamãe, Leyla.

— Eu não precisava ser salva. — Ela puxou o casaco para mais perto do corpo, protegendo-se do ar noturno. — Cuidei de mim mesma desde o dia em que me deixou entre aquelas mulheres e suas conspirações. Aprendi a sobreviver. A ser útil. — Ela havia me dito aquilo uma vez no harém, na época em que Mouhna, Uzma e Ayet desapareceram, uma após a outra. Quem não era útil estava sujeita a desaparecer, invisível. E quem era mais invisível do que uma princesa sozinha no harém?

Tão invisível que eu nem havia parado para pensar que Ayet havia desaparecido depois de eu dizer a Leyla que ela tinha me visto com Sam no jardim do Muro das Lágrimas. Que Uzma e Mouhna haviam sumido depois do incidente com a pimenta suicida e minha humilhação na corte. Que não havia passado pela cabeça de ninguém que ela também testemunhara aquelas maldades. Que ela as havia escolhido para entrar na máquina, não o sultão.

—Você foi embora e eu fiquei lá, terminando o que a mamãe tinha começado. — O sorriso de Leyla continuava doce como de costume, e ela o dirigiu a Rahim como se fosse uma arma. — Ela ia querer isso. Odiava os gallans, não o papai.

—Você mentiu para mim — eu disse. Não havia percebido porque ela era uma garota tímida, de olhos arregalados e expressão doce.

— É sempre fácil mentir para os demdjis. Vocês nunca esperam por isso — disse o sultão. — Que boa filha não obedeceria às ordens do pai? — Ele gesticulou como se estivesse puxando a corda de um arco para trás e depois a soltando. Eu estava segurando uma tempestade de areia inteira na mente, arrastando-a por cima dos muros e telhados na borda da cidade. Senti-a vacilar quando algo perfurou meu coração. A memória horrível e humilhante de querer impressionar o sultão, agradá-lo. De duvidar de Ahmed por causa dele.

— A Bandida de Olhos Azuis, sempre sedenta por confiar em alguém. — Estremeci ao ouvir o apelido. — Sim, Amani, eu soube no momento que vi seus olhinhos azuis.

Todas aquelas tentativas desesperadas de esconder minha identidade do sultão, de evitar que Ahmed fosse mencionado para que a verdade não escapasse da minha língua traidora. Ele havia me deixado escapar ilesa, evitando o assunto. Porque já sabia que eu era aliada do príncipe rebelde.

O sultão se aproximou e tocou gentilmente meu queixo.

— Poderia ter feito você me dizer o que eu queria saber, mas isso não teria me levado a Ahmed. Valia mais a pena usá-la para levar informações falsas ao príncipe. Depois que Leyla me contou que Rahim era um traidor, passei a usar meu filho para levar informações a você.

Notei um relance de movimento atrás do sultão. Uma silhueta nas sombras. Olhei de volta para o governante tão rápido quanto possível. Tentando não entregar que tinha visto algo. Cerrei o punho, mantendo o deserto sob meu comando.

Ele desviou o olhar de mim.

— Devo dizer que gostei bastante de vê-la para lá e para cá apagando incêndios, sem nunca notar o que eu queria ocultar de você. Enquanto prestava atenção em Saramotai, eu recuperava Fahali. Enquanto tentava salvar traidores da forca, meus homens prendiam dissidentes em suas próprias casas. E enquanto estava correndo para tentar salvar meu filho traidor, eu estava esvaziando seu acampamento e prendendo meu *outro* filho traidor. — O sultão pousou a mão no ombro de Leyla. — Ela fez um trabalho excelente. Como acha que encontrei você e seu pequeno refúgio no vale? — O sultão ergueu alguma coisa. Era uma bússola. Igual àquelas que Jin e Ahmed possuíam, só que menor. Ele havia me dito que elas eram fabricadas pelos gamanix. E a mãe de Leyla era uma engenheira gamanix. — Escondemos uma dessas na sua espiã antes de a soltarmos para ser... resgatada. — Sayyida. Ela também era uma armadilha.

— E quando descobri que Rahim estava planejando escapar... — Leyla se animou, contando vantagem. — Você quer ver? — Era o mesmo brilho que aparecia em seu rosto quando ela mostrava algum brinquedo novo para as crianças no harém. Ela virou, chamando os soldados. Dois deles trouxeram Tamid arrastado da parede. Ele se esforçou para conseguir acompanhá-los com a perna falsa.

Dei um passo adiante e, dessa vez, foi Jin quem me segurou, me puxando para trás. Eles forçaram Tamid a sentar no chão, com a perna de bronze esticada à frente. Leyla a soltou com a facilidade trazida pela prática. Ela a havia confeccionado, afinal. Virou a perna agora solta na minha direção, cheia de orgulho. Havia uma bússola encaixada com perfeição no vazio de bronze da panturrilha de Tamid.

— Eu a encaixei ali depois de te convencer que Tamid deveria vir conosco, e ele não foi esperto o bastante para perceber que eu o estava usando para trazer meu pai ao seu acampamento.

A culpa era minha. Eu os havia levado até nós. Eu havia resgatado Tamid. Não o deixara para trás e continuava sendo castigada.

Minha raiva geralmente subia quente. Mas não dessa vez. Veio fria e sombria. Eu ia destruí-los.

Puxei o deserto para mais perto, um último puxão violento em meus poderes de demdji.

E então o céu escureceu. A tempestade de areia estava sobre nós.

O sultão virou a cabeça para cima enquanto a sombra nos cobria. A nuvem furiosa de areia desceu com tudo para cobrir o jardim. Ergui as mãos, assumindo o controle total dela — não havia mais razão para fingir.

Entreguei tudo o que tinha à areia. Toda a minha raiva. Toda a minha rebeldia. Todo o meu desespero. Instiguei a tempestade em um frenesi antes de baixar os braços com tudo, despejando toda a força do deserto sobre nós.

Olhei para o sultão. Ele me observava. A última coisa que vi foi um sorriso em seu rosto, igual àquele que me dera na primeira vez que estive na sala de guerra, quando viu o pato morto. Um sorriso orgulhoso.

E então a tempestade de areia nos engoliu.

— Amani! — A ordem que Shazad deu em seguida foi coberta pelo caos. Virei para minha amiga bem a tempo de ver um abdal se posicionando atrás dela, a mão erguida brilhando vermelha. Ergui o braço. Senti algo se abrir na lateral do corpo onde minha ferida estivera enquanto a areia se transformava numa espada e atravessava a perna do abdal, cortando fora a carne de barro e os ossos de metal, derrubando aquela coisa no chão.

— Cuidado com a retaguarda! — gritei para ela. Dessa vez, eu não precisava de ordens. Sabia pelo que estava lutando. Sabia por quem estava lutando. Sabia o que precisava ser feito.

Precisávamos do resto dos demdjis livres. Não podia deixar nenhum nas mãos do sultão. Não podia deixar que fizesse com eles o mesmo que havia feito comigo.

Baixei os braços num golpe, cortando o ferro em volta de Izz e libertando Maz em seguida. Os gêmeos entraram imediatamente em ação, carne se transformando em penas, dedos em garras, enquanto levantavam voo e mergulhavam em seguida. Delila correu para Ahmed enquanto eu o libertava. E depois Imin, que cambaleou para junto de Navid.

Uma bala acertou Hala na perna. Ela gritou, tropeçando. Teria caído no chão se Sam não estivesse lá. Ele a segurou, passou os braços sob suas pernas, e os dois desapareceram pela parede. Voltei minha atenção a outro lugar. Havia perdido Ahmed no caos.

Não estávamos vencendo, mas não era necessário. Só tínhamos de tirar dali o maior número de pessoas possível. Reuni um punhado de areia e o girei com força. Uma pontada violenta de dor respondeu na minha barriga. A areia vacilou, depois caiu. De uma hora para outra, nossa cobertura tinha desaparecido.

A dor na lateral da barriga aumentou quando tentei controlar a areia de novo. De repente, era tão forte que me cegou. Meu corpo era feito de pura dor em vez de carne e osso. Caí de joelhos, sem conseguir respirar.

—Amani. — Quando conseguir enxergar de novo, vi Shazad ajoelhando na minha frente. O modo como chamou meu nome me fez pensar que aquela não era a primeira vez. Ela parecia assustada. Dois outros rebeldes cobriam sua retaguarda enquanto ela me dava cobertura. — O que está acontecendo?

Eu não sabia. A agonia não me deixava nem falar. O que minha tia havia cortado com tanto cuidado dentro de mim parecia rasgar na minha barriga.

— Está decidido, vou te tirar daqui.

— Não!

Mas Shazad já estava me ajudando a levantar. Tentei me afastar, ficar de pé sozinha. Mas ela segurou firme.

— Não discuta. Da última vez que foi deixada para trás, foi *isso* que aconteceu. — Ela se referia aos djinnis, aos abdals e todo o resto. — Demdjis saem primeiro, e isso é uma ordem da sua general e da sua amiga. Jin! — Shazad chamou sua atenção no meio da confusão. Ele se juntou a nós num segundo. — Tire Amani daqui.

Ela não precisou falar duas vezes, e eu não estava em condições de contestar uma ordem. Ele passou os braços pelos meus joelhos e ombros, me erguendo. Lembrei da noite do Auranzeb.

Está dizendo que veio aqui para me resgatar?

Era assim que se resgatava uma garota. Eu teria rido se meu corpo não doesse tanto. Shazad nos deu cobertura enquanto Jin me levava até Izz, que em sua forma de roc gigante carregava as pessoas para um lugar seguro tão rápido quanto possível.

Jin e eu subimos em suas costas e deixamos o chão com uma batida poderosa de suas asas, carregando-nos sobre os telhados de Izman. Tiros pontilharam a noite atrás de nós. Eles tinham um alvo claro sem a cobertura da tempestade de areia. Mas Izz desviou habilmente, movendo-se rápido. Enquanto subíamos, vi Izman se estendendo sob nós como um mapa, as casas iluminadas por pequenos pontos de luz nas janelas entre as ruas escuras. E logo depois das paredes e telhados desordenados estava o mar, sua cor rósea com o amanhecer. Estávamos quase fora de alcance. Dava para saber mesmo com a dor desnorteante. Quase. Só um pouco mais alto, um pouco mais longe, e teríamos partido, e então Izz poderia nos soltar em algum lugar seguro e voltar para os outros.

Não ouvi o tiro que nos acertou. Mas pude sentir. O estremecimento repentino do corpo de Izz quando o ferro perfurou sua pele. O grito que irrompeu dele. Mesmo confusa pela dor, percebi que haviam acertado sua asa. Jin apertou os braços à minha volta.

Por um momento, eu estava de volta ao harém, diante do lago, com o sultão ao meu lado, puxando o arco enquanto mirava os patos. E mais tarde, quando minha flecha atravessou o alvo e o observei cair no chão, como caíamos agora.

Izz lutava para não cair no acampamento. Para nos levar para mais longe. Para nos tirar dali. O sultão não podia capturar outro demdji. Podia sentir o ferro entrando nele e a dor fazendo sua asa machucada fraquejar.

As últimas batidas agitadas nos levaram mais para a frente, o vento nos açoitando. E então estávamos livres da cidade, dos telhados e ruas e paredes que nos esmagariam quando colidíssemos. Entre a cidade e a água havia um penhasco íngreme, e agora sobrevoávamos o mar.

Estávamos caindo. O corpo de Izz virou, despejando-nos enquanto ele gritava em agonia, batendo as asas freneticamente. Jin deixou meu punho escapar de sua mão.

Só tive um vislumbre da água lá embaixo enquanto caía e mergulhava em sua direção.

Nem cheguei a sentir quando ela me engoliu por inteiro.

48

Nunca tinha entendido o que era se afogar.

Eu era uma garota do deserto. De onde vinha, o mar era feito de areia. E a areia me obedecia. Isso. Isso era um ataque.

A água invadiu cada parte de mim. Avançando faminta para engolir meu corpo. Correndo por dentro do meu nariz e da minha boca. Eu estava sufocando e o mundo escurecia. Para uma garota do deserto, até que eu era boa em me afogar.

E então emergi das profundezas, o ar tocando meu rosto. Algo pressionou meus pulmões. A luz brilhou na minha visão, me cegando. Tudo clareou e voltou a escurecer. E de novo e de novo. Dor e luz me percorriam. Batalhando pelo meu corpo.

Depois as estrelas. Acima de mim. E uma boca tocando a minha.

Eu não estava morrendo. Aquela era uma das ilusões de Hala. Só que não era. Jin se debruçou sobre mim. Vi os contornos do seu rosto, gravados na luz do amanhecer conforme a dor atingia meus pulmões novamente. Queimando. Queimando.

Eu era a filha de um djinni. Queimar era o que eu fazia.

E então as estrelas desapareceram e eu estava olhando para o chão, e para a bile e a água respingando na areia. Expelidas dos meus pulmões enquanto botava metade do mar para fora. Mesmo depois de tudo ter saído, permaneci de quatro vomitando violentamente.

Senti uma mão gentil nas minhas costas.

— Me lembre de te ensinar a nadar uma hora dessas. — A piada soou meio forçada. Mas ri mesmo assim. Aquilo me fez tossir um pouco mais enquanto eu me dobrava, ajoelhada, tremendo, tentando me recompor.

A sombra de Izman no alto do penhasco se avultava sobre nós. Havia sido uma queda terrivelmente alta. Vi a dor estampada no rosto dele, seu cabelo grudado nas sobrancelhas. Afastei uma mecha. Meu coração estava desacelerando. O caos da luta. Da sobrevivência. Parte da dor na lateral da barriga havia diminuído.

Estava calmo e tranquilo na costa quando o sol nasceu. Só por um momento. Porque as estrelas olhavam para mim acusadoras. E eu tinha que lidar com a situação no fim das contas.

— Cadê o Izz? — perguntei. Não via um roc azul gigante em lugar nenhum. Ele havia levado um tiro. Não conseguiria se transformar de novo com a bala nele.

— Não tenho certeza. — Jin sacudiu a cabeça. — Tivemos sorte de cair na água. Ele não caiu conosco. Quando voltei com você para a superfície, não o encontrei mais. — A água batia delicadamente nos nossos corpos, mas lá longe era uma massa agitada capaz de engolir uma pessoa inteira.

— E os outros?

Jin sacudiu a cabeça.

— Não tenho ideia. Sam conseguiu tirar alguns de lá. Vi outros caindo. Perdi Ahmed e minha irmã de vista na luta, e então você caiu.

— Ele sentou. Estava tremendo. — Então era isso que não queria que eu soubesse.

Busquei a areia na minha mente, mas acabei sentindo a pontada onde minha velha ferida se encontrava e parei. Apesar de o ferro já não estar na pele, não era tão fácil consertar o estrago. Enfiei os dedos na areia ensopada sob meu corpo e forcei meu coração a desacelerar.

— Ahmed está vivo — falei com facilidade. A verdade. — Shazad está viva. — Os nomes saltaram da minha boca um depois do outro. Delila, Imin, Hala, Izz, Maz, Sam, Rahim. Nosso pessoal ainda estava vivo.

— Todos os que escaparam vão para a Casa Oculta. — Jin puxou o cabelo ensopado para trás enquanto levantava, estendendo a mão para mim. — Precisamos voltar para lá, é mais seguro...

— Talvez não por muito tempo. — Peguei a mão dele, deixando que me ajudasse. Ainda estava trêmula por ter parado de respirar por um instante. — Basta uma pessoa abrir o bico.

Foi dolorosamente lento voltar penhasco acima até a cidade. Conforme o sol cruzava o céu, avançamos por onde a água era rasa o suficiente. Jin nadou uma parte comigo agarrada aos seus ombros até finalmente encontrarmos um lugar onde o caminho era menos inclinado para podermos subir. O sol estava bem acima de nós a essa altura e continuávamos devagar. Jin me segurou quando vacilei, mas algumas vezes tivemos que parar para descansar. Para eu recuperar o fôlego quando a dor latejava na lateral da barriga. Finalmente encontramos uma superfície plana do lado de fora dos muros da cidade. Estávamos longe de estar sozinhos. Um grupo de pessoas lutava para passar pelos portões.

Alguém me deu um encontrão, me jogando para cima de Jin, que me segurou.

— Ei. — Ele segurou um homem pelo ombro. O sujeito virou, claramente ansioso por uma briga, mas recuou quando viu Jin, que parecia saber como matar um homem e tinha uma aparência meio desesperada. — O que está acontecendo?

— O príncipe rebelde — o sujeito disse. Meu coração pulou com a menção a Ahmed. — Ele foi capturado. Vai ser executado na escadaria do palácio.

— Quando? — Dei um passo à frente, sem poder me conter mais.

Os olhos do homem se voltaram para mim com desdém devido ao meu cabelo desgrenhado e às roupas que haviam secado e estavam duras com a água do mar. Ele podia não querer discutir com Jin, mas eu não tinha metade do poder de persuasão do príncipe estrangeiro.

— Responda — Jin pressionou.

— Ao pôr do sol — disse o homem, soltando-se de Jin e já tentando se enfiar na multidão. — O toque de recolher vai ser suspenso hoje por isso. Se não me deixar ir, vou perder.

Jin e eu nos entreolhamos antes de virar para o horizonte, acima do mar.

Já estava escurecendo.

49

O príncipe rebelde

Quando homens e mulheres nas longas estradas do deserto sentavam em volta da fogueira, onde somente as estrelas podiam vê-los, contavam a história do príncipe rebelde do melhor jeito que sabiam. E contavam a verdade o melhor que podiam. Mas não toda ela. Nunca por completo.

Quando falavam de seus dias no harém, nunca mencionavam seu irmão, o príncipe estrangeiro, nascido sob as mesmas estrelas. Falavam da noite em que sua irmã meio djinni nasceu, mas nunca mencionavam a jovem mulher que arriscou a própria vida para levar três crianças à segurança quando a mãe do príncipe rebelde morreu. E, quando contavam sobre os jogos do sultim, deixavam de fora a bela filha do general que o treinou e lutou ao lado dele até que estivesse pronto para enfrentar o desafio.

Nos anos que viriam a seguir no deserto, quando as caravanas disfarçavam o medo da noite com histórias sobre grandes homens, falariam do dia em que o povo de Izman se reuniu aos milhares ao anoitecer para ter seu primeiro vislumbre do príncipe rebelde desde os jogos do sultim, enquanto ele subia na plataforma de um carrasco. Esperando o machado descer.

As histórias não dariam conta de que o príncipe rebelde não era o único prisioneiro do sultão naquele dia. Ninguém saberia que ele poderia ter evitado sua captura se não tivesse deixado muitos dos seus seguidores escaparem antes dele. Que ele tinha baixado as armas e se rendido ao pai para salvar os outros que haviam sido deixados para trás.

Os contadores de história nunca saberiam que fora por escolha própria que aquele homem subira naquela plataforma. Que ele poderia ter escapado de seu destino se não fosse tão bom. Tão corajoso.

Naquele dia, centenas de milhares foram assistir ao espetáculo, e cada um deles contaria o que tinha visto ali. As histórias viajariam pelas areias nos meses vindouros e se repetiriam pelo deserto e em terras estrangeiras. Seriam recontadas entre as caravanas nos séculos seguintes, quando viesse o momento de ensinar aos filhos sobre os grandes heróis do deserto.

Mas haveria apenas seis pessoas que saberiam o que realmente havia se passado naquele dia. As pessoas das caravanas nunca tomariam conhecimento do que sucedera nas celas da prisão, entre o amanhecer e o anoitecer. O que acontecera antes de toda Izman testemunhar os eventos na plataforma.

Seis pessoas que haviam lutado lado a lado e estavam presas lado a lado por esse motivo. Elas se sentaram na escuridão, esperando seu destino como os milhares que haviam sentado antes deles. Transmitiram sussurros de cela em cela, jurando que a rebelião não morreria ali com eles. Ainda que, ao amanhecer, dois deles estariam mortos.

Seis pessoas que nunca contariam a história do que havia acontecido naquele dia que ficaria conhecido para sempre como o dia em que o príncipe rebelde pereceu.

50

Quando a lendária princesa Hawa morreu em Saramotai, o tempo perdeu o sentido. O sol nasceu para assistir à queda dela. Parou no céu no meio do breu da noite. E as estrelas olharam para baixo para testemunhar o nascimento do luto em um novo mundo. O mundo inteiro prendeu a respiração quando Attallah caiu morto, porque seu coração havia sido dividido ao meio.

O tempo não parou dessa vez. Ele já estava se esgotando. Não dava para planejar muito. Não dava para juntar reforços ou arranjar sequer uma arma. Eu não sabia o que fazer. Ou mesmo para que estava correndo. Mas o fato era que estava correndo, me enfiando pela multidão nas ruas, em direção ao palácio.

Sem tempo de pedir ajuda. Sem tempo de planejar um resgate. O sultão estava contando com isso.

Ele ia executar Ahmed e mal conseguiríamos chegar a tempo, quanto mais salvá-lo. Teríamos que bolar um plano no meio da correria. Como sempre fazíamos.

Éramos bons nisso.

Vi um homem armado enquanto passávamos pela multidão.

— Jin. — Agarrei seu braço. Ele parou, olhando para onde eu apontava. Não precisei dizer mais nada. Jin agarrou o homem, torcendo os braços dele atrás das costas e segurando-o enquanto eu tomava a arma. Em seguida, voltamos a correr, nos afastando das acusações dele.

A multidão começou a ficar muito densa antes mesmo de conseguirmos avistar o palácio. Distribuí empurrões. As ruas estavam lotadas, e eu não conseguia mais avançar.

Não conseguia nem ver a praça. Tentei empurrar um pouco mais, mas logo fiquei presa, sufocada em meio à massa de corpos. Fui me espremendo até ser prensada contra uma parede. Olhei para cima.

Não poderia escalá-la. Não sozinha. Mas poderia subir com ajuda. Jin já sabia o que eu estava pensando antes de eu concluir o raciocínio.

— Você vai estar por conta própria — ele disse. Alguém o empurrou, nos pressionando um para perto do outro até estarmos esmagados contra a parede. Sozinha, com uma arma, sem poder e sangrando por meia dúzia de lugares diferentes.

— Eu sei. — Passei a língua nos lábios. Estavam endurecidos de sal.

Jin me levantou. Agarrei o beiral acima, me erguendo dolorosamente. Subindo devagar, lutando contra a pontada que sentia.

Meu pé tocou a borda e continuei, ignorando a dor lancinante no corpo. Com um salto, atravessei facilmente o espaço estreito e alcancei o próximo telhado. Caí com força, arranhando o joelho. Fiquei de pé, deixando um rastro de sangue atrás de mim. Pulei para o próximo telhado, assustando alguns pássaros, que levantaram voo. Continuei andando. Me obrigando a seguir adiante, até que não havia mais para onde ir. E então estava de pé em um telhado com vista para a praça em frente ao palácio.

Ahmed estava sozinho, os punhos acorrentados à plataforma erguida acima da massa densa e agitada. Seus olhos miravam o chão. Eu sabia o que ele via. Dor e morte. Os monstros se contorcendo.

A última coisa que Shira tinha visto.

A última coisa que Ahmed veria.

A menos que eu o salvasse.

Um homem lia o que eu só podia imaginar ser uma lista dos supostos crimes cometidos pelo príncipe rebelde. Não conseguia ouvi-lo com o barulho da multidão. Acima dele, identifiquei a varanda de onde havia assistido à morte de Shira. Eles a haviam protegido com ferro em vez da treliça de madeira após as revoltas. Atrás dos espaços entre as grades, pensei ver o sultão vigiando a cena, pronto para ver outro filho morrer.

Quando a lista chegou ao fim, Ahmed finalmente ergueu o rosto, observando o mar de cidadãos mirajins. Encarando seu povo.

— O sultão, em sua grande sabedoria e misericórdia, concordou em conceder clemência aos outros rebeldes — o homem gritou. — A cabeça deles permanecerá no lugar, mas serão condenados a uma vida de penitência servindo ao país que traíram. — Clemência uma ova. O próprio sultão me dissera que precisava reconquistar o amor de seu povo. Lembrei da bronca em Kadir pela execução de Shira. As pessoas não amariam ninguém por matar um inocente. — Mas, pelos crimes contra seu próprio sangue, o príncipe Ahmed foi condenado à morte. — O sultão contou ao povo que Ahmed havia matado Kadir, seu próprio irmão. Eles precisavam vê-lo morrer.

Mirei a arma na plataforma, apertando os olhos. Era um alvo bem pequeno àquela distância. Mesmo para mim. E não sabia se podia me dar ao luxo de errar.

Atrás de mim, o sol estava se pondo atrás dos telhados de Miraji.

Deitei de barriga no chão e apontei. Só podia esperar que aquela arma fosse boa. Não tinha um plano além de atirar no carrasco. Mas aquilo teria que bastar, pelo menos por enquanto. Precisava salvar Ahmed, depois me preocuparia com o resto.

O carrasco subiu na plataforma e meu coração falhou. O sultão não havia enviado um homem para matar Ahmed, e sim um abdal.

Nem mesmo eu poderia acertar aquele tiro.

Não podia fazer nada. Tinha o carrasco na mira, mas não tinha opção. Mirei mesmo assim. Atirei. Direto no joelho. Um grito veio da multidão com o som do disparo. Mas o carrasco sequer cambaleou. Atirei de novo, de novo e de novo, mirando desesperadamente no pequeno alvo em seu pé. Até a arma na minha mão esvaziar.

Até o abdal alcançar Ahmed.

Ele o forçou a ficar de joelhos em frente ao bloco de madeira que tinham colocado ali. O príncipe não lutou. Ele se ajoelhou com dignidade, o olhar descendo para as cenas horríveis abaixo enquanto punha a cabeça no bloco.

Chamei o deserto. Podia senti-lo disperso pelas ruas, a areia invadindo a cidade. Comecei a chamá-la para mim, mas a dor voltou com tudo, me derrubando com um grito, espalhando-a novamente como poeira pelas ruas.

O homem mecânico deu um passo para trás. Levantou o machado acima da cabeça. Eu não podia fazer nada. Estava impotente sem meus poderes de demdji, sem mais nenhuma bala. Incapaz de impedi-lo. Incapaz de fazer qualquer coisa.

— Ahmed! — Seu nome escapou, rasgando minha garganta. Atravessou a multidão. Acima do barulho das pessoas gritando, se empurrando, pedindo sua cabeça, sua liberdade.

Eu estava longe demais para ele me ouvir. Longe demais para alcançá-lo. Mas, de alguma forma, o príncipe rebelde inclinou a cabeça no momento em que o machado subiu. Ele olhou direto para mim. Nossos olhos se encontraram.

Os últimos raios de sol acertaram o ferro do machado, transformando-o numa luz brilhante enquanto atingia seu ponto mais alto.

Mas o sol não o impediu. O tempo não parou. O mundo não mostrou qualquer simpatia pelo meu pesar.

O machado desceu. De luz do sol, voltou a ser ferro. E se transformou em sangue.

51

Não chorei até estar em segurança.

Nem entendia ao certo como tínhamos chegado na Casa Oculta. Tudo o que sabia era que uma mão havia me guiado pelas ruas que tinham se transformado em caos assim que o machado descera. Por um mundo que deixara de fazer sentido. Jin. Ele poderia ter me levado para o bloco do carrasco e eu não saberia até estar diante da multidão com o machado pairando sobre mim.

Mas então passamos pela porta e entramos no abrigo da casa onde tínhamos estado todos juntos duas noites antes. Sara nos esperava do lado de dentro, com um bebê gritando no colo. Seus lábios se moviam, mas eu não ouvia nada do que dizia. Passei por ela, puxada por Jin. E a verdade veio como um soco no estômago. Meus joelhos cederam nas escadas.

Solucei. Por todos os mortos. Por todas as perdas. Pelas coisas que tinham sido levadas de nós. Aquilo ficaria gravado para sempre na minha memória. A lâmina. O sangue. O olhar.

O olhar dele quando encontrou o meu do outro lado da multidão.

Um segundo depois, Ahmed estava morto.

E era minha culpa. Minha e de alguém em quem eu confiava. Alguém que pensei que fosse inocente.

O grito saiu tão repentino e violento que tive que enfiar o sheema na boca para que não me escutassem do lado de fora. Senti gosto de suor, areia e, de alguma forma, da pele de Jin.

Podia ouvir os sons no quarto ao lado. Vozes sussurrando, hesitantes com a incerteza, ásperas pelo luto. O que havia restado da rebelião. Os rebeldes que haviam escapado do ataque na casa de Shazad.

O murmúrio tranquilizava. Fechei os olhos e apoiei a cabeça na parede.

Gente demais havia trocado a vida pela de outra pessoa agora.

Por Shazad, Bahi havia queimado.

Por seu filho, Shira havia caminhado para o bloco do carrasco.

Por Leyla, Rahim havia se entregado à mercê de seu pai impiedoso.

Por mim, minha mãe havia posto a cabeça em um laço de forca.

Pensei em vingança, amor, sacrifício e nas coisas terríveis e grandiosas que tinha visto as pessoas fazerem. Pensei em quanta gente eu vira entregando a vida pela rebelião, em tantas ocasiões diferentes.

Pensei no momento em que o machado desceu. Nos olhos fixos nos meus, um segundo antes de a luz abandoná-los.

A escada estalou com um novo peso perto de mim. Eu sabia que era Jin sem abrir os olhos. Antes de encostar do meu lado. Antes de entrelaçar a mão na minha e passar o dedo lentamente pela minha palma, traçando um círculo.

— Ainda não fomos derrotados. — Minha voz saiu rouca. Havia quase sumido, mas ainda estava lá. Finalmente abri os olhos.

— Eu sei.

O murmúrio morreu com nossa chegada, restando apenas os gritos entoados nas ruas lá embaixo. Um tamborilar constante como as batidas de um coração. Ótimo. Silêncio significava morte. E a rebelião não estava morta ainda.

Cada pessoa naquele aposento prestava atenção em mim. Rebeldes que eu conhecia e que não conhecia.

As mãos douradas de Hala seguravam uma xícara fumegante que alguém havia lhe dado, seu cabelo escuro espalhado sobre o rosto. Sara sentou em um canto, seu filho adormecido nos braços, olhando através das cortinas para a rua lá embaixo, enxugando as lágrimas dos olhos. Sam passava o dedo sem parar pela borda de um copo vazio. Maz estava enrolado num cobertor, tremendo violentamente, cabelo azul espetado para cima em todas as direções. Tamid cuidava da ferida no braço de Izz, por onde a bala havia atravessado sua asa, claramente grato por ter o que fazer.

Havia apenas um lugar vazio, na cabeceira da mesa. Metade das pessoas na sala preferira sentar no chão a ocupar aquele lugar. Senti Jin ficar tenso atrás de mim quando percebeu.

Pigarreei, mas minha voz saiu firme.

— Precisamos de um plano. — Lutei contra o instinto de procurar Shazad para começar a planejar junto comigo. Ela havia sido levada com Ahmed. Delila. Imin. Rahim. Navid. Todos tinham sido capturados, junto com outras dúzias.

— O que restou para planejar? — Hala olhava para a xícara de café e não para mim. Ela fechou os olhos com força. — Não acha que é apenas uma questão de tempo antes daquele machado descer de novo, e de novo, e de novo...?

— Hala. — Maz a interrompeu com a mão em seu braço. Ela levantou, abriu os olhos e me encarou. Desviei o olhar. Os olhos dela podiam ser castanhos como os de qualquer garota do deserto, mas ainda assim me lembravam dos olhos dourados de Imin.

— Até todo mundo ter partido também — Hala terminou de falar.

— Não. — Mantive minha posição. O sultão podia ter pensado que estava me usando todos aqueles meses no palácio. Mas eu havia aprendido uma coisa ou outra sobre o homem que governava Miraji.

Ele era esperto. Esperto demais para se arriscar a ter mais revoltas nas ruas. — O sultão está perdendo o controle. Ele sabe disso. É o motivo por que Rahim não foi executado. Ele precisava que Ahmed morresse em público. —Alguém em um canto fez um barulho como um soluço, logo abafado por um sheema. — Mas vai ganhar muito mais demonstrando piedade do que demonstrando força em relação aos outros.

— Então você acha que ele vai mandar os outros para longe — disse Hala.

— Em vez de mandar executar um a um — Maz concluiu. Uma centelha reacendeu brevemente no aposento.

Eu precisava revelar o resto, aquilo em que havia pensado. Tinha que contar a todos eles. Mas meus olhos continuavam em Hala, no canto. O tempo não tornaria as coisas mais fáceis.

—Tem mais uma coisa. — O aposento ficou em silêncio. — Perdemos alguém hoje. — Eu podia ver a cena perfeitamente na cabeça. A cabeça se erguendo do bloco. Seus olhos encontrando os meus. Criaturas de ilusão e dissimulação. — Mas não foi Ahmed. — Meus olhos tinham a cor do céu. Os dele, o tom de ouro fundido. Olhando diretamente para mim. Eu conhecia aqueles olhos. Eles não eram de Ahmed.

Aos poucos, as pessoas na sala entenderam o que eu queria dizer. A compreensão chegou mais lenta ao rosto da demdji de pele dourada. Imin.

— Hala, eu sinto muito.

Pesar e fúria transpareceram em seu rosto enquanto o resto de nós ficava em silêncio por Imin. Ela pousou a cabeça nas mãos.

Ahmed jamais deixaria alguém ser executado pelo carrasco no lugar dele. Mas não era o único sendo mantido prisioneiro. Metade da rebelião teria preferido subir naquela plataforma a deixá-lo fazer isso. Shazad poderia ter armado o plano, no meio da confusão do ataque. Delila estava com o cabelo pintado de preto, ocultando sua marca demdji. Ela podia não ser capaz de esconder uma cidade inteira, mas era boa o bastante para ocultar o irmão por um tempo, escondendo a identidade dele sob a ilusão de um rosto diferente. O rosto que Imin estava usando quando foram capturados. E Imin era boa o bastante para assumir o lugar de Ahmed. Mais do que isso.

Ela havia caminhado para uma execução para salvar nosso príncipe.

— Ahmed está vivo.

Olhei ao redor da mesa, o pequeno aposento naquele lugar que era nosso último refúgio.

— O sultão pode ter nos superado hoje, mas não consegue planejar tudo. Ele não esperava que eu saísse do controle dele. — Olhei para Tamid. — Nossa fuga não estava nos seus planos. E, sem dúvida alguma, não imaginou que Ahmed continuaria vivo.

— Quem vai nos liderar? — Izz perguntou. Seus olhos se voltaram para Jin.

— Nem pensar — ele disse. Estava apoiado no vão da porta. Como se pudesse abandonar a rebelião a qualquer segundo.

— Posso liderar. — A atenção de todos na sala se voltou para mim. Aguardei, mas não houve qualquer palavra em protesto. Nenhuma discussão.

Eu era uma demdji. Era a Bandida de Olhos Azuis. Era amiga deles. Havia aprendido estratégia com Shazad. Tinha estado entre os inimigos. Não havia partido quando Jin nos abandonara. E eles acreditaram em mim quando eu disse que poderia liderá-los.

Íamos resgatar os nossos rebeldes, nossos amigos, nossos parentes. E quando estivéssemos reunidos, íamos marchar com Rahim para Iliaz e pegar nosso exército. Dei impulso para me afastar da parede. Estava cansada, mas ainda de pé. Ainda estávamos ali.

E dessa vez o sultão tinha nos dado uma vantagem, a única coisa realmente invencível. Não uma criatura imortal. Mas uma ideia. Uma lenda. Uma história.

A Bandida de Olhos Azuis sempre fora mais poderosa do que eu. O príncipe rebelde sempre fora mais poderoso do que Ahmed. E, agora, poderíamos escrever uma história melhor do que a do príncipe pródigo. Uma que ninguém jamais esqueceria. Que seria apoiada por toda Miraji.

A do príncipe que havia retornado dos mortos para reivindicar seu trono e salvar seu povo.

AGRADECIMENTOS

Preciso agradecer a muitas pessoas, tanto pelo apoio desde o lançamento de *A rebelde do deserto* quanto para a escrita deste livro. Sequer comecei e já estou preocupada por estar esquecendo de alguém. Então, para todo mundo que apoiou esses livros e a mim: amigos e família, que ofereceram qualquer coisa, desde uma palavra gentil até uma bebida para ajudar o livro a sair do meu cérebro e ir para o computador; profissionais editoriais que o ajudaram a ir do meu cérebro à livraria; livreiros e bibliotecários que o ajudaram a ir das prateleiras às mãos dos leitores — saibam que sou muito grata!

Em primeiro lugar, como sempre, agradeço aos meus pais, que de alguma maneira conseguiram me criar tanto com a crença absurda de que eu poderia conquistar qualquer coisa que quisesse quanto com a consciência pragmática de que eu teria que trabalhar duro para conseguir. Eu não teria sequer desejado ou conseguido escrever um livro, que dirá dois, se não fosse por eles. E provavelmente não teria terminado se eles não tivessem fornecido tanto encorajamento quanto álcool durante as últimas semanas de escrita.

Eu ainda não sei para quem vendi a minha alma para ter conseguido uma agente tão inteligente, apaixonada por livros e que sempre me apoia (além de milhões de outras coisas que não tenho espaço para listar aqui). Eu provavelmente conseguiria me virar sem alma, mas sei que não conseguiria sem Molly Ker Hawn ao meu lado.

Obrigada também ao resto da Bent Agency e aos incríveis agentes de direitos estrangeiros com quem eles trabalham, por tudo o que têm feito pela *Rebelde*.

Acho que uma estratégia eficiente para colocar um bom livro nas prateleiras é trabalhar com pessoas mais inteligentes que você. Então, obrigada à Kendra Levin, que eu suspeito que seja vidente, porque entende o que eu estou tentando alcançar antes de mim mesma, e ainda por cima sempre envia e-mails encorajadores exatamente quando a dúvida está prestes a levar a melhor sobre mim. E à Naomi Colthurst, que trouxe tanto otimismo e entusiasmo para este livro que tenho certeza que suguei dela um pouco disso para ser capaz de terminar a edição.

É um velho clichê, mas a união faz a força. Então agradeço aos meus dois lares separados pelo Atlântico: Penguin Randon House e Faber & Faber.

Ken Wright e Leah Thaxton, por apoiarem enormemente a mim e à *Rebelde* ao longo de todo o processo. E à Alice Swan, que foi a primeira responsável por trazer Amani e toda a turma para seu lar britânico.

Minhas assessoras nos dois lados do oceano. Elyse Marshall, que eu tenho certeza de que poderia dar energia a um país inteiro com seu otimismo e que consegue fazer parecer fácil organizar uma turnê literária pelos Estados Unidos. E no Reino Unido, Hannah Love, que me manteve (mais ou menos) sã durante as turnês britânicas e que às vezes chega até a se vestir como minha gêmea assustadora. Obrigada por levar meus livros aos leitores!

À Maggie Rosenthal, Krista Ahlberg, Natasha Brown, Sarah Barlow, Mohammed Kasim e Naomi Burt, por todo o trabalho duro que fazem diariamente por este livro que eu não vejo, e também pelo o que vejo, como as contribuições e os comentários realmente inteligentes sobre ele. Do tipo claramente cuidadoso. Sou muito grata por ter tantos olhos e cérebros extras sobre estas palavras.

Às pessoas que fazem meus livros ficarem bonitos. Theresa Evangelista, Will Steele e Emma Eldridge pelas minhas capas. E a Kate Renner pelo design do miolo americano, incluindo o mapa incrível, e por ter paciência infinita quando tem que lidar com a minha completa incompetência geográfica.

A todo o time de marketing e redes sociais. Emily Romero, Rachel Cone-Gorham, Anna Jarzab, Madison Killen, Erin Berger, Lisa Kelly, Mia Garcia, Christina Colangelo, Kara Brammer, Erin Toller, Briana Woods-Conklin, Lily Arango, Megan Stitt, Carmela Iaria, Venessa Carson, Kathryn, Bhirud, Alexis Watts, Rachel Wease, Rachel Lodi, Susan Holmes e Niriksha Bharadia. E, especialmente, Amana Mustafic e Kaitlin Kneafsey, por seu apoio ao longo do caminho. E Bri Lockhart e Leah Schiano, por estarem entre as primeiras leitoras deste volume e serem pessoas incrivelmente maravilhosas quando se trata de amor por livros.

A todos do time de vendas dos dois lados do Atlântico, especialmente Biff Donovan, Sheila Hennessy, Colleen Conway e Doni Kay, que foram gentis o bastante para me guiar enquanto eu atravessava os Estados Unidos e me apresentar a alguns livreiros incríveis. E a todos do time de vendas da Faber, David Woodhouse, Miles Poyton, Clare Stern e Kim Lund.

E a todos os livreiros incríveis que encontrei em Boston, Chicago, Seattle e Raleigh, que foram gentis o bastante para lerem o primeiro rascunho da *Rebelde*. Em particular, Kelly Morton, Allison Maurer, Lauren D'Alessio, Betsy Balyeat, Rosemary Publiese e Kathleen March que escreveram coisas tão bacanas sobre o primeiro rascunho. E à Gaby Salpeter por todo o entusiasmo pelo último rascunho. E a todos os livreiros no Reino Unido, que têm sido promotores incríveis do livro, em particular Aimee e Kate da Waterstones Piccadilly, Chloe da Foyls e Jamie-Lee da Waterstones Birmingham.

E apesar de vocês serem muitos para nomear, obrigada a todos os incríveis blogueiros, youtubers e apoiadores da literatura YA em geral, que têm divulgado essa nova autora com tanto entusiasmo.

Este livro é dedicado à minha amiga, Rachel Rose Smith, uma das pessoas mais inteligentes e doces que conheço e que esteve ao meu lado nos melhores e piores momentos, tanto durante a escrita quanto fora do mundo literário. Ela é só a primeira de uma longa lista de pessoas que eu tive a sorte de acumular na vida. E que eu vou cansar os dedos para tentar nomear. Mas agradecimentos particulares vão para Michella Domenici, por ser sempre a minha fã número um. Amelia Hodgson, que sempre tem tempo de me ajudar a escapar de uma inconsistência no enredo. Justine Caillaud, por incentivar minha criatividade desde que consegui segurar uma caneta. Meredith Sykes, pela primeira leitura e pelo colar feito de areia. Christie Coho, por me manter sã. Cecilia Vinesse pelo café, comida e filhotinhos. E Roshani Chokshi, pelos conselhos médicos sobre cicatrizes e metal sob a pele. E Juno Dawson, pelos conselhos excelentes.

Por serem gentis o bastante para escrever elogios à *Rebelde*: Rae Carson, Alison Goodman e Erin Lange.

E a todos os outros que estiveram ao meu lado ao longo do processo, que colocaram este livro na mão de outras pessoas ou ofereceram uma palavra amiga, um conselho ou seus ouvidos nos momentos bons e nos não tão bons, pessoais ou de escrita... Jon Andrews, Kat Berry, Anne Caillaud, Emma Carroll, Lexi Casale, Sophie Cass, Traci Chee, Jess Cluess, Noirin Collins, Laure Eve, Max (Hamilton) Fitz-James, Maya (M.G. Leonard) Gabrielle, Stephanie Garber, Jeff Giles, Meave Hamill, Janet Hamilton-Davies, Heidi Heilig, Bonnie-Sue Hitchcock, Mariam Khan, Rachel Marsh, Kiran Millwood-Hargrave, Anne Murphy, Elisa Peccerillo-Palliser, Marieke Peleman, Chelsey Pippin, Harriet Reuter-Hapgood, Marie Rutkoski, Melinda Salisbury, Samantha Shannon, Tara Sim, Evelyn Skye, Carlie Sorosiak, Solange Sykes, Emma Theriault, Annik Vrana, Katherine Webber, Anna Wessman e todos os meus autores companheiros de 2016 por entenderem como é. Também, a todos do meu clube de leitura por serem loucos por livros comigo e a todas as pessoas legais do café Artisan, que basicamente abasteceram este livro e me deixaram ficar mais horas no seu estabelecimento do que na minha própria casa. E a tantos outros mais, obrigada!

Finalmente, obrigada a todos os leitores de *A rebelde do deserto* que tomaram tempo compartilhando seu entusiasmo pelo meu primeiro livro e sua expectativa pelo segundo. Acho que deveria escrever primeiro para mim mesma. Mas eu sempre quis escrever para os outros. E vocês tornaram isso possível.

1ª EDIÇÃO [2017] 7 reimpressões

ESTA OBRA FOI COMPOSTA PELA VERBA EDITORIAL EM PERPETUA
E IMPRESSA PELA GRÁFICA BARTIRA EM OFSETE SOBRE PAPEL PÓLEN SOFT
DA SUZANO S.A. PARA A EDITORA SCHWARCZ EM JUNHO DE 2022

A marca FSC® é a garantia de que a madeira utilizada na fabricação do papel deste livro provém de florestas que foram gerenciadas de maneira ambientalmente correta, socialmente justa e economicamente viável, além de outras fontes de origem controlada.